엠페도클레스의 죽음

한 편의 비극

Der Tod des Empedokles

Johann Christian Friedrich Hölderlin

엠페도클레스의 죽음

한 편의 비극

Der Tod des Empedokles

◆

프리드리히 횔덜린 지음
장영태 옮김

◆

문학과
지성사

엠페도클래스의 죽음

한 편의 비극

제1판 제1쇄 2019년 10월 1일

지 은 이 프리드리히 휠덜린
옮 긴 이 장영태
펴 낸 이 이광호
주 간 이근혜
편 집 김은주
펴 낸 곳 ㈜문학과지성사
등록번호 제1993-000098호
주 소 04034 서울 마포구 잔다리로7길 18(서교동 377-20)
전 화 02) 338-7224
팩 스 02) 323-4180(편집) 02) 338-7221(영업)
전자우편 moonji@moonji.com
홈페이지 www.moonji.com

ISBN 978-89-320-3568-0 03850

이 도서의 국립중앙도서관 출판예정도서목록(CIP)은 서지정보유통지원시스템 홈페이지(http://seoji.nl.go.kr)와 국가자료공동목록시스템(http://www.nl.go.kr/kolisnet)에서 이용하실 수 있습니다. (CIP제어번호: CIP2019035250)

횔덜린의 비극 「엠페도클레스의 죽음」 한국어판을 내면서

「엠페도클레스의 죽음Der Tod des Empedokles」은 독일의 시인 프리드리히 횔덜린(Friedrich Hölderlin, 1770~1843)이 1797년 자세한 집필 계획인 「프랑크푸르트 계획」을 세운 뒤 1799년 집필을 중단할 때까지 약 3년에 걸쳐 혼신의 힘을 기울여 쓴 한 편의 비극이다. 횔덜린은 이 비극의 창작에 몰두했으나, 이 비극은 세 개의 초고(草稿)로만 남고 말았다. 횔덜린은 이 시기에 문명(文名)을 크게 떨친 시인은 아니었지만 시인으로서 이미 많은 작품을 발표했고, 무엇보다도 소설 『휘페리온』의 출간으로 그런대로 이름이 알려진 작가였다. 그런데 생전에 발표된 적이 없는 이 미완의 초고들을 통해서 우리는 그의 성숙한 후기 문학으로의 진전을 확인할 수 있는 하나의 기념비적 작품을 만나게 된다. 특히 1799년 말경에 집필이 중단된 제3초고에서 횔덜린을 오늘날 뛰어난 시인의 반열에 올려준 송시와 찬가들, 1800년에서 1806년에 이르기까지 쓴 소위 후기 시들의 시어와 표현 형식의 징표들을 만날 수 있다. 또한 이를 통해서 우리는 1804년에 횔덜린이 뛰어난 솜씨로 번역한 소포클레스의 「오이디푸스 왕」과 「안티고네」를 주목하게 된다. 말하자면 횔덜린의 비극 「엠페도클레스의 죽음」은 미완으로 남겨진 작품임에도 불구하고, 그의 문학 세계에서 여느 완성 작품 못지않은 중요한 위치를 차지하고 있는 것이다.

횔덜린은 이 비극 「엠페도클레스의 죽음」을 통해서 시, 소설에서와 마찬가지로 드라마에서도 '전인미답'의 땅에 발을 내딛고 있다. 『휘페리온』이 서정적 소설이자 철학적 소설로서 줄거리 위주의 서사 문학의 울타리를 넘어섰듯이, 비극 「엠페도클레스의 죽음」은 인물과 줄거리의 구성보다는 등장인물의 자기성찰적인 진술을 앞세우면서 역시 전통적인 드라마의 범주를 넘어서고 있다. 이 비극의 소재는 고대 그리스의 시인이자 철학자인 엠페도클레스가 에트나 화산 분화구에 투신해 자살한 사건이다. 이 소재의 선택 자체가 이미 횔덜린 문학의 심오한 주제의식을 제기해주고 있다. 희생을 요구하는 시대 상황과 이에 대한 각성된 개인의 응답, 자발적인 죽음이 가지는 초개인적·역사적 의미에 대한 진지한 숙고, 새로운 질서의 생성을 위한 소멸의 필연성과 같은 역사철학적 문제와 깊은 연관을 맺고 있는 것이다.

이번에 「엠페도클레스의 죽음」을 한국어로 처음 번역하면서 옮긴이는 제2초고와 제3초고 사이에 쓴 비극에 대한 횔덜린의 시학적 논고 「비극적인 것에 관하여」와 제3초고에 이어서 쓴 「몰락하는 조국……」을 함께 번역해 실었다. 이 논고들은 비극적 드라마의 개념을 나름대로 명확하게 하고 엠페도클레스의 사상과 행위의 비밀을 조명하려는 횔덜린의 노력을 담고 있다. 따라서 이 논고들은 비극 「엠페도클레스의 죽음」과 한 덩어리를 이루는 일체로 다루어야 마땅해 보인다. 이 논고들은 횔덜린이 독일어로 시를 쓴 가장 뛰어난 시인들 가운데 한 사람일 뿐만 아니라, 가장 위대한 사상가의 한 사람임을 증명해준다. 횔덜린이 자신의 후기 시를 통해 독일의 이상주의 철학이나 낭만주의 문학에 얼마나 크게 기여했는지, 그리고 이를 훨씬 뛰어넘어 20세기와 21세기의 사상가들이나 시인들에게 얼마나 지대한 영향을 미쳤는지도 비극 「엠페도클레스의 죽음」과 이에 대한 횔덜린의 이론적 숙고에 그대로 드러난다.

누구든 이 미완의 비극과 관련된 논고를 읽고 나면 이것들이 우리의 지금-이곳과 섬뜩할 만큼 관련되어 있음을 발견하게 된다. 나는 이 번역과 주해를 통해서 횔덜린을 오늘날의 시인이자 철학자로 다시 한번 부활시켜 이 시대의 문제들에 대한 답변을 여러 독자들과 함께 들어보고자 한다. 이 비극에는 '시대의 아들' 엠페도클레스가 2천 년 후 역시 '시대의 아들'로 다시 태어나, 시대를 고민하면서 새로운 시대에 대한 희망을 설파하는 시인 횔덜린으로 서 있는 듯하다. 그의 언어는 괴테의 그것과, 그의 사상은 셸링이나 헤겔의 그것과 비견할 만하다고 평가되지만, 더 엄밀하게 표현하자면 그의 글쓰기와 사유는 그 누구와도 비교를 허락하지 않는다고 할 것이다.

옮긴이는 이 번역의 대본으로 슈미트Jochen Schmidt와 그레츠Katharimer Grätz가 편집해 독일 고전 출판사(Deutscher Klassiker Verlag)에서 발행한 『횔덜린 전집』(Friedrich Hölderlin, *Sämtliche Werke und Briefe in 3 Bänden*, Frankfurt am Main, 1994)의 두번째 권 『휘페리온, 엠페도클레스, 논고, 번역*Hyperion, Empedokles, Aufsätze, Übersetzungen*』을 사용했다. 이 판본은 확정적인 판본으로 재구성하려는 유혹을 물리치고, 육필 원고에 충실했다고 평가된다. 가장 최근에 출판된 자틀러

Dietrich Sattler의 소위 프랑크푸르트 판본은 이 슈미트/그레츠 판본에 비해서 약 10분의 1 정도가 짧은데 그것은 횔덜린이 삭제를 머뭇거린 것으로 보이는 부분을 삭제하기로 결정한 결과이다. 해당 부분을 포함하느냐 제외하느냐를 두고 과연 어느 쪽이 횔덜린의 의도였는지 논쟁의 여지가 없는 것은 아니지만 슈미트/그레츠는 포함하는 것이 작품 이해에 더 나으리라고 판단하고 있다.

슈미트/그레츠의 판본은 「엠페도클레스의 죽음」을 제1초고, 제2초고, 제2초고: 첫 부분의 정서본, 제3초고 순으로 편집하고 이어서 '「엠페도클레스의 죽음」 계획, 장면들, 이론적 초안'을 수록하고 있다. 이 후자에는 소위 「프랑크푸르트 계획」「비극적인 것에 관하여」「제3초고에 대한 계획」「제3초고의 계속을 위한 스케치」「몰락하는 조국……」이 포함되어 있다. 이 모두를 하나의 몸체로 보고 있는 것이다. 이 한국어 번역본은 이 몸체 모두를 포함하고 게재 순서도 슈미트/그레츠의 판본을 따랐다. 다만 생성 과정과 이론적 숙고와 창작의 연관을 함께 음미하려면 슈미트/그레츠 판본과는 다르게 집필 시점 순으로 읽기를 권한다. 즉 「프랑크푸르트 계획」,「엠페도클레스의 죽음」 제1초고, 제2초고 그리고 이어서 논고 「비극적인 것에 관하여」「제3초고에 대한 계획」「엠페도클레스의 죽음」 제3초고,「제3초고의 계속을 위한 스케치」, 마지막으로 「몰락하는 조국……」 순으로 읽는 것이다.

깊이 읽기에 도움이 되기를 기대하면서 각 장에 대한 개괄적 해설과 세부 주해를 책 뒷부분에 미주로 수록했다.

옮긴이는 이 「엠페도클레스의 죽음」의 번역을 끝으로 시, 소설, 드라마라는 3개 장르에 걸친 횔덜린의 순수 문학 작품 모두를 한국어로 옮기는 과제를 마무리했다. 옮긴이의 이 무모한 작업을 끝까지 믿음으로 성원해준 분들께 이 마지막 결실을 바친다.

끝으로 이 책을 출판하기로 결정해준 문학과지성사의 기획위원들께 감사의 말씀을 드리지 않을 수 없다. 그분들이 아니었다면 이 책은 빛을 보지 못했을 것이다. 우리가 궁핍한 시대에 살고 있지만, 절망의 시대를 사는 것은 아니라는 위안을 함께 받았다. 감사할 따름이다.

2019년 가을

옮긴이 장영태

차례

일러두기

1. 이 책은 Friedrich Hölderlin의 *Hyperion, Empedokles, Aufsätze, Übersetzungen, Friedrich Hölderlin, Sämtliche Werke und Briefe, Band 2*, Jochen Schmidt, ed. Kathariner Grätz (Frankfurt am Main: Deutscher Klassiker Verlag, 1994)를 우리말로 옮긴 것이다.
2. 본문의 각주는 원저자인 휠덜린의 것이다.
3. 강조하기 위해 원서에서 이탤릭체로 표기한 것을 본문에서는 고딕체로 표기했다.
4. 인명, 지명 등 고유명사의 표기는 국립국어원 외래어 표기법에 따랐으나, 일부는 옮긴이의 뜻에 따라 두덴 발음사전을 기준으로 표기했다.(실러→쉴러, 히페리온→휘페리온)

제1부

엠페도클레스의 죽음

제1초고

제 1 막

제 1 장

판테아, 델리아

판테아

여기가 그의 정원이구나! 샘물이 솟아나는
저기 비밀스러운 어두움 가운데, 거기 그분이 서 있었지.
최근에 내가 거기를 지나가고 있을 때 말이야, — 너는
그분을 본 적 없니?

델리아

오 판테아! 5
내가 아버지와 함께
시칠리아에 온 지 하루밖에 안 됐어. 그렇지만 그전
내가 아직 어렸을 때, 전차에
타고 있는 그분을 보았었지.

10 올림피아에서의 경주 때 말이야.[1]
그때 사람들은 그분에 대해서 많은 말들을 했어. 그때부터
그분의 이름은 나의 기억에 항상 남아 있어.

판테아

너는 이제 그분을 보게 될 거야! 지금 말이야!
사람들은 말하지, 그분이 거니는 곳에
15 초목들도 그분을 알아보고 대지 아래의 불도
그분이 지팡이로 땅바닥을 건드리면 솟구쳐 오르려 한다고!
모두가 사실일 거야!
그리고 천둥이 칠 때라도 그분이 하늘을 올려다보면
구름이 스스로 갈라지고 맑은 날로
20 바뀐다는 거야— 그러나
그런 말이 무슨 뜻일까? 너는 그분을 직접 만나야 해! 그러나 한
순간만! 그리고 비켜야만 해! 나도 그분을 직접 뵙는 것은 피한단다.
그분의 내면에는 두렵게 모든 것을 변화시키는 영적인 힘이 들어 있어.
——

델리아

25 그분께서 다른 사람들과는 어떻게 지내시는지? 그분에 대해
나는 아무것도 모르고 있어.
우리가 스스로 늙고 별 볼일 없다고 생각할 때
우리처럼 그분도 공허한 나날을 보내고 계신지?
그분에게도 인간적인 고뇌가 있는지?

판테아

아! 저기 그의 정원 나무 그늘 안에 있는 그분을 30
내가 마지막으로 보았을 때 그분은 분명히
자신의 깊은 고뇌를 지니고 계셨어— 그 신적인 분
마치 많은 것을 잃어버리기라도 한 듯
슬프게 무엇을 찾으면서 놀라운 동경심을 가지고
때로는 대지를 향해 아래를, 때로는 동산의 35
어스름을 꿰뚫고 위를 바라다보았지. 마치 먼 푸르름 안으로
생명이 그로부터 달아나기라도 한 듯이 말이야. 그리고
그 왕 같은 얼굴에 어린 수심이
나의 고민하는 마음을 사로잡았지— 그대도 사라져야만 하리,
너 아름다운 별이여! 그리고 더 이상 오래가지도 않으리라! 40
나에게 그런 예감이 들었단다—

델리아

판테아야, 너 그분과 벌써 이야기를
나눈 적이 있다는 거야?

판테아

오 네가 나의 기억을 되살려주는구나! 오래전은 아니지만
내가 죽도록 앓아누운 적이 있었지. 해맑은 한낮이
내 눈 앞에서 아른거리고 혼 나간 허깨비처럼 45
세상이 해를 둘러싸고 비틀거렸었지.
이미 그 드높은 분의 지독한 적대자이기는 했지만
나의 아버지가 절망적인 날
자연의 신뢰할 수 있는 친구인 그분을 불렀을 때,

50 그리고 그 훌륭한 분이 치유의 음료를 나에게
건넸을 때, 죽음에 맞서 싸우는 나의 생명은
마법적인 화해로 서로 녹아들었고, 나는 마치
감미롭고 감각이 자유로운 어린 시절로 되돌아간 듯이
비몽사몽으로 며칠을 지냈었지.
55 그리고 숨을 쉴 필요조차 없었어.
싱싱한 쾌감 안에서 나의 존재가 처음으로
다시 오랫동안 아쉬워했던 세계를 향해서 열리는 듯
나의 눈이 왕성한 호기심으로 한낮을 향해
떠졌을 때, 거기 그분 엠페도클레스가 서 계셨지![2] 오
60 얼마나 신적이며 얼마나 그 모습 뚜렷했던지! 그의 미소 어린 눈길에서
나의 생명은 다시금 활짝 피어났어! 아
아침의 작은 구름처럼 나의 가슴은 드높고 감미로운
빛을 향해서 흘렀고 나는 그분의 사랑스러운
메아리였어.

델리아

65 오 판테아야!

판테아

그분의 가슴에서 우러나오는 음성! 말마디마다
모든 멜로디가 울렸지! 그리고
그의 말마디에 들어 있는 영혼! — 나는 그의 발치에
앉아 있고 싶었지. 몇 시간이고 그의 제자로서
70 그의 자녀로서 그의 하늘을 바라보고 싶었지. 또한

그를 향해서 환호하며 뛰어오르고 싶었지. 그의 하늘
높이에까지, 나의 감각이 길을 잃고도 오를 수 있는 곳까지 말이야.

델리아

사랑하는 자매여, 그분이 그 사실을 아신다면, 뭐라고 하실까!

판테아

그분은 몰라. 부족함이 없는 분은
제 자신의 세계 안에서 유유자적하시지. 신들처럼 잔잔한 평온 가운데 75
그분은 꽃들 사이를 거닐지. 그리고 바람조차도
그 행복한 분을 방해할까 봐 조심스러워해.
제 자신에서부터
점점 커가는 만족감 가운데 그의
감동은 자라나지. 창조적인 황홀경의 80
한밤중에서 마치 불꽃처럼 생각이 솟아날 때까지 말이야.
그리고 경쾌하게 미래를 향한 행동의 정령들이
그의 영혼 안에서 앞 다투어 몰려들지. 그리고 세계가
인간들의 부풀어 오르는 생명이 그리고 위대한
자연이 그를 에워싸고 모습을 보이는 거야 — 이때 그는 85
마치 신처럼 자신의 거대한 힘 안에서 스스로를 느끼고, 그의 기쁨은
천국의 합창이지. 그다음엔 그는 밖으로 나와
백성들 가운데로 들어서지, 대중들이
지나치게 흥분하고 동요하는 소란이
더 힘을 가진 자를 필요로 하는 날에는 말이야. 90

그럴 때 그는 당당한 안내자가 되어 다스리고
벗어나도록 돕지. 그리고 그들이 비로소 똑똑히
그분을 충분히 보고, 여전히 낯선 이분에게
익숙해지고 싶어 할 때, 그들이 알아보기도 전에
95 그분은 떠나버리는 거야 — 그가 더욱 아름답게
순응하는 고요한 초목의 세계가,
그 앞에 온 힘을 다해서 나타나 있는
그 세계의 신비에 찬 생명이 그분을 그의 그림자 안으로 데려가지.

델리아

오 말 잘하는 친구여![3] 너는 어찌 그 모든 것을 알고 있니?

판테아

100 나는 그분을 깊이 생각하지 — 그분에 대해서 내가
아직 얼마나 더 생각해야 할지 몰라. 아! 그리고
내가 그분을 안다 해도 그것이 무슨 의미가 있을까? 그분이 존재하는 것 자체,
그것이 삶이지. 그리고 우리 다른 사람들은 그 삶에 대한 꿈이야 —
그의 친구 파우사니아스[4]가 그분에 대해서
105 벌써 많은 것을 나에게 말해주었단다 — 그 젊은이는
매일같이 그분을 뵙지. 그리고 주피터의 독수리[5]보다도
파우사니아스가 더 뻐긴다고나 할까, 내 생각은 그래!

델리아

내가 탓할 수는 없지만, 사랑하는 판테아야, 네가 말하는 것이
놀랍게도 나의 영혼을 슬프게 하는구나.

그 모든 것이 말이야. 그리고 너처럼 되고 싶기도 해, 110
그리고 또 그렇지 않기도 하지. 너희들 모두가
이 섬에서는 그렇게 행동하고 있는 거야? 우리는
위대한 남자들에게서도 기쁨을 느끼지, 그리고 한 사람
지금 아테네 여인들의 태양인 분도 있어.
소포클레스지! 모든 사람들 가운데 누구보다도 먼저 115
그에게 여성의 더할 나위 없는 천성이 모습을
나타냈고 그에게 이에 대한 순수한 회상을
그의 영혼 안에 허락했지 —
모든 여인은 이 훌륭한 분이
생각하는 그 대상이기를 바라고 있어. 그리고 120
시들기 전에 언제나 아름다운 청춘은
이 시인의 영혼으로 넘어가 구원받기를 바라고 있지.[6]
그리고 여인들 중 누군가 이 도시의
가장 애정 어린 여주인공이 되어
그의 영혼 앞에 떠오르게 되기를 바라고 있어, 그가 125
안티고네라고 불렀던 여주인공으로서 말이야. 그리고
이 신들의 친구가 해맑은 축제의 날
극장에 들어서면 우리들 이마 주위가 밝게 빛나게 될 거야.[7]
우리들의 흡족한 마음 걱정할 일 없고
우리들의 사랑하는 마음은 — 네가 바치고 있는 — 130
고통스럽게 사로잡힌 경배 가운데에서 결코 사라지지 않을 거야,
그분은 네가 그냥 마음 편하게 있기에는
너무도 위대하다고 나는 생각해.
너는 그 무한한 분을 무한히 사랑하고 있어.[8]
그것이 그분에게 무슨 도움이 될까? 너는 네 자신 135

그의 죽음을 예감했던 거야. 너 착한 아이야, 그러니
그분과 함께 너도 죽기라도 할 생각이니?

판테아

아 나의 자부심을
건드리지 말아줘. 나는 그분을 걱정하는 거지, 나를 걱정하는 것이 아니야!
나는 그분이 아니거든, 그리고 그분이 죽는다면,
140 그분의 죽음이 나의 죽음일 수는
없는 거야, 위대한 사람들은 죽음도 위대하기 때문이지.
이분에게 뜻밖에 일어나는 일은
내 생각에는 오로지 이분에게만 일어나는 것이라고.
그리고 그가 모든 신들에 대해서 죄를
145 지었다면 그리고 그들의 분노를 자신이
짊어졌다면, 그리고 내가 그분처럼, 같은 운명을
그분과 함께 나누기 위해서 죄를 범하기를 원하기라도 한다면,
마치 낯선 자가 연인의 싸움에
끼어드는 것과 마찬가지일 거야— 네가 원하는 것이기도 하지.
150 그럴 땐 신들은 아마 이렇게 말하겠지, 바보 같은 자야, 너는
그 사람이 할 수 있는 것처럼 우리를 모욕할 수는 없다고 말이야.

델리아

너는 어쩌면
네가 생각하는 것보다도 더 그분과 비슷해, 그렇지 않다면
어떻게 네가 그분에게서 기쁨을 느끼겠니?

판테아

사랑하는 사람아!

나도 왜 내가 그분에 속해버렸는지

모른단다— 네가 그분을 만난다면 얼마나 좋을까! — 155

그분이 밖으로 나오리라고 생각했는데

그랬더라면 지나가는 길에라도 네가

그분을 보았을 텐데— 그게 하나의 소원이었다! 그렇지 않으냐?

내가 그런 소망들을 버려야 하는 건데,

우리의 참을성 없는 기도를 신들께서는 160

좋아하지 않는 것 같으니까, 그것은 그들에게 당연한 일이지!

나 역시 더 이상 그런 식으로 기도하고 싶지 않아— 그러나 그래

도

희망을 걸 수밖에는 없습니다, 그대들 착한 신들이여, 또한 저는

그분밖에 아무것도 모르니까요—

저는 다른 사람들처럼 그대들에게 165

그저 햇빛과 비를 빌었으면 합니다, 제가 그렇게 할 수만 있다면!

오 영원한 신비여, 우리 자신인 것

그리고 우리가 찾는 것, 그것을 우리가 발견할 수 없습니다.

우리가 발견한 것, 그것은 우리가 아닙니다— 그런데 지금

몇 시나 되었니? 델리아야!

델리아

저기 너의 아버지가 오신다. 170

우리가 여기 있어야 할지 가야 할지 모르겠구나.

판테아

뭐라고 했니? 나의 아버지가 온다고! 자, 피하자!

제 2 장

집정관[9] 크리티아스, 사제 헤르모크라테스

헤르모크라테스

저기 오고 있는 사람이 누군가요?

크리티아스

제 생각에는 제 딸과
방문객의 딸 델리아 같군요, 그 방문객은
175 어제 제 집에 왔습니다.

헤르모크라테스

우연인가요? 아니면 그들도 역시 그를 찾고 있고
또 대중처럼 그가 사라져버린 것을 믿고 있는가요?

크리티아스

그 이상한 소문은 아직까지는
제 딸아이의 귓전에 이르지 않았습니다. 그렇지만 그 애는
180 모든 다른 사람들처럼 그에게 매달려 있습니다. 제 생각에는 그는
사라진 것으로 보아는데 말입니다—

숲속으로나 황야로, 아니면 바다 건너 저쪽으로
아니면 땅속으로 말이오. 그 한도 끝도 없는 생각이
그를 몰고 간 그 어디로 말입니다.

헤르모크라테스

그러나 절대 그렇지 않소! 그들은 다시 그를 만날 것이 틀림없을 것 같소.
그렇게 되면 거친 망상이 그들에게서 걷히게 되겠지요. 185

크리티아스

도대체 그가 어디 있단 말이오?

헤르모크라테스

여기서 멀리 있지 않소. 거기에
그는 어두움 가운데 넋을 잃고 앉아 있소. 이 취한 자가
모든 대중들 앞에서 자신을 하나의 신이라고 부른
그날부터[10] 신들이 그의 힘을 그로부터
거두어 갔기 때문이오.* 190

---

* 우리들에게는 이런 것이 오성에 반하는 하나의 죄악이다. 그런데 옛사람들은 이런 측면에서는 훨씬 관대했다. 왜냐하면 그들에게는 이런 일이 이해할 만한 것이었기 때문이다. 그들의 관점에서 이것은 일종의 과실이지만 범죄는 아니었다. 그러나 그들은 이것을 용서하지는 않았다. 왜냐하면 그들의 섬세한 자유의 감각은 그러한 선언을 견디어낼 수가 없었기 때문이다. 그들은 이 선언을 오히려 존중하고 더 잘 이해했기 때문에, 이 천재의 오만을 더욱 두려워했다. 우리들에게는 이것은 위험한 어떤 것은 아니다. 왜냐하면 우리는 이것에 접촉 가능하지 않기 때문이다.

크리티아스

그 자신처럼 백성들도 취해 있어요.
그들은 어떤 법에도, 어떤 어려운 상황에도
어떤 심판관에게도 귀 기울이지 않습니다. 그들의 길은
평화로운 우리 해변에 밀려드는 파도 같은
195 불가해한 소리들로 넘쳐나고 있습니다.
매일이 광란의 축제가 되었고
모든 축제를 대신하는 축제가 되었습니다. 또한 신들의
검소한 잔치는 한결같이
자취를 감추었지요. 모두들 어둡게 하면서
200 그가 우리에게 만들어준 뇌우 가운데로
그 마법을 거는 자가 하늘과 대지를 휩싸고 있어요.
그리고 조용한 회당 안에서 이를 바라보면서
그의 정신은 이것을 즐기고 있습니다.

헤르모크라테스

이 사람의 영혼은
그대들 가운데에서 강력했었지요.

크리티아스

205 당신께 말하지요. 그들은 그 말고는 아무것도 모른다오.
그리고 모든 것을 그로부터 얻으려고 원하지요.
그가 그들의 신이고, 그가 그들의 왕이라는 겁니다.[11]
그 사람 앞에서 저 자신 심히 부끄러워하며 서 있었지요.
그가 나의 딸을 죽음에서 구해주었을 때 말이오.
210 헤르모크라테스여, 당신은 그를 어떻게 생각하시오?

신들은 그를 끔찍이도 사랑했지요.
그러나 신들의 선한 신뢰의 정점에서부터
아무런 느낌도 없는 밖으로 걷어차
떨어뜨려버린 이가 그가 처음은 아닙니다.
그가 지나친 행복 가운데에서 215
신과의 차이를 완전히 잊어버리고, 자기 혼자서만
느꼈던 탓입니다.[12] 그에게 일이 그렇게 되었고
끝없는 적막으로 이제 벌을 받은 것이지요—
그러나 아직 그에게는 마지막 시간이
온 것은 아니지요. 여전히 오랫동안 제멋대로인 자는 220
자신의 영혼 가운데 치욕을 참아내지 않으니까요. 내가 걱정하는
것은
그의 잠들어 있는 정신이 이제
새롭게 그의 복수심으로 인해 불 댕겨지고
그래서 절반쯤 깨어나 가공할 꿈을 꾸는 자가
갈대를 지휘봉 삼아 아시아를 이곳저곳 방랑하면서 225
말을 통해서 한때 신들이 되었던
옛 시절의 광신도들처럼[13] 지껄이고 있다는 점입니다.
그렇게 되자 생명이 풍부한 넓은 세계가
그의 잃어버린 소유물처럼 그 앞에 나타나고
엄청난 소망들이 그의 가슴 안에서 230
꿈틀거리고, 불길이 어디에 던져지든지 간에
거침없이 길을 연다는 것입니다.
법칙과 예술과 미풍양속과 성스러운 전설[14]
그리고 그보다 앞서 좋은 시절 성숙했던 것

235 그것을 그는 교란시키고 쾌락과 평화를
살아 있는 자들에게서 결코 그냥 두지 않습니다.
그는 이제는 결코 평화로운 자일 수 없습니다.

크리티아스

오 연로한 분이시여! 당신은 끔찍한 일들을 상상하고 계십니다.
당신의 말은 옳습니다. 그리고 그 말이 이루어지면,
240 그때는, 시칠리아여, 그대는 슬퍼하리, 그만큼
그대는 그대의 동산, 그대의 신전들로 아름답도다.

헤르모크라테스

그의 일이 시작되기 전에 신들의 신탁은
그를 향할 것입니다, 백성들을 모으시오, 그러면 내가
그 사람의 얼굴을 그들에게 보여주겠소.
245 그들은 그가 하늘을 향해서 날아가
버렸다고 하고 있소. 그들은 내가 그에게
고지하는 저주의 증인들이 되어야 할 거요.
그를 내가 황량한 광야로 추방해버릴 것이고
그는 거기서 결코 되돌아오지 못한 채 험한
250 시간을 죗값으로 치를 것이오. 그 자신을
신으로 치켜세웠으니까 말이오.[15]

크리티아스

그러나 허약한 백성을
그 과감한 사람이 사로잡게 된다면, 당신은
나와 당신 그리고 당신의 신들이 걱정스럽지 않습니까?

헤르모크라테스

이 사제의 말이 그의 엉뚱한 생각을 깨부술 겁니다.

크리티아스

그렇게 되면 그들이 오랫동안 사랑했던 사람을, 255
그가 성스러운 저주를 치욕스럽게 여기면서도 받아들이게 될 때
그가 즐겨 살고 있는 그의 동산으로부터
그리고 고향인 도시로부터 쫓아내게 될까요?

헤르모크라테스

충분히 이유 있는 저주로 낙인이 찍힌 인간을
누가 이 나라 안에서 그대로 두어도 된단 말이오? 260

크리티아스

그렇지만, 당신이, 그를 하나의 신으로 생각하는
그들에게 중상모략자처럼 비친다면, 어떻게 될까요?

헤르모크라테스

군중의 소동은 그 양상이 변하게 될 것입니다. 그들이 벌써
신들의 드높은 거처로 사라져버렸다고 생각하는
그를 직접 눈으로 다시 보게 된다면 말이오! 265
그들은 벌써 좀더 나은 편으로 바뀌었습니다.
어제는 비탄하면서 밖으로 길을 잃은 채 나와
이곳을 맴돌면서 그에 대해서 많은
말들을 했었소. 내가 그 길을 통해 왔지 않겠소.
그들에게 내가 오늘 그들을 270

그에게로 데려가겠다고 말했소. 그때까지
각자 자신의 집에서 가만히 머물러 있어야 한다고 했소.
그러니까 내가 당신에게 나와 함께 밖으로 나가자고 청했던 거요,
그들이 내 말을 잘 듣는지 당신과 함께 보려고 말이오.
275 당신은 여기 아무도 없는 것을 보고 있지요. 자 갑시다.

크리티아스

헤르모크라테스님!

헤르모크라테스

무슨 일이오?

크리티아스

저기 그가 보입니다.

정말로.

헤르모크라테스

갑시다, 크리티아스!
그래야 그가 자신의 연설에 우리를 끌어들이지 않지요.

제 3 장

엠페도클레스

나의 정적 안으로 그대 소리도 없이 떠돌아 들어서서
그런 가운데 동굴의 어두움 속에서 나를 찾아냈도다. 280
그대 다정한 이여! 그대는 기대하던 대로 왔도다.
그리고 멀리로부터, 대지 위에서, 나는
그대의 되돌아옴을 알아챘었다. 아름다운 날
그리고 나의 친밀한 자들인 그대들, 드높은 곳의
그대들 재빠르게 바쁜 힘들이여! 그대들 285
나에게 다시 가까이 있노라, 그 옛날처럼, 그대들 행복한 자들.
그대들 나의 동산의 당당한 나무들이여!
그동안 그대들 계속해서 자랐고 나날이
겸손한 그대들은 천국의 샘물을 마셨도다.
천공은 빛과 생명의 불꽃을 290
피우는 자들을 기름지게 하며 그 위에 흩뿌렸도다.

오 친밀한 자연이여![16] 나는 그대를
눈앞에 두고 있도다. 그대는 친구이면서
지극히 사랑하는 자, 나를 정녕 몰라보는 것인가?
생동하는 노래를, 마치 기꺼이 쏟아낸 희생의 피처럼 295
그대에게 바쳤던 사제인 나를?

조용히 불들이 모여들고, 목마른 자들
더운 날이면 다시 젊어지는

오 성스러운 샘들 곁에! 내 안에
300 내 안에, 너희들 생명의 샘물
세계의 심연으로부터 솟아났고
목마른 자들 나에게로 왔었도다. 그러나 이제
나는 메말라버렸다. 사람들은 결코
나를 반가워하지 않는다. 나는 정녕 홀로인 것인가? 그리고
305 한낮인데도 여기 위쪽은 밤인가? 슬프도다!
사람들의 눈보다 더 높이 보았던 눈
이제는 눈이 멀도록 내려쳐짐을 받아[17] 사방을 더듬거리는도다—
그대들 어디 있는가? 나의 신들이여? 그대들
거지처럼 나를 아프게 버려두고, 사랑하면서
310 그대들을 예감하는 이 가슴을 그대들은
아래로 밀쳐내버리며 제 자신 홀로이자
결코 다른 것이 아닌
자유롭게 태어난 나를 굴욕의 족쇄로 채우는 것인가? 그리고 내가
두려운 지옥 속에서 옛 일상의 일에
315 묶여 있는 허약한 자들처럼 그것을 참아야 하는가?[18]
나는 나를 알고 있도다. 나는 그것을 원하노라! 나는
숨 쉴 틈을 마련하려 한다. 아! 동이 트려고 하는구나— 가라!
나의 자부심에 걸고! 나는 이 길의
먼지에 입 맞추지 않으리라, 내가 한때
320 아름다운 꿈속을 걸었던 거기— 지나가버렸도다!
나는 사랑받았도다, 그대들 신들로부터
아 진심 어리게. 그대들이 서로 엉겨 살듯이
그대들은 내 마음 안에 살고 있도다. 그리고 아니다! 그것은
꿈이 아니었다. 이 가슴으로 나는 그대들을 느꼈었다.

나는 그대들을 경험했었다. 그대들을 알았고 그대들과 함께 행했 325
도다.

오 환상이구나!

지나갔도다!

그리고 그대는 홀로, 숨기지 말라! 그대는
그것을 스스로 범했도다, 불쌍한 탄탈로스[19]
그대는 신성한 곳을 더럽혔으며 330
파렴치한 소망으로 아름다운 유대를 두 조각 내었도다.
가련한 이여! 세상의 정령들이
사랑에 가득 차 그대 안에서 자신을 잊었을 때, 그대는
그대 자신만을 생각했고, 보잘것없는 바보인 그대는, 그대에게로
착한 이들이 팔려와, 그 천국적인 자들이 335
마치 어리석은 종처럼 그대를 받든다고 생각했도다![20]
어디에고 그대들 가운데 복수하는 자 없으니,
내가 스스로 나의 영혼에 대고
조롱과 저주를 불어넣어야만 하는가? 그리고
델피의 왕관[21]을 나보다 더 나은 자가 340
내 머리에서 낚아채지 않는구나, 또한 맨머리의 견자(見者)에게서
당연하게
머릿단을 잘라내지도 않는구나 —

제 4 장

엠페도클레스, 파우사니아스

파우사니아스

오 그대들
모든 천국적인 힘들이여, 이것이 무슨 일입니까?

엠페도클레스

썩 물러가거라!
누가 자네를 보냈는가? 자네는 나의
345 일을 그르치려고 하는가? 자네가 알고 있지 않다면
자네에게 내가 모든 것을 말해주겠네. 그다음에
자네가 할 일을 실행하게나 — 파우사니아스여! 오 자네의 마음이
매달려 있는 그 사람을 찾지 말게나,
그는 더 이상 존재하지 않으니까. 그리고 가게나, 착한 젊은이여!
350 자네의 얼굴이 나의 생각에 불을 댕기는구나.
그것이 축복이든 저주이든 자네로 인한 것
이 두 가지 모두 나에게는 너무도 힘겹구나. 그러나 자네가 하고 싶은 대로!

파우사니아스

무슨 일이 일어난 것입니까? 저는 오랫동안
선생님을 학수고대했고 멀리서부터 선생님의
355 모습을 보았을 때 저는 해님에게 감사드렸습니다.
드높은 분이시여! 아! 제우스신께서 머리에서 발끝까지

박살내어버린 참나무처럼 서 있는 선생님을 보았을 때 말입니다.
선생님은 혼자 계셨나요? 말하는 소리를 듣지 못했습니다.
그러나 섬뜩한 죽음의 소리가 저에게 울려오고 있습니다.

엠페도클레스

그것은 스스로를, 죽어야 할 운명의 인간들보다 360
더 낫다고 생각하는 사람의 목소리였다. 왜냐하면
선량한 자연이 그를 너무도 행복하게 해주기 때문이지.

파우사니아스

선생님 같은 분이
이 세상의 모든 신적인 것과 친밀한 것은
결코 지나친 일이 아닙니다.

엠페도클레스

나도 역시 그렇게 말했었지.
그대 착한 이여, 성스러운 마법이 여전히 365
나의 정신에서부터 물러나지 않았기 때문에,
그리고 그들 세상의 정령들 진심 어리게 사랑했던 자
나를 여전히 사랑했었기 때문이었네.
오 천국의 빛이여! — 그것을 사람들이
저에게 가르쳐준 적 없었나이다— 그때 벌써 오랫동안 370
저의 동경하는 마음은 생기발랄한 자들을
찾을 수가 없었고, 그때 저는 그대를 향했었나이다.
마치 초목처럼 저를 그대에게 맡기고 그대에게 매달렸고
경건한 쾌락 가운데 맹목적으로 그대에게 몰두했었나이다.

375 왜냐하면 죽어야 할 운명의 인간 순수한 자들을 알아보기 어려웠기 때문에.

그러나

그대 자신이 피어오르듯, 정신이 저에게 피어났을 때

그때 저는 그대를 알아보았고, 그때 소리 내어 외쳤나이다, 그대는 살아 계신다,라고.

그리고 그대 경쾌하게 필멸의 자들 주위를 거닐며,

380 또한 천국처럼 싱싱하게 그대의 애정 어린 빛이

모든 것들 위에 내리비칠 때

만물은 그대 정신의 색깔을 띠고

그렇게 저의 생명도 시가 되었나이다.

그대의 영혼이 제 안에 있었고, 저의 가슴은

385 그대처럼 진지한 대지에게,

그 고통 받는 대지에게 활짝 자기를 열었고 때때로 성스러운 밤에

저는 맹세했었나이다, 그 밤에 대고, 죽음에 이를 때까지

운명에 찬 자들을 두려움 없이 사랑하리라고,

그들의 비밀에 찬 것들 어느 것 하나도 얕보지 않으리라고.

390 그러자 그 이전과는 달리 임원(林苑)에 바람 소리 일어나고

산들의 샘물들은 다정하게 소리들을 냈었나이다.

또한 꽃들의 숨길을 통해서 불같이 부드럽게

오 대지여! 저에게 그대의 잔잔한 생명 불어주었나이다.

그대의 모든 환희를, 대지여! 미소 지으며 그것을

395 약한 자들에게는 건네지 않으나, 그자들 찬란하게

그리고 따뜻하고도 참되게 애씀과 사랑으로 인해 성숙하나이다—

그 모두를 그대는 저에게 주었나이다. 제가 자주

먼 곳의 산정 위에 앉아서 놀라움 가운데

삶의 성스러운 방황을 곰곰이 생각했을 때
그대의 변화들에 대해 너무도 깊이 감동받고 400
또한 자신의 운명을 예감했었나이다.
그때 천공(天空)은 그대에게 그렇게 했듯이
저에게도 치유하며 사랑에 상처 입은 가슴을 에워싸 숨 쉬었나이다.
또한 마법에 걸린 듯 그대의 깊은 곳으로
저의 수수께끼는 풀렸었나이다—

파우사니아스

그대 행복한 분이시여! 405

엠페도클레스

내가 그런 사람이었다! 오 그것이 어떠했는지 내가 말할 수 있다면,
그것을 이름 그대로 부를 수 있다면 얼마나 좋을까— 찬란한 자,
그대의 정령의 힘들[22]의 변화와 작용, 그 동지가 나였도다, 오 자연이여!
다시 한번 내가 영혼 앞에 그것을 불러내어
말없고 죽음처럼 황량한 나의 가슴이 410
그대의 음향에 온전히 되울릴 수 있다면 얼마나 좋으랴!
나는 아직 그럴 만한 사람인가? 오 생명이여! 그리고 나에게
그대의 모든 날개 단 멜로디 살랑대며
내가 그대의 옛 화음을 듣고 있는가, 위대한 자연이여?
아! 모든 것에서 버림받은 나, 나는 415
이 성스러운 대지와 이 빛과 더불어 살지 않았으며
그리고 영혼이 결코 떠나려 하지 않는 그대와도 함께
오 아버지 천공이시여! 일치하여 모습을 보이는 올림포스 안에

살아 있는 모든 것들과도 더불어 살지 않았던 것입니까?[23] —
420 [이제 나는 마치 내쫓긴 자처럼 울고 있구나.]
그리고 아무 곳에도 나는 머물고 싶지 않다, 아 그리고 자네도
나로부터 떨어져 갔도다 — 아무 말도 하지 말아라!
신들이 떠나면 곧장 사랑도 시드는 법이다.
자네도 그런 사실을 잘 알고 있지, 그러니 이제 나를 떠나라, 나는
425 그 이전의 내가 아니다. 그리고 자네에게 더 이상 미련도 없다.

파우사니아스

선생님께서는 여전히 선생님이십니다, 선생님은 진정 그런 분이셨습니다.
그러니 저로 하여금 그렇게 말하도록 놓아두어 주십시오.
저는 왜 선생님께서 스스로를 파괴하시는지 알 수가 없습니다.
저는 그 사실을 믿고 있습니다. 선생님의 영혼이 때로는
430 졸기도 한다고 말입니다. 그 영혼이 세상을 향해서
충분히 열려진 때에는 말입니다. 선생님께서 사랑하시는
대지가 때때로 깊은 휴식에 놓이는 것처럼 말입니다.
그런데 선생님은 그 쉬고 있는 대지를 죽었다고 하십니까?

엠페도클레스

자네는 애틋하게 애를 써가며 위안거리를 생각해내고 있구나!

파우사니아스

435 선생님은 저의 부족한 경험을 비웃으시는군요.
그리고 제가 선생님의 행복을, 선생님만큼 깨닫지
못하고 있다고 생각하시는군요. 그래서 선생님이 고통받고 계신데

어리석은 일을 선생님께 말씀드리고 있는 것입니까? 저는 선생님의
과감한 행동 가운데에서 선생님을 보지 않았습니다. 미개한 국가가
선생님으로부터 그 모습과 방향을 취했을 때 말입니다.[24] 그 힘에서 440
저는 선생님의 정신을 알아차렸던 것입니다. 또한 그 정신의 세계를 말입니다.

때때로 선생님의 한 마디 말씀이 성스러운 순간에
많은 시간을 살아갈 생명을 저에게 불어넣어주셨을 때
그때부터 새롭고도 아름다운 시절이
이 젊은이에게 시작되었던 것입니다. 멀리에서 숲이 살랑거릴 때 445
울안에서 길들여진 사슴들이 고향을 생각할 때처럼
그렇게 저의 가슴은 두근거렸습니다. 선생님께서 옛
근원 세계의 행복에 대해 말씀하셨을 때 말입니다.
선생님은 제 앞에 미래의 원대한 선을 긋지 않으셨나요?
마치 예술가의 확고한 눈길이 450
빠진 부분을 전체의 그림에 그려 넣는 것처럼 말입니다.
선생님의 눈앞에는 인간들의 운명이 열린 채 놓여 있지 않습니까?
또한 선생님은 자연의 힘들을 알고 계시지 않습니까?
그리하여 선생님은 친밀하게 어떤 필멸의 자들과는 달리
선생님께서 원하시는 대로 그 힘들을 조용한 지배 가운데 조종하시지 않습니까? 455

엠페도클레스

그만하게나! 자네는 자네가 던지는 말 한 마디 한 마디가
나에게는 얼마나 가시가 되는지 모르고 있구나.

파우사니아스

그렇게 선생님께서는 불만 가운데에서 모든 것을 꼭 미워하셔야만 합니까?

엠페도클레스

오, 자네가 이해 못 하는 것도 존중하기를!

파우사니아스

어찌하여

460 선생님은 저에게 그것을 숨기시나요, 그리고 선생님의 고통이
저에게는 수수께끼가 되게 하시나요? 참으로! 이보다 더 괴로운 것은 없습니다.

엠페도클레스

그리고 고통의 수수께끼를 푸는 것보다 — 파우사니아스야!
더 괴로운 것은 없다네.[25] 자네는 알고 있지 않은가?
아! 자네가 나와 나의 모든 슬픔에 대해서
465 알고 있지 않다면, 그것이 나에게는 훨씬 나은 일일 것 같네. 아니다!
제가 그것을 발설하지 말았어야 했나이다, 성스러운 자연이여!
모든 거친 감각에서 달아나는 순결한 이여!
저는 그대를 업신여겼고 저만을 홀로
주인으로 세웠습니다, 저는 오만한
470 미개인이었습니다! 저는 그대들을 그대들의 단순함으로만 생각했었습니다,
그대들 순수하고도 언제나 청년 같은 힘들이여!

그대들 저를 환희로 기르고, 기쁨으로 먹였습니다.
또한 그대들 언제나 변함없이 저에게로 돌아오기 때문에
그대들 착한 이들이여, 저는 그대들의 영혼을 공경하지 않았습니다!
저는 그 사실을 알았습니다, 그것을 충분히 깨쳤기 때문에. 475
자연의 생명, 그것은 저에게 여전히, 그 옛날처럼
성스럽다는 것을. 그러나 신들은 저에게 마침내
복종할 만하게 되었고, 저 홀로
신이었습니다. 그리고 그것을 무례한 오만 가운데 발설했던 것입니다—
오 나를 믿어달라, 내가 태어나지 않았더라면 480
얼마나 좋았을까!

파우사니아스

무엇이라고요? 한마디 말 때문에요?
선생님이 어찌 그렇게 낙담하실 수 있습니까, 용감한 분이시여.

엠페도클레스

한마디 말 때문이냐고? 그렇다네.[26] 그리고
신들은 그들이 나를 사랑했던 것처럼 나를
파멸시키고 싶어 한다네.

파우사니아스

다른 사람들은 선생님처럼 그렇게 말하지는 않습니다. 485

엠페도클레스

다른 사람들이라! 그들은 어떻게 할 수 있었을까?

파우사니아스

정말 그렇습니다.

경이로운 분이시여! 다른 누구도

그처럼 친밀하게 영원한 세계와

그 세계의 정령과 힘들을 사랑하고 바라다보지 않았습니다. 결코,

490 선생님처럼 말입니다. 그리고 그 때문에 선생님만이

과감한 말을 했던 것이며, 그 때문에 선생님은 또한

그렇게 절실히 느끼셨던 것입니다, 그리하여 선생님께서 한마디 당당한 말씀으로

모든 신들의 가슴으로부터 자신을 떼어내셨고

사랑하는 가운데 그들에게 선생님을 희생시키고 있는 것입니다,

오 엠페도클레스여! —

엠페도클레스

495 보라! 저것은 무엇인가?

사제인 헤르모크라테스, 그리고 그와 더불어

한 떼의 군중들 그리고 집정관인 크리티아스—

그들은 나에게서 무엇을 구하려고 하는가?

파우사니아스

그들은 오랫동안

선생님이 어디 계시는지 추적해오고 있었습니다.

제 5 장

엠페도클레스, 파우사니아스
헤르모크라테스, 크리티아스, 아그리겐트 사람들

헤르모크라테스

여기 그 양반이 있소. 살아 있는 채로 500
올림피아로 솟아올라 갔다고 내가 당신들에게 말한 그 사람이오.

크리티아스

그런데 슬퍼 보이는군요, 필멸의 인간처럼 말입니다.

엠페도클레스

너희 불쌍한 조롱자들이여! 그대들에게 위대하게 보이는
한 사람이 괴로워하면, 그것이 그대들에게는 즐거운 일인가?
그리고 그대들은 강한 자가 약해져버렸을 때 505
마치 쉽게 얻어낸 전리품처럼 그를 바라보는가?
다 익어서 땅에 떨어진 열매가 그대들을 유혹하겠지,
그러나 모든 것이 다 그대들을 위해서 영그는 것은 아니라고 나는
생각하네.

아그리겐트 사람

도대체 그가 무슨 말을 한 건가?

엠페도클레스

나는 그대들에게 청하겠다, 가라,

510 가서 그대들의 일이나 돌보아라, 그리고 나의 일에
간섭하지 말아라.

헤르모크라테스

그렇지만 이 사제가 이에 대해
당신에게 한마디는 해야 하지 않겠습니까?

엠페도클레스

슬프구나!
그대들 순수한 신들이시여! 살아 계시는 신들이시여!
이 위선자가 나의 슬픔에다가 그자의 독약을
515 섞어 넣어야만 합니까? 가라, 나는 자주 당신을 보호했었다,
그러니 당신이 이제 나를 보호하는 것이 공정한 일이다.
당신은 이러한 사실을 잘 알고 있다. 내가 그것을 당신에게 말해왔으니까.
나는 당신을 알고 있으며 당신의 사악한 패거리도 알고 있다.
그리고 어찌하여 자연이 그 주변에서 오랫동안 당신네들을
520 참아내고 있는지가 나에겐 수수께끼였다.
아! 내가 아직 소년이었을 때, 그때 벌써
나의 경건한 마음은 너희들 썩을 대로 썩은 자들을 피했었다.
나의 경건한 마음은 확고하게 내면으로 사랑하면서 태양과
천공 그리고 위대한, 멀리 예감했던 자연의
525 모든 사자(使者)들에게 매달려 있었다.
나는 그대들이 가슴의 자유로운 신들에 대한 사랑을
천박한 봉헌으로 돌리고 싶어 한다는 것
그리고 내가 그대들처럼 행해야 한다는

두려움 가운데 그것을 느껴왔기 때문이다.

비켜라! 나는 내 앞에서 성스러운 일을 530
마치 장사하듯 하는 사람을 두고 볼 수가 없다.
그의 얼굴 표정은 거짓되고 차갑고 죽은 듯하다,
마치 그의 신들이 그렇듯이 말이다. 어찌 무엇에 얻어맞은 듯
서 있느냐? 자 떠나라!

크리티아스

성스러운 저주가
당신의 이마에 낙인을 찍기 전에는 떠나지 않을 거요. 535
거만한 중상모략자여!

헤르모크라테스

흥분하지 마시게, 친구여!
내가 그대에게 말해왔지, 우울증이
분명 그를 덮칠 것이라고 말이야— 그 사람이
나를 경멸하고 있소, 그대들이 들은 대로 말이오,
아그리겐트의 시민 여러분! 그러나 나는 무례한 540
다툼으로 그와 거친 말을 주고받고 싶지는 않소.
그것은 나처럼 나이 든 사람에게는 어울리지 않으니까. 그대들은
직접 그에게 물어야 할 것이오, 그가 누구인가?라고 말이오.

엠페도클레스

오 나를 그냥 내버려두시라, —
그대들은 알고 있으리라, 피 흘리는 심장을 찌르는 것이

545 아무에게도 조금도 이롭지 않다는 것을. 내가 가고 있는 이 길을
조용히 갈 수 있도록, 성스럽고 고요한 죽음의 길을 계속
갈 수 있도록 기회를 허락해달라.
그대들은 희생의 제물을 질곡에서 풀어주고
그 몰아대는 자가 채찍질을 결코 하지 않는 것 같이
550 그렇게 나를 아껴주시라. 악의에 찬 말로
나의 고통을 덧나게 하지 말라.
왜냐하면 여기는 신성한 곳이니까. 그리고 나의 가슴을
그대들의 고난으로부터 해방시켜달라. 왜냐하면 내 가슴의 고통은 신들의 것이니까.

첫번째 아그리겐트 사람

도대체 무슨 일입니까, 헤르모크라테스여, 어찌하여
555 저 사람은 기이한 말들을 뱉어내고 있는 것입니까?

두번째 아그리겐트 사람

우리더러 가라고 명령하고 있구먼, 우리를 두려워하는 것 같아.

헤르모크라테스

그대들 생각은 어떻소? 그의 분별력은 흐려졌소.
그가 당신들 앞에서 자신을 신으로 만들어버렸기 때문이오.
그러나 당신들이 나의 말을 믿지 않기 때문에
560 그에게만 묻고 있는 것이오. 그러니 그가 당연히 말을 하는 것이겠지요.

세번째 아그리겐트 사람

우리는 당신을 믿고 있습니다.

파우사니아스

여러분은 그의 말을 정말 믿고 있습니까?

염치도 없는 당신들이? — 당신들의 주피터가

오늘은 당신들 맘에 들지 않는구려. 그의 표정이 어두워 보입니다.

그대들의 우상이 그대들에게 불편해졌고

그 때문에 당신들이 저 사제의 말을 믿는단 말입니까? 저기에 그 우상이 서서 565

비통해하고 그의 정신은 침묵하고 있습니다.

영웅이 빈약한 시대에는 영웅이 보이지 않으면

젊은이들은 영웅을 동경하게 됩니다.

그런데 당신들은 그 영웅의 주위를 기어 다니면서 그를 야유하고 있습니다.

그래도 되는 겁니까? 이분의 눈길이 당신들을 경고하는데도 570

당신들은 그렇게도 감각이 둔해진 것입니까?

그리고 그가 약해진 까닭에, 사람들이

그의 곁에 감히 근접하고 있는 것입니다— 성스러운 자연이여! 어찌

당신은 당신의 근처에서조차 이 가련한 인간들을 참고 있는 것입니까?

이제 여러분은 나를 보시오. 그리고 내가 하는 말을 575

하나도 모르겠거든, 당신들은

저 사제에게, 모든 것을 알고 있는 그에게 물어야만 할 것이오.

헤르모크라테스

오 듣고 있는가? 이 건방진 시종(侍從)이
그대들과 나의 면전에 대고 헐뜯고 있는 것을?
580 자기 스승이 모든 것을 다 허락하는데, 왜 하지 않겠는가.
민중을 꾀어낸 사람은 원하는 것을
무엇이든 지껄이는 법이지. 나는 그것을 잘 알고 있지만
내 생각대로 그것에 거슬리려 하지는 않네. 왜냐하면
신들은 여전히 참으시니까, 신들은 많은 것을 참고
585 침묵한다네. 마침내 거친 용기가
극단에 이르기까지는 말일세. 그러나 그런 다음 신을 모독한 자는
끝이 없는 암흑 속으로 고꾸라질 수밖에 없는 일이지.

세번째 아그리겐트 사람

시민 여러분! 저는 이 두 사람과는
앞으로 무슨 일이든 함께하지 않으렵니다.

첫번째 아그리겐트 사람

도대체
590 어떻게 해서 이 사람이 우리를 우롱하게 되었는가?

두번째 아그리겐트 사람

젊은 도제와 그의 선생, 두 사람은 당장 이 자리를 떠나야만 합니다.

헤르모크라테스

때가 되었습니다! ― 나는 그대들에게 간청합니다, 그대들 두려운 자들이여!

복수의 신들이여! — 제우스께서는 구름을 조정하시고
포세이돈 신께서는 파도를 다스립니다.
그러나 그대들 조용히 유랑하는 분들이여, 그대들에게는 595
지배하도록 숨겨진 일이 주어져 있습니다.
또한 한 독단적인 자가 요람에서
모습을 나타내는 그곳에 그대들 역시 있고
그자가 교만하게 신성을 모독하면서 번성하는 중에도
그대들은 조용히 생각하면서 그와 함께 가고, 그의 가슴 안에 600
귀를 기울여 듣고 있습니다. 부주의하게 지껄이는 말이
그대들에게 신들에 대한 적개심을 드러낼 때까지 말입니다.
그대들은 그를, 은밀하게 유혹하는 자이자
민중들에게서 감각을 빼앗고
이 나라의 법칙들을 농락하는 그를 알고 있습니다. 605
그리고 아그리겐트의 오랜 신들과
그 신들의 사제들을 한 번도 존중하지 않았던 그를 말입니다.
그리고 그대들 앞에 숨기려 든 적도 없습니다, 그대들 두려운 이들
이여!
그처럼 오랫동안 그는 침묵했고, 그의 무서운 생각도 숨겼습니다.
그러나 그는 그 생각을 이제 실현하고 있습니다. 가증스러운 자여! 610
그대는 그들 앞에서 처음으로 자신을 신이라고 불렀을 때
그들이 좋아서 춤이라도 추었어야 했다고 생각하는가?
그랬더라면 그대는 아그리겐트를 지배했을는지도 모르지,
유일하게 온갖 권력을 다 가진 독재자로서 말이지.
그리고 선량한 백성과 이 아름다운 나라가 615
그대의, 그대 혼자의 차지가 되었을지도 모르지.
그들은 그저 침묵했을 뿐, 충격을 받고 망연자실했지.

이제 그대가 창백해졌고, 그대가 한낮의 빛을 피해
그 아래로 달아난 그곳 그대의 어두운 회당 안에서
620 악의에 찬 번민이 그대를 마비시켰네.
그런데 이제 그대는 나타나서 나에게
그대의 불만을 쏟아붓고, 우리의 신들을 모독하려는 것인가?

첫번째 아그리겐트 사람

이제는 분명하다! 그자는 처형되어야 한다.

크리티아스

나는 당신들에게 말했었지요, 나는 그 몽상가를 믿지 않는다고 말이오.

엠페도클레스

오 너희들 미쳐 날뛰는 자들이여!

헤르모크라테스

625 당신은 아직도
여전히 입을 열어 말하면서 우리와는 더 이상
함께 나눌 것이 없다는 것을 눈치채지 못하고 있소. 당신은 이제 이방인이오.
그리고 살아 있는 모두에게 알 수 없는 인물이오.
우리의 목마름을 적셔주는 샘물에 당신의 몫은 없으며
630 우리를 경건하게 해주는 불꽃도 당신에게는 돌아가지 않소.
필멸하는 자들의 가슴을 기쁘게 해주는 것도
성스러운 복수의 신들께서 당신으로부터 빼앗아버리고

당신에게는 여기 위쪽 밝은 빛도
이 대지의 푸르름과 그것의 열매도 없으며
대기는 그 축복을 당신에게 내리지 않소. 635
당신의 가슴이 시원함을 찾아 한숨 쉬고 목말라 할 때 말이오.
모든 것은 부질없는 일이오, 우리가 속한 세계로
당신은 되돌아오려고 하지 않으니까 말이오. 당신은
복수를 행하는 자들, 성스러운 죽음의 신들에게 바쳐진 것이오.
그리고 그대로부터 제 영혼 안으로 다정한 말을 640
받아들인 자는 이제부터 화를 입을 것이오,
그대에게 인사를 건네고, 그의 손을 당신에게 내민 자
한낮에 그대에게 한 모금의 물을 건넨 자
그리고 제 식탁에 그대를 초대한 자
그대가 밤중에 집의 문 앞에 왔을 때 645
그대로 하여금 제 집 지붕 아래에서 잠들게 한 자
그리고 그대가 죽었을 때 그대 무덤가에 횃불을
밝힌 자, 화를 입으리라, 그대와 마찬가지로! — 썩 물러가시라!
조국의 신들께서는 그들의 신전이 있는 곳에서
모두를 경멸하는 자를 더 이상 참으려 하지 않으시니까.[27] 650

아그리겐트 사람들

썩 물러가라, 그의 저주가 우리에게 옮겨지지 않도록!

파우사니아스

오 갑시다! 선생님께서 홀로 가시는 길은 아닙니다.
금지되어 있으나 여전히 한 사람은 선생님을 공경합니다.
친애하는 분이시여! 선생님은 친구의 축복이

655 이 사제의 저주보다 더 강하다는 것을 알고 계십니다.
오 먼 땅으로 갑시다! 우리는 거기서
천국의 빛을 역시 찾아내게 될 것입니다. 그리고 기도하고 싶습니다,
선생님의 영혼 안으로 다정하게 빛이 비쳐들기를.
밝고 당당한 그리스의 땅 저 위쪽에
660 푸르른 언덕 또한 있고, 단풍나무는
선생님께 그늘을 만들어주고 부드러운 대기가
방랑하는 자들의 가슴을 시원하게 해줄 것입니다. 또한
선생님께서 더운 한낮에 지쳐 먼 길 위에 앉으시면
저는 이 두 손으로 신선한 샘에서 선생님이 마실 물을
665 길어 올 것이며, 먹을 것을 모아 오겠습니다.
선생님의 머리 위에 나뭇가지를 둥글게 엮어 그늘막을 쳐드리고
이끼와 나뭇잎으로 잠자리를 마련하렵니다.
그리고 선생님께서 잠드시게 되면, 제가 선생님을 지켜드리렵니다.
그리고 당연히 그자들이 허용하지 않으려는
670 묘지의 횃불도 제가 준비할 것입니다.
그 몰염치한 인간들!

엠페도클레스

오! 그대 충실한 사람이여! — 나를 위해서,
그대 시민들이여! 나는 아무것도 청하지 않겠노라. 그대들 마음대로 되어도 좋다.
나는 그대들에게 다만 이 젊은이를 위해 빌겠노라.
오 나에게서 얼굴을 돌리지 말라!
675 나는 그대들이 여느 때 사랑하면서
곁에 스스로 모여든 바로 그 사람이 아닌가? 그대들 스스로

나에게 함부로 손을 내밀지도 않았으며, 친구에게로
거칠게 몰려드는 것을 무엄하다고까지 여겼었다.
그렇지만 그대들은 아이들을 보내서, 그들이 나에게
손을 내밀었고, 이 평화스러운 아이들을, 작은 아이들을 680
그대들은 어깨 위에 태우고
두 팔로 높이 치켜세웠다 —[28]
내가 그 사람이 아닌가? 그가 원한다면
그대들이 그와 함께 거지처럼
이 나라 저 나라를 갈 수도 있다고 말했던 그 사람이 아니며, 685
가능하다면 그대들이
지옥에까지도 따라 내려가리라고 했던 그 사람이 아닌가?
너희들 천진한 인간들이여! 그대들은 나에게 모든 것을 주려고 했고
그대들의 삶을 쾌활하게 유지시키는 것을
그대들로부터 가져가라고 나에게 터무니없이 요구하기도 했지. 690
그러면 나는 그대들에게 내가 가진 것을 되돌려주었지.
그대들의 것보다 더 많이. 그대들은 이 사실을 알고 있네.
이제 나는 그대들을 떠나가네. 다만 한 가지 청원을
거부하지 말아주게, 이 젊은이를 보살펴주게!
그는 그대들을 해친 적이 없네. 그는 그대들이 나를 695
사랑했듯이 나를 사랑하고 있을 뿐이네. 그가
고상하지 않거나 아름답지 않다면, 나에게 말해주게!
미래에 그대들은 그를 필요로 할 것이네, 내 말을 믿어주게!
내가 자주 그대들에게 말했었지. 이 지상에
밤이 찾아오면 추워지게 될 것이고, 영혼이 곤궁한 가운데에서 700
쇠약해지리라고 말일세. 선한 신들께서
인간들의 시들어가는 생명을 살리기 위해서

제때에 그런 젊은이들을 보내지 않으신다면 말일세.
또 나는 말했네, 그대들은
705 쾌활한 정령들을 성스럽게 여기라고 말일세— 오 그를
보살피고 비탄의 소리를 지르지 말기를! 나에게 그것을 약속하기를!

세번째 아그리겐트 사람

꺼지라! 우리는 당신이 하는 말
한 마디도 듣고 있지 않다.

헤르모크라테스

그 애송이에게는 그가 원했던 대로
일이 일어나게 될 것이 분명하오. 경솔하게 버릇없이 군 대가를 치르고야 말겠지.
710 그는 당신과 동행할 거요. 당신의 저주가 그의 저주이니까.

엠페도클레스

그대는 침묵하고 있군그려, 크리티아스여! 숨기려 하지 마시오.
당신도 해당되니까. 당신은 이 젊은이를 알고 있소, 그렇지 않소?
짐승들의 쏟아지는 피가 죄악을 씻어버리지는
않지요? 내가 간청합니다. 그 사실을 그들에게 말하시오, 사랑하는 이여!
715 그들이 취한 것 같기는 하지만, 한마디 침착한 말을 해주면
그 불쌍한 자들의 정신이 다시 돌아오게 될 것이오!

두번째 아그리겐트 사람

그가 여전히 우리를 헐뜯고 있는 건가? 당신의 저주를 생각하고
연설을 그만두고 떠나시오! 아니면 우리가
당신을 손봐주고 싶은 심정이오.

크리티아스

말 잘했도다,
그대 시민들이여!

엠페도클레스

그렇군! — 그리고 그대들이 나를 720
손보고 싶다는 것인가? 무슨 일로? 벌써
굶주린 하피들[29]이 나의 생명에 침을 흘리고
있는 것인가? 그대들은 내 영혼이 빠져나갈 때까지
나의 시체를 훼손하는 일을 기다릴 수는 없는가?
가까이 오라! 갈기갈기 찢어서 전리품을 나누어라. 그리고 725
사제가 그대들의 맛있는 식사를 축복해주기를, 또한 자신이
믿고 있는 자들, 복수의 신들을 만찬에 초대하기를— 머뭇거리는
구나,
구원받지 못할 자여! 그대는 나를 알고 있는가? 내가
그대가 획책하는 악의에 찬 놀림을 깨뜨려야 하겠는가?
자네의 회색 머리카락과 함께, 여보게! 자네는 재가 되어 730
땅으로 되돌아가야만 한다네, 그대는 복수의 여신의
종이 되기에도 너무도 사악하기 때문이지.[30] 오 보아라!
그대는 그처럼 비열하게 거기 서 있군, 그러면서도 나에 대해서
대가인 척해도 된다고? 피 흘리고 있는 들짐승을 사냥질하는 것

735 그것은 정말 형편없는 짓거리이지!
나는 슬퍼했다, 이 사람이 그것을 알고 있었으니까. 배짱이 자라서
비겁에 이르렀다는 것을. 그는 날쌔게 나를 붙잡아놓고
오합지졸의 이빨더러 심장을 물어뜯으라고 부추기고 있구나.
오 누가, 누가 이 모욕당한 자를 구해줄까, 누가
740 고향을 잃고 낯선 이들의 집 주변을 치욕의 흉터를 지닌 채
헤매고 있는 그를 거두어줄까. 누가 임원의 신들께
그를 숨겨달라고 하소연할까 — 가자, 아들아!
그들은 나를 아프게 했다, 그렇지만 나는 그것을
잊을는지 모르겠구나, 그런데 그들이 너를 아프게 했는가? 아
745 그렇다면 이제 영원히 지옥으로 가라, 이름 없는 너희 모두!
서서히 꺼져가는 죽음을 죽으리라,* 그리고 사제의 까마귀 합창이
그대들을 동반하리라! 또한 시체들이 있는 곳에
늑대들이 모여드니, 어느 한 사람 너희들을 위해 거기
있으리라, 너희들의 피로
750 배가 부른 자, 너희들로부터
시칠리아를 정화시키는 자가. 메마르고 삭막하리라.
[여느 때 자줏빛 포도송이 더욱 착한 백성들을 위해
자라났고 어두운 임원에는 황금빛 열매, 그리고
고귀한 낱알. 성장했던 땅 언젠가는 낯선 이
755 그대들의 사랑의 폐허에 발을 들여놓으면
여기에 그 도시가 있었던 것인가? 묻게 될 것이다.

* 저주는 안 된다! 그는 무한히 사랑하지 않으면 안 된다. 그러고 나서 사랑 없이, 그리고 수호의 정령 없이도 살아야만 할 필요가 없을 때 그는 죽는다. 그렇지 않더라도 그의 이전의 성스럽고도 쾌활했던 삶으로 다시 되돌아가도록 그를 도왔을 화해 능력을 여지없이 그는 완전히 쏟아버리듯 해야만 하는 것이다.

이제 가거라! 너희들 한 시간도 안 되어
나를 다시 보지 못할 것이다—]

(그들이 가는 사이)

크리티아스여!

그대에게 내 한마디만 더 하고 싶소.

파우사니아스

(크리티아스가 되돌아오고 나서)

제가

나이 든 아버지께 가서 760

작별을 고하도록 허락해주시오.

엠페도클레스

오 무슨 일인가? 이 젊은이

그대들에게 무슨 일을 했는가? 그대 신들이여! 그러면 가보아라,
너 불쌍한 사람이여! 도시 밖에서 내가 기다리겠다,
시러큐스로 향하는 길목에서. 우리 함께 떠나자.

(파우사니아스가 다른 쪽으로 퇴장한다.)

제 6 장

엠페도클레스, 크리티아스

크리티아스

무슨 일입니까?

엠페도클레스

당신조차도 내 뒤를 쫓고 있는 건가?

크리티아스

765 그걸

왜 나에게 묻습니까?

엠페도클레스

나는 그걸 잘 알고 있지! 당신은 나를

미워하고 싶어 하지만, 나를 미워하지는 않아.

당신은 그저 두려워할 뿐이라고, 두려워할 것 아무것도 없는데도 말이야.

크리티아스

다 지나간 일이오. 당신은 더 무엇을 원하시오?

엠페도클레스

당신은

770 스스로 생각해본 적이 없소, 사제가

자신의 의지 안으로 당신을 끌어넣었소.
자책하지는 마시오. 아 당신이 그저 한마디 충실한 말을
청년을 위해서 해주었더라면 좋았을 것을. 그러나 당신은
민중을 두려워했소.

크리티아스

그 말밖에 나에게 할 말이
없소? 당신은 여전히 쓸데없는 775
수다를 좋아하는군요.

엠페도클레스

오, 좀 순하게 말하시오.
나는 당신 딸의 생명을 구해주었소.

크리티아스

당신이 정말 그랬지요.

엠페도클레스

당신은 신경을 곤두세우고 조국이
저주하고 있는 사람과 말하기를 꺼리고 있소.
나에게는 그렇게 생각되오. 그저 780
나의 그림자와 말하고 있다고 생각하시오.
밝은 평화의 나라로부터 명예롭게 되돌아온 그림자 말이오.

크리티아스

백성들이 당신이 말하고자 하는 것이 무엇인지

알고 싶어 하지 않았더라면
785 당신이 부를 때 내가 오지 않았을 것이오.

엠페도클레스

내가 당신께 말하고자 하는 것은
백성들과는 관계가 없소.

크리티아스

무슨 말이오?

엠페도클레스

당신은 이 땅 시칠리아를 떠나야만 하오. 당신의
딸을 위해서 당신에게 말해주는 거요.

크리티아스

당신 일만 생각하시고
다른 일은 걱정하지 마시오!

엠페도클레스

790 당신은
그녀를 알고 있지 않소? 또한 뛰어난 한 사람보다
바보들로 가득 찬 한 도시가 가라앉는 것이
얼마나 더 나은 일인지[31] 이해하는 게
그렇게 어려운 일이오?

크리티아스

당신은

이곳에 있지 않으려 하기 때문에 그렇게 생각하는 것이오. 그렇게

좋은 일이 이 나라 안에는 없을 수도 있지요.

엠페도클레스

당신은 그녀를 알고 있지 않소? 795

그런데 눈먼 자처럼, 신들께서 당신에게 준

그것을 더듬거리며 찾고 있는 것이오? 또한

이 집 안에 밝은 빛이 당신에게 비치는 것도 헛된 일이오?

나는 당신에게 말해두겠소. 이 백성들한테서

경건한 삶은 그 평온을 찾을 수 없소. 800

그녀가 그렇게 아름답지만 그런 삶은 당신에게 여전히 외로울 뿐
이오.

그리고 그녀는 기쁨을 모른 채 죽어버릴 것이오. 왜냐하면 신들의

연약하고 진지한 딸은 결코 가슴에 야만인들을

받아들이지 않기 때문이오. 내 말을

믿으시오! 세상을 하직하는 영혼들은 진리를 말하는 법이오. 805

그러니 나의 충고를 이상하게 여기지 마시오!

크리티아스

내가 지금

당신에게 무슨 말을 해야 하겠소?

엠페도클레스

따님과 함께

성스러운 땅, 엘리스나 델로스로 가시오.[32]
거기 따님이 사랑하면서 찾고 있는 이들이 살고 있고
810 거기 영웅들의 조상(彫像)들이
월계나무 숲 안에 조용히 합쳐 서 있는 곳.[33] 거기서 따님은 쉬게 될 것이오.
거기서 침묵하는 우상들 가운데
아름다운 감각, 고요하고 만족스러운 감각이
스스로를 달래게 될 것이오. 그리고 고결한 그늘에서
815 그녀가 그 성스러운 가슴에 남몰래 품고 있는
고뇌가 잠들게 될 것이오. 그리고 쾌청한 축제의 날
헬라스의 아름다운 청춘이 거기에 모이게 되면
거기를 에워싸 낯선 이들이 서로 인사를 나누고
희망으로 기쁨에 찬 삶이 여기저기
820 마치 황금빛 구름 떼처럼 그녀의 잔잔한 가슴을
에워싸 반짝일 것이오. 그러면 여명이
기쁨을 향해서 꿈꾸는 경건한 따님을 깨우게 될 것이오.
또한 고상한 서주(序奏) 가운데 노래와 화환을
차지한 최고들 중 한 사람을
825 그녀가 선택하게 되고, 그 한 사람은 어둠으로부터
그녀를 끌어내어 이들 모두 일찍이 그녀와 한데 어울릴 것이오.
이런 일이 당신 마음에 든다면, 나의 명령에 따르시오.

크리티아스

당신은 불행을 겪으면서도 그런 황금빛 말들을
여전히 그렇게 많이 간직하고 있는 것이오?

엠페도클레스

조롱하지 마시오!

세상을 하직한 자들 모두는 다시 한번 830
기꺼이 회춘하는 법이오. 죽어가는 자의 눈길은
언젠가 그 힘으로 그대들 가운데 반짝였던
빛이오. 다정하게 꺼지도록 버려두시오.
그리고 만일 내가 그대들을 저주했다면, 당신의 딸은
나의 축복을 받게 될지도 모르겠소. 내가 축복을 내릴 수 있다면 835
말이오.

크리티아스

오 그만두시오, 나를 어린아이로 취급하지 마시오!

엠페도클레스

그러면 나에게 약속하시오, 그리고 내가 충고하는 것을 실천하시오.
이 땅을 떠나시오. 만일 당신이 이것을 거절한다면
그 고독한 여인은 독수리에게 빌지도 모르오.
이들 종들로부터 자신을 떼어내어서 840
천공 높이 구출해달라고 말이오! 이보다 더 좋은 충고를 나는 모르겠소.

크리티아스

오 말하시오, 우리가 당신을 정당하게 대하지
않았소?

엠페도클레스

어찌해서 당신은 이제 묻는 것이오? 나는 당신을
용서했소. 당신은 내 말을 따르겠다는 것이오?

크리티아스

그렇게 빨리
내가 선택할 수는 없소.

엠페도클레스

845 잘 선택하시오.
그녀가 몰락하고 말 곳에 그냥 머물러 있어서는 안 되오.
그녀에게 말해주시오, 한때 신들이 사랑했던
그 사람을 생각하라고 말이오. 그렇게 하겠소?

크리티아스

어찌 당신은 그것을 청하시오? 그러나 그렇게 하겠소. 그러니
당신은 이제 당신의 길을 가시오, 불쌍한 분이시여!
(퇴장한다.)

제 7 장

엠페도클레스

그렇다! 850

나는 나의 길을 가련다, 크리티아스여!
그런데 어디로 가는지 그대는 알고 있느냐? 나는
내가 막바지에 이르기까지 주저한 것을 부끄러워하지 않을 수 없다.
얼마나 자주, 그대에게 경고했었던가? 돌아갔어야
옳았다. 그러나 이제는 어쩔 수가 없게 되었구나! 855
내가 그렇게 오랫동안 기다리지 않으면 안 되었던 것이 무엇인가,
행복과 영혼과 청춘이 다 비껴갈 때까지, 그리고
우둔함과 비참함 이외에 아무것도 남겨진 것이 없을 때까지 말이다.
오 침묵하는 신들이시여! 착한 신들이시여! 항상
필멸의 인간들의 인내하지 못하는 말들이 860
서둘러 앞서고 성취의 시간들은 건드리지 않은 채
성숙하게 하지 않습니다. 많은 일들은 제멋대로
지나가고 맙니다. 그리고 한층 가벼워집니다.
이 늙은 바보는 모든 일에 매달려 있습니다! 그리고 한때
아무런 생각 없이, 조용한 소년이었던 제가 865
저의 푸르른 대지 위에서 노닐었을 때, 저는
지금보다 한층 더 자유로웠습니다. 오, 작별을 고해야겠구나!
나를 품어주었던 작은 오두막조차도 나를
허락하지 않는구나 — 이것까지도 잃게 되는구나, 오 신들이시여!

제 8 장

엠페도클레스, 엠페도클레스의 세 명의 하인

첫번째 하인

주인어르신, 떠나시렵니까?

엠페도클레스

870 정말 떠나려고 한다, 나의 착한 _ ◡ _
나에게 여행 장비를 챙겨주거라, 내가
지닐 수 있을 만큼 말이다. 그리고 나를
저 밖 길까지 데려다주려무나— 그것이
너의 마지막 일이다!

두번째 하인

오 신들이시여!

엠페도클레스

너희들은 항상
875 내 주위에 기꺼이 있어왔다. 좋은 젊은 시절부터, 너희들은
내 아버지의 집이었고 지금은 나의 집인
이 집에서, 함께 자라왔던 이곳에서
살아왔기 때문이지. 그래서
내 가슴에는 명령조의 차가운 말이 낯설구나.
880 너희들은 종살이의 운명을 결코 느끼지 않았지.
나는 너희들이 내가 가야만 할 길에는

기꺼이 나를 따랐다고 믿고 있다. 그러나 나는
사제의 저주가 너희들을 두렵게 하는 것을 견딜 수가 없구나.
너희들은 그를 잘 알고 있다, 그렇지 않느냐? 너희들과 나에게
세상은 열려 있다. 너희 아이들아, 그러니 이제는 885
각자가 자신의 행복을 찾아가야 한다—

세번째 하인

오, 아닙니다!
저희들은 주인님과 떨어지지 않으렵니다, 그럴 수가 없습니다.

두번째 하인

주인님께서 저희들에게 주시는 사랑이 얼마인지 사제는 모릅니다.
그가 다른 사람들에게는 금지할지 몰라도 저희들에게는 명령할 수 없습니다.

첫번째 하인

저희들이 주인어른의 것이라면, 저희들이 890
주인어른 곁에 있도록 허락해주십시오. 저희들이
함께 있었던 것이 하루 이틀이 아니지 않습니까. 어른께서 스스로 말씀하시고 계십니다.

엠페도클레스

오 신들이시여! 저에게는 자식이 없습니다. 그래서
이 세 사람과 호젓이 살고 있습니다. 또한 이 평안의 처소에
넋을 잃고 집착하고 있는 듯합니다. 895
마치 잠결에 걸어 다니는 것처럼, 꿈속에서

발을 움직이려고 애쓰는 걸까요? 일은 달리 될 수가 없습니다.
그대들 착한 이들이여! 더 이상 저에게 다른 말씀 마시기를 빕니다.
그리고 우리가 더 이상 예전의 우리가 아닌 것처럼 행동케 해주십시오.
900 저는 그 인간이 나를 사랑하는 모두를 저주하면서
즐기는 것을 허락하고 싶지 않습니다—
너희들은 나와 함께 가지 않게 될 것이다, 내가 너희들에게 이것을 지금 말한다.
집 안으로 들어가서 너희들이 찾을 수 있는 가장 좋은 것들을 고르거라.
그리고 머뭇거리지 말고 달아나거라. 그러지 않으면
905 이 집의 새로운 주인들이 너희들을 붙잡으려 할 것이다.
그러면 너희들은 한 비겁한 자의 노예가 되고 말지도 모른다.

두번째 하인

그렇게 혹독한 말씀으로 저희들을 떠나보내려고 하십니까?

엠페도클레스

너희들을 위해서이고 또 나를 위해서이다— 자유의 몸이 된 친구들이여!
남자다운 힘으로 삶을 움켜쥐고, 신들로 하여금
910 명예로써 너희들을 위로하시게 하라. 이제 비로소
너희들은 이 순간부터 새 삶을 시작하게 될 것이다.
인간들에게는 오르내림이 있는 법이다. 더 이상 꾸물대지 말아라!
내가 말한 대로 행하라.

첫번째 하인

제 마음의 주인어르신이여! 목숨을 아껴주십시오.
쓰러지지 마십시오!

세번째 하인

저희들이 주인어르신을
다시는 보지 못하리라 말씀하시는 겁니까?

엠페도클레스

오 묻지들 말아라, 그래봐도 915
부질없는 일이다. (그들에게 떠나라고 힘을 주어 몸짓한다.)

두번째 하인

(퇴장하면서)
아! 거지처럼 그분이 이제 이 땅 이곳저곳을
떠돌며 어디고 그분의 생명 안전한 곳 없게 된단 말인가?

엠페도클레스

(침묵한 채 그들의 뒤를 바라다보면서)
잘 있어라! 내가
너희들을 너무 매정하게 보내버렸구나, 잘 있어라, 너희들 충실한 920
이들이여.
그리고 내가 자라고 꽃피워 올랐던 나의 양친의 집이여,
그대도 잘 있어라! — 너희들 사랑스러운 나무들 역시!
너희들 신들의 친구인 내가 부르는 기쁨의 찬가로 정화되었도다,
내 평안의 조용하고도 친밀한 친구들이여!

925 오 너희도 죽어야 하고 미풍에 생명을 되돌려주어야 한다, 지금은
그대들의 그늘 아래 미개한 백성들 빈둥거리고 있기 때문이지.
내가 행복하게 걷고 있었던 곳, 그곳에서 그들은 나를 조롱했었다.
슬픕니다! 그대 신들이시여, 저는 추방되었나이다!
그대들 천상에 계신 분들이시여, 그대들이 저에게 행하신 바를
930 사제가, 소명도 받지 않은 자가, 영혼도 없이 따라 행한 것입니까?
그대들은 저를 외롭게 버려두고 있습니다. 그대들을 얕보았던 저를 말입니다. 그대들 사랑하는 이들이여!
그리고 그가 저를 고향에서부터 밖으로 내동댕이치고 있습니다.
저주가 메아리치고 있습니다. 이 저주를 제 자신이
오합지졸들의 입에서부터 가련하게도 나에게 되돌렸던 것입니까?
935 아 그대들 복된 자들이여, 한때 그대들과 더불어 내면적으로 살았던 자,
그리고 기쁨 가운데 세계를 자기의 것이라고 불렀던 자,
이제는 자려고 해도 머리 둘 데가 없고
제 자신의 마음 안에 쉴 수조차 없나이다.
필멸하는 자의 길들, 너희들 이제 어디로 향하는가?
940 너희들 많기도 하다, 나의 길 중 가장 짧은 길 어디에 있는가? 어디에?
가장 빠른 길을 머뭇거린다면 그것은 치욕이다.
아! 나의 신들이시여! 한때 저는 경기장에서
연기 나는 바퀴를 걱정하지도 않고 마차를 몰았습니다. 그처럼
곧 그대들에게로 돌아가렵니다, 참으로 위험하다 할지라도 말입니다.

(퇴장한다.)

제 9 장

판테아, 델리아

델리아

조용히 해, 판테아야! 945
한탄을 그만둬! 아무도 우리가 있는 걸 알아서는 안 돼.
나는 집 안으로 들어가겠어. 어쩌면 그분이
아직 안에 계실지도 몰라. 너는 다시 한번 그분을 뵙게 될 거야.

판테아

오, 그렇게 해. 그렇게 하라고, 사랑스러운 델리아.
그사이 나는 안정을 빌겠어. 내가 이 쓰디쓴 950
운명의 시간에 그 드높은 분을 뵐 때
나의 심장이 멈추지 않도록 말이야.

델리아

오 판테아!

판테아

(한참 동안의 침묵 후, 혼자서)
나는 할 수가 없네— 아, 내가 더 태연해진다면,
그것은 역시 죄일 것이다!
저주를 받았는가? 모르겠네, 그리고 너 955
깜깜한 수수께끼여! 나의 감각을 빼앗아버렸구나.
그분은 어떻게 될까?

(쉼. 깜짝 놀라면서 다시 돌아온 델리아를 향해서)
무슨 일이 있었니?

델리아

아! 모두가 죽고
황폐해질 수 있는 일인가?

판테아

떠나셨는가?

델리아

그럴까 봐 무서워, 모든 문들이
열려진 채야. 그러나 아무도 보이지 않아.
960 소리를 쳤는데, 집 안에서 그저 메아리만
들렸어. 더 이상 머물고 싶지 않아—
아! 그녀는 거기에 말없이 창백하게 서 있네. 그리고
나를 낯설게 바라보고 있어, 불쌍한 여인이. 너는 나를 더 이상 몰라보는 거야?
나는 너와 함께 이것을 견디어낼 거야, 사랑하는 이여!

판테아

자! 너는 가야 돼!

델리아

어디로?

판테아

어디로? 아! 그것을, 965

정말 그것을 저는 알지 못합니다, 그대들 착한 신들이여!
슬프도다! 희망이 없구나! 그리고 그대,
저기 위쪽 황금의 빛이여, 나에게 부질없이 비치고 있는가?
그분은 떠났다. 이 외로운 여인, 어찌하여
두 눈이 빛을 받아 밝은지 어찌 알 수가 있겠는가. 970
있을 수 없는 일이다, 그렇다! 이러한 행위는
너무도 뻔뻔스럽다, 너무도 몸서리쳐지는 일이다. 그런데
너희들 모두 그렇게 했다. 내가 여전히 이들의 곁에서
살아야 하고 또 침묵해야 하겠는가? 슬프고 눈물이 난다.
이 모든 것에 대해서 나는 그저 눈물만 흘릴 뿐이구나! 975

델리아

오! 그저 울어도 되지! 너에게는 그것이
침묵하거나 떠드는 것보다는 나을 것 같아.

판테아

델리아야!

그분은 그곳을 산책했었지! 그리고 그의 정원은
그분 때문에 나에겐 무척 소중한 곳이야. 아,
나의 삶이 만족스럽지 않을 때면 자주, 그리고 980
어울리지 못하는 내가 다른 사람들에게서 마음의 상처를 받고
우리의 동산을 헤맬 때면, 나는 거기서
이 나무들의 정수리를 바라다보면서 생각했었지, 저기
누군가가 있다! 고 말이야. 그러면 나의 영혼은

985 그를 향했지— 아! 얼마나 가혹하게 그들이
나의 우상을 망가뜨렸던가, 나의 영웅의 표상을
길바닥에 내동댕이쳤던가, 나는 생각조차 하지 못할 것 같다.

델리아

그렇게 위대한 분이
쓰러지셨어.

판테아

네가 할 수 있는 말이 그게 다인가? 오 델리아여
990 새로운 태양처럼 그는 우리에게 오셨고
빛을 비치셨고 다 익지도 않은 삶을
황금의 줄에 달아매 다정하게 자신에게로 당기셨지.[34]
그리고 오랫동안 시칠리아는 그분을 기다려왔었다.
그분과 같은 인간이 이 섬을 다스린 적 없었고
995 사람들은 그가 세상의 정령들과 더불어
한데 어울려 살고 있다고 진정으로 느꼈었다.
영혼이 충만한 이여! 당신은
그들 모두를 가슴에 안으셨습니다, 아 슬픕니다! 당신은 이제
그 대가로 치욕을 받으시고 이 고장 저 고장으로 떠도셔야 합니다.
1000 가슴에 독을 지니시고,
오 저로 하여금
그대들 현명한 심판자들이시여! 벌 받지 않은 채 벗어나게 마십시오.
저는 그분을 존경합니다. 만일 당신들이 그것을 모르고 있다면
그것을 당신들의 면전에 대고 선언하렵니다.
1005 그러면 당신들의 고향에서부터 나를 밀쳐내겠지요.

그 미쳐 날뛰는 사람, 나의 아버지가 그분을 저주했고,
아! 그렇게 나를 또한 저주할 것입니다.

델리아

오 판테아야! 네가 그렇게 너의 슬픔을
내세우면 나는 놀라게 돼. 그분이 고통에서
그 당당한 정신을 기르시고서도, 과연, 너처럼 1010
비탄 가운데에서 더 격렬해지실까?
나는 믿고 싶지 않아, 내가 두려우니까.
그분이 도대체 무엇을 결심하셔야만 할까?

판테아

네가
지금 나를 걱정스럽게 만들고 있는 거냐? 내가 도대체 무슨 말을 했다고?
나는 더 계속하지 않겠다— 그래, 나는 참으련다. 1015
그대들 신들이시여! 저는 더 이상 헛되게
당신들이 제게서 멀리 떼어내버린 것을
다시 얻으려 하지 않으렵니다.
당신 성스러운 분이시여! 어디에서도 당신을 찾을 수 없다면,
당신께서 거기에 계셨다는 것을 기쁘게 생각할 수 있습니다. 1020
저는 침착해지겠습니다. 종잡을 수 없는 생각 때문에
고귀한 모습이 저에게서 달아날는지도 모르니까요.
저의 한 가지 소망은 한낮의 소란이
내가 조용히 거닐 때 나를 동반해주는
형제와 같은 그림자를 쫓아버리지 않는 것입니다. 1025

델리아

너 꿈꾸는 친구야! 그분은 여전히 살아 계신다.

판테아

그분이 살아 계셔? 그럼 그렇지! 그분은 살아 계신다! 그분이 걷고 계신다.

넓은 들판을 밤낮으로. 그의 지붕은
먹구름 그리고 대지는
1030 그분이 누울 침대. 바람이 그분의 머리카락을 주름 짓고
빗방울은 그분의 눈물과 함께 그분의 얼굴에서
방울져 떨어진다. 해가 뜨거운 한낮에
그분의 옷을 다시 말려주는구나.
그분이 그늘도 없는 모래밭을 가고 계실 때 말이야.
1035 그분은 익숙한 길을 찾지 않으신다. 낭떠러지에서,
사냥한 것을 먹고 사는 이들에게
그분처럼, 낯설고 지극히 의심스러운 자들에게
잠시 머무신다. 그들은 저주에 대해서 아무것도 모른다.
그들은 그들의 거친 음식물을 그분께 건네주며
1040 그것으로 더 긴 방랑을 위해 사지를 강하게 만드신다.

그렇게 그분은 살아 계신다! 슬프도다! 그런데 그것이 확실하지 않구나!

델리아

그래! 끔찍한 일이야, 판테아야.

판테아

그것이 끔찍한 일이라고?

불쌍한 친구여, 어쩌면, 오래지 않아서

그분이 두들겨 맞아 길바닥에 쓰러져 있다는

소식을 전하려고 그들이 와서 서로 이야기를 나누는 날. 1045

네가 나를 위로하게 될 거야.

신들은 물론 그저 지켜만 볼 뿐이지, 그들은

사람들이 그분을 치욕스럽게 고향으로부터

추방했을 때에도 침묵했었으니까.

오 당신이시여! — 당신은 어떻게 끝을 맺으실 셈인가요? 1050

당신은 벌써 지쳐 땅 위에서 비틀거리고 있습니다, 당당한 독수리이신 당신이여!

그리고 당신이 가고 있는 길을 피로 물들이고 있습니다.

비겁한 사냥꾼들 중 한 사람 당신을 거칠게 붙잡아

당신의 죽어가는 머리를 바위에 내동댕이친다면

그럼에도 그들이 당신을 한때 주피터의 총아였다고 하겠습니까? 1055

델리아

아 사랑스럽고 아름다운 영혼인 그대여! 그렇게만 되지 않기를!

그런 말만은 하지 말기를! 네가

너에 대한 걱정이 얼마나 나를 사로잡는지 안다면 말이야!

도움이 된다면, 무릎을 꿇고 너에게 빌고 싶어.

좀 진정해. 이제 여기를 떠나자. 1060

아직 많은 것들이 바뀔 수도 있어, 판테아야.

어쩌면 백성들이 곧 후회할 거야. 그들이

그분을 얼마나 사랑했는지 너는 알고 있지. 가자! 나는

너희 아버지를 뵈러 가겠어, 당연히 네가
1065 나를 도와야 해. 우리가 어쩌면 그를 설득할 수 있을 거야.

판테아

오, 저희는 당연히 그렇게 해야 합니다, 그대들 신들이시여!

제 2 막*

에트나 화산 부근
어느 농부의 오두막

제 1 장

엠페도클레스, 파우사니아스

엠페도클레스

별일 없는가?

파우사니아스

오 선생님께서
한마디 말씀하시는 것 들으니 기쁩니다, 사랑하는 —
선생님께서도 동의하시나요? 여기 이 위에서는
더 이상 저주가 지배하지 않고 우리 고향 땅은 먼 곳에 있습니다. 1070
이 고원에서는 숨 쉬기가 한결 수월하군요.

* 여기서 그가 겪는 고통과 비방이 그가 다시 되돌아가는 것을 불가능하게 만들었고, 신들에게로 가야겠다는 그의 결심이 그저 자의적이라기보다는 불가피한 것으로 내비치도록 묘사되어야만 한다. 아그리겐트 사람들과 그의 화해는 지극한 아량으로 그려진다.

그리고 한낮의 빛을 향해서 다시 눈길을
주어도 되고 걱정거리가 있어
우리의 잠을 방해하지도 않습니다. 또한 어쩌면
1075 사람들의 손길이 우리에게 익숙한 음식을 다시 건넬지도 모릅니다.
선생님께서는 돌보심이 필요합니다, 사랑하는 분이시여! 그리고
성스러운 산이 아버지처럼
평온 가운데 내쫓김을 당한 손님들을 편안히 받아주고 있습니다.
선생님께서 이 오두막에서 우리가 당분간
1080 머무는 것을 허락하신다면, 제가
그들이 우리가 머무는 것을 허락할지 외쳐 물어도 되겠습니까?

엠페도클레스

한번 해보아라! 그들이 벌써 밖으로 나오고 있구나.

제 2 장

앞의 두 사람, 한 농부

농부

무엇을 찾고 계십니까? 길은 저기 아래쪽으로
나 있습니다.

파우사니아스

당신 집에 잠시 머물도록 허락해주시오.

우리 차림새를 보고 꺼려하지는 마시기 바라오, 착한 분이여. 1085
우리가 걷고 있는 길은 고난의 길이고 고통을 당하는 사람은
자주 다른 사람들의 의심을 산답니다— 신들께서
우리가 어떤 사람들인지 당신에게 알려주시면 얼마나 좋겠습니까만.

농부

이전에는 당신들 사정이 지금보다 나았던 것이 틀림없어 보입니다.
그렇게 믿고 싶습니다. 그렇지만 도시가 그렇게 1090
멀지 않습니다. 당신들은 거기서도
반겨 맞을 사람을 찾아낼 것입니다. 낯선 사람보다는
그 사람에게 가시는 것이 훨씬 나을 것 같습니다.

파우사니아스

아!
우리가 불행 가운데에 있으면서 찾게 되면
손님을 맞을 친우들조차 쉽사리 우리를 꺼리게 되는구나. 1095
그러니 낯선 사람이 우리의 대수롭지 않은 청조차
들어주지 않는 것에 까닭이 없는 것은 아니지.

농부

어디서 오시는 길입니까?

파우사니아스

알아서 뭐하겠소?
금을 드릴 테니 묵어갈 수 있게 해주시오.

농부

1100 금을 주면 많은 문들이 열리는 건 틀림없지요.
그러나 나의 문은 그렇지 않습니다.

파우사니아스

무슨 뜻입니까? 우리에게
빵과 포도주를 주시고 원하는 만큼 대가를 청하십시오.

농부

다른 데서 찾으시는 것이 나을 것 같습니다.

파우사니아스

오 야박합니다! 그렇지만 한 쪼가리
1105 헝겊을 주실 수는 있겠지요. 제가 그분의
발을 좀 싸매야겠습니다. 돌밭길을 걸어
두 발에 피가 흐르고 있습니다— 그분을
한번 보기만이라도 하십시오! 그분은 시칠리아의 훌륭한 영혼입니다.
당신들의 영주들보다 훨씬 귀한 분입니다! 그분이
1110 당신의 문 앞에 근심으로 창백한 채 서 계십니다.
그리고 당신 집의 그늘과 빵을 구걸하고 있습니다.
그런데 당신이 그것을 거절하시겠습니까? 그리고 죽도록
지쳐 목말라 하는 그를 문밖에, 거친 들짐승조차도
불타는 태양을 피해 굴로 도망치는
1115 이 한낮에 그대로 세워놓으시렵니까?

농부

나는 당신들을 압니다. 아 애처롭습니다! 저분은
아그리겐트의 저주받은 사람입니다. 처음부터 예감했습니다.
떠나십시오!

파우사니아스

하늘에 맹세코! 우리는 가지 않으렵니다! — 이 농부가
선생님의 안전을 저에게 보장할 것입니다, 성스러운 이여!
그사이 가서 먹을 것을 구해오겠습니다. 이 나무에 기대서 1120
쉬고 계십시오— 잘 들으시오, 당신!
만일 그 누구의 손이든 이분에게 해를 끼치면
내가 밤에 몰래 와서 당신이 생각하기도 전에
당신과 이 초가집을 불살라버릴 겁니다.
명심하십시오!

제 3 장

엠페도클레스, 파우사니아스

엠페도클레스

애야, 걱정하지 말아라! 1125

파우사니아스

무슨 말씀을 그렇게 하십니까? 선생님의 생명은 저에게

온갖 걱정을 다 해야 할 만큼 값집니다. 이자의 생각으로는
우리처럼 그런 저주를 받은 사람에게는
아무것도 못할 짓이 없다고 여기는 듯합니다.
1130 그리고 그의 욕망은 다만 자신의 외투만을 위해서도
살해도 불사하도록 쉽게 몰아세울 수도 있을 것 같습니다.
왜냐하면 그에게는 그렇게 저주받은 사람이 여전히 살아 있는 사람들처럼
여기저기 오가는 것이 합당치 않아 보이기 때문이지요.
선생님은 그걸 알아채지 못하셨습니까?

엠페도클레스

오 아니다, 나도 알고 있다.

파우사니아스

선생님은
웃으시면서 그런 말씀을 하십니까? 오 엠페도클레스여!

엠페도클레스

1135 충실한 사람이여.
내가 자네 마음을 아프게 했군. 나는
그럴 생각이 아니었다네.

파우사니아스

아! 제가 참을성이 없어서일 뿐입니다.

엠페도클레스

진정하거라! 나를 위해서라면! 곧
모든 것이 지나가게 될 것이다.

파우사니아스

그렇게 말씀하시는가요?

엠페도클레스

자네가
보게 될 걸세.

파우사니아스

선생님 지금 심신이 괜찮으신가요? 먹을 것을 찾아 1140
저는 들로 가보려고 합니다만, 필요치 않으시다면
차라리 그냥 있겠습니다. 아니면 우리가 여기를 떠나
먼저 산중에 우리를 위한
마땅한 장소를 찾는 것이 더 나을 것도 같습니다.

엠페도클레스

저기를 보아라! 가까이
샘이 반짝이고 있구나. 그것도 우리의 것이다. 1145
너의 물그릇, 조롱박을 가지고 가라, 물을 마셔야
내 영혼이 다시 생기를 얻겠구나.

파우사니아스

(샘 곁에서)

어두운 대지로부터
맑고 시원하게 그리고 힘차게 물이 솟아납니다, 선생님!

엠페도클레스

너부터 마시거라. 그리고 떠서 나에게도 갖다주려무나.

파우사니아스

(그에게 물을 건네주면서)*
신들께서 선생님께 축복 내려주시기를.

엠페도클레스

1150 그대들을 위해서 내가 마시노라!
그대들 오랜 다정한 이들이여! 나의 신들이시여!
그리고 나에게 되돌아온 자, 자연이여! 벌써
달라졌구나. 오 그대들 선한 이들이여! 그대들은
앞서가고 내가 오기도 전에 그대들은 거기에 있도다.
1155 그리고 열매가 열리기 전에
꽃이 활짝 피어나야 하는 법! — 침착하거라, 애야! 그리고 들어라,
우리는 더 이상 일어났던 일을 말하지 않을 것이다.

파우사니아스

선생님은 달라지셨습니다. 선생님의 눈이 빛나고 있습니다.
마치 승리한 자의 눈처럼요. 어쩐 일인지 모르겠군요.[35]

---

* 이때부터 그는 하나의 드높은 존재로 모습을 보여야만 한다. 앞에서의 그의 사랑과 힘에 완전히 의존한 가운데.

엠페도클레스

우리는 여전히 젊은이들처럼 종일 1160
한데 모여서 많은 것을 말하고 싶어 한다. 또한
고향의 그늘을 찾아내는 일도 어렵지는 않다. 거기서
아무런 근심 없이 충실하게 오랫동안 믿어온 사람들이
사랑스러운 대화를 나누면서 함께 자리하는 것이지—
나의 사랑하는 이여! 우리는, 한 바구니의 포도 열매를 곁에 둔 1165
착한 소년들처럼, 아름다운 순간을 맞이하고
사랑스러운 진심을 그렇게 자주 만끽했었다.

파우사니아스

오 저에게 모두 말씀해주십시오, 선생님처럼 저도
기뻐할 수 있도록 말입니다.

엠페도클레스

자네도 보았지 않은가? 내 생애의
아름다운 시간이 오늘 다시 한번 1170
되돌아오고, 보다 위대한 일이
앞에 다가오고 있다. 오르자, 오 아들이여,
옛 성스러운 에트나의 정상을 향해서 가자꾸나.
거기 높은 곳에 신들이 더 위대하게 임하고 계신다.
거기서 나는 오늘 이 두 눈으로 강물들과 1175
섬들과 그리고 바다를 보고 싶구나.
거기서 황금빛 물살들 위로 머뭇거리며
햇빛이 헤어지면서 나를 축복해주기를,
내가 한때 맨 먼저 사랑했던

1180 찬란하게 싱싱한 햇빛이 말이다. 그러고 나면 우리들을 에워싸고
영원한 천체가 반짝이며 침묵하리라, 한편으로는
대지의 이글거리는 불이 산의 깊은 곳으로부터 솟아오르고
천지를 움직이는 자, 천공의 정신은
부드럽게 우리를 어루만질 것이다, 오 그러고 나면!

파우사니아스

선생님께서는 그런 말씀으로
1185 저를 놀라게 하실 뿐입니다. 저에게 선생님은 이해가 되지 않기 때문이지요.
선생님은 쾌활해 보이시고 말씀도 당당하게 하십니다.
그렇지만 저에게는 선생님이 슬퍼하시는 것 같다는 생각이 듭니다.
아! 선생님의 가슴 안에는 여전히 치욕감이 타오르고 있습니다.
당신께서 겪으신 그 치욕이 말씀입니다. 그런데도 선생님은
아무렇지도 않은 듯 여기고 계십니다.

엠페도클레스

1190 오 신들이시여! 그 역시
끝내 저의 평온을 내버려두지 않는군요. 그는
거친 말로 저의 마음을 흔들어놓고 있습니다. 만일 자네가 그러기를
원한다면 떠나라. 죽거나 살거나 간에! 지금은
내가 무엇을 괴로워하고, 내가 누구인지
1195 많은 말을 할 시간이 아니다.
모든 것은 다 끝났다. 더 이상 알고 싶지 않구나.
오 치워라! 이것은 미소 지으면서

때맞추어서 굶주린 새끼들을 먹여 살리는,
비탄하며 기꺼워하는 가슴에 담겨 있는 고통은 아니다— 이것은
뱀이 문 상처이다.
또한 나는 신들께서 그 가슴에 그런 독이 묻은 앙갚음을 1200
보낸 첫번째 사람이 아니다.
내가 그럴 만하기나 한가? 나는 때에 걸맞지 않게
나에게 경고한 자네를 기꺼이 용서할 수 있다.
사제가 자네의 눈앞에 어른거리고
자네의 귓전에는 우매한 대중의 비웃는 외침이 쟁쟁하게 울리고 1205
있나 보구나.
우리가 사랑하는 도시를 떠날 때 동반했던
형제들의 만가(輓歌)도 말일세.
아! 나를 바라보고 있는 모든 신들께 걸고 말하건대
그들이 나에게 행한 일이 없었다면, 나는
아직도 이전의 노인 그대로였을 터이네. 무슨 말이냐고? 오 1210
수치스럽게 나의 나날 중 어느 날 나를
이 비겁한 자들에게 팔아넘기고 말았다— 조용히!
이 모든 것 지금까지 어떤 유한한 자가 묻힌 것보다
더 깊이, 유례없이 깊이 그 아래로 묻어야만 할 것이다.

파우사니아스

아! 내가 그분의 경쾌한 마음을 1215
그 당당한 가슴을 몹시 언짢게 해드렸구나, 그전보다
지금 그분의 근심이 더욱 늘어나는구나.

엠페도클레스

이제 한탄은 그만두고
나를 더 이상 방해하지 말라. 시간과 함께
모든 것은 인간들이나 신들 모두에게 잘될 것이다.
1220 나는 곧 화해할 것이다, 아니 나는 벌써 화해했다.

파우사니아스

그것이 가능한가요? — 무섭도록 침울한 마음이
치유되어, 더 이상 홀로이거나 가련하다고 생각지 않으신가요?
높은 분이시여 그리고 인간들의 행위가 선생님께는
아궁이의 불길처럼 순결하다고 생각되시는지요.
1225 선생님께서는 여느 때 그렇게 말씀하셨습니다만 그것이 다시금 진실이 된 것인지요?
오 보십시오! 그렇다면 저는 그 맑은 샘을,
선생님의 새로운 삶이 시작되었던 그 샘을 축복하겠습니다.
그리고 즐겁게 우리는 내일 바닷가로 내려갈 것입니다.
물길은 안전한 해안으로 우리를 데려다줄 것입니다.
1230 여행의 곤경과 고난을 우리가 생각하고 있으나
정신은 경쾌하고, 우리 정신의 신들은 쾌활하십니다!

엠페도클레스

파우사니아스야! 이 교훈만은 잊지 말자,
필멸의 인간에게 그 무엇도 대가 없이 주어지는 것은 없다는 것 말이다.
그리고 하나의 진실이 도움을 준다— 오 영웅처럼 용기 있는 젊은이여!

창백해질 것 없다. 보아라, 나의 옛 행운이 1235
상상할 수 없는 행운이 나에게
이 시들어가는 자에게 신적인 청춘을 되돌려주는 것을.
뺨은 붉어지고 있다, 만사가 나빠질 수 없다.
가거라, 아들아‿_! 나는 나의 생각과
나의 욕망을 모두 자네에게 털어놓을 수가 없구나. 1240
이 일은 자네를 위한 일이 아니다— 그러니 그것을 차지하려고 애쓰지 말게.
나의 일은 나에게 맡기게. 자네의 일은 자네에게 맡기겠네.
그런데 저건 무엇인가?

파우사니아스

한 무리의 군중들입니다! 그들이 이쪽으로 올라오고 있습니다.

엠페도클레스

그들을 알아볼 수 있느냐?

파우사니아스

제 눈을
믿을 수가 없군요!

엠페도클레스

무엇이라고? 내가 다시 1245
미쳐 날뛰는 자가 되어야 한단 말인가? — 무의미한 아픔과
분노로 떨어져야 하겠는가? 내가 평화롭게 가고자 했던 그 길 대

신에?

저들은 아그리겐트의 사람들이구나.

파우사니아스

있을 수 없는 일입니다!

엠페도클레스

도대체 내가

꿈을 꾸고 있는가? 저자는 나의 고상한 적대자인 사제

1250 그리고 그의 추종자들이군— 침을 뱉고 싶구나! 내가 상처를

겹겹이 입었던 그 싸움은 그처럼 절망적이구나.

나를 향한 싸움에 견줄 만한 힘이 더

없었단 말인가? 경멸스러운 자들과

싸우는 일은 끔찍한 일이다, 그런데 바로 지금?

1255 이 성스러운 시간에! 벌써

모두를 용서하는 자연을 향해 영혼이

화음을 울리려고 예비를 마친 이 시간에!

한 무리가 다시 한 번 나를 습격하고

분노하면서 뜻도 모를 외침을

1260 나의 백조의 노래에 섞어 넣고 있구나. 이리 오너라! 좋다!

내가 너희들이 대가를 치르도록 하겠다. 나는 그전부터

너무도 많이 이 사악한 민중을 보살폈다. 그리고

가짜 거지들을 충분할 만큼 양자(養子)로 거두기도 했다.

너희들은 내가 너희들에게 베푼 호의의 대가로

1265 항상 나를 용서하지 않았는가? 이제 나는 나 자신을

용서하지 않을 셈이다. 오 오거라, 불쌍한 자들이여! 꼭 그래야만

한다면.

그렇게 나 역시 분노 가운데 나의 신들을 향해서 갈 수 있도다.

파우사니아스

어떻게 일이 끝나게 될 것인가?

제 4 장

앞에 나온 사람들,
헤르모크라테스, 크리티아스, 민중

헤르모크라테스

두려워할 것 아무것도 없습니다!

당신을 내몰았던 그 사람들의 목소리 때문에

놀라워할 필요 없습니다. 그들은 당신을 용서하고 있으니까요. 1270

엠페도클레스

당신들은 무엇을 원하느냐? 당신들은 나를 알고 있다! 당신들은

나에게 낙인을 찍었다. 그러나 생기를 잃은 민중이

그들의 박해가 효험이 있었는지 알고 싶어 하는 것인가?

또한 그들은 한때 그들이 두려워했던

사람을 충분히 욕보였음에도 그의 고통을 통해서 1275

마음을 생기 있게 되돌리려고 다시 그를 찾고 있는가?

헤르모크라테스

당신은 당신의 죗값을 치르셨습니다. 당신의
얼굴에는 비참함이 충분히 드러나 있습니다. 그러니
회복하시고 이제는 돌아오십시오. 선량한 민중은
1280 그들의 고향으로 당신을 다시 받아들이려고 합니다.

엠페도클레스

자 보시라! 경건한 평화의 사자(使者)가
나에게 커다란 행운을 전하고 있구나. 나날이
소름끼치는 춤판을 함께 바라다보도록 나는 저주받았었다.
거기 당신들은 서로 드잡이하고 조롱하며, 거기 쉬지도 않고,
1285 그리고 방황하고 두려워하며, 마치 장례를 치르지 못한 혼백처럼
당신들은 뒤엉켜 달리고 있지. 곤궁 가운데 있는
가련한 혼돈, 당신들은 신을 버린 사람들,
그리고 가까이 두고 있는 그대들의 가소로운
거지놀이의 기술, 그것이 당신들의 주변에서는 영예로운 일이지.
1290 아! 내가 가까운 장래에 더 나은 것을 얻지 못한다면,
나는 차라리 말없이 그리고 낯설지만 이 산중의 숲과 더불어
빗속에서 그리고 태양의 뜨거움 가운데 살고자 하네.
그대들의 맹목적인 불행 가운데로 되돌아가느니
들짐승과 먹을거리를 함께 나누고자 한다네.

헤르모크라테스

그런 식으로 우리들에게 감사를 표하시는 겁니까?

오 한 번 더 말해보시라. 1295

그리고 당신이 할 수 있다면 이 빛을,
모든 것을 바라다보고 있는 빛을 올려다보시라!
태양의 빛살은 위선자에게는 번개인가?
어찌하여 당신은
멀리 떨어져 머물지 않고 오만하게 내 눈앞에 나타났던 것인가, 1300
어찌하여 당신을 아케론의 강[36]으로 이끌어 갈
그 마지막 말을 나에게 강요하는 것이며,
당신이 무슨 일을 한 것인지 알고나 있는가? 내가 당신께 무엇을
했단 말인가?
당신에게 경고했다. 오랫동안 두려움이
당신의 두 손에 고랑을 채웠고, 오랫동안 1305
당신의 원한이 그것의 질곡 안에서 부패하고 있었다.
나의 정신이 그 원한을 붙들어 맸던 것이다. 당신은 편안할 수 없
었고
내가 살아 있는 것이 그처럼 당신을 괴롭혔다. 두말할 나위 없이
고상한 것이 갈증과 굶주림보다도 더
사악한 것을 괴롭히는 법이지. 당신은 편안하게 쉴 수가 없었지? 1310
그리고
당신은 나를 공격하지 않을 수 없었다. 괴물 같은 당신이 말이오.
당신이 내가 당신과 같게 되리라고 생각했다면,
굴욕으로 당신이 나의 얼굴을 처발랐다고 생각한다면
그것은 어리석은 생각이오, 사제 양반!
당신이 당신 자신의 독약을 음료에 타 넣어 1315
나에게 건넬 수 있다고 할지라도 나의 사랑하는 정신은

그대와 한패가 되지 않을 것이며 당신이
스스로 더럽힌 이 피로 당신을 정화시킬 것이오.
헛된 일이오. 우리는 서로 다른 길을 가고 있소.
1320 당신은 마땅한 대로 진부한 죽음을 죽으시오.
영혼 없는 노예의 감정을 지닌 채 말이오. 나에게는
다른 운명이 주어져 있소.
내가 세상에 태어났을 때 모습을 나타내었던
신들께서는 다른 길을 예언하셨소.
1325 당신의 과업은 끝났소. 그리고 당신의 술수는
나의 기쁨에는 미치지 못하오. 그 사실을 알아두시오!

헤르모크라테스

나는 이 미쳐 날뛰는 사람을 정말 이해할 수 없네.

크리티아스

이제 됐소, 헤르모크라테스! 당신은
심히 자존심이 상한 사람을 격분시키고 있소.

파우사니아스

1330 바보 같은 당신들, 무슨 좋은 일을 한다면서
무엇 때문에 냉정한 사제를 데리고 왔소?
그리고 어찌하여 사랑할 수도 없는 사람,
신을 버린 사람을 _ ‿ _ ‿ 화해자로 선택했단 말이오.
그 사람은 불화와 죽음의 편이며 자기와 닮은 자들을
1335 생명으로 씨 뿌렸을 뿐, 평화를 위해서가 결코 아니오!
지금 당신들은 그런 사실을 목격하고 있소, 그런데 수년 전에는 왜

알지 못했을까!

그랬더라면 많은 일이 아그리겐트에 일어나지 않아도 되었을 것을.
당신은 많은 일을 저질렀소, 헤르모크라테스여.
당신이 사는 동안 많은 즐거움을
사람들에게서 빼앗아가면서 두렵게 했고 1340
많은 영웅의 아이들을 그들의 요람에서
질식시켰으며, 당신의 낫 앞에서
꽃이 핀 목초지처럼 청청하게 힘찬 자연이
쓰러져 죽었던 것이오. 많은 것을 내가 직접 보았고
또 많은 것을 내가 들었소. 한 민족이 멸망해야만 할 때 1345
복수의 여신들은 한 사람을 보내고
그자가 사람을 속이면서 생명력으로 넘치는 사람들을
악행으로 이끌어 가는 것이오.
마침내, 솜씨를 갈고닦아 교활하고 음흉한 살인자는
그 한 사람에게 접근했던 것이오. 그리고 1350
혐오스럽게도 일이 잘되었던 것이고, 그 때문에
신들과 가장 많이 닮은 이가 가장 비천한 자 앞에 쓰러지게 되었소.[37]
나의 엠페도클레스여! — 선생님은 당신이 선택한
그 길을 가십시오. 저는 그걸 막을 수가 없습니다.
저의 혈관에서는 피가 타버리는 듯합니다. 1355
그러나 선생님의 생명을 욕되게 한 이자를
이 썩을 대로 썩은 자를 찾아내겠습니다.
선생님이 저를 떠나시면, 저는 그를 찾아내겠습니다.
그가 성스러운 제단으로 달아나더라도 소용이 없을 것입니다.
그는 저를 마주치지 않을 수 없을 것입니다. 저는 그의 속성을 알 1360
고 있습니다.

저는 그를 죽음의 진창으로 끌고 가겠습니다 — 그리고
그가 사정하면서 슬피 울게 되면 그가 다른 사람들에게
온정을 베푼 만큼만 회색 머리카락의 그를
측은히 여기겠습니다. 그가 내려오는구나!
(헤르모크라테스를 향해서)
내 말을 들었소? 나는 내가 한 말을 지킬 것입니다.

첫번째 시민

1365 기다릴 필요가 없어요, 파우사니아스!

헤르모크라테스

시민 여러분!

두번째 시민

아직도 혓바닥을 놀리고 있어요? 당신,
당신이 우리를 몹쓸 인간으로 만들었어요. 우리들에게서
모든 감각을 강탈했습니다. 반신(半神)[38]이신 분의 사랑을
우리들에게서 훔쳤습니다, 당신이 말이오! 그분은 이제 더 이상 그런 분이 아닙니다.
1370 그분은 우리를 몰라봅니다. 아! 그 왕과 같은 분
그전에는 부드러운 눈길로 우리들을 내려다보셨습니다. 그러나 이제는
그의 눈길이 저의 가슴을 무너뜨리고 있습니다.

세번째 시민

슬픕니다! 우리들이

옛사람들처럼 사투르누스의 시대[39]에 살고 있다면 얼마나 좋겠습니까.
우리들 가운데 평화롭게 드높은 분 살아 계시고
각자가 자신의 집에서 기쁨을 만끽하며 1375
모든 것이 만족스러웠던 그때 말씀이오. 어찌하여 당신이
우리들에게 저주를 불러온 것입니까, 그가 말했던
그 씻을 수 없는 저주 말입니다. 아! 그는 그렇게 하지 않을 수 없었습니다.
그리고 우리의 자손들은, 그들이 성장했을 때,
신들이 우리에게 보내신 그 사람을 우리가 1380
죽였다고 말하게 될 것입니다.

두번째 시민

그분이 울고 계십니다! — 오 그 어느 때보다도 그분이
더욱 위대하고 더욱 사랑스러워 보입니다. 그런데 당신은
여전히 그분에게 저항하고 있습니다. 마치 보지 못한 듯이
당신은 거기에 서 있군요, 그분 앞에서 무릎이 1385
꿇어지지도 않나요? 땅바닥으로 말이오, 못된 인간 같으니라고!

첫번째 시민

여전히 당신은
얼간이 놀이를 하고 있소? 그리고 기꺼이
그렇게 계속 처신하려고 하오? 당신은 내 앞에 꿇어 엎드려야 하오.
당신의 목덜미에 내가 발을 올려놓을 것이오.
마침내 당신이 거짓을 말해서 지옥에 1390
이르게 되었다고 나에게 말하게 될 때까지 말이오.

세번째 시민

당신이 저지른 일이 무엇인지 알고 있소? 당신은
차라리 신전에서 강도를 저지르는 것이 더 나을 뻔했소, 아!
우리는 그분에게 기도를 올렸고, 그것은 옳은 일이었소.
1395 우리는 그분과 함께 신처럼 자유로워졌던 것 같소.
그러나 원치 않게 마치 흑사병처럼
당신의 사악한 정신이 우리를 엄습했고 우리의
마음과 말은 사그라져버렸던 것이오. 그분이 우리에게
선사해준 모든 기쁨은 고약한 현기증 가운데 사라져버렸소.
1400 아 치욕스러운 일! 수치스러운 일! 미친 자들처럼
우리들은, 당신이 그 높이 사랑받는 분에게
죽도록 모욕을 가했을 때, 쾌재를 불렀었소. 그것은
원상태로 돌려질 수 없는 일이오. 당신이 일곱 번을 죽는다손 치더라도
당신이 그분과 우리에게 행한 일을 결코 변하게 할 수 없을 것이오.

엠페도클레스

1405 해가 서쪽으로 가라앉고 있구나,
나는 이 밤에도 계속 가야만 한다, 나의 아이들아.
사제를 그냥 버려두자꾸나! 우리가
다툰 지 벌써 오래되었다. 일어난 일은
모두 지나가고 마는 법이다. 미래에는 우리
서로가 평화롭도록 하자.

파우사니아스

1410 도대체 모든 것이 똑같이 가치를 갖는 것입니까?

세번째 시민

오 우리를 다시 사랑해주십시오!

두번째 시민

아그리겐트로

오셔서 사십시오. 한 로마인이

말했습니다. 그들의 누마[40]로 인해서

그들이 그렇게 위대해졌다고 말입니다. 오십시오, 신적인 분이시여!

저희들의 누마가 되어주십시오. 오랫동안 우리들은 1415

당신이 왕이 되셔야 한다고 생각했습니다. 왕이 되십시오! 왕이!

제가 당신에게 제일 먼저 인사를 올리렵니다, 그리고 모두가 그걸 원하고 있습니다.

엠페도클레스

지금은 더 이상 왕의 시대가 아니다.[41]

시민들

(깜짝 놀라서)

어르신이시여, 당신은 누구십니까?

파우사니아스

그처럼 우리는 왕관을 거부하는 것이라오,

시민 여러분.

첫번째 시민

1420 당신께서 하신 말씀은
이해가 되지 않습니다, 엠페도클레스님.

엠페도클레스

독수리가
그 둥지에 새끼들을 영원히
품고 있는가? 아직 눈을 뜨지도 않은 것들을 보살피며
자신의 날개 아래에서 깃털이 자라지 않은 것들
1425 그 가물거리는 생명이 달콤하게 잠들게 한다.
그러나 이들이 태양의 빛을 바라보게 되고
비상할 만큼 성숙하게 되면
독수리는 그것들을 요람 밖으로 내동댕이친다, 이렇게 해서
그들은 스스로 날기 시작하는 것이다. 여러분이
1430 아직도 왕을 원하고 있다는 것을 부끄럽게 생각하라. 그대들은
너무도 늙었다. 그대들 조상들의 시대는 달랐을지도
모른다. 그대들 스스로가 자신을 돕지 않으면
그대들은 도움을 받을 수 없다.

크리티아스

용서하시오! 천상에 계신 모든 신들의 이름으로! 당신은
위대한 분이십니다, 저희에게 배반을 당하신 분이시여!

엠페도클레스

1435 우리가 헤어져
각자의 길을 갔던 날은 악마의 날이었소, 집정관 양반.

두번째 시민

용서하시고 저희와 함께 가십시다! 그 어디보다도
고향의 태양이 당신에게 더욱 다정하게
비칩니다. 당신에게 주어진 권한을
원치 않으시다면, 저희는 당신을 위해 1440
많은 명예의 선물을 준비해두고 있습니다.
화관을 엮을 푸른 나뭇잎과 아름다운 영광의 칭호도 말입니다.
동상을 만들 결코 녹슬지 않을 청동도 마련되어 있습니다.
오 가십시다! 당신을 모욕한 적이 없는
순수한 이들, 우리의 젊은이들이 1445
당신을 섬길 것입니다— 당신께서 그저 가까이만 계신다면 그것으로 충분합니다.
당신께서 저희들을 피하시고 당신의 정원에서 고독하게 지내실지라도
당신께 일어났던 일을 당신이 잊으실 때까지
우리는 기다릴 수밖에 다른 도리가 없겠습니다.

엠페도클레스

오 다시 한번 더! 나를 길러주었던 1450
그대 고향의 빛, 내 청춘과 내 행복의
정원이여, 내 그대들을 다시 생각해야 하리라.
내가 순수하게 마음 상하지 않은 채
이 백성들과 지냈던 너희, 내 영광의 나날들도.
우리는 화해했도다, 너희 착한 이들이여!— 다만 나를 그대로 버려두라, 1455
그것이 훨씬 더 나은 일이다. 만일 그대들이 치욕을 가했던

그 얼굴을 더 이상 보지 않게 되면, 그대들은
오히려 사랑했던 그 사람을 생각하게 될 터이니까 말이다.
또한 그대들의 흐려지지 않은 마음이 더 이상 헷갈리지 않고
1460 나의 모습이 그대들과 더불어 영원한 청춘 안에 살게 되며
내가 멀리 있으면 환희의 찬가가 더욱 아름답게
울릴 것이다. 그렇게 그대들 나에게 약속했었다.
그러니 어리석음과 노년이 우리를
갈라놓기 전에 헤어지도록 하자. 우리는 경고받은 듯하다.
1465 알맞은 때에 우리 자신의 힘으로
작별의 시간을 선택하는 한 가지 일만 남아 있다고 말이다.

세번째 시민

그렇게 저희들을 어리둥절하게 버려두시려는 것입니까?

엠페도클레스

그대들은 나에게
왕관을 권유했다, 착한 이들이여! 그 대신 나에게서
나의 성스러움[42]을 취하려는 것이다. 나는 그것을 오랫동안 아껴두었었다.
1470 나의 머리 위에 아름다운 세계가 펼쳐지고,
성스러운 대기가 그 모든 별들과 함께
기쁨에 가득 찬 정령으로 나를 에워싸는
쾌청한 밤이면 자주
나의 마음은 더욱 생기에 차곤 했었다.
1475 날이 밝아오면 나는 그대들에게
진지하게 오래 간직해온 말을 해주려고 생각했다.

그러면 기쁨에 차 서둘러 벌써
동방으로부터 황금빛 아침 구름을
나의 고독한 노래가 그대들과 더불어
환희의 합창이 될 새로운 축제로 불러왔던 것이다. 1480
그러나 언제나 나의 가슴은 다시 닫혔다. 그리고
그것의 때, 나에게 익어갈 때를 희망했던 것이다.
오늘이 나의 가을날이다. 그리고 열매가 익어
저절로 떨어지는구나.

파우사니아스

오 더 일찍이 이렇게 말씀했더라면,
어쩌면, 이 모든 일이 그분에게 일어나지 않았을 텐데. 1485

엠페도클레스

나는 그대들을 당황스럽게 버려두지는 않겠다.[43]
그대들 사랑하는 사람들이여! 그러니 아무것도 두려워 말라!
지상의 자식들은 대부분 새로운 것과 낯선 것을 꺼린다.
초목들의 생명과 스스로 만족하는 짐승들만이
제 자신 안에 머물려고 애쓰는 법이다. 1490
자신의 소유물 안에 갇혀서 그것들은 어떻게
살아남을까만 걱정하며 그것들의 감각은
생명 안에서 더 이상 멀리 미치지 않는 것이다.
그러나 결국에는 이 두려워하는 것들 나오지 않을 수 없고
죽음을 통해서 각자는 자신의 원소(元素)로 되돌아가는 것이다. 1495
그렇게 하여 욕탕(浴湯) 안에서처럼 새로운 청춘을 향해서
원기를 회복한다. 인간들에게는 스스로가 회춘하려는

거대한 욕망이 주어져 있다.
인간 스스로가 제때에[44] 선택하는
1500 정화의 죽음을 통해서 마치 아킬레우스가
스틱스 강에서 그러했듯[45] 민중들은 되살아나는 법이다.
오 자연이 그대들을 데려가기 전에 자연에게 그대들을 내주어라! —
그대들은 오래전부터 비범한 것을 갈망하고 있다.
그리고 병든 육신으로부터 그러하듯
1505 아그리겐트의 정신은 낡은 질서로부터 벗어나려 하고 있다.
그러니 감행하라! 그대들이 상속받은 것, 그대들이 얻은 것,
조상들의 입이 그대들에게 전하고 가르친 것,
법칙과 습속, 옛 신들의 이름.
그것들을 과감하게 잊으라, 그리고 새로 태어난 자들처럼,
1510 신적인 자연을 향해서 눈을 들어라.
그러면 정신이 천국의 빛에 점화되고
감미로운 생명의 숨결이 처음인 것처럼
그대들의 가슴을 적시어주리라.
또한 숲들은 황금빛 열매로 가득 채워져 살랑거리고
1515 샘들은 바위로부터 솟아나 콸콸 소리 내리라. 우주의
생명이, 그 평화의 정신이 그대들을 사로잡고
성스러운 자장가처럼 그대들의 영혼을 달래줄 때면
환희의 아름다운 여명을 뚫고
대지의 푸르름이 새롭게 그대들에게 빛날 것이며
1520 산과 바다와 구름과 천체,
그 고상한 힘들이, 영웅의 형제들처럼,
그대들의 눈앞에 나타날 것이다. 그리하여 그대들의
가슴은 무기를 지닌 자들처럼 행동을 향해서 그리고

자신의 고유한 세계를 향해서 고동칠 것이다. 그러면
서로 그대들 다시 손을 내밀고, 말을 건네며 재산을 나누어라, 1525
오 그러면 그대들 사랑하는 친구들이여— 행동과 명성을 나누어라.
마치 충실한 디오스쿠렌[46]처럼. 각자는
모든 다른 이들과 평등한 법이다— 마치 날씬한 기둥 위에서인 양,
올바른 질서 위에 새로운 생명은 쉬며
법은 그대들의 유대를 단단히 묶어줄 것이다.[47] 1530
그러면 오 모두를 변화시키는 자연의
정령들이여! 그러면 그대들의 명랑한,
깊은 곳과 드높은 곳에서 환희를 취하고
수고로움과 행복 그리고 햇볕과 비를
제약받은 인간들의 가슴으로 1535
먼 낯선 세계로부터 날라다주는 정령이여
자유로운 백성은 자신들의 축제로 초대하리라.[48]
손님을 반가워하면서! 경건하게! 왜냐하면 사랑하면서
인간은 자신의 최선의 것을 주고, 어떤 굴종과 예속도
그의 가슴을 닫게 하거나 억누르지 않기 때문이다.

파우사니아스

오 아버지시여! 1540

엠페도클레스

오 대지여, 우리는 가슴으로부터 당신을 다시 불러봅니다. 또한 당신의
깊은 마음속으로부터 꽃이 움터 오르듯이
생명 충만한 가슴으로부터 당신에게 감사하는 자들의

붉은 뺨이 피어납니다. 또한 복된 미소도.

1545 그리고

사랑의 화환 선물 받고, 샘물은 아래로

소리 내어 흐르며 축복 가운데 강물을 이루도록

불어납니다. 또한 진동하는 해안의 메아리로써

오 아버지 대양이시여, 당신의 품위에 맞게

1550 자유로운 환희에서 부르는 찬미의 노래 울려 퍼집니다.

천국적인 친화 가운데, 오 태양의 신이시여![49]

인간의 정령 그대와 함께 새롭게 자신을 느낍니다.[50]

또한 그 인간의 정령이 지은 것 당신의 것이자 그의 것입니다.

기쁨과 용기와 충만한 생명에서 과감한 행동이 그에게

1555 당신의 빛살처럼 쉽게 행해지고

아름다운 것이 슬픔에 차 말 없는 가슴에서

더 이상 죽지 않습니다. 때때로 고귀한 씨앗처럼

죽은 듯한 껍질 안에서, 죽어야 할 운명인 인간들의 심장은 잠자지만,

그것들의 때가 올 때까지뿐입니다. 천공은

1560 사랑하면서 항상 그들 주위에서 숨 쉬고 있기 때문입니다.

또한 독수리들과 더불어

그들의 눈은 아침의 빛을 마신다. 그러나 꿈꾸고 있는 자들에게

축복은 없고 자연의 신들이

매일 건네는 넥타르에서

졸고 있는 존재는 양분을 취하지도 못한다. 1565
그들 번거로운 분망함에 지칠 때
또한 그들의 차가운 이방(異邦)에서 가슴이
니오베[51]처럼 묶여 있는 듯이 느낄 때, 또한
정신이 그 어떤 전설보다도 더 강하게 자신을 느낄 때,[52]
그리고 생명이, 자신의 근원을 기억하면서 1570
생동하는 아름다움을 찾고 기꺼이
순수함의 모습을 만나 자신을 펼칠 때
그때 새로운 날이 반짝이며 떠오르리라, 아!
그 어떤 때와는 다르게— 자연이, 놀랍게 하면서,
믿기지 않게, 절망의 시간이 지나서 1575
사랑하는 것의 성스러운 재회를 맞아서
죽은 것으로 믿었던 사랑에 매달리듯, 가슴은
매달린다.

그들이다!
오랫동안 아쉬웠던, 생동하는 1580
착한 신들,

생명의 별과 함께 내려오시라!
안녕히들 계시라! 이것이 죽어야 할 운명의 사람이 한 말이었다.
그에게 외치는 자신의 신들과 그대들 사이에서
사랑하면서 머뭇거리고 있는 그 사람의 말이었던 것이다. 1585
우리가 헤어지는 날, 우리의 정신은 예언한다.
그리고 그들은 누가 되돌아오지 않을지 진실을 말하고 있도다.

크리티아스

어디로 가시려는 겁니까? 오, 살아 생동하는 올림포스 곁에서
당신께서 이 늙은이인 나에게, 마침내
1590 이 눈먼 자의 눈을 뜨게 한 올림포스에서 우리를 버리지 마십시오.
당신이 가까이 계실 때에만, 백성들 가운데 융성함이 있고
가지들과 열매에 새로운 영혼이 스며듭니다.

엠페도클레스

내가 떠나가 멀리 있게 되면, 나를 대신해서
하늘의 꽃, 피어오르는 천체[53]가 말하게 되리라.
1595 또한 그 별들 모두가 대지를 천 배로 움트게 할 것이다.
신들이 깃들어 있는 자연은
긴 말을 필요로 하지 않는다. 또한 그 자연은
한번 다가왔다 하면 그대들을 외롭게 놓아두지 않는다.
왜냐하면 그 자연은 한순간도 꺼지는 일이 없기 때문이다.[54]
1600 또한 모든 시대를 통해서 그 순간의 천상적 불길은
승리하며 축복을 내리는 가운데 아래를 향해 작용하기 때문이지.
그런 다음 행복한 사투르누스의 날들
새롭고도 보다 남성다운 날들이 당도하게 되면[55]
그때는 흘러간 시간에 감사하고 정령에 따뜻해져
1605 조상들의 전설은 다시금 살아나리라!
마치 봄빛으로부터인 양, 높이 노래하면서
잊혔던 영웅의 세계가 그림자 세계로부터
축제를 위해 솟아오르리라,
또한 황금빛 슬픔의 구름과 함께 기억이 그대들 주위에
1610 자리 잡으리라,[56] 그대들 기뻐하는 자들이여!

파우사니아스

그리고 선생님은? 어르신은? 아! 이 행복해하는 사람들 앞에서
저는 그 이름을 부르지 않으렵니다.

따라서 그들은 무슨 일이 일어날지를 결코 예감하지 못할 것입니다.
그렇습니다! _ ‿ _ 선생님은 그런 일을 하실 수 없습니다.

엠페도클레스

오 그런 소망이라니! 그대들은 모두 어린아이들이다. 그러면서도 1615
무엇이 이해될 수 있고 옳은 것인지 여전히 알고 싶어 하는지 모르지.
자네는 오해하고 있어! 그대들 바보 같은 친구들이여! 그대들은 그대들보다
더 강력한 힘을 향해서 말하고 있지만, 부질없는 일이지.
마치 별들이 그러하듯이 생명은 막을 길 없이
완성을 향한 길을 계속 나아갈 뿐이다. 1620
그대들은 신들의 음성을 알지 못하는가?
나는 부모님의 말씀에 귀 기울여 배우기도 전에
숨 쉬자마자, 눈을 뜨자마자
벌써 그 신들의 음성 알아들었고, 그 음성을
인간의 말보다 항상 더 주의를 기울여 들었었다. 1625
올라오너라!라고 신들은 나에게 외쳤고 모든 미풍은
더욱 힘차게 두려운 동경을 불러일으켰다.
만일 내가 여기에 더 오래 머물겠다고 생각한다면,
그것은 젊은이가 서투르게 자신의
유년기의 놀이에서 원기를 찾으려는 것과도 같은 일일 것이다. 1630

아! 좀처럼 영혼도 없이 나는 한밤과 치욕 가운데
그대들과 신들 앞을 서성거렸도다.

나는 다 살았다.[57] 나무들의 우듬지에서
꽃들이 비처럼 떨어지고 황금빛 열매와
1635 꽃과 낟알이 어두운 대지에서 솟아오르듯이
그렇게 노고와 곤경으로부터 나에게 기쁨이 다가왔으며
다정하게 천상의 힘들이 내려왔다.
당신의 깊이에 자연은 당신의 드높음의 샘
모으시고 당신의 환희는
1640 저의 가슴 안에서 쉬고자 모두 모였다.
그것들은, 내가 아름다운 삶을 골똘히
생각할 때, 한결같은 기쁨이었다. 그때
나는 진심 어리게 오직 한 가지를 신들께 간구했다.
내가 언젠가 나의 성스러운 행복을 더 이상
1645 젊은 시절처럼 강하게, 흔들림 없이 견디어내지 못하고
천국의 오랜 총아들처럼 정신의 충만함이
나에게 어리석음으로 변하게 될 때면
내게 경고해주시라고, 그러면 빨리
가슴 안으로 정화의 시간이 다가왔다는 징후로서
1650 예기치 않은 운명을 나에게 보내주시라고,
그렇게 해서 나는 좋은 시간에
내가 새로운 청춘을 향해서 나 자신을 구출하고[58]
인간들 사이에 이 신들의 친구가
유희와 조롱과 분노의 대상이 되지 않도록 해주시라고 말이지.

그들은 약속을 지켜주셨다. 강하게 1655
나에게 경고하신 것이다. 단 한 번이지만, 그것으로 충분하다.
내가 그것을 이해하지 못한다면, 나는 박차를
무시하고— 그래서 결국 어쩔 수 없이
채찍을 기다리는 평범한 말[馬]과 다름이 없을 것이다.
그러니 그대들을 사랑했던 그 사람에게 돌아오라고 1660
요구하지 말아라, 나는 한 낯선 자처럼
그대들 가운데에서 단지 잠깐 동안만 살도록 태어난 것이다.
오 그에게 현세에서 자신의 성스러움과
자신의 영혼을 걸라고 요구하지 말아라!
오늘 아름다운 작별이 우리에게 허락되었다. 1665
또한 나는 아직 그대들에게 이 마지막에 나의 마음 가운데에서
가장 사랑스러운 마음을 줄 수가 있을 것 같다.
그러니 결단코 아니다! 무엇 때문에 내가 그대들 곁에 머물러야 하겠느냐?

첫번째 시민

우리에게는 당신의 조언이 필요합니다.

엠페도클레스

이 젊은이에게 물으시라! 그걸 부끄러워하지 말기를. 1670
참신한 정신으로부터 가장 현명한 것이 나오는 법이다.
그대들이 가장 진지하게 위대한 것을 그에게 묻게 된다면 말이다.
싱싱한 샘으로부터 여사제, 늙은 퓌티아는
신탁을 길어올렸었다.
그리고 젊은이들은 그 자체가 그대들의 신들이다— 1675

나의 사랑하는 이여! 나는 기꺼이 비켜서고자 한다,
내 뒤를 이어 살아라, 나는 아침결의 구름이었다.
활기도 없고 덧없는 구름! 그리고 내가 고독하게
피어오르는 사이에 세계는 잠자고 있었다.
1680 그러나 자네는, 자네는 해맑은 한낮을 향해 태어났다.

파우사니아스

오! 저는 잠자코 있어야겠습니다.

크리티아스

가장 존경하는 분이시여!
스스로 확신하지 마시고 저희들도 설득하지 마십시오.
제 자신 눈앞이 깜깜하고, 당신께서 무엇을 감행하시려는지
알 수가 없습니다. 또한 그대로 계시라!고 말할 수도 없습니다,
1685 하루만 연기하십시오. 순간은 때때로
경이롭게도 우리를 붙들어 잡습니다. 그렇게 해서 우리
덧없는 자들은 덧없는 순간에 붙잡혀서 사라져갑니다.
때때로 한 시간의 쾌감이 예상보다
오래인 것처럼 생각되지만, 그러나 한 시간에
1690 지나지 않습니다. 그 한 시간은 우리를 현혹합니다, 우리는
지나간 모든 것에서 그 시간을 볼 뿐이지요. 용서하시오!
저는 보다 힘센 분의 정신을 비방하고 싶지는 않습니다.
오늘은 그렇습니다. 저는 당신을 뜻대로 두어야 한다는
것을 잘 알고 있습니다. 그리고 제 영혼 가운데
근심이 되더라도, 그냥 바라다볼 수는 있습니다—

세번째 시민

아닙니다! 오 안 됩니다! — 1695

그분은 낯선 곳으로 가셔서는 안 됩니다, 바다를 건너,

헬라스의 해안이나 이집트의 해안으로

그분을, 그 드높은 현자를 오랫동안

보지 못했던 그의 형제들에게로 가시게 해서는 안 됩니다—[59] 그분에게 간청하십시다.

오 당신은 머물러 계셔야 한다!고 간청하십시다. 1700

또한 전율이 이 침착하신 분,

성스럽게 두려운 분으로부터 나의 생명을 뚫고 지나가고

나의 마음은 한층 더 밝아지고, 앞선 시간에서보다

또한 더 어두워지기도 합니다— 당신께서는 당신의 마음속에

당신의 위대한 운명을 지니시고 또 보고 계십니다. 1705

그 운명을 기꺼이 견디어내시고 계십니다. 또한 당신이 생각하시는 것 훌륭하십니다.

그러나 당신을 사랑하는 이들을 생각해주십시오.

순수한 사람들을 말입니다. 또한 실수를 범한 사람들,

지금은 후회하고 있는 사람들을 말입니다. 선한 분이시여, 당신은

저희들에게 많은 것을 주셨습니다. 당신이 없다면 그게 다 무슨 소용이겠습니까? 1710

오 당신께서 저희들에게 당신 자신을

한동안 더 허락해주신다면 얼마나 좋겠습니까, 착한 분이시여!

엠페도클레스

오 차라리 은혜를 잊어주기를! 나는 그대들이

생명을 얻었음 직한 것을 충분히 주었다.

1715 [나는 그대들에게 그 사실을 말했었다. 그대들은 그대들이
숨을 쉬고 있는 한 살아도 된다. 그러나 나는 아니다. 정령이
통로로 삼아 말했던 자는 제때에 사라져야 한다.
신적 자연은 자주 인간을 통해서
신적으로 현현하는 법이다. 그리하여
1720 많이 추구하는 족속은 그 자신을 다시 알아보는 것이다.]*
그렇지만 자연이 그 가슴을 자신의 환희로
가득 채워 넣은 필멸의 인간은 자연을 예고했다.
오 자연은 그다음에 그 그릇을 깨버리는 것이다.
다른 용도로 그 그릇이 쓰이지 않도록 하기 위해서
1725 그리고 신적인 것이 인간의 작품이 되도록 하기 위해서 말이다.
이 행복한 자들로 하여금, 그들이 자만심과 경솔한 언동
그리고 수치심 가운데 사라지기 전에 죽도록 버려두시라.
자유로운 자들로 하여금 좋은 시간에 사랑하면서
신들에게 희생의 제물이 되도록 버려두시라. 신들에게는
1730 시대의 첫 수확 모두가 성스러운 것이니까. 이것이 나의 몫이다.
나는 나의 운명을 잘 알고 있다. 아주 이른 젊은 시절에
나는 나에게 예언했었다. 이것을 통해서 내가 영광을 받으리라!고.
만일 그대들이 내일 나를 더 이상
발견할 수 없게 되면, 말하라, 그는 늙지 않을 것이며
1735 나날을 헤아리지 않으리라고.[60] 그는
근심과 병에도 굽히지 않으리라고.

보이지 않는 사이에

---

* 더욱 강한, 더욱 도도한, 마지막으로 지극히 높은 약진.

그는 사라졌고 어느 누구의 손도 그를 땅에 묻지 않았다고,
또한 어떤 눈도 그의 유골을 알아보지 않는다고,
왜냐하면 그 성스러운 날 죽음을 기뻐하는 시간에 1740
신성이 그 얼굴에 베일을 내려준 그에게는
달리 어울리는 일이 없기 때문에—
빛과 대지가 그를 사랑했었고, 세계의
정신이 깃들어 있으며 죽어가면서 내가
되돌아갈 마땅한 고유한 정신을 일깨워주었기 때문에. 1745

크리티아스

슬프도다! 그분은 무정도 하시구나, 내 마음은
그분에게 한마디 말을 건네는 것조차 부끄러워지네.

엠페도클레스

와서 나에게 손을 내미시오, 크리티아스!
그리고 그대들 모두도— 당신은 여전히 가장 사랑받는 사람으로서
내 곁에 머물 것이오, 언제나 충실하고 착한 젊은이인 그대 1750
친구들 곁에, 저녁이 이를 때까지 머물 것이오— 슬퍼하지 마시오![61]
나의 종말은 성스러운 것이니까. 그리고 벌써— 오 대기여,
새로 태어난 자를 에워싸고 있는 대기
저 위에서 새로 태어난 자[62] 새로운 길을 갈 때에
나는 그대를 예감하네, 사공이 1755
고향 섬의 꽃핀 숲에 가까이 다가갔을 때
그의 가슴 더욱 사랑하면서 심호흡하고
그의 연로한 얼굴에는 첫번째 환희의
기억이 밝게 되비치는 것과 마찬가지로!

1760 오, 망각이여! 화해시키는 이여! —
나의 영혼은 축복으로 가득하다, 그대들 사랑하는 이들이여!
가거라 그리고 고향의 도시에 인사하거라
그리고 그 도시의 들녘에도! 아름다운 날,
자연의 신들에게 축제를 열어주려고[63]
1765 그대들이 집을 나와서 성스러운 임원으로 향하고
다정한 노래들로 쾌활한 언덕에서
그대들을 마중할 때, 그때는 노래 가운데
나로부터 하나의 화음 울릴 것이다,
친구의 말, 아름다운 세계의 사랑의 합창 안으로 숨겨질지라도
1770 그대들 사랑하는 가운데 다시 알아들을 것이다.
그처럼 그것은 더욱 찬란하리라. 내가 말했던 것,
내가 여기에 머물고 있는 동안에는 아무것도 아니다.
그러나 빛줄기는 그대들의 길을 더 밝히고
그대들을 축복해줄 고요한 샘을 향해서
1775 어스름해지는 구름을 뚫고 아래로 인도하리라.
그러면 그대들 나를 기억해다오!

크리티아스

성스러운 분이시여!
당신께서는 저를 무기력하게 만드셨습니다, 성자시여!
저는 당신께 일어난 일을 존중하겠습니다.
그리고 그것에 어떤 명칭도 붙이지 않겠습니다.
1780 오 이렇게 되어야만 하는 것입니까? 모든 것이 너무도
서둘러 일어났습니다. 당신께서 아그리겐트에서
조용히 다스리며 살고 계실 때, 우리는 주의를 기울이지 않았습

니다.

저희들이 생각하기도 전에 이제 당신은 저희들을 떠나시려 합니다.
기쁨은 왔다가 가고 맙니다. 그 기쁨은
필멸의 인간에게는 자기 것이 아니며 정신은 1785
묻지도 않은 채 제 자신의 길을 계속 갑니다.
아! 당신께서 한때 이곳에 계셨다고
우리가 말이라도 할 수 있겠습니까?

제 5 장

엠페도클레스, 파우사니아스

파우사니아스

다 끝났습니다. 이제는 저도 이곳에서 떠나도록
보내주십시오! 선생님은 홀가분해지실 것입니다!

엠페도클레스

오, 그렇지 않다! 1790

파우사니아스

저도 선생님을 향해서, 성스러운 낯선 분을 향해
그렇게 말해서는 안 된다는 것을 잘 알고 있습니다. 그렇지만
가슴속에 진심을 붙들어 매고 싶지는 않습니다. 선생님께서는
그 마음의 응석을 받아주셨고, 당신에게로 끌어당기시기조차 하셨

습니다—
1795 그리고 저와 같은 사람을, 생각건대 제가 아직
미숙한 소년이었을 때, 이 영광스러운 분께서
호감을 가지시고 다정한 대화 가운데
저에게로 내려오셨을 때 그분의 말씀은
오래전에 친숙한 말씀으로 여겨졌습니다.
1800 그 모든 것은 이제 지나간 일입니다! 지나갔습니다. 오 엠페도클레스님이여!
아직은 선생님의 성함을 제가 부르고 있습니다. 아직은
달아나시는 분의 믿음의 손을 제가 붙들고 있습니다.
그리고 보십시오! 저는 여전히 마치 선생님께서
저는 버릴 수 없을 것처럼 생각하고 있습니다, 사랑하는 분이시여!
1805 저의 행복했던 청춘의 정신, 선생님은 부질없이 저를
붙잡았으며, 부질없이 선생님에게 승리욕과
거대한 희망 가운데 이 마음을 펼쳐 보였다는 말씀인가요? 저는
더 이상 선생님을 알지 못하겠습니다,
그것은 한낱 꿈입니다. 저는 그것을 믿지 않습니다.

엠페도클레스

너는 이해하지 못했단 말인가?

파우사니아스

1810 저의 마음을 저는 압니다.
저의 심장은 충실하고도 자랑스럽게 선생님의 심장을 위해 뛰고 있습니다.

엠페도클레스

그렇게 그 마음에도 나의 마음에게도 제 몫의 명예를 빌어주거라.

파우사니아스

죽음 가운데에만 명예가 있는 것입니까?

엠페도클레스

그대는 그것을 들은 적이 있다.

그리고 그대의 영혼이 그것을 나에게 증언했었다. 나에게는 그 외 다른 것이 없다.

파우사니아스

아! 도대체 이것이 진실인가요?

엠페도클레스

자네는 1815

나를 무엇으로 알고 있는가?

파우사니아스

(진지하게)

오 우라니아의 아들이시여![64]

선생님은 어찌 그렇게 물으실 수 있습니까?

엠페도클레스

(사랑스러운 어투로)

그런데도 내가 종처럼

치욕의 나날을 살아남아야만 하겠는가?

파우사니아스

아닙니다!

선생님의 마법의 정신을 보면서 저는

1820 선생님을 비방하고 싶지 않습니다. 비록 사랑의 궁핍이

저에게 명한다 하더라도 말입니다, 사랑하는 분이시여! 저는

꼭 그래야만 할 때는 죽을 것이며, 그렇게 선생님을 증언하렵니다.

엠페도클레스

나는

알고 있었다. 자네가 기뻐하지 않은 채

내가 가도록 버려두지 않으리라는 것을 말이다, 용기 있는 이여!

1825 도대체 지금 어디에 고통이 있단 말인가? 자네의

머리 주위를 아침놀이 에워싸 물결치고 자네의

눈은 여전히 그 강한 빛을 나에게 보내고 있다.

그리고 나는, 나는 그대의 입술에

약속의 입맞춤을 보낸다. 그대는 강력해질 것이고

1830 빛으로 반짝일 것이며 그대의 원기 왕성한 불길은

사멸할 운명의 모든 것을 영혼과 불꽃으로 변화시킬 것이다.

그렇게 해서 그대와 함께 그것은 성스러운 천공으로 올라갈 것이다.

그렇다! 사랑하는 이여! 내가 그대와 함께 산 것

헛되지 않았다. 온화한 하늘 아래

1835 그렇게 많은 기쁨들 첫번째의

승리에 찬 황금빛 순간에 우리에게 떠올랐고

때때로 나의 고요한 임원과

나의 텅 빈 공회당이 이 기쁨들을 회상시킬 것이다.
그대가 봄에 그곳을 지나가게 되면, 그리고
그대와 나 사이에 있었던 정신이 1840
그대를 에워싸거든 그 정신에 감사하라, 아니 지금 감사하라!
오 아들이여! 내 영혼의 아들이여!

파우사니아스

아버님이시여! 저는
감사드리겠습니다. 이 가장 혹독한 것 우선
저에게서 거두어주신다면 말씀입니다.

엠페도클레스

그렇지만, 감사 또한
차라리 아름다운 일이다, 헤어짐의 기쁨처럼 말이다. 1845
그래서 헤어질 때는 오래 머뭇거리는 것이다.

파우사니아스

오 그 기쁨 사라져버려야만 합니까? 저는 그걸 붙들 수 없습니다.
그런데 선생님은? 그것이 선생님을 도울 수 있기를 바랍니다.

엠페도클레스

나는 인간들에 의해서 강요당하고 있지 않다.
나는 내 힘으로 두려움 없이 1850
내가 스스로 선택한 길을 걸어 내려가는 것이다. 이것이
나의 행복이며, 이것이 나의 특권이다.

파우사니아스

오 그만두십시오. 그리고 그렇게
무서운 일을 저에게 말씀하지 마세요! 선생님께서는 여전히 숨을 쉬시고,
여전히 친구의 말을 듣고 계십니다. 또한
1855 선생님의 심장으로부터는 값비싼 생명의 피 콸콸 솟아나고 있습니다.
선생님은 서서 바라다보시고 세계는 사방으로 밝고
선생님의 눈은 신들 앞에서 맑은 상태입니다.
하늘은 선생님의 넓은 이마 위에 머물고
모든 인간들의 환희, 위대하신 선생님
1860 기뻐하시며 선생님의 정령은 대지 위를 빛내십니다![65]
그런데 이 모든 것이 사라져야 한단 말씀입니까?

엠페도클레스

사라진다고?[66] 그러나
그것은 머물러 있다는 것, 마치 추위가 붙들어 잡아놓은
강물과 같은 것이지.[67] 어리석은 친구여! 도대체
성스러운 생명의 정령이 어디선가 잠들고 멈추어 있어
1865 자네가 그 정령을 붙잡아 매려고 하는가, 그 순수한 것을?
그 항상 기뻐하는 정령은 감옥 안에서[68]
그대를 결코 염려하지 않으며
자신의 자리에 희망도 없이 머뭇거리지도 않는다.
한 세계의 환희
1870 그는 계속 편력해야만 한다. 그리고 끝남이 없다. —
오 주피터 해방자여![69] — 이제 안으로 들어가라,

그리고 식사를 준비하라, 내가 들판의 열매를
다시 한번 맛볼 수 있도록. 그리고 포도 열매의 힘을 느낄 수 있도록.[70]
또한 나의 작별이 감사로 즐거운 일이 되도록. 우리가
뮤즈 신들에게도, 나를 사랑했던 그 마음씨 고운 그 여신들에게[71] 1875
찬미의 노래 함께 불러드려야겠구나— 그렇게 하거라, 아들아!

파우사니아스

선생님의 말씀은 신기하게도 저를 이겨버리십니다. 선생님께
굴복할 수밖에 없으니까요. 복종할 수밖에 없군요. 하고 싶기도
하지만, 하고 싶지 않기도 합니다.

제 6 장

엠페도클레스

(혼자서)
아! 해방자 주피터여![72] 나의 시간이 차츰 1880
가까이 다가오고 있구나. 또한 갈라진 암벽으로부터는
벌써 나의 밤의 사랑하는 전령, 사랑의 전령,
저녁 바람이 나에게 불어오는 것 같다.
이루어지려는구나! 다 영글었도다! 오 이제 뛰어라, 심장이여,
그리고 너의 물결 일으켜라, 정신은 그러나 1885
네 위에 반짝이는 별들처럼 임해 있다.

그러는 사이 하늘의 고향 잃은 구름
그 항상 덧없는 것 그 위로 지나가고 있다.
나는 어떤가? 나는 마치 이제 처음으로 살기 시작한 듯,
1890 놀라지 않을 수 없도다, 모든 것이 달라져 있기 때문이지.
나는 이제 비로소 존재한다, 내가 있다— 그러기 위해서
경건한 휴식 가운데에서 그렇게 자주 그대를
그대 무익한 자여, 하나의 동경이 엄습했던 것인가?
오 그러기 위해서 생명이 그대에게는 그렇게 가벼워
1895 정복자의 기쁨 모두를 그대가
하나의 충만한 행동 가운데에서 끝내 발견해냈던 것인가?
나는 가련다. 죽는다고? 어둠 안으로는
단 한 걸음일 뿐. 그런데도 너, 나의 눈이여! 보고 싶어 하는구나!
너는 나에게 끝까지 봉사했다, 완벽한 봉사자여!
1900 이제 한밤이 한참 동안 나의
머리 주변을 어둡게 해줄 것이 틀림없다. 그러나
기뻐하면서 나의 대담한 가슴으로부터 불꽃이 솟아난다.
전율하는 갈망이여![73] 무엇이라고? 죽음에서
나의 생명은 마침내 점화된다. 그러니 나에게
1905 그 두려움의 술잔[74]을, 그 거품 끓어오르는 잔을 건네어다오,
그대 자연이여! 그것으로 그대의 가인(歌人)이[75]
그 잔에서 감동 중 마지막 감동을 마시도록!
나는 그것으로 만족한다, 내가 스스로 희생할 장소 이외에
다른 어떤 것을 더 이상 찾지 않으려다. 나는 편안하구나.
1910 오 이리스,[76] 쏟아져 내리는 폭포수 위의
무지개, 은빛 구름 가운데로 파랑이
일어날 때, 그대의 모습처럼, 나의 환희[77]는 그러하도다.

제 7 장

판테아, 델리아

판테아

아니야! 그분이 자신의 신들을 향해서
떠나려고 갈망하시는 것이 나에겐 놀라운 일이 아니야.
인간들이 그분에게 무엇을 주었지? 1915
우둔한 백성이 그분께 고상한 뜻을 품게 했고
그들의 무의미한 삶이 그분의
마음을 들뜨게 했던 거야.

그대는 그분께 모든 것을 주었고, 우리에게
그분을 주었으니, 오 자연이여, 그분을 훌쩍 데려가시라! 1920
그대가 사랑하는 이들은 더욱 덧없다는 것[78]을
나는 잘 알고 있도다, 그들은 곧 위대해지리라
그리고 그것들이 어찌 될 것인지 다른 이들은
말할 수 없도다. 아! 그렇게 그들
이 행복한 자들 역시 다시 사라져버리는구나!

델리아

내 생각에는 1925
사람들 곁에 즐겁게 머무는 것이 그래도 행복한 것 같아.
내가 이해할 수 없는 그분께서 나를 용서해주시기를.

판테아

오 델리아야! 우리가 그분을 이해하지 못하는 것은
우리의 자부심 때문이야! 물론
1930 그것이 인간들의 행동과 충동에 대한
강력한 증거였을는지도 모르지, 그 당당하신 분이

델리아

그래도 여기 이 세상이 그대로 아름다워.*

판테아

그래
세상은 아름다워, 그리고 그 어느 때보다 지금 더 아름다워. 어느
용감한 사람도 이 세상으로부터 받을 선물도 없이 떠나서는 안 되지.
1935 그 용감한 사람 여전히 그대를 올려다보고 있는가? 오 천국의 빛이여,
또한 너는, 어쩌면 이제 내가 다시 보지 못할
그분을 보고 있는가? 델리아야! 그렇게
영웅의 형제들은 더욱 내면적으로 서로의 눈을 바라다보고 있는 것이다,
그들이 잠자리에 들 무렵 만찬에서 떠나기 전에 말이다.
1940 그리고 그들은 아침이면 새롭게 만나려 하지 않는가?
오 무슨 말을 할까! 너의 심장이 그러하듯이
물론 나의 가슴도 떨리고 있다, 착한 아이야! 그리고 기꺼이
나는 다르게 되기를 바라기도 해, 그러나 그게 부끄럽구나.

* 너무 강하게 대립적이다.

그분이 그 일을 행하시라고 하자! 그것이 그래도 성스럽지 않겠니?

델리아

산에서 내려오는 듯한 1945
저 낯선 젊은이는 누군가?

판테아

파우사니아스군. 아 우리가
이렇게 재회할 수밖에 없는가, 아버지를 잃은 이를?

제 8 장

파우사니아스, 판테아, 델리아

파우사니아스

엠페도클레스님이 여기 계신가요? 오 판테아여,
당신은 그분을 존경하시지요, 그래서 그분을
그 진지한 편력자님을 그 어두움으로 향한 길목에서 1950
다시 한번 뵈려고 여기에 올라왔군요!

판테아

그분은 어디에 계신가요?

파우사니아스

모릅니다. 그분이 저를 보내버리셨습니다.
제가 다시 왔을 때 그분을 다시 볼 수 없었습니다.
산골짜기에서 외쳐 불렀으나 그분을
1955 발견하지 못했습니다. 그러나 그분은 분명히 돌아오십니다.
친절하게 그분은 밤늦게까지 머무시겠다고 약속했습니다.
오 그분이 오시기만을! 가장 아까운 시간들이
화살보다도 더 빨리 지나가고 있습니다.
다시 한번 그분과 함께 기쁨을 나누게 될 것입니다.
1960 또한 당신도 그렇게 될 것입니다. 판테아여! 그리고 저 여인도,
그분을 단 한 번, 마치 장려한 꿈속 영상을 보는 듯한
그 고상한 낯선 여인 역시. 그분의 마지막은
그대 두 사람을 놀라게 할 것입니다. 모든 사람들의 눈앞에
일어나지만, 어느 누구도 무엇이라 일컫지 않을 그 마지막 말입니다.
1965 그러나 저는 믿습니다. 그대들이 그의 절정에서 살아 계시는
그분을 다시 보게 되면 그대들은 그 마지막 장면을 잊게 될 거라고 말입니다.
왜냐하면 이분 앞에서는 인간들에게
슬프거나 두렵게 생각되는 것들 신기하게 자취를 감추고
복된 눈길 앞에서 모든 것은 빛나기 때문입니다.

델리아

1970 당신은 그분을 얼마나 사랑하고 있나요? 그렇지만
부질없이 빌었던 것이지요, 당신은 오랫동안 충분히 간청했지만요.
그 진지한 분에게 떠나지 마시라고, 그리고 좀더 오래

사람들 곁에서 깃들어 계시라고 말입니다.

파우사니아스

제가 그렇게 많은 일을 할 수 있었을까요?
자신의 뜻이 무엇인지 그분이 저에게 답하실 때
그분은 내 영혼 안으로 파고드십니다. 오 그렇습니다! 1975
그분이 자신을 부정하면서 오로지 기쁨만을 주십니다.
그의 가슴이 그렇게 깊숙이 스스로에게 메아리치고
자신과 일치를 이루게 되면, 그만큼 더욱
그 끝없이 신비스러운 분은 자신을 고집하십니다. 그것은
공허한 설득이 아닙니다. 그분이 1980
자신의 삶에 권능을 부여할 때 말입니다. 제 말을 믿으십시오.
그분이, 그 당당하게 만족해하시는 분[79]이 자신의 세계 안에서
조용히 계셨을 때, 어두운 예감 가운데 그분을 바라다볼 때면
자주, 나의 영혼은 충만하고도 약동했으나
나는 그것을 느낄 수가 없었습니다. 1985
그 순수한 분의 모습은 저를 두렵게 했습니다.
그분은 접촉이 불가능한 분이셨습니다. 그러나 말씀이
그분의 입술에서 단호하게 터져 나오면
그때는 마치 환희의 천국이 그분의 마음과
나의 마음 안에 메아리치는 듯했고, 틀림없이 그것은 1990
나를 사로잡았으나 나는 그저 한층 자유로워진 것을 느꼈습니다.
아! 그분이 잘못 생각하실 수 있다 할지라도, 그만큼 더 깊이
저는 그분의 뜻을 알아차릴 수 있을 것입니다. 그분은 끝없이 참된
분이십니다.
그분이 세상을 떠나시더라도, 그분의 유골로부터는

1995 정령만이 나에게 한층 더 밝게 타오를 것입니다.

델리아

아! 위대한 영혼이여! 그 위대한 분의 죽음이
그대의 영혼은 일으켜 세우시는데, 나의 영혼은 갈기갈기 찢어놓으시네.
도대체 무엇이 남아 있다는 것인가,[80] 나에게 말해주시오. 무엇이 여전히 살아 있다는 것인가?
우리가 생각할 시간도 갖지 못한 채
2000 곤경이 청춘의 꽃들을 시들게 하고, 인간이
세상을 향해, 어린아이처럼 낯선 세상을 향해 눈을 뜨고
이제 막 세상에 익숙해지고 기뻐하고 친밀해지려는 때
어떤 차가운 운명이 그를 밀쳐내버립니다.
방금 태어난 자일지라도 말입니다. 그의 기쁨 중에는
2005 가장 사랑스러운 것조차 무사히
남아 있을 수 없습니다. 아! 가장 선한 자들도
죽음의 신들 편으로 발을 들여놓게 됩니다.
그분들도 거기로 가버리는 것이지요, 즐거워하면서[81] 그리고 우리가
필멸의 운명인 자들 곁에 머무는 것을 치욕으로 느끼게 만듭니다.

파우사니아스

2010 오 영생을 얻은 분들께 맹세코! 그 찬란한 분,
그의 명예가 그처럼
불행이 되어버리고, 너무도 아름답게 사셨기에
죽어야만 하는 그분을 비난하지 마시오.
신들의 아들이 무엇을 할 수 있습니까?

무한한 자들에게는 무한히 일이 일어나는 법입니다.

2015

아 고귀한 얼굴에 한층 무도하게 더 이상
모욕이 가해지는 일이 없기를! 내가
그것을 보아야만 하는데,

제2초고

제 1 막

제 1 장

판테아, 델리아

제 2 장

멀리서 아그리겐트 사람들의 합창
메카데스, 헤르모크라테스

메카데스

당신은 취한 백성들의 소리를 듣고 있습니까?[82]

헤르모크라테스

그들은 그를 찾고 있습니다.

메카데스

그 양반의 정신은

백성들 사이에 막강합니다.

헤르모크라테스

사람들이 바짝 마른 풀숲처럼 5

불붙고 있는 것을 나도 알고 있습니다.

메카데스

한 사람이 그처럼

대중을 움직인다는 사실이 저에게는

주피터의 번개가 숲을 엄습할 때보다

더 두렵게 느껴집니다. 10

헤르모크라테스

그렇기 때문에 우리는 사람들의

눈을 띠로 묶어 가리는 것입니다. 그들 중

어느 누구도 너무 강력하게 빛에서 양분을 취하지 않도록 말입니다.

신적인 것은

그들의 눈앞에 나타나서는 안 됩니다. 15

그리고 그들의 마음이

생동하는 것을 발견해서도 안 되지요.

당신은 사람들이 하늘의 연인들이라고 부르는[83]

그 오랜 자들을 알고 있지 않습니까?

그들은 세상의 힘들을 통해서 20

마음의 양분을 취했습니다.

그리고 불사의 신은

밝게 위쪽을 올려다보는 자들에게 가까웠지요.

그러고 나서 오만한 자들은
25 머리를 숙이지 않았고
그들이 붙잡았던 것, 그것은
용감한 자들에게는 가벼운 전리품과 같았습니다.
또한 권능 있는 자들 앞에서
어떤 것도 견디어낼 수 없었고
30 그들 앞에서는 변신하게 되었지요.

메카데스

그러면 그 양반도 그랬습니까?

헤르모크라테스

그것이 그를 너무도 막강하게
만들어주었고, 그 결과 그는
신들과 친밀하게 되었습니다.
35 그렇기 때문에 그의 말은 백성들에게
마치 올림포스로부터 들려오는 듯한 것입니다.
그들은 그에게
그가 하늘로부터
생명의 불꽃을 훔쳐서[84]
40 그것을 인간들이 알게 한 것에 대해 감사하고 있습니다.

메카데스

그들은 그 사람 말고는 아무것도 모릅니다.
그가 그들의 신이고
그들의 왕이라는 것입니다.

그들이 말하기를, 아폴로가
트로야 사람들에게 도시를 건설해주었다지만[85] 45
한 사람 드높은 분이
삶의 과정에서 도움을 주는 것이 훨씬 낫다는 것이지요.
여전히 그들은 그에 대해서
이해할 수 없는 말을 많이 합니다. 그리고 어떤 법칙
어떤 궁핍, 어떤 심판관도 안중에 없습니다. 50
우리 백성들은 일종의 떠돌이별[86]이 된 것입니다.
그래서 나는 두려워하는 겁니다.
이것이 그가 조용한 가운데에
여전히 꾸미고 있는 미래에 대한
암시는 아닌가 하고 말입니다. 55

헤르모크라테스

진정하시오, 메카데스 집정관!
그는 성공하지 못할 거요.

메카데스

그럼 당신이 더 권능을 지니고 있단 말씀인가요?

헤르모크라테스

강한 자들을 이해하는 사람이
그들보다 더 강한 법이지요. 60
나는 이 보기 드문 양반을 잘 알고 있습니다.
그는 너무 행복하게 성장했습니다.
처음부터 고집이

악습에 물들게 했고
65 하찮은 일이 그를 나쁜 길로 이끌게 된 것입니다.
그는 쓸데없이 지나치게 인간들을 존중했던 것을 후회하게 될 것입니다.

메카데스

그에게 많은 시간이 남아 있지 않다는
예감조차 듭니다.
그러나 충분한 시간일 수 있지요.
70 그는 일이 이루어졌을 때 비로소 쓰러질 것입니다.

헤르모크라테스

그런데 그는 벌써 쓰러졌습니다.

메카데스

무슨 말씀이오?

헤르모크라테스

당신은 정말 알지 못하고 있는 거요? 영혼이 궁핍한 자들이
그 드높은 정신을 잘못된 길로 이끌었던 것이오.
75 눈먼 자들이 유혹자를 잘못된 길로 인도한 것입니다.
그는 백성들 앞에 영혼을 던져버렸소. 신들의
은총을 마음 좋게 비천한 자들에게 보여주었던 것이지요.
그런데 죽은 가슴으로부터의 공허한 메아리가
복수하면서 그 영시자(靈視者)를 조롱할 대로 조롱했습니다.
80 그는 한동안 그것을 인내했지요, 참을성 있게

혀를 깨물었고, 어디서 이런 일이
일어났는지 알지 못했습니다. 그러는 사이
백성들의 흥분은 불어났지요. 그의 진기한 말에
가슴이 요동치면, 그 말을 들었고
그리고 그들은 말했습니다, 85
우리는 신들도 그렇게 말하는 것을 듣지 못했노라!고—
그리고 제 자신의 뜻만으로는 살 수 없고
그 비슷한 것도 찾지 못한 목마른 자의 품이
마침내 독약을 껴안은 것입니다.
그는 광란하는 숭배로 90
위안을 삼고, 그들처럼 영혼을 잃게 되었습니다.
그에게서 힘은 사라졌습니다. 그리고
그는 한밤중을 걷고 있으며 벗어날 길을
알지 못하고 있습니다. 우리가 그를 도울 때입니다.

메카데스

그 모든 것을 당신은 그렇게 확신하는 것입니까? 95

헤르모크라테스

나는 그를 알고 있습니다.

메카데스

그가 마지막으로 아고라[87]에서 행했던
오만한 요설(饒舌)이 떠오릅니다. 나는 백성들이
그전에 그에게 무엇을 말했는지 모릅니다.
나는 바로 그때 갔었고 멀리 서 있었습니다. 나는 들었습니다. 그는 100

이렇게 대답했습니다.
그대들은 나를 존경한다, 그렇게 하는 것이 옳은 일이다.
왜냐하면 자연은 말이 없기 때문이다.
세상의 자유롭고 불멸하는 힘들은
신들의 정신 가운데에서 언제나 힘차게
105 원기를 북돋우며 다른 덧없는 생명의
주변을 유유히 거닐고 있다.
그러나 거친 대지 위의
야생의 초목들처럼
모든 필멸의 존재들은
110 신들의 모태 안에 씨 뿌려져 있다.
궁핍하게 양분이 주어진 존재들이. 그리고
누군가가 생명을 일깨우며
그것을 돌보지 않는다면
대지는 죽은 듯이 보일 것이다. 그 땅이
115 나의 땅이다. 그 땅을 따뜻하게 하고
초목과 대지를 살린 것이 내가 아닌가?
나를 통해서만 힘과
영혼을 교류하면서
필멸의 존재와
120 불멸의 존재는 하나가 된다.
왜냐하면 내가 침묵하는 자들에게 말을 주었기 때문이다.
영원한 힘들이 애쓰는 가슴을
더욱 따뜻하게 포옹하며, 한층 더 힘차게
자유로운 자들의 정신으로부터 느끼는 인간들이 번성하는 법이다.
125 왜냐하면 나의 말은 서로 모르는 자들을 어울리게 했으며

나의 정신에게 낯설게 숨겨져 있던 자들
스스로를 열기 때문이다.
그리고 세상을 깨우기 때문이다.

헤르모크라테스

그 정도는 하찮은 것입니다. 불쾌한 일들이 그의 가슴속에 잠자고 있어요.
나는 그를 알고 있고, 그들을 알고 있지요. 천국의 너무도 행복한, 130
버릇없이 자란 자식들[88] 말이오.
그들은 자신이 세상과 하나가 된 것처럼 느끼고 있습니다.[89]
어느 혼란의 순간이 그들을 언짢게 하면,
또 연약한 자들은 쉽사리 파괴될 수 있기 때문에
그 무엇도 그들을 다시 진정시키지 못합니다. 하나의 상처가 135
그들을 불태우며 몰아가고, 가슴은 치유할 길 없이
사납게 요동칩니다. 그리고 섬뜩한 소망들이
그들의 마음 안에 끓어오릅니다. 아 그 역시 그렇습니다! 겉으로는 태연해 보이지만,
그의 가슴은 타오르고 있습니다. 백성들이
그의 가슴에 폭군과 같은 욕망을 잘못 불붙인 뒤로 말입니다. 140
그가 아니면 우리지요! 그러니까 우리가 그를 희생시킨다고 해서
우리가 해를 끼치는 것은 아닙니다. 그는 어쨌든
사라져야만 하니까요!

메카데스

오 그를 자극하지 마시오! 안에서 타고 있는 불길에
여지를 내주시지 말고 스스로 질식하도록 버려두시오! 145

그를 그냥 내버려두시오! 그에게 구실을 만들어주지 마시오!
그러면 그 오만한 자 파렴치한 행동을 하지 못할 것이오.
그래서 그가 그저 말로써만 죄를 지을 수 있게 되고
바보로서 죽게 될 것이니 우리에게 그리 크게
150 해를 입히지 못할 것이오.
강한 적대자가 그를 두려운 존재로 만드는 것 같소.
그저 바라만 보시오, 그러면 우선
그는 자신의 권능을 느끼고, 그러고 나서는

헤르모크라테스

당신은 그와 또 모든 것을 두려워하고 있소, 불쌍한 양반!

메카데스

155 나는 되도록 후회하고 싶지는 않습니다.
용서할 수 있는 것은 용서하고 싶습니다.
모든 것을 알고 있는 사제는 그럴 필요가 없겠지요.
모든 것을 정당화하는 성자께서는 말씀입니다.

헤르모크라테스

건방진 양반! 당신이 나를 비방하기 전에
160 나를 알아봐야지. 그 양반은 몰락할 수밖에 없어요.
내가 당신에게 말하건대 나를 믿으시오. 만일 그 양반이
용서받을 수 있다면, 당신보다 내가 앞서 용서할 것이오.
왜냐하면 그는 당신에게만큼 나에게도 가까우니까.
그러나 이걸 알아두시오. 신을 닮은 인간 정신은
165 칼이나 불보다도 더 위험하다는 것을 말이오.

그 정신이 침묵할 수 없을 때, 그리고 그의 비밀이
발견되지 않고 간직되어 있을 때 말이오. 그 정신이
자신의 내면 깊숙이 쉬면서 필요한 것을 내준다면
그 정신은 유익합니다. 그러나 족쇄를
깨고 나오면, 파멸의 불길이 되고 맙니다. 170
자신의 영혼과 그 영혼의 신들을 드러내 보이고
말할 수 없는 것을 무모하게 내뱉으려고 하고[90]
자신의 위험한 재산을 마치 물처럼
쏟아버리고 허비하고 있는 그는 꺼져야만 하오.
살인보다도 더 나쁜 것이니까. 175
그런데 당신은 그 사람 편에서 말하는 것이오?
이것은 그의 운명이오. 스스로 그렇게 만든 것입니다.
제멋대로 살아야 하고, 그 멋대로 죽어야 합니다.
모두는 고통과 바보짓에 빠져서 죽어야 합니다.
신적인 것을 폭로하고 모든 것을 되돌리면서 180
숨겨져 지배하고 있는 것을
인간의 손에 쥐여준 자, 그 누구든 말이오!
그는 꺼져버릴 수밖에 없습니다!

메카데스

충만한 영혼으로 자신의 최선의 것을
인간들에게 털어놓은 그가 그렇게 비싼 죗값을 치러야만 합니까? 185

헤르모크라테스

그럴 수도 있지, 그렇지만 복수의 여신을 벗어나지는 못해.
그는 하고 싶은 대로 위대한 말을 했고, 어쩌면

부끄러워 침묵했던 생명을 욕보였으며
땅 속 깊숙이에서 황금을 밖으로 끄집어냈는지도 몰라.
190 그는 인간들에게 쓰라고
주어지지 않은 것을
사용한지도 모르지. 그 대가로 그는
맨 먼저 사라져야 할 거야— 벌써
그의 정신이 혼란을 일으키지 않았나, 그리고
195 자신의 백성에게서는 충만한 영혼이
그 연약한 영혼이 벌써 황폐할 만큼 황폐해지지 않았나?
어찌해서 이 모두와 함께 나누는 자가
이제는 스스로 권력자가 되었단 말인가?
착한 양반아! 어찌해서 그가 그처럼
200 뻔뻔스러운 자가 되었으며, 신들과 인간들을
손 안의 장난감처럼 생각하게 되었단 말인가?

메카데스

당신의 연설을 들으니 섬뜩합니다, 사제님. 그런데
당신의 음울한 말이 실제인 듯 여겨지는군요. 그대로이기를 바랍니다!
당신은 저에게 과제를 주는 것 같습니다. 다만 그가
205 어떻게 해야 붙잡힐지 모르겠습니다. 그분이
위대할 만큼 위대하다 할지라도 책망을 하는 것은 어렵지 않습니다.
그렇지만 마치 마법사처럼, 대중을 이끌고 있는
그 초월적인 힘을 가진 양반과 대등하게 힘을 갖는다는 것은
나에게는 다른 문제로 생각됩니다, 헤르모크라테스님.

헤르모크라테스

그의 마법은 허약한 것이네, 자네. 그리고 210
필요 이상으로 그는 우리가 처분하기 용이하게 만들어주었네.
때맞추어 그의 불만이 방향을 바꾸었으니까 말일세.
그의 오만과 조용히 솟구쳐 오른 정신이 이제는
스스로를 적으로 삼았다네. 그가 설령
힘을 가지고 있다 해도, 그는 그것을 모르고, 그저 비탄만 할 뿐이네. 215
또한 자신의 몰락을 앞서 바라보고 있네.
잃어버린 자신의 삶에 등 돌리면서
자신으로부터 지껄여서 내쫓은 신을 찾고 있다네.
시민들을 집합시키게. 내가 그를 고발하겠네.
그에게 저주를 내리겠네, 시민들은 저들의 220
우상에 대해서 놀라워해야 하고, 그를
황야로 내쫓아야 한다고 외쳐야만 하네.
그리고 거기서 결코 되돌아오는 일이 없어야 한다고 말일세.
그는 자신에게 용납되어 있는 것보다 더 많이
인간들에게 떠든 대가를 나에게 치러야 하네. 225

메카데스

그런데 당신은 그에게 무슨 구실로 죄를 씌우려는 겁니까?

헤르모크라테스

자네가 나에게 해준 그 말들,
그것으로 충분하네.

메카데스

그러한 허약한 구실로
230 당신은 백성을 그의 영혼으로부터 떼어내려는 겁니까?

헤르모크라테스

제때라면 모든 구실은 힘을 가지는 법이지.
그리고 그 구실이 하찮은 것도 아니네.

메카데스

그런데 만일 당신이 그들 앞에서 그를 살인자로 고발한다면
아무런 효과가 없을 것 같습니다.

헤르모크라테스

235 그러나 그것이 바로 요점이네! 공공연한 범죄는
그들이 용서하지, 미신을 믿는 자들은 말이야.
눈에 보이지 않는 분노할 일은 그들에게는
섬뜩할 것이 틀림없어! 그것은 그들의 눈 안으로
그들을 명중시킬 것이 틀림없어. 그것이 어리석은 자들을 움직이니까.

메카데스

240 그들의 마음은 여전히 그에게 매달려 있소, 당신은
그렇게 쉽게 그 마음을 지배하고 조종할 수 없을 것이오. 그들은 그를 사랑하고 있소!

헤르모크라테스

그들이 그를 사랑한다고? 그렇지, 좋아! 그러나 그가 원기왕성하고
빛을 발하는 동안에만 그럴 뿐이야.
그들은 그에게서 먹이를 조금씩 먹고 있지.
그런데 이제 그가 메마르고 황폐화된 지금 245
그들이 그와 무슨 관계란 말인가? 이제는
이용할 만한 것이 아무것도 없네. 그리고 그들의 긴 시간을
줄여줄 만한 것도 하나도 없네. 들판은 수확이 끝나고 말았네.
들은 버려진 채이고 폭풍과
우리들이 낸 길들이 그 위를 마음대로 밟고 휩쓸고 있지. 250

메카데스

좋소, 그를 격분케 하시오! 격분케 하고 무슨 일이 일어나는지 잘 보시오!

헤르모크라테스

나도 그러기를 바라네, 메카데스여! 그는 오래 참는 사람이라네.

메카데스

그래서 참을성 있는 그 양반이 이겨내겠습니까?

헤르모크라테스

엄밀하게는 그렇지!

메카데스

당신은 아무것도 존중하지 않고 있소. 당신은 255

당신과 나와 그 그리고 모든 것을 파멸시킬 것이오.

헤르모크라테스

인간들의 꿈꾸기와 음모를
정말 나는 존중하고 싶지 않다네!
그들은 신이 되고 싶어 하고, 스스로를
260 신이나 되는 양 치켜세우지, 그것도 한동안 말이야!
당신은 그 고통 받은 자가 그들을 조롱하고
그 참을성 있는 자가 그들을 이길까 봐 걱정되는가?
아닐세, 그는 자신을 향해서 분노하도록 바보들을 선동할 걸세.
그들은 그의 고통을 그가 저지른 속임수에 대해 치르는
265 엄중한 대가로 생각할 것이네. 그들은 자비심을 보이지 않을 거야.
자신들이 칭송해 마지않았던 사람이
자신들과 조금도 다름없이 나약한 사람으로 드러났을 때, 무슨 감사를 바라겠나.
그는 그에 상응하는 벌을 받게 되겠지. 왜 그가 그들과
섞여들었는지 알 수가 없군.

메카데스

270 나는 이러한 사건에서 벗어났으면 합니다, 사제님!

헤르모크라테스

나를 믿으시고 필요한 일을 피하지 마시오.

메카데스

저기 그가 오는 듯합니다. 계속하시고 당신 자신을 찾아보시오.

당신 헤매는 마음을 가진 인간이여! 그러는 사이 당신은 모든 것을 잃을 것이오.

헤르모크라테스

그 사람을 남겨두시오! 그리고 당신은 가시오!

제 3 장

엠페도클레스

나의 고요함 안으로 그대 조용히 걸어 들어와[91] 275
그 안 전당의 어두움 속에서 나를 찾아내었도다.
그대 다정한 이여! 내가 희망했던 대로 그대는
멀리서부터 왔고 땅의 위편에서 작용하는 사이 나는
그대의 재림을 충분히 알아챘도다, 아름다운 날
그리고 나의 허물없는 친구들인 그대들, 드높은 곳에서 280
쉼 없이 일하는 그대들의 힘이여— 그대들
나에게 다시금 가까이 있도다, 이전처럼 그대들 행복한 자들이여
나의 임원의 그대들 어긋남이 없는 나무들이여!
그대들 쉬고 자라나고 또한 나날이 천국의 샘물
마시고 있도다. 천공은 빛과 생명의 불꽃으로 285
피어나는 것들에 열매를 맺게 하며
겸손한 자들을 충만케 하도다—

오 친밀한 자연이여! 저는 지금 제 눈앞에

그대를 보고 있는데 그대는 여전히 친구를,
290 지극히 사랑받았던 자인 저를 몰라보고 있는 것입니까?
그대에게 생동하는 찬가를
기쁨과 함께 쏟은 희생의 피처럼 바쳤던 사제인 저를?

오 대지의 핏줄에서 나온 물이
한데 모이는 성스러운 샘가에서
295 목마른 자들 뜨거운 한낮에
생기를 찾네! 내 안에
내 안에, 그대들의 생명의 샘 안에
세계의 깊이에서부터 그대들 한때
솟아올라 모여들었고 목마른 자들
300 나에게로 왔었네— 그런데 도대체 지금 어찌하여
슬픔에 잠겨 보내고 있는가? 나는 정말 홀로인가?
밖은 한낮인데도 여기는 한밤인가?
인간의 눈보다도 더 높은 것을 바라다보았던 자
이제 눈이 먼 자가 되어 사방을 더듬고 있도다—
305 그대들 어디에 있는가, 나의 신들은?
아 슬프도다! 그대들 이제
거지처럼 나를 내버리고
사랑하며 그대들을 예감하고 있던
이 가슴을 버리시네.
310 어찌하여 그대들 이 가슴을 물리치시는가?
그리고 좁고도 부끄러운 굴레 안에, 그 본래대로이자
결코 다른 것이 아닌 자유롭게 태어난 가슴을
얽어매시는가? 이제 그 오랫동안 웅석받이였던 자,

그는 이제 계속 걸어 떠나야만 한다.
때때로 모든 살아 있는 것들과 더불어 315
그들의 생명을, 아, 성스럽게 아름다운 시절에
자신의 심장처럼 한 세계와
그 세계의 왕 같은 신적인 힘으로부터 느꼈던 그 사람,
그가 자신의 영혼 가운데 저주 받아서 그처럼
사그라지고, 내쫓김을 당해야만 하는가? 친구도 없이, 320
신들의 친구[92]인 그가? 자신의 무(無)와
자신의 밤에서 항상 풀이나 뜯어 먹으면서,
두려운 지옥에서 나날의 작업으로 족쇄가 채워진
허약한 자들과 마찬가지로
참을 수 없는 것을 참아가면서 말이다. 325
무엇이 나에게 내려 닥친 것인가? 아무런 목적도 없이? 아!
한 가지 일만은 너희들 나에게 용납했어야 했도다! 바보 같은 나에게!
그러나 그대는 여전히 그대로이면서 자신이
약자이기라도 하다는 듯 꿈꾸고 있도다. 다시 한번! 다시 한번
살아 있는 것처럼 내가 느껴야 한다. 그리고 나는 그러기를 원한다! 330
그것이 저주가 되건 축복이 되건 간에! 이제 그대의
가슴으로부터 힘이 결코 속이는 일이 없기를!
나는 내 주변에 공간을 넓히고 싶다, 나 스스로의
빛으로 그곳이 밝아져야 한다! 그대는
만족하게 될 것이다. 불쌍한 정신, 335
갇혀 있는 자여! 자신의 세계 안에서
스스로 자유롭고 위대하며 풍요롭다고 느껴야 한다—
그런데 다시금 고독해진다, 슬프도다! 다시 고독해지는가?

슬프도다! 외롭구나! 외롭도다! 고독하도다!

340 그리고 나는 결코
그대들, 나의 신들을 찾지 못하겠구나.
그리고 결코
그대의 생명으로 돌아갈 수 없구나, 자연이여!
저는 그대로부터 추방당한 자입니다! — 슬픕니다, 그러나 저는
345 그대를 존중하지 않았습니다. 그대보다
저를 더 치켜세웠습니다. 그럼에도 그대는
포옹하면서 따뜻한 날개로 한때,
그대 애정 어린 자여! 잠에서 저를 구원해주시지 않았던가요?
그 우둔한 자 그들 양식을 취하기 싫어하는 자를
350 동정심에서 달래어가며 그대의 감로주로
달래었습니다, 그가 그것을 마시고 성장하고
피어올라 힘을 지니게 되었고 취한 나머지
그대의 안전에 대고 조롱을 보냈습니다, — 오 정령이여,
저를 자라도록 먹여 살린 정령이여, 그대는
355 그대의 주인인 나이 든 사투르누스에게
하나의 새로운 주피터를
길러내셨습니다,[93] 그저 더 허약하고 더 건방진 자를,
왜냐하면 사악한 혀는 그대를 모욕만 할 수 있기 때문에.
아무 데도 복수할 자 없는가요? 하여 제가 홀로
360 저의 영혼에 대고 조롱과 저주를 말해야 하는가요?
그렇게 역시 고독하지 않으면 안 되는가요?

제 4 장

파우사니아스, 엠페도클레스

엠페도클레스

나는 하루가 기울고 있는 것만을 느끼겠구나, 친구여,
내 주위는 어두워지고 차가워지려고 한다!
나는 되돌아가고 있는 것이다, 사랑하는 이여! 그러나 쉬기 위해서가 아니다.
획득한 것이 있어 즐거운 새는 365
깨어나면 싱싱해질 만족할 만한 잠을 위해서
머리를 파묻는다. 그러나 나의 길은 이와는 다르다!
그러니 나를 향한 너의 비탄을 멈추어라!

파우사니아스

선생님은 저에게 매우 서먹해지셨습니다.
엠페도클레스님! 선생님은 저를 아시지 않나요? 370
아니면 제가 선생님을 전혀 모르고 있나요? 영광스러운 분이시여—
선생님은 그처럼 자신을 변화시킬 수 있었습니다. 그렇게 저에게
수수께끼로 변할 수 있었습니다, 고귀한 모습의 선생님,
그런데 깊은 슬픔이 하늘의 사랑하는 이들[94]을
땅으로 머리 숙이도록 해도 되는 것입니까? 선생님은 375
그 사랑받는 사람들 가운데 한 분이 아니십니까? 자 보세요!
모두가 선생님께 감사하고 있는 것을. 또한 황금빛 환희 속에서
백성들 중 선생님만큼 막강한 분 아무도 없었습니다.

엠페도클레스

그들이 나를 존경하고 있는가? 오 그렇지만 그들에게 이제
380 그만두라고 말하게나 — 치장은
나에게 어울리지 않는다네. 뿌리가 뽑힌
나무줄기에서는 초록 잎사귀도
시들고 마는 법이지!

파우사니아스

여전히 선생님은 우뚝 서 계십니다. 그리고 싱싱한 물줄기가
385 선생님의 뿌리를 둘러싸고 유희하고 있습니다.
선생님의 정수리를 에워싸고 대기는 부드럽게 숨쉬고
선생님의 가슴은
덧없는 것의 힘으로 부풀어 오르지 않았습니다. 선생님의 위편에서는
불멸하는 힘들이 지배하고 있습니다.

엠페도클레스

390 자네는 나의 젊은 날들을 상기시키는구나, 사랑하는 이여!

파우사니아스

저에게는 생애 한가운데가 더 아름답게 여겨집니다.

엠페도클레스

그리고 정오를 지나 해가 지려고 하면,
더 빨리 사라져가는 자의 눈은 다시 한 번
기꺼이 뒤를 돌아다보는 법이지.

감사하는 자들의 눈이 되어서 말이야. 오 그 지난 시절! 395
사랑의 기쁨, 나의 영혼이 신들에 의해서
마치 엔디미온[95]처럼 일깨워지고
어린아이처럼 조는 눈이 크게 열렸을 때
생동하는 감동을 받았고, 생명의
영원히 젊은 정신, 위대한 수호의 정령[96]을 느꼈다네— 400
아름다운 태양이여! 사람들은 나에게 그것을
가르쳐주지 않았으나, 나의 성스러운 마음이
영원히 사랑하면서 영생하는 자에게로,
그대에게로 나를 몰아대었네.[97] 나는 그대보다 더 신적인 것을
찾을 수 없었네, 부드럽게 빛나는 빛이여! 그대가 405
그대의 날에 한정해서 생명을 간직하기에 멈추지 않고
아무런 근심 없이 황금의 충만함으로 그대를
펼쳐 보이듯이, 그처럼 그대의 것인 나 역시
최상의 영혼을 기꺼이
필멸의 사람들에게 베풀었네. 또한 두려움 없이 활짝 열어 410
나의 마음을 주었네. 그대가 진지한 대지에게,
그 운명적인 것에게 그대의 것을 주듯이. 아! 그것에게
싱싱한 기쁨 가운데 나의 생명의 마지막에 이르기까지 주었네.
나는 대지에게 때때로 단란한 시간에 그것을 약속했고
그렇게 하여 대지와 귀중한 죽음의 연대를 맺었네. 415
그러자 임원에서는 그전과는 달리 살랑대는 소리 들렸고
대지에 솟은 산들의 샘들 애정 어리게 소리 내었네.
모두 그대의 환희였네, 대지여! 그것들
진실하고 따뜻하게 수고와 사랑으로 흠뻑 영글어
그 모든 것 그대는 나에게 주었네. 또한 때때로 420

내가 고요한 산정에 앉아서 놀라워하며
인간들의 변화무쌍한 방황을 골똘히 생각하고
그대의 변용에 깊이 감동하며
가까이 다가온 나 자신의 쇠락을 예감했을 때
425 그때 천공은 그대와 사랑의 상처 입은 나의
가슴을 에워싸고 어루만지며 숨 쉬었고
불길로부터 피어오르는 연무처럼
드높은 푸르름 가운데 나의 염려 모두 흩어져버렸네.

파우사니아스

오 천국의 아들이시여!

엠페도클레스

430 과거에는 그랬지! 그렇다! 그리고 이제 나는 그것을 이야기하고 싶다,
불쌍한 인간인 나! 다시 한번
나의 영혼 안으로
한때 나의 동료였던 그대의 정령의 힘,
그 찬란한 힘의 효험을 불러들이고 싶도다, 오 자연이여.
435 그리하여 침묵하는, 죽은 듯 황폐한 나의 가슴이
그대의 모든 음성으로 메아리치게 되기를.
아직 내가 그럴 수 있는 사람인가? 오 생명이여! 나에게
그대의 날개 달린 멜로디 살랑대었고 나는
그대의 오랜 화음에 귀 기울이지 않았던가? 위대한 자연이여.
440 아! 고독한 자 나는 이 성스러운 대지와
이 빛살과 내 영혼이 떠나본 적이 없는
그대와 함께 살지 않았는가, 오 아버지 천공이여,

현전하는 올림포스[98]에서 신들의 친구
살아 있는 모든 것들과 함께
살지 않았던가? 그런데 거기로부터 내동댕이쳐져, 445
나는 참으로 외롭구나, 이제는 이 아픔이
나의 한낮의 동반자이고 내 잠자리의 동반자가 되었도다!
나에게는 축복이 없다, 가라!
가거라! 묻지 말라! 내가 꿈을 꾼다고 생각한다면,
오 나를 보아라! 그리고 착한 이여, 450
내가 그곳에서 내려왔다는 것을 이상하게 여기지 말라.
하늘의 아들들에게도
그들이 넘치게 행복할 때에는
각자의 저주가 주어지는 법이다.[99]

파우사니아스

저는 참을 수가 없습니다. 455
슬픕니다! 그런 말씀이! 선생님은요? 저는 견딜 수가 없습니다.
선생님께서는 그렇게 저의 영혼과 선생님의 영혼을
두렵게 하시면 안 됩니다. 그것은 나쁜 징조로
생각됩니다. 언제나 즐거운 정신이 거대한 먹구름으로
둘러싸일 때의 징조 말씀입니다. 460

엠페도클레스

그걸 느끼고 있는가? 그것은 그 정신이 곧
뇌우 가운데 대지로 내려올 것이 틀림없다는 것을 의미한다네.

파우사니아스

오 우울한 기분을 떨쳐버리십시오, 사랑하는 분이시여!
이분이, 이 순수한 분이 그대들에게 행하는 것 때문에
465 그의 영혼이 그처럼 그늘에 잠기게 되는 것인가?
그대들 죽음의 신들이여! 도대체 필멸의 사람들
아무 곳에서도 제 자신의 것은 지니지 않으며,
그들의 마음에까지 그 두려운 것이 미치는 것이며
강한 분의 가슴 안에도 여전히 영원한 운명이
470 지배한단 말인가? 슬픔을 억제하시고
선생님의 힘을 사용하십시오, 선생님은
다른 누구보다도 더 많은 능력을 가지고 계십니다, 오
저의 사랑을 통해서 선생님이 누구신지 아시고
선생님을 생각하십시오, 그리고 사셔야 합니다!

엠페도클레스

475 그대는 나와 그대와 죽음과 삶을 모르고 있네.

파우사니아스

죽음, 저는 그것을 거의 모르고 있습니다.
왜냐하면 저는 죽음을 거의 생각하지 않기 때문입니다.

엠페도클레스

홀로 존재한다는 것
그리고 신들 없이 산다는 것, 그것이 죽음이라네.

파우사니아스

죽음은 내버려두십시오, 저는 선생님을 압니다, 선생님의 행동을 통해서 480

저는 선생님을 알아보았습니다. 그 힘을 통해서

저는 선생님의 정신을 경험했습니다. 그리고 그 정신의 세계도.

성스러운 순간에

선생님의 한마디 말씀이

제 많은 세월의 삶을 마련해주었고 485

그때부터 이 젊은이에게는 새롭고 위대한

시절이 시작되었습니다. 길들여진 사슴들이

숲들이 살랑대면 멀리 고향을

생각할 때처럼, 선생님께서

옛 근원적 세계의 행복에 대해서[100] 말씀하시고 490

순수한 나날을 예고하시며 온 운명이

선생님 앞에 활짝 펼쳐질 때, 저의 가슴은 뛰곤 했습니다.

선생님께서는 제 눈앞에 미래의 커다란

선(線)들을 확실한 눈길로, 마치 예술가들이

빠져 있는 부분을 전체 그림으로 보충해 넣듯이, 그려 보이지 않으셨습니까? 495

또한 선생님께서는 자연의 힘들을 알고 계셔서

어떤 사람들보다도 친밀하게

뜻대로 조용히 지배하여 그 힘을 조정하시지 않으십니까?

엠페도클레스

옳은 말이다! 나는 모든 것을 알고 있으며 모든 것을 지배할 수 있다.

마치 내 손으로 만든 작품인 것처럼,[101] 나는 그것을 500

살샅이 알고 있으며, 정신의 주인인 나는, 내가 원하는 대로
살아 있는 것을 조정한다.
이 세계는 나의 것이다. 그리고 모든 힘들은
나에게 복종하고 나를 섬긴다.

505 주인을 필요로 하는
자연은 나의 하녀가 되었다.
그리고 자연이 아직 명예를 가지고 있다면, 그것은 나로 인해서이다.
만일 내가 소리와 언어와 영혼을 주지 않는다면,
하늘과 바다와 섬들과 별들이 도대체 무엇이겠으며,
510 인간들의 눈앞에 놓여 있는 모든 것
이 죽은 듯한 현금의 연주는 무엇이겠는가?
내가 전파하지 않는다면, 신들과
그들의 정신은 또 무엇이겠는가?
자! 말해보아라, 내가 누구인가?

파우사니아스

515 그저 비통함 가운데에서 선생님 자신과
인간을 영광스럽게 해주는 모든 것, 그리고
그들의 활동과 말들을 놀리시는 것 같습니다.
제 가슴속에 들어 있는 용기를 제가 싫어하도록 만들고 놀라게 해서
어린아이로 돌아가게 합니다. 오 그것만은 말씀해주십시오! 선생님은 자신을
520 미워하시고 선생님을 사랑하는 것과 선생님과 같이 되고자 하는 것을 미워하십니다.
선생님이 아닌 어떤 다른 것이 되고 싶어 하십니다.

선생님의 명예 안에 만족하시지 않고 낯선 것에
선생님을 희생시키고 있습니다. 선생님은 머물고자 하지 않으시고
소멸하기를 원하십니다. 아! 선생님의 가슴 안에는
제 가슴 안보다 평온함이 덜한 것 같습니다. 525

엠페도클레스

순진하고 죄 없는 친구여!

파우사니아스

그런데 왜 선생님은 스스로를 질책하십니까?
도대체 무슨 일입니까? 오 선생님이 겪는 고통이
더 이상 저에게 수수께끼가 되지 않도록 해주십시오! 그것이 저를 괴롭히고 있습니다!

엠페도클레스

인간은 침착하게 행동해야만 하네. 530
깊이 생각하고, 자신의 주변에
생명을 펼치면서 그것을 북돋고 쾌활하게 해야 한다네.
왜냐하면 높은 의미로 가득 채워지고
침묵하는 힘으로 가득하여
위대한 자연은 535
예감하는 인간을 품에 안아
그가 세계를 형성하게 하고
그가 자연의 정신을 불러일으키게 하며,
가슴 안에 염려와 희망을 지니게 만들기 때문이지.
깊이 뿌리를 내리면서 540

강렬한 동경이 그에게 솟구쳐 오르지.
그는 많은 것을 할 수 있고 그의 말은
찬란하며, 그의 손 아래에서
세계는 변한다네.[102]

제2초고의 계획된 마지막 두 개의 장면

판테아, 델리아

판테아

545 너는 어쨌든 사람답게 방황하고 있구나!
그분의 마음을 상하게 한 것은 아니냐,
별것도 아닌 주제에 말이야! 너는
가진 것도 없으면서 그분에게 무엇을 드렸니? 그분은
자신의 신들에게로 떠나려고 애태우고 있어.
550 그들은 놀라워하고 있지. 마치 우둔한 자들로서
그분에게 드높은 영혼을 지어주기라도 했다는 듯이 말이야.
그대가 그분에게 주었던 모든 것, 자연이여!
그대의 가장 사랑스러운 것들 다른 것들보다
더욱 덧없는 것,[103] 헛된 것이 아닙니다!
555 저는 그것을 잘 알고 있습니다!
그들은 오고 또 자라납니다. 그리고 아무도
어떻게 그렇게 되었는지 말하지 않습니다. 그리고 그들은 또한,
그 행복한 자들! 다시 사라져버립니다. 아! 그러나 그냥 버려두십

시오!

델리아

사람들 곁에서 산다는 것
그것은 좋은 일은 아니지. 나의 마음은 560
다른 것에 대해서 알고 있지는 않아.
이 하나의 일에 내 마음은 놓여 있어. 그러나
내 눈앞에는 그 종말이,
알 수 없는 그분의 종말이 슬프고 어둡게 서 있네. 그런데 너는 그에게
떠나라고 부추기는 것인가? 판테아야. 565

판테아

나는 그럴 수밖에 없구나. 누가 그분을 붙잡아두려고 하겠느냐?
누가 그분에게 당신은 나의 것이라고 말하려 하겠는가.
살아 있는 자는 모두 제 자신의 것이다.
그리고 그의 정신만이 그의 법칙이다.
자신을 경멸한 사람들의 명예를 570
구하기 위해서
그에게 아버지 천공이
팔을 펼치는데도[104]
머뭇거리고 있어야 한단 말이냐?

델리아

보라! 이 대지도 찬란하고 575
정답지 않은가.

판테아

그렇지, 찬란하지. 그리고 지금은 더욱더.
그러니 이 선물을 놓치지 않은 채
과감한 사람이라도 이 대지와 작별할 수는 없지.
580 그분은 그대의 푸른 언덕의 하나 위에, 오 대지여
그대 변화무쌍한 이여!
그분은 여전히 머물고 있습니다.
그리고 물결치는 언덕 너머로
탁 터진 바다를 내려다보고
585 마지막 기쁨을 누리고 있습니다. 우리는 어쩌면
그를 다시는 못 보게 될지도 몰라, 착한 친구여!
나에게도 그것은 충격이고 달리 되는 것을
차라리 원하고 있는지도 몰라, 그러나 그것이 나를 부끄럽게 만들기도 해.
그분이 그렇게 하도록 내버려두자꾸나! 그것이 성스럽지 않을까?

델리아

590 저 젊은이는 누구인가, 저기 산에서
내려오고 있네!

판테아

파우사니아스네. 아! 우리가
이렇게 다시 만날 수밖에 없는가? 아버지를 잃은 자를.

파우사니아스, 판테아, 델리아

파우사니아스

그분은 어디 계신가? 오 판테아여!
그대는 그분을 존경하고, 그대 역시 그분을 찾고 있는 중이겠지. 595
한 번 더 그분을, 그 두려운 방랑자이신
그분을 뵙고 싶어 하지 않나 싶네. 저주 없이는
아무도 발 딛고 싶어 하지 않는 그 길을 오로지 홀로
명예와 함께 걷도록 작정되어 있는 그분 말이오.[105]

판테아

두려운 분 중 가장 두려운 분 600
그분은 경건하시고 위대하시지요?
그분은 어디에 계신가요?

파우사니아스

그분은 나보고 가라고 하셨어. 그 이후로는
다시 뵙지 못했지. 저 위쪽 산중에서
그분을 외쳐 찾았으나, 찾지 못했어. 605
그렇지만 그분은 틀림없이 돌아오실 거야. 그분은 나에게
친절하게 밤중까지 여기 계시겠다고 약속하셨어.
오, 그분이 제발 오셨으면 얼마나 좋을까! 쏜살보다 더
빠르게도 사랑스럽기 이를 데 없는 시간은 지나가고 있네.
우리가 그분과 한자리에 있게 되면 기쁠 텐데. 610
그대도 그럴 거야, 판테아, 그리고 그녀

그 고상하고 낯선 여인, 그분을 단 한 번
보게 될 그 혜성과 같은 여인도 그럴 테지.
울고 있는 그대들, 그의 죽음에 대해서[106]
615 그대들은 들은 거겠지!
슬퍼하고 있는 그대들이여! 오 그 드높은 분을
한창때의 그분을 보고
슬픈 일
그리고 인간들에게 깜짝 놀라게 생각되는 일이
620 축복받은 눈앞에서는 누그러지는 것은 아닌지 알아차리기를.

델리아

당신은 그분을 얼마나 사랑하시나요? 그 진지한 분께
간청했다는데 소용없었나요? 그분보다 당신의
간청이 더 힘이 있었다면, 젊은이여! 아름다운 승리가
당신의 편이었을 텐데!

파우사니아스

625 내가 어떻게 이길 수 있었겠습니까? 자신의
뜻이 무엇인지, 그분이 대답을 하시면
그분은 나의 영혼에 상처를 주실 겁니다.
그분의 계획이 실패하는 것만이 저에게 기쁨을
줄 것입니다. 사실입니다. 그 경이로운 분이
630 자신을 고집하면 할수록, 나의 뛰는 심장은
더 깊이 그분에게 맞서게 됩니다. 이것은
과장된 설득이 아닙니다, 저를 믿어주십시오.
그분이 자신의 생명에게

권능을 허락할 때 말입니다.
그분이, 드높게 만족하시는 그분이[107] 635
말없이
자신의 세계에 계실 때, 자주
저는 어둡게 예감하면서 그분을 보았습니다. 그럴 때면
나의 영혼은 약동하며 충만했습니다. 그러나
그 영혼을 느낄 수는 없었습니다. 그리고 이 건드릴 수 없는 이의 640
모습은 저를 거의 두렵게까지 했습니다.
그러나 그분의 입술에서 한마디 말씀이 결정적으로 떨어지면
환희의 천국이 그분과 저의 마음 가운데
메아리쳤고 어떤 저항의 여지도 없이
나를 엄습했습니다. 그런 가운데 나는 내가 더욱 자유로워진 것을 645
느꼈습니다.
아, 그분이 설령 잘못을 저지를 수 있다 하더라도, 거기서도
나는 더 내면적으로 끝없는 진리를 깨달았을 것입니다.
그리고 그가 세상을 떠나시더라도 그분의 유골에서
그분의 정령은 더욱 밝게 나에게 타오를 것입니다.

델리아

위대한 분의 죽음이, 위대한 영혼이 650
그대에게 불을 댕기고 있습니다. 그러나 인간들의
마음은 부드러운 빛도 즐거워합니다. 그리고
인간들의 눈은 변함없는 것에 머물지요.[108] 오 말해보시오,
무엇이 여전히 살아 지속해야 하는지? 운명은
가장 조용한 것들을 밖으로 끌어냅니다. 그리고 만일 655
예감하는 가운데 그들이 두려움 없이 나가면, 그들의 친구들이

곧바로 그들을 단념시킬 것입니다. 그리하여
청춘은 그것의 희망들이 죽어가는 것을 보게 됩니다.
어떤 생명체도
660 그 전성기에 머물러 있지 못합니다—
아! 그리고 가장 뛰어난 사람들,
그들도 뿌리를 뽑아내는 죽음의 신들 곁으로 다가섭니다.
그들 역시 기쁨을 안고 시들어가는 것입니다.
그리고 우리로 하여금 인간들 곁에 머무는 것을
665 치욕으로 여기게 만듭니다!

파우사니아스

당신은 저주를 하고 있습니다.

델리아

오 어찌하여 그대는
당신의 영웅이 죽도록 버려두십니까.
그것이 그렇게 간단한 일입니까? 자연이여.
670 엠페도클레스여, 너무도 거리낌 없이,
너무도 흔쾌히 당신은 스스로를 희생시키고 있습니다.[109]
운명은 허약한 자들을 넘어뜨립니다, 그러나 다른 이들
즉 강한 자들은 쓰러지거나 버티고 서 있는 걸 같은 것으로 생각합니다.
그래서 그들도 허약한 자들처럼 되는 것입니다.
675 장엄한 분이시여! 당신께서 겪는 고통을
종복 누구도 겪지 않습니다.
다른 거지들보다 더 가련하게

당신께서는 이 땅을 방랑하고 계십니다.
그렇습니다! 일단 굴욕적인 것이 그들을
건드리면, 가장 타락한 자들도 680
그대들의 사랑하는 사람들처럼 가련하지는 않다는 것
그것은 사실인 것 같습니다, 신들이시여!
그는 그것을 아름답게 받아들였습니다—[110]

판테아

오 사실이 그렇지 않은가?
그가 어찌 그렇게 하지 않겠는가? 685
압도적인 것을 정령은
언제나 항상
견디어내야만 하니까— 그대들은
고통이 그를 막아서고 있다고 생각했었나? 고통은
그의 비상을 재촉하고 있을 뿐,[111] 그리고 경주로에서 690
마차의 바퀴에 연기가 피어나기 시작할 때,
그 마차를 모는 자처럼, 위험에 처한 사람은
그저 더 빨리 승리의 화관을 향해 서둘러 달릴 뿐이지!

델리아

너는 그렇게도 기쁘니? 판테아야

판테아

활짝 핀 꽃과 자색 포도에만 695
성스러운 기운이 들어 있는 것은 아니지.
생명은 고통을 먹고 살아, 동생아!

그리고 나의 영웅처럼 생명은
죽음의 술잔도 행복하게 느끼며 마신단다!

델리아

700 아 슬프구나! 너는 그렇게 스스로를
위로할 수밖에 없는가? 어린애 같은 자매여.

판테아

오, 아니다! 내가 기뻐하게 되는 것은
우리가 두려워하는 일이 일어나지 않을 수 없다면
그것이 성스럽게, 장엄하게 일어날 때이지.
705 몇몇 영웅들도, 그이처럼
신들을 향해 갔던 것은 아닌가?[112]
시민들이 산에서 큰 소리로 울부짖으며
놀라게 하면서 내려왔을 때, 나는
그분에게 모욕을 주었음 직한 사람을 하나도 못 보았다.
710 왜냐하면 절망하고 있는 자들처럼
그분이 아무도 몰래 도주하는 것이 아니기 때문이지. 그들 모두가
이 모든 것을 들었다.
그리고 고통 가운데에도
그분이 한 말로 인해서 그들의 얼굴은 빛났었다—

파우사니아스

그렇게 성대하게
715 천체는 가라앉으며,
그 별빛에 취하여 계곡들은 반짝이지 않는가?

정말로 그분은 성대하게 지고 있습니다,
그 진지하기 이를 데 없는 분, 당신이 가장 사랑하시는 분이, 자연이여!
그대의 믿음직한 분, 그대의 희생자가 말입니다!
오 죽음을 두려워하는 자들은 당신을 사랑하지 않습니다. 720
근심이 속이면서 그들의 눈을 묶어놓고
그들의 가슴은 더 이상 당신의 가슴을 향해 뛰지 않습니다.
당신과 떨어져
그들은 시들어갑니다— 오 성스러운 우주여!
살아 있는 것이여! 친밀한 것이여! 그대에게 감사를. 725
그리고 그가 당신의 증인이 되기를, 그대 죽음을 모르는 이여!
그 용감한 이는 미소를 머금은 채
자신의 진주를 그것이 떠나온 바다로 던집니다.
그렇게 일은 일어날 수밖에 없습니다.
그렇게 정신은 그것을 원하고 730
또한 익어가고 있는 시간도 그것을 원하고 있습니다.
왜냐하면 한 번쯤은
우리 눈먼 자들 기적을 필요로 할는지 모르기 때문입니다.

제2초고: 첫 부분의 정서본

5 막 의
비 극

등장인물

엠페도클레스
파우사니아스
판테아
헤르모크라테스
메카데스
암파레스
데모클레스
휘라스

(메카데스, 암파레스, 데모클레스, 휘라스: 아그리겐트의 사람들)

장소 일부분은 아그리겐트 내, 일부분은 에트나 화산

제 1 막

제 1 장

멀리서 아그리겐트 사람들의 합창
메카데스, 헤르모크라테스

메카데스

당신은 취한 시민들의 소리를 듣고 있습니까?

헤르모크라테스

그들은 그를 찾고 있습니다.

메카데스

그 양반의 정신은
시민들 사이에 막강합니다.

헤르모크라테스

사람들이 바짝 마른 풀숲처럼 5
불붙고 있다는 것을 나도 알고 있습니다.

메카데스

한 사람이 그처럼 대중을 움직인다는 사실은 저에게는
주피터의 번개가 숲을 덮칠 때보다도
더 두렵게 느껴집니다.

헤르모크라테스

10 그렇기 때문에 우리는 사람들의
눈을 가리개로 묶어놓는 것입니다. 그들이
너무 강하게 빛에서 양분을 취하지 않도록 말입니다.
신적인 것이 그들 앞에
나타나게 해서는 안 됩니다.
15 그들의 마음이
생동하는 것을 발견하면 안 되지요.
당신은 사람들이 하늘의 연인이라고 부르는
그 옛사람들을 알고 있지 않습니까?
그들은 세계의 힘에서부터
20 마음의 양분을 취했습니다.
그리고 영생불멸의 것이
밝게 올려다보는 자들에게 가까이 있었지요.
그 때문에 오만한 자들은
머리를 숙이지 않았고
25 또한 권능 있는 자들 앞에서
다른 어떤 것도 견디어낼 수 없었고
그들 앞에서는 변신하게 되었지요.

메카데스

그러면 그도 그랬습니까?

헤르모크라테스

그것이 그를 너무도 막강하게
30 만들어주었고, 그 결과 그는

신들과 친밀하게 되었습니다.
그렇기 때문에 그의 말은 백성들에게
마치 올림포스로부터 들리는 듯한 것입니다.
그들은 그에게
그가 하늘로부터 35
생명의 불꽃을 훔쳐서
그것을 인간들이 알게 한 것에 감사하고 있는 것입니다.

메카데스

그들은 그 말고는 아무것도 모릅니다.
그가 그들의 신이고
그들의 왕이라는 것입니다. 40
그들이 말하기를, 아폴로가
트로야 사람들에게 도시를 건설해주었지만
한 사람 드높은 분이
삶의 과정에서 도움을 주는 것이 훨씬 낫다는 것이지요.
여전히 그들은 그분에 대해서 45
이해할 수 없는 말을 많이 합니다. 그리고 어떤 심판관
어떤 궁핍, 어떤 관습도 안중에 두지 않습니다.
우리 시민들은 일종의 떠돌이별이 되었습니다.
그래서 내가 두려워하는 것입니다.
이것이 그가 조용한 가운데 50
여전히 꾸미고 있는 미래에 대한
징조를 의미하는 것은 아닌가 하고 말입니다.

헤르모크라테스

진정하시오, 메카데스 집정관!
그는 성공하지 못할 것이오.

메카데스

55 그럼 당신이 더 권능을 지니고 있단 말씀인가요?

헤르모크라테스

강한 자들을 이해하는 사람이
그들보다 더 강한 법이지요.
이 보기 드문 양반을 나는 잘 알고 있습니다.
그는 너무 행복하게 성장했습니다.
60 처음부터 고집이 그를
악습에 물들게 했고
하찮은 일이 그를 나쁜 길로 이끌게 된 것입니다.
그는 인간들로부터 너무도 넘치게 사랑을 받고 있습니다.

메카데스

그에게 많은 시간이 남아 있지 않다는
65 예감조차 듭니다.
그러나 충분한 시간일 수 있지요.
그는 일이 이루어졌을 때 비로소 쓰러질 것입니다.

헤르모크라테스

그런데 그는 이미 쓰러졌습니다.

메카데스

무은 말씀이오?

헤르모크라테스

당신은 정말 보지 못하는 거요? 영혼이 궁핍한 자들이 70
그 드높은 정신을 잘못된 길로 이끌었던 것이오.
눈먼 자들이 유혹자를 도리어 잘못된 길로 인도한 것이지요.
그는 백성들 눈앞에 영혼을 던져버렸소. 선의로 신들의
은총을 비천한 자들에게 보여주었던 것이지요.
그런데 죽은 가슴으로부터의 공허한 메아리가 75
복수하면서 그 영시자를 조롱할 대로 조롱했습니다.
그는 한동안 그것을 인내했지요. 참을성 있게
혀를 깨물었고, 어디서 이런 일이
일어났는지 알지 못했습니다. 그러는 사이
백성들의 흥분이 불어났지요. 그의 독특한 말에 80
가슴이 고동치면 그들은 전율을 느끼며 그 말을 들었고
우리는 신들도 그렇게 말하는 것을 듣지 못했노라!—
라고 했던 것입니다.
그리고 이름을, 내가 그대에게 부르지 않지만, 그 이름을
종복들이 그 오만하게 슬퍼하는 사람에게 붙여주었습니다. 85
그리고 제 자신의 뜻만으로는 살 수 없고
그 비슷한 것도 찾지 못한 목마른 자의 품이
마침내 독약을 껴안은 것입니다.
그는 광란하는 숭배로
위안을 삼고, 그들처럼 영혼을 잃게 되었습니다. 90
그에게서 힘은 사라져버렸습니다. 그리고

그는 한밤중을 걷고 있으며 벗어날 길을
알지 못하고 있습니다.
우리가 그를 도울 때입니다.

메카데스

95 당신은 그 모든 것을 그렇게 확신하는 것입니까?

헤르모크라테스

나는 그를 알고 있습니다.

메카데스

그가 마지막으로 아고라에서 행했던
오만한 요설이 떠오릅니다. 나는 백성들이
그전에 그에게 무엇을 말했는지 모릅니다만
100 나는 바로 그때 거기에 갔었고
멀리서 들었습니다. 그는 이렇게 말했습니다.
여러분은 나를 존경합니다. 그렇게 하는 것은 옳은 일입니다.
왜냐하면 자연은 말이 없기 때문입니다.
해와 공기 그리고 대지와 그 대지의 아이들은
105 서로 낯선 상태로 살고 있습니다.
서로가 결속됨이 없는 채 고독한 자들로 살고 있습니다.
세상의 자유롭고 불멸하는 힘들은
신들의 정신 가운데에서 언제나 힘차게
원기를 북돋우며
110 다른 덧없는 생명의
주변을 유유히 거닐고 있습니다.

그러나 거친 땅 위의
야생의 초목들처럼
모든 필멸의 존재들은
신들의 모태 안에 씨 뿌려져 있습니다, 115
궁핍하게 양식이 주어진 존재들이. 그리고
누군가가 생명을 일깨우며 그것을 돌보지 않으면
대지는 죽은 듯이 보일 것입니다.
그 들판이 나의 들판입니다. 나를 통해서만
힘과 영혼이 교류하면서 120
필멸의 존재들과 신들이 하나가 됩니다.
영원한 힘들이 애쓰는 가슴을
더욱 따뜻하게 포옹하며, 더욱 힘차게
자유로운 자들의 정신으로부터 느끼는 인간들은 번성하는 법입니다.
그리고 모두가 깨어납니다! 왜냐하면 내가 125
낯선 것을 한 패가 되게 하기 때문입니다.
나의 말은 알지 못했던 것을 불러내고
살아 있는 자들의 사랑을 떠 짊어지고
또 내려놓기 때문입니다. 그 어느 일자(一者)에게 부족한 것
나는 다른 자들로부터 가져다주고 130
영혼을 불러일으키며 결합시킵니다. 그리고
머뭇거리는 세계를 회춘시키고 변화시킵니다. 그리하여 나는
어떤 다른 자나 모든 것과 같지 않게 된 것입니다.
그 오만한 분은 그렇게 말했던 것입니다.

헤르모크라테스

그 정도는 별것 아닙니다. 불쾌한 일이 그의 가슴속에 잠자고 있어요. 135

나는 그를 알고 있고, 그들을 알고 있습니다. 천국의
너무도 행복한, 버릇없이 자란 자식들 말입니다.
그들은 자신이 세상과 하나가 된 것처럼 느끼고 있습니다.
어떤 혼란의 순간이 그들을 언짢게 하면—
140 또 연약한 자들은 쉽사리 파괴될 수 있기 때문에—
그 무엇도 그들을 다시 진정시키지 못합니다. 하나의 상처가
그들을 불태우며 몰아가고, 가슴은 치유할 길 없이
끓어오릅니다. 아 그가 그렇습니다! 겉으로는 태연해 보이지만
그의 가슴은 타오르고 있습니다. 불쌍한 백성들이
145 그의 높은 정신에……

제3초고

등장인물

엠페도클레스

파우사니아스, 엠페도클레스의 친구

만네스, 한 이집트인

스트라토, 아그리겐트의 통치자, 엠페도클레스의 형

판테아, 엠페도클레스의 누이동생

종자(從者)들[스트라토의 시종들]

아그리겐트 사람들의 합창대

제 1 막

제 1 장

엠페도클레스

(잠에서 깨어나면서)

나는 들판 너머로 그대들을
느릿한 구름 떼에서부터, 그대들 한낮의 뜨거운 햇빛
그대들 가장 영근 빛을 이곳으로 부르노라, 하여
그대들에게서 나는 새로운 생명의 한낮을 알아보겠노라.
5 인간의 근심은, 그전과는 다르게, 지나가
버리고 말기 때문이다! 마치 나에게
날개가 그렇게 자라나기라도 한 듯이 말이다. 그처럼
여기 이 위에서는 나에게 모든 것이 흡족하고
마음은 가볍다. 부족함 없이 기쁜 마음으로
10 흡족하게 여기에 살고 있는 것이다. 여기에서는
정신으로 넘치게 채워지고,
스스로 기르고 가꾼 꽃들로 장식한 불의 잔[113]을
아버지 에트나가 반기며 나에게 권하고 있다.
또한 지하의 뇌우가 이제 축제 때처럼 깨어나
15 가까운 인척인 천둥을 치는 자의 구름 자리로
환희를 향해 치솟아 오를 때마다, 나의 가슴 또한 깨어나고,
나는 독수리들과 더불어 여기서 자연의 노래를 부른다.
왕인 나의 형은 나를 치욕과 함께
우리의 도시에서 추방했을 때

낯선 곳에서 나에게 다른 생명이 피어나리라는 사실을 20
생각지도 못했을 것이다. 아! 그 현명한 자,
자기가 무슨 축복을 내려주었는지 알지 못하고 있으리라.
그는 인간의 속박으로부터 나를 풀어주고
마치 하늘의 날개[114]처럼, 나에게 자유를 선포했던 것이다.
그 선포는 옳았다! 그것의 뜻은 이루어졌도다! 25
나의 편이었던 시민들은 조롱과 저주로
나를 향해서 무장을 갖추었고
나를 추방했으며, 나의 귀에는
수많은 함성, 정신을 깨우는 웃음소리
울려 퍼진 것 부질없는 일이 아니었다. 그때 꿈꾸는 자, 30
바보 같은 자, 울면서 자신의 길을 갔던 것이다.
염라대왕에 걸고! 내가 그것을 자초했던 것이다!
그리고 그것은 유익했다. 독약이 병든 자들을 치료하는 법이고
죄악이 다른 자들을 처벌하기도 한다.
나는 젊은 시절부터 많은 죄악을 저질렀다. 35
사람들을 사람답게 사랑한 적이 없었고
물이나 불이 다만 맹목적으로 이바지하듯, 그들을 섬겼을 뿐이다.
그렇기 때문에 그들도 인간적으로 나를
대하지 않았으며, 그렇기 때문에 그들은
면전에 대고 나를 능욕했다. 그리고 나를 붙잡았다. 40
두루 인내하는 자연이여! 그대를 그리했듯이, 그대는 또한
저를 붙잡았습니다. 그대는 저를 차지하고 있습니다. 그리고 그대
와 저 사이에
옛사랑이 다시 어렴풋이 가물거리고 있습니다.
그대는 소리쳐 부르고 있습니다. 그대는 저를 가까이, 더 가까이 끌

어당깁니다.

45 망각— 오, 행복한 돛단배처럼

저는 해변을 떠났던 것입니다,

또한 물결이 늘어나고 어머니가 당신의 품에

저를 감싸 안으면, 오 제가 무엇을

두려워하겠습니까. 다른 이들은 분명

50 놀라워할 것입니다, 왜냐하면 그것은 그들의 죽음이기 때문에.

오 그대! 저에게는 잘 알려져 있습니다, 그대 마법적이며

두려워할 불꽃이여! 그대 얼마나 조용히

여기저기에 살고 있으며, 그대 얼마나 수줍어하고

또 달아나려 하는지요, 그대 생동하는 것의 영혼이여!

55 그대는 저에게, 그대 결박된 정신을 더 이상 숨기지 않습니다.[115]

저에게 그대는 밝고도 밝습니다, 왜냐하면 제가 두려워하지 않으니까요.

그리고 저는 기꺼이 죽고자 합니다. 그것은 저의 권리입니다.

아! 청춘이여! 이미, 여명처럼 사방으로

그리고 아래로 옛 분노는 세차게 몰아쳐 지나간다!

60 너희들 비탄하는 사념들이여, 아래로 아래로 향하거라!

근심 어린 마음이여! 나는 이제 너를 더 이상 필요로 하지 않는다.

그리고 여기에는 어떤 사념도 더 이상 없다.

신이 부르고 있다—[116]

(그가 파우사니아스를 알아보았으므로)

그리고 너무도 충실한 이 친구를

내가 놓아주어야만 하겠군, 나의 길이 저 친구의 길은 아니니까.

제 2 장

파우사니아스, 엠페도클레스

파우사니아스

사랑하는 분이시여, 저는 벌써 새로운 고향을 65
한번 돌아보았는데 그럴싸했습니다.
황량해 보이지만 저는 호감이 갑니다.

선생님도 이 고상한 성, 우리의 에트나가 맘에 드시지요.
그들은 우리를 추방했습니다. 그들은 선생님을,
착한 분이시여! 선생님을 모욕했습니다. 제 생각에는 70
그들에게 선생님은 오랫동안 견디기 어려웠고
그들의 폐허 안으로, 그러니까 그들의 밤 안으로
너무도 밝게 그 절망하고 있는 자들에게 빛이 비쳤던 것입니다.
그들은 이제 끝내고 싶어 합니다. 한없는 폭풍 가운데
방해받지 않고, 구름이 북극성을 75
숨기고 있는 사이 그들의 배를 원을 그리며 몰아가고 싶어 하는 것입니다.

저는 잘 알고 있습니다, 신적인 분이시여, 선생님에게는
화살이 피해 갑니다. 다른 사람들은 맞히고 쓰러뜨리지만요.
그리고 해를 입지 않은 채, 마치 마법의 지팡이에 따르는
길들여진 뱀들처럼, 선생님을 둘러싸고 80
그 불성실한 대중들 유희하고 있습니다. 선생님께서
기르시고, 선생님께서 마음에 담으셨던 그 대중이 말입니다.

사랑하는 분이여! 지금입니다. 이제 그들을 보내십시오!
그들은 흉측하게 빛을 두려워하며, 그들을 젊어지고 있는 대지 위를 비틀거릴 것입니다.
85 모든 것을 욕망하면서, 모든 것을 두려워하면서
지치도록 내달릴 것이며, 불길은 꺼질 때까지
타오를 것입니다— 저희는 여기서 조용히 살면 됩니다![117]

엠페도클레스

그대들 성스러운 원소들이여!
오랜 바다는 자신의 단단한 해변에 물결치고
90 또 쉬고 있으며, 산들은 강들의 울림과 함께
솟아오르고 있습니다. 산들 물결치고
그것의 푸르른 숲 계곡에서 계곡으로 아래로 소리 내고 있습니다.
위에는 빛이 머물고, 천공은
정신을 달래고 가슴의 더 깊은 것
95 비밀스러운 갈망을 달래줍니다.[118] 그렇다, 여보게! 여기
위에서 우리는 편안히 살고 있구나!

파우사니아스

그렇게 선생님은 이 고원에서
편안히 계시게 됩니다. 그리고 선생님의 세계 안에서 사시게 됩니다.
저는 선생님을 모시겠습니다, 그리고 우리에게 필요한 것이 무엇인지 살펴보겠습니다.

엠페도클레스

필요한 것은 거의 없을 것이네. 그리고 있다 하더라도

지금부터는 내가 스스로 해결하고 싶네. 100

파우사니아스

그렇지만 사랑하는 이여! 저는 벌써 선생님께
우선 필요할 것으로 생각되는 몇 가지를 챙겨두었습니다.

엠페도클레스

그대가 내가 필요로 하는 것이 무엇인지 알고 있는가?

파우사니아스

무엇에든 그토록 쉽사리
만족하시는 분을 제가 만족시킬 수 없다는 듯 말씀하시는군요.
자연과의 친밀함이 105
필요하게 된 생명처럼
가장 작은 일들도 친밀한 생명에게는 많은 것을 의미하지요.
선생님께서는 여기 황량한 대지 위에서
뜨거운 태양 아래 잘 주무시기는 하지만, 제 생각에는
부드러운 바닥, 그리고 서늘한 밤 110
안전한 방 안이 훨씬 나을 듯싶습니다.
또한 우리는, 모든 사람들에게 의심을 사고 있는 인물들이기에
이곳은 다른 이들의 거처와 너무 가까이 있습니다.
저는 오랫동안 선생님과 멀리 떨어져 있지 않으려고
서둘러 올라왔습니다. 그리고 다행히 곧장 115
선생님과 저를 위해 지어진 아늑한 거처를 발견했습니다.
깊은 계곡에 숨겨져 있고, 사방이 참나무 그늘로 덮여 있는 집입니다.

저기 산의 어두운 곳 한가운데에 있으며
가까이에서는 샘이 솟아나 주변에는
120 무성한 초목들이 둘러싸고 있습니다. 잠자리를
마련하는 데 쓸 건초와 마른 잎사귀들이 넘칩니다.
그곳에서는 아무도 선생님을 괴롭히지 않습니다. 그곳은
깊고 조용해서 선생님이 사색하시기 알맞은 곳입니다.
그리고 선생님이 주무실 때 그 동굴은 저희 둘에게는 성전이지요.
125 가십시다, 직접 보십시오. 그리고 제가 앞으로는
별 쓸모 없다고 하지는 마십시오. 제가 달리 누구에게 쓸모가 있겠습니까?

엠페도클레스

자네는 쓸모가 너무 많네.

파우사니아스

어찌 그럴 수가 있겠습니까?

엠페도클레스

자네는 또한
너무 충실하지. 자네는 우직한 어린이 같아.

파우사니아스

선생님은 마음 내키는 대로 말씀하시는군요. 그러나 저는 제가
130 태어나게 된 이유인 그분에게 속해서 사는 것보다 더 현명한 것을 알지 못합니다.

엠페도클레스

자네는 그렇게 확신하는가?

파우사니아스

왜 아니겠습니까?

무엇 때문에 선생님께서는 제가 한때
고아처럼, 영웅이 흔치 않은 해변에서
수호신을 찾으면서 비탄에 차서 헤매고 있을 때
선하신 선생님, 저에게 손을 내미셨나요? 135
무엇을 위해서 선생님의 힘으로, 말없는 빛이신 선생님께서
흔들리지 않는 눈빛을 하고
제가 어스름에 있는 때 저에게 떠오르셨나요?
그때부터 저는 다른 사람이 되었습니다. 선생님의 소유가 된 것입니다.
그리고 선생님께 더 가까이 가 함께 더 고독해지면 질수록 140
저의 영혼은 그만큼 더 흔쾌해지고 자유롭게 성장할 수 있었습니다.

엠페도클레스

오 그것에 대해서는 말하지 말게나!

파우사니아스

왜 그렇습니까? 무슨 일입니까? 어찌
한마디 다정한 말이 선생님을 당황케 합니까? 귀한 분이시여.

엠페도클레스

가게나! 내 말을 따르게, 입을 다물고 나를 아껴주기 바라네.

145 그리고 나의 마음을 흥분시키지 말게나—
그들은 회상을 가지고 나를 향한
칼로 삼지 않았던가? 지금 그들은 여전히 이상히 여기고
내 눈앞에 나타나서는 질문을 던지고 있네.
아니네! 자네는 잘못이 없네— 다만 내가, 여보게!
150 나에게 너무 가까이 다가서고 있는 것을 견디기 어려울 뿐이네.
자네가 마음에 드는 것 자네 스스로에게나 말하게나,
나에게 지나간 것은 더 이상 남아 있지 않다네.

파우사니아스

저도 선생님께 지나간 일이 무엇인지 잘 알고 있습니다.
그렇지만 선생님이나 저, 그러니까 우리는 그대로입니다.

엠페도클레스

155 차라리 나에게 다른 일을 이야기하게나, 나의 젊은이여!

파우사니아스

저에게 다른 무슨 일이 있겠습니까?

엠페도클레스

자네가 나를 이해하는가?
치우게! 나는 자네에게 말한 적이 있지만 다시 말하겠네.
자네가 사전에 묻지도 않은 채 내 영혼에 자네를 맡기고
불쌍한 두려움으로 다른 어떤 것도 더 이상 알지 못하기라도 하듯
160 내 곁에 언제나 매달려 있는 것은
좋은 일이 아니네. 자네는 내가 자네의 것도 아니고

자네가 나의 것도 아니라는 것을, 또한
자네가 가야 할 길은 나의 길이 아니라는 것을
알아야만 하네. 나에게 그것은 다른 어떤 곳에 활짝 필 걸세.
그리고 내가 뜻하고 있는 것은 오늘에 비롯되는 것이 아니고 165
내가 태어났을 때, 이미 결정되어 있었네.
위를 올려다보고 용기를 내세! 일체인 것은 깨지기 마련이고
사랑은 그 봉오리에서 죽지 않는다네.
그리고 하늘 높이 솟구친 생명의 나무는
자유로운 환희 가운데 사방으로 서로를 나눈다네. 170
어떤 시간적인 유대도 있는 그대로 머물지 않는다네.
우리는 헤어져야 하네, 나의 친구여! 나의
운명만은 붙들지 말게, 그리고 지체하지 말게.

오 보게나! 대지의 황홀한 형상이
그 신적인 모습이 자네에게 생생하게 빛나고 있네, 젊은이여. 175
그 모습은 소리치며 지나가고 온 땅을 뚫고 요동하고 있네.
바쁘게 움직이는 윤무는 경건한 진지함으로
젊고도 가볍게 모양을 바꾸며, 그것으로 죽을 운명의
사람들은 옛 조상의 정신을 찬미하고 있다네.
거기로 자네가 가서 비틀거림 없이 함께 180
산책하고 저녁이면 나를 생각하면 좋겠네.
나에게는 이 고요한 회당이, 높은 곳에 있는
이 넓디넓은 회당이 안성맞춤이네.
나는 휴식이 정말 필요하니까 말일세. 사람들의
재빠르고도 북적거리는 놀이를 감당하기에는 185
내 육신은 너무도 둔하다네. 그리고 여느 때

그 놀이에서 젊은이의 의욕으로 축제의 노래를 부른 적도 있었지.
그러나 지금 다정한 현금의 탄주 깨져버리고 말았네.
오 내 위에 떠도는 멜로디![119] 그것은 하나의 농담이었네!
190 나는 천진난만하게 그대들을 따라 흉내 내려고 해보았으나
내 마음에는 감동 없는 가벼운 메아리가
알 수도 없이 울릴 뿐이었네—
이제사 나는 더 진지하게 그 소리를 듣네, 그대들 신들의 음성을.

파우사니아스

저는 선생님을 도저히 모르겠습니다. 저는 슬플 뿐입니다.
195 선생님께서 하시는 말씀은 모두가 하나의 수수께끼입니다.
제가 선생님께 행한 것이
선생님으로 하여금 저를 걱정케 한 듯합니다.
그리고 마지막 유일한 사람을 떨쳐버리시려고
선생님의 마음이 은연중 즐거워하시면서도 애쓰게 만든 듯합니다.
200 저는 그럴 생각은 없었습니다. 추방을 당한 우리들이
사람들이 사는 집들을 조심스럽게 지나서
함께 황야의 한밤중을 거닐었을 때 말씀입니다.
그리고 그러기 위해서가 아니었습니다, 사랑하는 분이시여.
하늘의 빗방울이 눈물처럼 선생님의 얼굴을
205 때릴 때 제가 함께했던 것도
그리고 선생님이 미소 지으시면서 남루한 노예의 옷을
한낮 그늘도 없는 모래밭 위에서 뜨거운 햇빛으로 말리고 계실 때,
선생님께서 정말 많은 시간 동안 상처 입은 들짐승처럼
맨발의 발꿈치에서 바윗길 위로 흘리는
210 피로 자취를 남기실 때

그것을 지켜보았던 것도 말씀입니다.
아 제가 저의 집을 떠나 시민들과 아버지의
저주를 제 한 몸에 짊어진 것은 그러기 위해서가 아니었습니다.
그런데 선생님께서는 당신께서 있고 싶고 쉬고 싶은 데 계시면서
마치 다 쓰고 나서 쓸모없어진 그릇처럼 저를 치우시고 계십니다. 215
선생님은 멀리 떠나실 생각이십니까? 어디로? 어디로 가시렵니까?
저도 함께 떠나겠습니다. 제가 선생님처럼
자연의 힘들과 친밀한 유대를 맺고 있지는 않지만,
선생님처럼 저에게 미래가 열려 있는 것은 아니지만
그러나 밖으로 나가 기꺼이 신들의 밤으로 220
저의 마음은 그 날개를 펄럭이며 한층 더
힘 있는 눈길을 전혀 두려워하지 않을 것입니다.
그렇습니다, 제가 허약한 사람에 지나지 않을지라도, 저는
선생님을 사랑하고 있기 때문에 선생님만큼 강한지도 모릅니다.
신적인 헤라클레스에 걸고 맹세합니다! 선생님께서 225
저 지하에 있는 힘 있는 자들과
화해하면서 그 거인들을 찾으시려고[120]
바닥없는 계곡으로, 저기 산정에서부터 뛰어내리신다고 해도
그리고 인내하면서 대지의 심장이
날이 새기 전에 자신을 숨기고 있으면서 어두운 자연이 230
자신의 고통을 선생님께 말하고 있는
심연의 성스러운 곳으로 뛰어든다 할지라도
오 밤의 아들, 천공의 아들이시여, 저는 선생님을 따라 아래로 내려
갈 것입니다.

엠페도클레스

그대로 있게!

파우사니아스

무슨 말씀이신가요?

엠페도클레스

그대는 나에게

그대를 바쳤으니 나의 것이네. 그러니 물을 필요가 없지!

파우사니아스

235 그렇지요!

엠페도클레스

자네는 나에게 다시 한번 그것을 말하는 것이냐, 나의 아들아!

그리고 자네의 피와 자네의 영혼을 영원히 나에게 바치는 것이냐?

파우사니아스

마치 제가 잠결에 말하면서

비몽사몽간에 약속을 드렸을 것 같단 말씀입니까?

240 믿지 못하시는 분이시여! 저는 그 약속을 다시 한번 반복하겠습니다.

이 약속 역시, 이것 역시 오늘에 생긴 것이 아니라

제가 이 세상에 태어났을 때, 결정되어 있었던 것입니다.

엠페도클레스

파우사니아스야, 나는 내가 아니구나.[121]

그리고 나의 머무름은 몇 해까지도 되지 않을 것이다.

곧 사라질 수밖에 없는 한줄기 빛에 지나지 않지. 245

마치 현금(玄琴)에서 나는 한 가락의 소리처럼—

파우사니아스

그렇게 소리는 언제나 울려 나옵니다.

그렇게 소리들은 공중으로 함께 사라져가는 것이지요!

그러면 다정하게 거기서부터 메아리가 화답합니다.

더 이상 저를 시험하지 마십시오! 거두시고

저에게도 제 몫인 영예를 허락해주십시오! 250

선생님만큼, 제가 마음 안에 고통을 충분히 지니고 있지 않기라도 하다는 듯이

어찌 선생님께서 저를 아직도 고통스럽게 하고 싶어 하시는가요?

엠페도클레스

오 모든 것을 희생하는 마음이여! 이 친구는

나를 위해서 황금의 청춘을 내던지고 있구나!

그리고 나도! 오 천지신명이여! 보시라! 여전히 255

여전히 그대는 가까이 있도다, 시간이 흘러가더라도,

그리고 나에게 피어나고 있구나, 그대 내 두 눈의 환희여.

아직 여느 때처럼 여전하다, 나의 품 안에

그대가 나의 것이기라도 하다는 듯이, 나의 노획물처럼 그대를 안고 있다.

그리고 고운 꿈이 다시 한번 나를 매혹시키는구나. 260

그렇다! 묘지의 불꽃 안으로 고독한 한 사람 대신
성대한 한 쌍이 하루의 끝 무렵에 들어선다면
그것은 멋진 일일 것이다.
또한 내가 여기서 사랑했던 것 기꺼이 가져갈 것이다.
265 마치 고상한 강물이 자신의 근원들을
그 아래로 성스러운 밤에 바치는 제주(祭酒)처럼 휩쓸어가듯이.
그러나 우리가 우리의 길을 가는 것이,
각자가 신이 결정해준 길을 가는 것이 더 좋은 일이다.
그것이 더 무죄한 일이고, 해를 끼치지 않으니까.
270 그리고 인간의 마음이 이곳저곳에서
제 자신에게 귀 기울이는 것이 옳고 적절한 일이다.
그리고 그다음— 인간은 홀로 있을 때에
자신의 짐들을 한층 가볍게 느끼고 더 탄탄하게 느끼게 된다.
그렇게 숲의 참나무들도 나이테를 더해가고
275 아무리 나이를 먹더라도 그들 중 어떤 것도 다른 나무를 알 수 없는 법이지.

파우사니아스

선생님께서 원하시는 대로 하십시오! 저는 저항하지 않겠습니다.
선생님께서는 저에게 말씀하시고 그 말씀은 진실하고 사랑스럽습니다.
선생님께서 하시는 마지막 말씀은 저에게는 합당한 말씀입니다.
그럼 저는 가겠습니다! 선생님의 평온을
280 앞으로는 깨뜨리지 않겠습니다. 저의 마음이
침묵에는 적합하지 않다고 하시는 선생님이 옳으십니다.

엠페도클레스

그렇지만, 사랑하는 사람이여, 그대는 화를 내고 있는 것이 아닌가?

파우사니아스

선생님에게요? 선생님께요?

엠페도클레스

이제는 무슨 일이 또 있나? 그렇지! 어디로 갈지는 알고 있는가?

파우사니아스

저에게 말씀해주시고, 가르쳐주십시오.

엠페도클레스

그것이 나의 마지막 명령이었네,
파우사니아스! 지배는 끝났네. 285

파우사니아스

나의 아버지시여! 저를 일깨워주십시오!

엠페도클레스

정말 많은 것을
나는 말해야만 하겠지, 그러나 자네에게는 입을 다물겠네,
인간들의 대화에, 그리고 공허한 말에
내 혀는 결코 말을 들으려 하지 않는다네.
보게나! 나의 가장 사랑하는 이여! 이제는 상황이 다르다네. 290
곧 나는 보다 가볍게 그리고 자유롭게 숨 쉬게 될 거네. 그리고 저기

높은 에트나 산정의 눈이 따뜻한 햇볕에
가물가물 빛나며 녹아, 산꼭대기로부터
일렁이며 떨어져 내리고 무지개의 즐거운 곡선,
295 그 피어나는 것이 폭포를 만나 다리를 놓듯이
그렇게 나의 가슴에서부터 그것이 흘러나와 물결치고
그렇게 시간이 나에게 쌓아놓는 것 메아리치며 무너지네.
무거운 것들은 떨어지고 또 떨어지며, 내 위에서는
맑은 생명이 밝게 피어난다네.
300 이제 용기를 내어 건게나,[122] 나의 젊은 친구여, 나는
그대의 이마 위에 입 맞추며 약속하네.
저기 이탈리아의 산맥이 가물거리지.
로마인들의 땅, 풍성한 행동의 나라가 눈짓을 하고 있네.
거기서 그대는 번창하게 될 것이네. 거기
305 사나이들이 경주로에서 반갑게 서로 만나는 곳.
오 거기 영웅의 도시들! 그리고 그대, 타란트여!
그대의 형제 같은 전당들, 저기에 나는
한때 빛에 취하여 나의 플라톤과 함께 갔었지.[123]
그리고 성스러운 학교에서는 우리 젊은이들에게
310 매년 매일이 항상 새롭게 모습을 보였다네.
그를 찾아가게, 오 나의 사랑하는 친구여, 그리고
그가 살고 있는, 꽃피는 일리수스 강가, 그의 고향의 강가에 있는
옛 친구에게 나의 인사를 전해주게나.
그러고도 그대의 영혼이 평온해지지 않으면, 이집트에 있는
315 형제들에게 가서 그들에게 물어보게.
거기서 그대는 우라니아의 진지한 현금 연주와
그 가락의 변화무쌍함을 듣게 될 것이네.

거기서 그들은 자네에게 운명의 책을 열어 보일 것이네.
가게나! 아무것도 두려워 말게! 모든 것은 되돌아오는 법이네.
그리고 일어나야 할 일은 이미 이루어졌다네.[124] 320

제 3 장

만네스,[125] 엠페도클레스

만네스

자! 지체하지 말기를! 더 이상 오래 생각하지 마시기를.
지나가라! 사라지라! 곧 조용해지고 날이
밝아오도록, 망상[126]이여!

엠페도클레스

무엇이라고? 어디서 들리는 소리인가?
누구신지, 당신은!

만네스

당신과 마찬가지로 사람이오.
천국의 총아라고 스스로 생각하는 그대에게 325
하늘의 분노, 게으르지 않은 신의 노여움을
말해주기 위해서 제때에 보내진 사람이오.

엠페도클레스

아하! 당신은 그 신을 아십니까?

만네스

내가 먼 나일 강가에서[127]

그대에게 많은 것을 이야기한 적이 있지요.

엠페도클레스

그러면 당신은? 당신이 여기에?

330 기적은 아니겠지! 내가 산 자들에게

죽은 자가 된 뒤로 죽은 자들이 나에게 부활하고 있으니까.

만네스

그대가 그들에게 물어도 죽은 자들은 말하지 않소.

그렇지만 당신이 한마디 말이 필요하다면, 들어보시오.

엠페도클레스

저를 부르고 있는 목소리를 저는 벌써 듣고 있습니다.[128]

만네스

당신과는 그런 식으로 말합니까?

엠페도클레스

335 이런 식의 말이 어떻다는 겁니까? 낯선 이여!

만네스

그렇소! 나는 여기에서 그리고 어린아이들 가운데에서는 낯선 사람이오.

당신들 그리스 사람 모두에게는 말이오. 나는 그 사실을

앞서 자주 말해왔소. 그렇지만 그대는 나에게

당신의 백성들 사이에서 당신이 어떻게 지냈는지 말하고 싶은 것은 아니오?

엠페도클레스

어찌해서 당신은 나에게 상기시키는 것이오. 왜 나에게 다시 한번 불러대는 것이오? 340

나에게는 당연히 일어날 일이 일어났던 것이오.[129]

만네스

나는 그것을 또한

오래전에 이미 알고 있었소, 내가 당신에게 예언한 적이 있소만.

엠페도클레스

자 그렇다면! 왜 당신은 그것을 여전히 붙들어 잡고 있는 것이오?

당신은 왜 내가 알고 있으며, 비록 하나의 노리갯감으로서일지라도 내 기꺼이

섬기고 있는 신의 불꽃으로 나를 협박하며 345

나의 성스러운 권리를 심판하려는 것이오, 눈먼 당신이여!

만네스

당신을 기다리고 있는 일을 나는 바꿀 생각이 없소.

엠페도클레스

그래서 일이 어떻게 되는지 보려고 여기에 온 것이오?

만네스

오 농담하지 마시고 당신의 축제를 행하시오.

350 당신의 머리에 화관을 두르고, 부질없이 쓰러진 것이 아닌

희생양[130]을 잘 꾸며 장식하시오.

죽음은, 갑작스러운 죽음은, 당신도 잘 알다시피,

당신과 같은 이해하지 못하는 사람들에게는

처음부터 앞서 결정되어 있는 것이오.

355 당신은 그걸 원하고 있으니 그렇게 되기를! 그렇지만

당신답지 않게 생각 없이 나를 버리고 하계로 가면 안 됩니다.

나는 당신이 깊이 생각해야 할 한마디 말을 가지고 있소, 취한 친구여!

그것은 오로지 한 존재를 위해서만, 이 시간에, 맞춰져 있소. 말하자면[131]

당신의 검은 죄업을 오로지 한 존재만이 고상하게 만들어줄 것이오.

360 그 존재는 나보다는 한층 더 위대하지요! 왜냐하면 포도나무 줄기가

드높은 태양에 취해서 어두운 대지에서 솟아오를 때

대지와 하늘을 증언하는 것처럼

그렇게 그는 빛과 밤에서 태어나 성장하기 때문이오.

그를 에워싸고 세계는 끓고 있소. 인간들의

365 가슴 안에서 유동하며 파괴적인 것은 무엇이든

그 근원에서부터 자극을 받고 일어나는 것이지요.

시간의 주인은 자기의 지배를 걱정하면서

왕좌에 앉아서 성난 얼굴로 분노를 넘어 내려다보고 있소.
그의 낮이 꺼져버리면 그의 번개가 번쩍입니다.
그러나 위에서 일어나는 불꽃은 그저 점화일 뿐입니다. 370
아래에서부터 애쓰는 것은 험한 다툼의 점화이지요.
그러나 그 한 존재는, 그러니까 새로운 구원자는
하늘의 빛살을 태연하게 붙들어 잡고 사랑하면서
필멸의 것을 자신의 가슴에 안아줍니다.
그리고 그의 내면에서 세계의 다툼은 부드러워집니다. 375
그는 인간과 신들을 화해시키고
그들은 그 이전처럼 다시금 가깝게 살게 되지요.
그리고 그가 모습을 나타냈을 때 아들이
부모보다 더 위대하지 않으며
성스러운 생명의 정령이 묶인 채 머물지 않게 됩니다. 380
유일한 이, 그를 잊은 채
그는 옆으로 비켜섭니다, 자신이 자기 시대의 우상이라 할지라도.
그리고 그 자신이, 순수한 손길을 통해서
순수한 자에게 필연적인 일이 일어나도록
자신에게는 지나쳐 보이는 자신의 행복을 깨부수는 것입니다. 385
그리고 그가 지니고 있었던 것을 자신에게
영광을 안겨주었던 원소에게 깨끗하게 해서 되돌려주는 것입니다.
당신이 그 사람입니까? 바로 그 사람입니까? 당신이 그런 사람입니까?

엠페도클레스

모호한 말을 듣고 보니 당신을 알겠습니다. 그리고 당신,
모든 것을 알고 있는 분인 당신도 나를 알고 있습니다. 390

만네스

오 말해보시오, 당신이 누구신지! 그리고 나는 누구인가요?

엠페도클레스

당신은 여전히 나를 유혹하려는 것입니까, 그래서 혹시
나의 사악한 정령이여, 그러한 시간에 나에게 온 것입니까?
왜 당신은 내가 조용히 가는 것을 그냥 두지 않는 것입니까? 노인이시여.
395 나를 공격해서 내가 성스러운 길을
분노하면서 걸어가도록 부추기는 것입니까?
내가 소년이었을 때,[132] 나는 매일
나의 눈에 무엇인가 낯선 것이 움직이는 것을 알았습니다.
그리고 경이롭게도 이 세상의 위대한 형상들이
400 그 기뻐하는 것들이 내 마음속에 들어 있는
나의 미숙하고, 졸고 있는 마음을 에워쌌습니다.
나는 놀라워하면서 때때로 강물이 흘러가는 소리를 들었고
태양이 활짝 피어나는 것을 보았으며, 그 태양에
고요한 대지의 젊은 나날이 불붙는 것을 보았습니다.
405 그때 내 마음 가운데 노래가 일어났고 시 같은
기도 가운데 나의 어두운 마음은 밝아졌습니다.
내가 그 낯선 이들, 내 눈앞에 나타난 이들,
자연의 신들을 이름 붙여 불렀을 때
그리고 나에게 정령이 말을 통해서, 영상을 통해서
410 그 복된 영상 가운데 삶의 수수께끼가 풀렸을 때 말입니다.
그렇게 나는 조용히 자랐으며, 다른 것들은
나를 위해서 이미 예비되어 있었습니다. 그다음에는 불길보다도

더 강하게 거친 인간의 물결이 나의 가슴을
때렸고, 방황 가운데에서 불쌍한
민중의 목소리가 나의 귓전에 울렸습니다. 415
내가 회랑 안에서 침묵하고 있는 사이에
한밤중에 봉기가 일어나 탄식하고
들판으로 그 무리가 쏟아져 나오고, 삶에 지쳐서
제 손으로 자신의 집을 때려 부수고
귀찮아져서 버리고 떠났던 사원을 때려 부수었을 때 420
형제들이 뿔뿔이 달아나고, 가장 사랑하는 사람들도
지나쳐 서둘러 가며, 애비가
자식을 몰라보고 인간들의 말을 더 이상
알아들을 수 없으며, 인간의 법들도 이해할 수 없게 되었을 때
그때 뜻이 전율하면서 나를 움켜잡았습니다. 425
그것은 나의 백성들에게서 떠나가는 신이었습니다!
나는 그의 소리를 들었으며, 그가 내려왔던 그곳
침묵하는 천체를 올려다보았습니다.
나는 그를 달래기 위해서 갔습니다. 아직은
우리에게는 아름다운 세월이 많았습니다. 아직은 430
끝에 이르면 새롭게 젊음을 되찾을 수 있을 것 같았습니다.
또한 황금의 시절, 모두가 믿는 밝고 힘찬 아침의
시간을 기억하면서, 나의 우울과 백성들의
두려운 우울도 사라졌던 것입니다.
우리는 자유롭고 단단한 유대를 맺었고 435
생동하는 신들께 간청을 올렸습니다.
그러나 때때로, 백성들의 감사하는 마음이 나에게 화관을 얹어주고,
나에게 점점 더 가까이, 나에게만

백성들의 영혼이 다가왔을 때, 그때 우울이 나를 엄습했습니다.
440 한 나라가 소멸해야 할 때, 정신은
마침내 그의 백조의 노래, 마지막 생명을
울리게 할 한 사람을 선택하기 때문입니다.
나는 그것을 충분히 예감했고, 오히려 그에게 자진해서 봉헌했습니다.
그렇게 일이 일어났던 것입니다. 이제 나는 더 이상
445 인간들 가운데 하나가 아닙니다. 오 나의 시대의 끝이여!
우리를 길러준 오 정신이여, 그대는 남몰래
밝은 한낮에도 구름 속에서도 주재합니다.
그리고 오 그대 빛이여! 그리고 또한 어머니 대지여!
저는 여기에 있습니다, 편안하게. 오랫동안 예비된
450 새로운 시간이 저를 기다리고 있기 때문입니다.
이제는 더 이상 장면을 통해서가 아니고, 예전처럼
사람들이 사는 곳에서의 짧은 행복의 순간으로서가 아니고
죽음 가운데에서 저는 살아 있는 일자(一者)를 발견하게 될 것입니다.
그리고 오늘도 나는 그이를 만납니다. 왜냐하면
455 시간의 주인인 그는 오늘 축제를 위해서
그 징후로서 나와 자신에게 뇌우를 예비하고 있기 때문입니다.
당신은 이 주위의 고요함을 아십니까? 졸음이 없는
신의 침묵을 알고 계십니까? 여기서 그를 기다리십시오!
자정의 종이 울리면 그는 우리에게 그 일을 완성할 것입니다.
460 그리고 당신이 말하고 있는 대로 당신이 천둥 치는 이를
잘 알고 있다면, 그분과 한마음이며
그 길을 잘 알고 함께 그 길을 걷기를 원한다면

나와 함께 갑시다. 지금 너무도 고독하여
대지의 심장이 비탄한다면, 또한
예전의 일체감을 생각하면서 어두운 표정의 어머니가 465
천공을 향해서 자신의 불꽃의 팔을 뻗치고
이제 지배가 자기의 빛살을 타고 오게 되면
그때는 우리 그와 친족 간이라는 증거로서
성스러운 불꽃으로 따라 내려갑시다.
그런데도 당신은 차라리 멀리 머물겠다면, 어찌하여 470
당신이 나의 몫인 것을 나에게 허락지 않는 것입니까?
당신의 소유로 주어지지 않았다면, 어찌하여
당신이 나의 몫을 빼앗고 방해할 수 있단 말입니까? 오 그대들,
내가 시작했을 때 나의 가까이에 있었던 그대들 정령들이여,
그대들 멀리를 내다보는 이들이여, 나는 그대들에게 감사드립니다. 475
그대들이 나에게 주었던, 고통의 긴 수효를
여기서 끝내주시고, 신적인 법칙에 따라서
자유로운 죽음 가운데에서 다른 의무에서 저를 풀려나게 하신 것을!
당신에게는 이것은 금지된 열매입니다! 그러니 놓아두시고 가십시오,
당신이 나를 따를 수 없다면, 적어도 심판하지는 마십시오! 480

만네스

고통이 당신의 정신에 불을 지른 것 같군요, 불쌍한 양반.

엠페도클레스

그렇다면 왜 당신은 그런 사람을 구원하지 않소? 무기력한 친구여.

만네스

우리의 형편이 어떻소? 당신은 그렇게 확실히 보고 있는 것이오?

엠페도클레스

모든 것을 보고 있는 당신이 나에게 지금 말하고 있소!

만네스

485 조용히 하시오, 오 나의 젊은 친구여! 항상 배우기로 합시다.

엠페도클레스

당신은 나를 깨우쳐왔소, 그런데 오늘은 나한테서 배우시오.

만네스

당신은 모든 것을 나에게 말한 것이 아닙니까?

엠페도클레스

오, 아닙니다!

만네스

그리고 이제 가려는 겁니까?

엠페도클레스

아직은 가지 않겠습니다, 오 노인이시여!

이 푸르고 훌륭한 대지로부터

490 나의 눈이 기쁨도 없이 떠나서는 안 되지요.

그리고 나는 지나간 시간도 돌이켜보고 싶습니다.

내 청춘 시절의 친구들, 멀리 헬라스의
환희에 찬 도시들에 있는 충실한 이들도,
나를 모욕한 형도 다시 생각해보고 싶습니다. 그렇게 하다 보면
때가 될 것입니다. 이제 나를 떠나십시오. 저기 한낮이 495
가라앉으면, 당신은 나를 다시 보게 될 것입니다.

합창

새 세상[133]

그리고 하늘의 청동 궁륭
우리들 위에 매달려 있네, 사람들의
사지를 저주가 마비시키네. 대지의 강하게 하는, 기쁨을 주는
선물들은 마치 쭉정이 같네. 그것은
그 선물들을 가지고 우리를 조롱하네, 어머니와
모든 것은 허울이라네—

오, 언제, 언제 동토 위에
밀물이 열릴까

그러나 그는 어디에 있는가?

그리하여 그가 생동하는 정신을 불러내기를

제2부

「엠페도클레스의 죽음」 계획, 장면들, 이론적 초안

프랑크푸르트 계획

엠페도클레스
5막의 비극

제 1 막

엠페도클레스. 그는 자신의 기질과 철학 때문에 벌써 오래전에 문명을 혐오하게끔 숙명 지어졌고, 모든 결정된 일들을 경멸하고, 이런저런 대상을 향한 모든 관심들을 경멸하도록 운명 지어져 있다. 모든 일방적인 존재의 불구대천의 적대자. 그리고 특별한 관계라는 단순한 이유로 실제 아름다운 관계조차 불만스럽게 여기고, 안절부절못하고, 고통스러워한다. 오로지 살아 있는 모든 것들과의 위대한 화음 가운데에서만 자신이 완전히 충만되었음을 느끼는데, 언제나 모든 곳에 편재하는 가슴으로, 마치 신처럼 내면적이며 자유롭게 그리고 신처럼 넓게 펼쳐 그것들 안에 살고 사랑할 수 없기 때문에, 자신의 마음과 자신의 사유가 현전하는 것을 붙들자마자, 자신이 연장(延長)의 법칙에 묶이기 때문에 불만스럽고, 안절부절못하고, 고통스러워한다.

엠페도클레스는 아그리겐트 사람들의 한 축제에 대해서 유난히 불쾌하게 생각하고 있다. 이 축제의 영향에 대해서 큰 희망을 품고 그에게 이 축제에 참여하도록 다정하게 설득했던 자신의 부인에게서 조금은 신경질적인 그리고 신랄한 비난의 소리를 듣게 된다. 그는 이 불쾌함과 가정불화로 인해서 도시와 집을 떠나 에트나 산의 호젓한 지역으로 가야겠다는 자극을 받는다.

제1장

몇몇 시민과 함께 엠페도클레스의 몇몇 제자들 등장. 제자들은 이 시민들의 마음을 움직여 엠페도클레스의 학교에 입학하도록 시도한다. 엠페도클레스의 제자 중 하나이자 총아인 한 사람이 등장해,* 시민들을 개종분자들이라고 질책하고 이 시간에는 선생님이 늘 홀로 정원에서 기도를 드리니 이곳을 떠나라고 명한다.

제2장

엠페도클레스의 독백
자연에 바치는 기도

제3장

엠페도클레스, 아내와 자녀들과 함께 등장**

엠페도클레스의 불만에 대한 아내의 부드러운 한탄. 엠페도클레스의 진정한 사과. 축제에 가면 기분이 좋아질 것이라며 대축제에 함께

* 그는 등장하면서 다른 사람들을 향해서 "꺼져!"라고 소리친다.

** 아이 중 하나가 집에서 아래를 향해서 소리친다. "아빠! 아빠! 들리지 않아!" 뒤이어 어머니가 그에게 아침 식사를 갖다주려고 내려온다. 그리고 대화가 서서히 이루어진다.

참석하자는 아내의 간청.

제4장

아그리겐트 사람들의 축제.* 엠페도클레스의 분노.

제5장

가정불화. 엠페도클레스의 작별,** 자신의 의도가 무엇인지, 어디로 가는지는 말하지 않는다.

제2막

엠페도클레스가 에트나로 자신을 찾아온 제자들을 맞는다. 먼저 자신의 애제자의 방문을 받는데, 이 애제자는 실제로 그의 마음을 움직이고 마음의 고독으로부터 거의 벗어나게 한다. 그다음 나머지 제자들의 방문을 받는다. 이들은 새롭게 인간들의 궁핍에 대한 분노로 그의 마음을 채우고, 그 결과 그는 모두에게 엄숙하게 작별을 고한다. 그리고 자신의 애제자에게도 자기를 그냥 버려두라고 충고한다.

---

* 상인, 의사, 사제, 장군, 젊은 남자, 늙은 여인.

** 그는 아내와 아이들과 함께하겠다고, 그들을 가슴에 지니겠다고 말한다. 그들은 그를 붙들 수는 없으리라고 말한다. 그는 말하기를 지평선이 자신에게는 너무도 좁다고, 더 높이 서서, 먼 곳으로부터 거기에 살고 있는 모든 것과 함께 그 먼 데를 바라다보고 거기에 미소를 보내기 위해서 떠날 수밖에 없다고 한다.

제1장

에트나의 엠페도클레스

독백. 자연에 대한 엠페도클레스의 한층 단호한 겸손.

제2장

엠페도클레스와 애제자

제3장

엠페도클레스와 그의 제자들

제4장

엠페도클레스와 애제자

제 3 막

에트나에서 엠페도클레스는 자신의 아내와 자녀들의 방문을 받는다. 아내는 부드러운 간청에 덧붙여 그날 아그리겐트 사람들이 그의 동상을 세웠다는 소식을 전한다. 명예와 사랑, 현실적인 것에 결합시키는 유일한 유대가 그를 도시로 데려온다. 그의 제자들이 기쁨에 차서 그의 집으로 온다. 애제자가 반가워 그의 목을 와락 껴안는다. 그는 자신의 동상이 세워진 것을 본다. 그에게 박수갈채를 보내는 시민들에게 공개적으로 감사한다.

제 4 막

그를 시기하는 자들이 그의 제자들 중 몇몇으로부터 그가 에트나로 찾아간 제자들 앞에서 시민들을 향해 쏟아낸 가혹한 비난의 연설에 대해 듣게 되자, 시민들로 하여금 그에게 저항하도록 선동하고, 시민들은 실제로 그의 동상을 내동댕이치고 그를 도시에서 쫓아내기에 이른다. 이제 자살을 통해서 무한한 자연과 일체를 이루고자 하는, 오래전부터 그의 내면에서 가물거렸던 결심이 굳어진다. 이런 의도 아래 그는 아내와 자식들에게 두번째로 더 고통스러운 작별을 고하고 다시 에트나에 오른다. 그가 자신의 아내를 달래려고 한 위안의 말을 착각하지 않도록 하기 위해서, 그리고 자신의 본래의 계획을 눈치챌지도 모른다는 생각에서 엠페도클레스는 자신의 젊은 친구를 회피한다.

제 5 막

엠페도클레스는 자신의 죽음을 준비한다. 자신의 결심에 대한 우연한 동기들은 이제 그에게서 완전히 지워진다. 그는 그 결심을 자신의 가장 깊은 내면에서 결과되는 하나의 필연으로 생각한다. 때때로 이 지역 주민들과 함께하는 짧은 장면들에서 그는 자신의 사고방식과 자신의 결심이 옳다는 것을 도처에서 발견한다. 그의 애제자가 진실을 예감하고 오지만, 스승의 정신과 스승의 마음속 거대한 움직임에 압도되어 맹목적으로 그의 명령에 순종하고는 떠난다. 곧이어 엠페도클레스는 불꽃이 타오르는 에트나 화산에 몸을 던진다. 불안해하면서 그리고 걱정스럽게 근처를 오락가락하던 그의 애제자가 곧바로 화산이 그 심연에서부터 내동댕이친 청동으로 된 스승의 신발을 발견하고 가족에게, 그리고 시민들 가운데 있는 스승의 문하생들에게 보여준다. 그리고 문하생들과 함께 화산 곁에 모여서 슬픔을 나누고 위대한 인간의 죽음을 애도한다.

비극적인 것에 관하여

비극적 송시

비극적 송시는 최고의 불꽃으로 시작한다.[1] 즉 순수한 정신, 순수한 내면적 집중성[2]은 경계선을 넘어섰던 것이다. 그리고 필연적으로, 불꽃 없이도 접촉하고자 하는 경향을 지닌 삶 가운데의 결합들을 충분히 알맞게 유지하는 데 실패했다는 말이다. 말하자면 의식, 성찰, 또는 신체적 감수성이 문제될 때 그것의 상당히 집중적인 조화를 통해서 절제보다는 극단으로의 경향을 지니고 있는 결합들을 적절하게 유지하는 데 실패했다. 그렇기 때문에 내면적 집중성의 극단을 통해서 갈등은 발생했다. 비극적 송시가 순수한 것을 표현하기 위해서 바로 서두에 그려내는 갈등이 그것이다. 그다음 비극적 송시는 계속하여 자연스러운 행위를 통해서 구분의 극단으로부터 출발해서 순수한 것에 대해서 전적으로 구별이 없는 다른 쪽의 극단으로 나아간다. 즉 어떤 종류의 곤경도 인정하지 않는 것으로 보이는 초감각적인 것의 극단으로 향하는 것이다. 거기서부터 송시는 순수한 감각성과 한층 완화된 내면적 집중성으로 전도(顚倒)된다. 왜냐하면 근원적으로 한층 드높고, 한층 신적으로 과감한 내면적 집중성은 송시에서는 극단으로 나타나기 때문이다. 또한 비극적 송시는 그것의 첫 시작의 음조 가운데 출발의 기점으로 택했던 극단적인 내면적 집중성의 정도를 더 이상 단순하게 완화시킬 수가 없기 때문이다. 송시는 말하자면 음조가 방향을 취했던 그 위치를 체험했기 때문이다. 송시는 구분과 무차별의 극단을 초월하지 않으면 안 된다. 동시에 분명하게 투쟁의 필요성을 올바르게 인식하는 데 이르는 과정인 고요한 신중성과 감수성으로 나아가야만 하는 것이다. 고요한 신중성을 위한 투쟁은 그 자체가 한층 강화된 노력을 요구한다. 이리하여 송시는 그것의 처음 음조와 그것의 고유한 특성이 대립을 이루고 있다는 사실을 인식하기에 이르게 된다. 그리고 송시는 만일 이 신중한 상태에서 비극적으로 끝날 수 없을 경우에는 그것의 반대쪽으로 넘어갈 수밖에 없다는 사실을 인식하게 된다. 그러나 송시는 자신의 반대쪽을 대립으로 인식하고 있기 때문에, 대립하고 있는 양측을 결합시키는 이상적인 것은 한층 더 순수하게 대두된다. 원초의 음조는 다시금 신중함과 더불어 재발견되고 그렇게 하여 송시는 거기로부터 출발해서 적절하고 한층 자유로운 성찰 또는 감각을 통해서, 한층 확실하고 자유롭게 근본적으로 (다시 말해서 이질적인 것의 체험과 인식으로부터) 처음의 음조로 되돌아가게 되는 것이다.

[비극의] 일반적인 기초

비극 문학에 표현되는 것은 가장 깊은 내면적 집중성이다. 비극적 송시는 진지성을 가장 실증적인 구분들을 통해서 표현한다. 사실적인 대립들을 통해서 표현하는 것이다. 그러나 이러한 대립들은 감정의 직접적인 언어로서 형식에 더 많이 들어 있다. 비극적 시는 표현 안에 내면적 집중성을 더 많이 감추고 있으며, 그 내면적 집중성을 더 강한 구분들 가운데 표현한다. 왜냐하면 비극적 시는 보다 더 심오한 내면적 집중성, 보다 더 무한한 신성(神性)을 표현하기 때문이다. 감정은 더 이상 직접적으로 표현되지 않는다. 모든 시가, 그러니까 비극적 시도 마찬가지로 시적인 삶과 현실로부터, 시인의 고유한 세계와 영혼으로부터 생성되어야만 한다면, 나타나는 것은 더 이상 시인과 그의 고유한 체험이 아닌 것이다. 왜냐하면 우리가 제 자신의 마음(Gemüt)과 제 자신의 체험을 이질적인 유추적 소재로 옮길 수 없을 때, 도처에 진정한 진리는 결핍되고, 어떤 것도 이해될 수 있거나 생명으로 이어질 수 없기 때문이다. 비극적으로 극적인 시를 통해서도 시인이 자신의 세계 안에서 느끼고 체험하는 신성이 표현된다. 비극적으로 극적인 시는 시인에게는 그의 삶 가운데에서 그에게 현재화되거나 현재화되었던 생동하는 것의 표상이다. 그러나 내면적 집중성의 이러한 표상은 도처에서 상징에 더욱 가까이 접근해야만 하는 바로 그 정도에서 자신의 마지막 근거를 부정하거나 거부하지 않을 수 없다. 내면적 집중성이 더욱 무한하고, 더욱 표현할 수 없고, 부정(不正, nefas)[3]에 더욱 가까워지면 가까워질수록, 감정들은 그 한계 안에 고착시키기 위해서 표상이 더욱 엄격하고도 더욱 냉엄하게 인간과 그의 감각된 요소를 구분하지 않으면 안 될 경우, 표상은 그만큼 감정을 덜 직접적으로 표현하게 된다. 표상은 감정을 소재에 따라서뿐 아니라, 형식에 따라서 부정해야만 하는 것이다. 소재는 하나의 보다 더 과감하고 보다 더 낯선 비유이자 그 비유의 예여야만 하고 형식은 대칭과 분리의 성격을 더 많이 지녀야만 한다. 일종의 다른 세계, 낯선 환경들, 낯선 인물들이 불러내어진다. 그렇지만 모든 과감한 비유와 마찬가지로, 이 모든 것들은 기본 소재에 적합해야만 한다. 이 모든 것들은 외적인 형상체에서만 이질적이다. 왜냐하면 만일 비유의 소재에 대한 내면적인 이 친화성이, 표상의 기초에 담겨 있는 특징적인 내면적 집중성이 불가시적인 것이라면, 장소의 변위, 이질적 형상체가 해명 가능하지 않기 때문이다. 이질적인 형식들이 이질적이면 이질적일수록 그것들은 그만큼 더 생동할 것이 틀림없다. 시의 가시적인 소재가 기초에 놓여 있는 소재와 시인의 마음과 세계에 덜 유사할수록, 그만큼 시인이 자신의 세계 안에서 느꼈던 정신, 신성은 예술적으로 낯선 소재를 통해서 덜 부정되어도 된다. 그러나 이러한 예술적으로 낯선 소재를 통해서도 내면적인 것, 신적인 것은 기초에 놓여 있는 감정이 내면적이면 내면적일수록 그만큼 더 커진 구분의 정도를 통해서와 다름없이 표현되어도 되고 또 표현될 수 있는 것이다. 그렇기 때문에 (1) 비극(Trauerspiel)은 그 소재와 그 형식에 따라 극적이다. 다시 말해서 a) 비극은 시인이 선택한 시인 자신의 기분과 자신의 고유한 세계와는 다른 한층 낯선 제3의 소재를 포함한다. 왜냐하면 시인은 자신의 총체적 감정을 그 소재에 투입하기 위해서 그리고 그 소재 안에, 마치 하나의 그릇 안에서인 것처럼 그 총체적 감정을 담아내기 위해서 유추적으로 그 소재를 충분히 추구했기 때문이다. 유추해볼 때 소재가 낯설면 낯설수록, 그만큼 더 확실하게 총체적 감정이 그 소재에 투입되고 보존된다. 왜냐하면 가장 내면적인 감정은 그것이 참된 시간적 감각적인 관계들을 부정하지 않는 바로 그 정도에서 무상함에 노출되어 있기 때문이다. (그 때문에 이것은 서정적 법칙이기도 하다. 내면적 집중성이 그 자체로 덜 심오할 때, 그러니까 붙들어 잡기가 더 쉬울 때, 육체적 및 지적인 연관성이 부정되기가 더 쉬울 경우에 말이다.) 바로 그 때문에 비극적 시인은, 그가 가장 심오한 내면적 집중성을 표현하는 한, 자신의 인격(Person), 자신의 주관성을 완전히 거부한다. 또한 자신에게 대두되는 객체마저 거부하는 것이다. 그는 자신의 인격 내지 주관성을 낯선 개성으로, 낯선 객관성으로 전이시킨다. 그리고 기초에 놓여 있는 총체적 감정이 극의 음조를 부여하는 주인공을 통해서, 주요 상황을 통해서 가장 잘 드러날 때, 극의 대상, 운명이 자신의 비밀을 가장 명료하게 표현할 때, 극이 자신의 주인공과 대결하면서 동질성의 형상을 가장 잘 취할 때 [바로 동질성이 주인공을 가장 강력하게 장악할 때] 역시 그러하다. 심지어

생성된 순수한 내면적 진정성을 향한 잘못된 시도들이 마음 가운데에 지니고 있는 해로운 결과는 다시금 고통을 겪는 일을 통해서 자발적으로, 새로운 알맞거나 알맞지 않은 시도를 통해서 다루어지지

않으며, 오히려 한 단계 높거나 낮게 서 있는 같은 길을 가고 있는 어떤 다른 것에 의해서 편리하게 이행된다. 그리하여 잘못된 개선 시도들에게서 공격을 당한 마음은 단순히 제 자신의 자발적 행위를 통해서 방해를 받는 것이 아니라 어떤 낯설면서 동시에 잘못된 어떤 것의 앞지르는 행위에 의해서 더 많이 변경되며, 따라서 더 격렬한 반응을 겪도록 정해진다.

엠페도클레스에 대한 기초

순수한 삶에서는 자연과 예술[4]이 단순히 조화롭게 대립되어 있다. 예술은 자연의 꽃이고 자연의 완성이다. 자연은 여러 가지 상이한 형태의, 그러나 조화로운 예술과의 결합을 통해서 비로소 신적인 것이 된다. 존재할 수 있는 각개가 온전하고 일자가 다른 일자와 결합하며, 특별한 자로서 존재할 수 있는 것으로 온전히 존재하기 위해서, 필연적으로 지닐 수밖에 없는 다른 일자의 결핍을 보충할 때, 거기에 완성은 존재한다. 신적인 것은 이 양자의 한가운데에 있다. 보다 유기적이고 보다 예술적인 인간은 자연의 꽃이다. 보다 더 비유기적인[5] 자연은, 순수하게 유기화되고, 순수하게 자신의 방식대로 훈련된 인간에 의해서 순수하게 느껴질 때, 그 인간에게 완성의 감정을 부여한다. 그러나 이러한 삶은 오로지 감정 안에만 존재할 뿐 인식을 위해서 존재하는 것은 아니다. 만일 이러한 삶이 인식 가능해야 한다면, 그 삶은 대립된 것들이 서로를 혼동하는 내면적인 집중성의 과잉 가운데에서 스스로로부터 갈라진다는 사실을 통해서, 그리고 지나치게 자신을 내맡기고 자신의 존재와 의식을 망각했던 유기적인 삶이 자발성과 예술과 성찰의 극단 안으로 옮겨간다는 사실을 통해서 자신을 묘사할 수밖에 없다. 이와는 달리 자연은 최소한 성찰하는 인간에 대한 작용을 통해서 비유기적인 것의, 파악 불가능성의, 감각 불가능성의, 한계 설정 불가의 극단으로 넘어가 마침내 양측은 서로 대립된 상호작용이 계속되는 것을 통해서 애초에 만난 것처럼 근원적으로 일체가 되기에 이른다. 결국 자연은 형성하며 가꾸는 인간을 통해서, 교양 충동과 형성 능력 자체를 통해서 보다 더 유기화되었던 것이다. 반대로 인간은 보다 더 비유기화되고, 보다 더 일반화되고 무한해졌다. 이 두 개의 서로 대립되어 있는 것, 즉 일반화되어진, 정신적으로 생동하는, 예술적으로 순수하게 비유기적인 인간과 자연의 잘 갖추어진 형상[6]이 만나게 될 때, 이 감정은 어쩌면 느껴질 수 있는 것의 최상의 느낌에 해당할 것이다. 이러한 감정은 어쩌면 인간이 경험할 수 있는 최상의 감정에 속한다. 왜냐하면 지금의 조화는 그에게 그 전의 전도된 순수한 관계를 생각나게 해주기 때문이다. 인간은 자신을 느끼고 자연을 이중으로 느끼게 된다. 그리고 결합은 한층 더 무한하다.

한가운데에는 개별자의 죽음이 놓여 있다. 다시 말해서 유기적인 것이 자신의 개성을, 극단에 이르게 되었던 자신의 특수한 현존재를 내려놓는 순간이 놓여 있는 것이다. 비유기적인 것은 자신의 보편성을 처음에서처럼 이상적인 혼합 가운데에서가 아니라, 사실적이며 지극히 드높은 투쟁 가운데 내려놓는다. 그러한 내려놓음은 특수한 것이 자신의 극단에 이르러서 차츰 더 자신을 보편화하고 비유기적인 것의 극단에 맞서서 활성화될 때 일어난다. 특수한 것은 중심점에서부터 차츰 더 자신을 떼어내야만 하는 데 반해서, 비유기적인 것은 특수한 것의 극단에 맞서 행동하면서 더욱더 자신에게 집중하며, 더욱더 중심을 획득하고 가장 특수한 것이 될 수밖에 없다. 그리고 그 지점에서 비유기적인 것으로 변화된 유기적인 것은 비유기적인 것의 개성을 붙잡고 있는 가운데 자기 자신을 재발견하고 자신에게로 되돌아가는 것처럼 보인다. 그리고 대상은, 즉 비유기적인 것은 그것이 개성을 취하는 바로 그 순간에, 비유기적인 것의 가장 높은 극단에서 유기적인 것이 자신을 또한 발견하는 가운데, 제 자신을 발견하는 것처럼 보인다. 그리하여 이러한 순간에, 최고의 적대감이 이러한 탄생 가운데 가장 높은 화해가 실제로 존재하는 것처럼 보인다. 그러나 이러한 순간의 개별성은 최고의 다툼의 산물이며 그것의 보편성은 최고의 다툼의 산물에 지나지 않는다. 이리하여 화해가 진전되는 것처럼 보이고, 유기적인 것이 다시 한 번 제 자신의 것인 방식대로 이 순간에 작용하며 유사하게 비유기적인 것이 작용하게 되면, 그 결과 유기적인 것에 의해 제기되는 인상들은, 다시 말해서, 비유기적으로 비롯되고 있는 이 순간에 포함된 개성에 의해서 제기되는 인상들은 다시 한번 더욱 비유기적으로 되고자 한다. 반면에 비유기적인 것에 의해서 제기된 인상들은, 다시 말해서, 유기적으로 비롯되고 있는 이 순간에 포함된 보편성에 의해서 제기되는 인상들은 다시 한번 더욱 특수해지려고 한다. 그렇게 해서 결과적으로 결합의 순간은, 마치 망상[7]처럼, 점점 더 해체되고 만다. 왜냐하면 그 순간은 유기적인 것에 맞서서 비유기적으로 반응하고, 그 순간이 유기적인 것으로부터 점점 더 거리를 두기 때문이다. 그런데 엄밀하게는 이 순간의 죽음을 통해서 이 순간이 유쾌했던 적대적인 극단이 한층 더 아름답게 화해되고 순간의 생명 가운데 있었던 것보다 더 아름답게 결합되기 때문이다. 이 결합은 이제 개별적인 것 안에 있지 않으며, 따라서 지나치게 내면적이지 않기 때문이다. 동시에 신적인 것은 더 이상 감각적으로 나타나지 않으며, 결합의 행복한 기반은 그것이 너무 내면적이고 일치적이었던 한계 안에서 꺼져버리게 된다. 두 개의 극단, 그중의 하나인 유기적인 것은 소멸해 가는 순간을 통해서 놀라워하며 뒤로 물러서고 그렇게 해서 보다 순수한 보편성으로 끌어올려진다. 반면에 다른 한 극단, 즉 비유기적인 것은 이 순간으로 옮겨가면서 유기적인 것에게 한층 침착한 관찰의 대상이 되지 않을 수 없게 된다. 그리고 과거의 순간의 내면적 집중성은 한층 더 큰 보편성, 명료성, 신중성과 구분 능력을 지니고 떠오른다.

그렇게 해서 엠페도클레스는 그의 하늘과 시대, 그의 조국의 아들이며, 세계가 그의 눈앞에 모습을 나타내 보였던 자연과 예술의 강렬한 대립의 아들이다. 그는 한 인간인바, 그의 내면에서는 예의 대립들이 아주 내면적으로 결합되어서 그 대립들이 하나가 되고, 그 대립들이 각기의 원천적인 구분의 형식을 벗어버리고 이 형식을 전복시킨다. 또한 그의 세계 안에서 보다 주관적으로 가치를 가지고 더 많이 특수성 안에 놓여 있는 것, 구분하기, 사유하기, 비교하기, 형상화하기, 유기화하기와 유기적으로 되기와 같은 것이 그의 내면 자체에서는 더욱 객관적이다. 그리하여 가능한 한 강렬하게 칭해보자면, 그가 제 자신에 덜 머물 때, 그리고 그가 자신을 덜 의식하는 한에서 그는 구분하기, 사유하기, 비교하기, 형상화하기, 유기화하기와 유기적으로 되기의 능력을 한층 더 많이 지닌다. 이때 표현할 수 없는 말이 그에게서 그리고 그를 위해서 말하기에 이르고, 그리고 그에게서 그리고 그를 위해서 보편적인 것, 보다 더 무의식적인 것이 의식과 특수성의 형식을 취하게 된다. 이와는 반대로 그의 세계 안의 다른 이들에게서 객관적으로 인정받고 또한 보다 더 보편적인 형식 안에 들어 있는 것은, 즉 덜 구분되어 있는 것, 덜 구분 가능한 것, 더 생각 없음, 비교할 수 없는 것, 형상화의 여지가 많지 않은 것, 더욱 비유기화된 것과 반유기적인 것은 그에게서나 그를 위해서 주관적이다. 그렇게 해서 그는 더욱 덜한 구분들을 겪고, 더욱 덜한 구분들을 행하고, 그의 작용에서 사유의 능력을 덜 가진다. 그가 자기 자신에게 더 많이 머물 때, 그리고 그에게서 그리고 그를 위해서 말하는 것이 말할 수 없는 것 또는 말하지 않는 것에 도달한다는 점, 그에게서 그리고 그를 위해서 한층 더 특수한 것과 한층 더 의식적인 것이 무의식적인 것과 보편적인 것의 형식을 취한다는 점, 대립적인 것들이 그의 안에서 그것들이 구분하는 형식을 역전시키고 그것들이 근원적인 느낌들 가운데 다른 만큼 결합이 되기 때문에 그 두 개의 대립들이 그의 안에서는 하나가 된다는 점을 그만큼 더 많이 의식할 때, 그는 더욱 비교 불가능하고, 그만큼 형상화의 여지가 덜하고, 더욱 비유기적이고 더욱 반유기적이다.

그러한 인간은 오직 자연과 예술의 최고의 대결에서만 성장할 수 있다. 내면적 집중성의 과잉이 (이념적으로) 내면적 집중성에서 생성되는 것처럼 내면적 집중성의 이러한 실질적인 과잉은 적대감과 최고의 다툼에서 생성된다. 이 지점에서는 비유기적인 것은 단순히 그 이유로 특수한 것의 검소한 형태를 취하고 초유기적인 것과 화해하는 것처럼 보인다. 또한 유기적인 것은 단순히 그 이유로 보편성의 검소한 형태를 취하고 초비유기적인 것과 화해하는 것처럼 보이는 것이다. 왜냐하면 양측은 최고의 극단을 통해서 가장 심오하게 서로 침투하고 접촉하며 각기의 외적인 형식 가운데 형태들은 대결의 가상을 취하지 않을 수 없기 때문이다.

그처럼, 앞서 말했듯이, 엠페도클레스는 자신의 시대의 산물이다. 또한 그의 성격은 그가 이 시대로부터 태어났듯이 이 시대를 돌이켜 지시하는 것처럼 보인다. 그의 운명은, 더욱 무엇인가가 되기 위해서 해체될 수밖에 없는 순간적인 결합 가운데에서, 그의 성격 가운데 자신을 드러낸다.

모든 측면을 볼 때, 그는 시인으로 태어난 것처럼 보인다. 그러니까 그의 주관적이며 더욱 활동적인 천성 안에는 보편성으로의 비범한 성향이 이미 내재돼 있는 듯하다. 이 보편성으로의 비범한 성향은 다른 환경 아래 또는 너무 강렬한 영향에 대한 통찰과 그것의 회피를 통해서 예의 차분한 관찰, 의식의 완결성과 철저한 확실성으로 변한다. 이렇게 해서 시인은 전체를 조망한다. 마찬가지로 그의 객관적 천성, 그의 수동성에는 예의 행복한 재능이 담겨 있는 것처럼 보인다. 이 재능은 부지런하고 고의적인 정리와 사유와 형성 없이, 정리와 사유와 형성이라는 경향을 지니고 있으며, 그러한 모든 것을 쉽고 빠르게 자신의 정체성 안으로 받아들이고, 예술적 행위로 하여금 행동하기보다는 오히려 말하게 하는 감각과 마음의 유연성이라는 경향을 지니고 있다. 그렇지만 이러한 성향은 그것의 고유한 영역에서 작용하고 또 그대로 머물러서는 안 된다. 그는 자신의 방식과 척도에 따라서, 자신의 고유한 제약성과 순수성에 따라서 작용해서는 안 되며 이러한 정서를 그 분위기의 자유로운 표현을 통해서, 자기 시민의 운명이기도 했던 보다 더 보편적인 분위기가 되도록 허락해야 할 것이다. 그의 시대의 운명, 그가 그 가운데 자란 그 강력한 극단은 노래를 촉구하지 않았다. 시대가 아직은 순수한 것에서 너무도 동떨어지지 않았던 때, 운명의 형태와 원초적인 것의 형태 사이에 놓여 있는 이념적인 표현을 통해서 순수한 것이 여전히 쉽게 다시 파악되는 노래말이다. 그의 시대의 운명은 직접적으로 작용하고 도움을 주는 확실한 행동을 역시 요구하지 않았다. 그러나 그 행동은 더욱 일방적이고 그것이 전체적인 인간을 덜 드러내면 드러낼수록 그만큼 더 많이 드러낸다. 시대들은 전체적 인간이 실제적이고 가시적이 될 때 그의 시대의 운명이 해소되는 것처럼 보이는 일종의 희생을 요구했다. 이 희생에서는 극단적인 것들이 하나로, 실제적으로 그리고 가시적으로 결합되는 듯이 보인다. 그러나 미리 곤경과 다툼으로부터 생겨난 감각적인 결합[8]을 개인에게 보여주었기 때문에 이 극단적인 것들은 너무 내면적으로 결합되고, 그 때문에 이념적인 행위를 통해서 개인이 몰락하고 또 몰락하지 않을 수 없다. 감각적인 결합이 결코 가시적으로 또 개별적으로 해소될 수 없는 운명의 문제를 해소한다고 할 수도 있는데, 그것은 평소 보편적인 것이 개인을 통해서 상실되기도 하기 때문이다. 그리고 (운명의 모든 거대한 움직임들보다 더욱 좋지 않고 불가능할 뿐인 것으로) 한 세계의 생명이 개별성 안에서 소멸될지도 모른다. 이와는 반대로 이러한 개별성이 너무도 내면적이고, 실제적이며 가시적이어서 운명의 때 이른 결과로서 해소된다면, 운명의 문제는 똑같은 방식으로 실질적으로 해소된다. 그러나 행복으로부터 원천적으로 그러나 오로지 이념적으로 그리고 시도로서 생성되었던 내면적 집중성의 과잉이 이제 최고의 다툼을 통해서 사실적으로 된다. 그리고 그런 한에서, 그리고 그 때문에, 내면적 집중성의 원초적인 과잉, 모든 다툼의 원인이 지양되었던 만큼 힘들과 도구들이 실질적으로 지양되어서 그 결과 내면적인 과잉의 힘이 실질적으로 소실되고 더욱 성숙되고 참된, 순수하고 보편적인 내면적 집중성이 남게 된다.

그렇게 해서 엠페도클레스는 시대의 희생물이 되어야만 했다. 그가 성장하면서 지녔던 운명의 문제들은 그의 내면에서 표면적으로 해소되어야 했고, 이러한 해소는 그 정도가 어떻든 모든 비극적인 인물들에게서 표면적이며 일시적인 해소로 나타나야 한다. 이 비극적 인물들은 모두 그들의 성격과 진술을 통해서 그 정도가 어떻든 운명의 문제를 풀려는 시도들이다. 그리고 이들 모두는 그들의 역할, 그들의 성격 그리고 그들의 진술들이 저절로 어느 정도 스쳐 지나가는 것 그리고 순간적인 것 이외의 것으로 달리 표현되지 않으며, 따라서 표면적으로 운명을 가장 완벽하게 해소하는 그 사람이 가장 많이 자신의 덧없음 가운데 그리고 자신의 시도가 진척되는 가운데 가장 두드러지게 희생물로서 표현될 때 그들은 보편적으로 유효하지 않은 한도에서 지양된다.

엠페도클레스의 경우는 어떠한가?

운명이, 그러니까 예술과 자연의 대립들이 강하면 강할수록, 그 대립들 안에는 점점 더 개별화되며 확고한 지점, 일종의 발판을 얻어내고자 하는 경향이 그만큼 더 커졌었다. 그러한 시대는 모든 개체들을 그렇게 오랫동안 사로잡으며, 개체들의 알려지지 않은 욕구와 그들의 숨겨진 경향이 가시적으로 그리고 손에 닿을 듯이 표현되는 가운데 누군가를 발견할 때까지 해결점을 찾아내도록 촉구한다. 이 특별한 일자(一者)로부터 비로소 발견된 해결이 보편적인 것으로 이행될 수밖에 없다.

그렇게 해서 엠페도클레스의 내면에서 그의 시대는 개별화된다.

그리고 그의 시대가 그의 내면에서 개별화되면 될수록, 그의 내면에서 수수께끼가 더욱 훌륭하게, 더욱 사실적으로 그리고 더욱 가시적으로 풀리는 듯이 보이면 보일수록, 그만큼 그의 몰락이 더욱 필연적이게 된다.

1) 자신의 시민들의 생동하는 그리고 모든 것을 시도하는 예술 정신 자체가 이미 그의 내면에서 더욱 비유기적으로 더욱 과감하게 더욱 한계 없이 상상력이 풍부하게 반복되어야 했다. 다른 한편, 달아오르는 지대와 시칠리아의 울창한 자연은 그를 위해서 그리고 그의 내면에서 더욱 효과적으로, 더욱 강하게 느껴지도록 표현되어야 했다. 그리고 그가 일단 양측에 붙들려 잡혔다면, 한 측면, 그의 본질의 활동적인 힘은 반대 작용으로 다른 측면을 강화시켜야만 했다. 그렇게 그의 심성의 감각적인 부분에 의해서 예술정신은 영양을 공급받고 계속해서 촉진되지 않을 수 없었다.

2) 항상 논증을 즐기며 계산하는 아그리겐트 사람들 가운데에서, 도시의 발전을 지향하며 자기를 혁신하는 사회적 형식들 가운데에서, 항상 완벽한 전체를 고안해내려고 노력했던 그의 초정치적 정신처럼, 정신은 지나칠 정도로 혁신의 정신으로 변할 수밖에 없었다. 상대의 고유성을 돌보지 않은 채 각자가 자신의 원형을 추구하는 무정부 상태의 무제약은 자신만의 풍부한, 자기만족적인 천성과 삶의 충만을 통해서 다른 누구보다 그를 더욱 비사교적이고 고독하고, 오만하고 더욱 까다롭게 만들었던 것이 틀림없다. 그리고 그의 성격이 이러한 두 가지 측면이 서로를 강화하고 서로를 과시하게 했던 것도 틀림없다.

3) 인간적 의식과 행동의 바깥에 있는 미지의 것에 대해서 자유로

운 정신의 소유자들의 과감성[9]은 점점 더 대립한다. 인간들은 그만큼 더 내면적으로 감정 가운데에서 근원적으로 미지의 것과 결합되어 있음을 발견했고, 너무나 힘에 넘치고 깊숙한 원소의 우애로운 영향에 맞서서 자기 망각과 전적인 소외감으로부터 자신을 보존하고자 태생적인 본능에 의해 재촉되고 있음을 발견했다. 이 자유로운 정신의 과감성, 오만한 백성들에게는 자연스러운 것으로 보였던 부정적으로 추론하기와 미지의 것에 대한 무시는, 어떤 경우에서도 부정(否定)을 위해 서 있지 않았던 엠페도클레스에게는 한걸음 더 나아간 것으로 여겨진 게 틀림없다. 오히려 그는 미지의 것의 지배자가 되려고 시도해야만 했다. 그는 자신의 안전을 추구하려고 할 수밖에 없었다. 그의 정신은 예속 상태에 매우 심하게 맞서 싸워야만 했기 때문에 우리를 압도하고 있는 자연을 붙들어 안고 철저히 이해하며 그 자연을 의식하도록 노력을 기울일 수밖에 없었다. 그가 자신을 의식하고 자신을 확인할 수 있게 됨에 따라서 그는 자연과의 동질성을 찾으려고 온갖 노력을 다해야만 했고, 그 결과 그의 정신은 가장 진정한 의미에서 비유기적인 형태를 취할 수밖에 없었다. 자기 자신과 자신의 중심점으로부터 시선을 돌리고, 항상 자신의 대상을 지나치게 꿰뚫어볼 수밖에 없었던 그는 그 대상 안에서, 마치 하나의 심연에서인 양 자신을 잃어버리고 말았다. 한편 이와는 다른 측면에서 보자면, 대상의 전체 생명은 버림받은, 정신의 한계 없는 활동성 때문에 이제는 더욱 무한히 수용적이 되어버린 마음을 붙잡아야만 했다. 그리고 그에게서 대상은 개성이 될 수밖에 없었고, 그에게 특수성을 부여할 수밖에 없었다. 그리고 이 특수성은 그가 정신적으로 활동하면서 대상을 목표로 해서 자신을 바쳤던 바로 그 정도에서 철저히 자신과 조화를 이룰 수밖에 없었다. 그리하여 대상은 그의 내면에서 극단적인 형태를 띠고 나타났고, 똑같이 그는 대상의 객관적인 형태를 취했던 것이다. 그는 보편적인 것, 미지의 것, 대상, 특수한 것이었다. 그리하여 예술, 사유, 형상화하는 인간 성격의 질서와 무의식적인 자연 사이의 다툼은 해소되고, 최고도의 극단 가운데 그리고 서로 구별하는 형식의 교환에 이르기까지 하나로 결합된 것으로 보였다. 이것이 엠페도클레스가 자신의 세계에 동반하고 등장시켰던 마법이었다. 자연은 자유로운 정신의 당대인들을 자신의 힘과 매력으로 지배했는데, 그들이 자연을 알아볼 수 없을 만큼 도외시하면 할수록, 그만큼 더 강하게 지배했던 것이다. 자연은 자신이 가지고 있는 모든 멜로디를 통해서 이 사람의 정신과 입에 나타났고 그처럼 내면적이고 따뜻하고 직접적이었다. 마치 그의 마음이 자연의 마음이라도 되는 것 같았고, 원소의 정신이 인간적 형상체로 인간들 가운데 깃들어 있는 것 같았다. 이것이 그에게 기품을 부여했고, 그의 위엄, 그의 신성(神性)을 부여했다. 또한 운명의 폭풍이 흔들었던 모든 마음들과 시대의 수수께끼 같은 한밤중에 불안하게 사다리도 없이 이리저리로 헤매는 정신들이 그를 뒤따랐다. 그가 보다 더 인간적으로, 보다 더 가까이 그들의 본래대로의 존재에 맞추어 그들의 친구가 되면 될수록, 그리고 그가 이러한 영혼을 지니고, 그들의 일을 자신의 일로 삼으면 삼을수록, 그리고 그 영혼이 일단 그의 신적인 형상체 안에 나타났다가 보다 더 고유한 방식으로 그들에게 다시금 등장하고 나서는 그만큼 더 그는 그들의 숭배의 대상이 되었다. 그의 성격의 이러한 기본 음조는 그가 가진 모든 관계들 안에 보였다. 그들은 모두 이 음조를 받아들였다. 그리하여 그는 자신의 최고도의 독립성 안에, 더욱 객관적이고 더욱 역사적인 방향 지시 없이 그에게 그의 길을 앞서 표시해주는 관계 가운데 살았으며, 그를 똑같은 길로 이끌었던 외부의 환경들은 어쩌면 그에게서 다만 생각에 멈추고 말았을지도 모르는 것을 내보이고 실천하게 하는 데 본질적으로 없어서는 안 되는 것이었다. 그렇지만 그가 이어서 이 환경들과 함께, 그 안에 서 있는 것으로 보이는 모든 갈등에도 불구하고, 외부의 환경 모두는 결국 그의 가장 자유로운 정조(情調)와 영혼을 만나게 된다. 그런데 이것도 역시 결코 놀라운 일이 아니다. 왜냐하면 바로 이러한 정조도 환경의 가장 내면적인 정신이기 때문이고, 또 이러한 환경 안에 들어 있는 모든 극단들은 바로 이러한 정신으로부터 나와서 다시 그 정신으로 되돌아가기 때문이다. 그의 가장 독립적인 관계 안에서 그의 시대의 운명은 첫번째와 마지막 문제에 걸쳐서 해소된다. 확실한 것은 이러한 외양으로의 해결은 여기서부터 다시금 지양되기 시작하고, 그것으로 종결에 이르게 된다는 것이다.

그는 이러한 독립적인 관계 안에서, 그의 개성의 기본 음조를 만들어내고 있는 그 최고의 내면적 집중성 안에서 원소들과 함께 살고 있다. 한편 그를 둘러싸고 있는 세계는 바로 최고의 대립 가운데 살고 있다. 한쪽 편으로는 그 자유정신적인 무사고(無思考), 살아 있는 것에 대한 불인정 안에서, 다른 한쪽 편으로는 자연의 영향에 맞서는 최고의 예속 상태 안에서 살고 있는 것이다. 이러한 관계 안에서 그는 1) 일반적으로, 느끼는 인간으로, 2) 철학자와 시인으로, 3) 자신의 정원을 가꾸는 한 고독한 사람으로 산다. 그러나 아직 그는 결코 극적인 인물이 아닐는지도 모른다. 따라서 그는 단순히 보편적인 관계들을 통해서만이 아니라, 그의 독립적인 성격을 통해서 운명에 맞서야만 한다. 그는 특수한 관계들을 통해서, 가장 특수한 동기와 과제를 통해서 운명을 해소하지 않으면 안 된다. 그러나 그가 그처럼 내면적인 관련 가운데 원소들의 생동과 더불어 서 있는 것처럼, 그는 또한 자신의 시민들과 더불어 서 있다. 그는 어떤 영향, 어떤 예술도 견디어내려는 의지조차 없는 무질서한 도전적인 삶에 맞서서 오로지 대립을 통해서 싸우는 부정적이며 강력한 혁신의 정신력을 가지고 있지 않았다. 그는 한걸음 더 나아가지 않으면 안 되었다. 그는 생동하는 것을 바르게 정리하기 위해서 그것을 자신의 본성과 함께 가장 내면적인 것 안에서 파악하기 위해 노력해야만 했다. 그는 자신의 정신을 가지고 인간적인 원소를, 모든 성향과 욕구를 감당하려고 노력해야만 했다. 그는 그들의 영혼을, 그들의 내면에 들어 있는 파악 불가능한 것, 무의식적인 것, 무의지적인 것을 감당하려고 노력해야만 했다. 바로 이를 통해서 그는 자신의 의지, 자신의 의식, 지식과 활동의 통상적이고 인간적인 한계를 넘어서는 자신의 정신을 잃지 않을 수 없었고, 객관적이 되지 않을 수 없었다. 그리고 자신이 주려고 했던 것을 그는 찾아내야만 했다. 다른 측면에서 보자면, 이것은 정신적으로 활동적인 인간이 보편적인 것에나 특수한 것에 자신을 맡겨버렸다는 사실을 통해서 그의 가장 깊은 마음이 개방적이면 개방적일수록, 객관적인 것이 그만큼 더 순수하고 심오하게 그의 내면에서 반향을 일으켰기 때문이다.

그처럼 그는 종교적 개혁자로서, 정치적인 인간으로서의 태도를 취했다. 그가 그들을 위해서, 이러한 당당하고도 도취적인 헌신으로 그들을 향해서 취한 모든 행위들을 통해서 말이다. 그리고 그는 외양으로 볼 때, 이미 객체와 주체의 이러한 교환의 표현을 통해서 운명으로 결정되어 있었던 모든 것을 해소했다. 그러나 이러한 표현은 어디에 본질을 둘 수 있는가? 그러한 관계 가운데에서 맨 먼저 불신자(不信者)인 일부 사람들을 만족시키고 있는 것은 무엇인가? 그리고 모든 것은 이러한 표현에 담겨 있다. 통일적인 것은 그것이 지나치게 가시적이고 감각적으로 나타났기 때문에 몰락할 수밖에 없다. 그리고 그 통일적인 것이 어떤 특정한 지점과 특정한 경우를 통해서 자신을 표현하면서만 그렇게 행할 수 있다. 그들은 그들과 그 사람 사이에 있는 통일적인 것을 보아야만 한다. 그들은 어떻게 그럴 수 있는가? 그가 극단의 경지에까지 그들에게 복종하는 것을 통해서인가? 아니면 어떤 점에서인가? 그들이 그 안에 살고 있으며 의심으로 그들을 지극히 괴롭히고 있는 극단적인 통일에 관련되고 있다는 점에서이다. 만일 이제 이러한 극단들이 예술과 자연의 다툼에서 일어나고 있다면, 그는 그들의 눈앞에 예술에 가장 도달하기 어려운 바로 그 지점에서 자연을 예술과 화해시켜야만 한다— 여기에서부터 이야기는 서서히 출발한다. 그는 애정을 가지고 또한 반감*을 가지고 이를 행한다. 그는 자신의 시험을 통과한다. 그리고 그들은 모든 것이 완결된 것으로 믿는다. 이것을 통해서 그는 그들을 인식한다. 그가 그 안에 살았던, 자신이 그들과 일체일지도 모른다는 착각은 이제 끝난다. 그는 뒤로 물러서고 그들은 그에 대해서 냉담해진다. 그의 적대자는 이것을 이용하고, 추방을 야기한다. 그의 적대자는 태생적인 재능에서는 엠페도클레스만큼 위대한 자로서 시대의 문제를 다

* 왜냐하면 실증적이 되는 것에 대한 두려움은 자연스럽게 그의 가장 큰 두려움일 수밖에 없기 때문이다. 이러한 두려움은 그가 사실적으로 내면적인 것을 표현하면 할수록 그만큼 더 확실하게 몰락하게 된다는 감정에서 기인한다.

른 방법으로, 한층 부정적인 방식으로 해소하려고 시도한다. 영웅으로 태어나 그는 극단들을 통합하려는 쪽이라기보다는 그것을 통제하려는 쪽이다. 그리고 그것들의 상호작용을, 그것들 사이에 제기되고 각각 자신의 것으로 삼으려는 가운데, 각각 자신의 경계 안에 붙들어 잡고 있는 정지와 고정에 묶어두려는 경향을 지니고 있다. 그의 덕목은 오성(悟性)이다. 그의 여신은 필연성이다. 그는 운명 자체이다. 다만 그의 내면에 들어 있는 투쟁하는 힘들이 한 의식에, 그 힘들을 명료하고도 확실하게 마주 세우고, 그 힘들을 (부정적인) 이상성에 고정시키며 그것들에게 일종의 방향을 부여하는 하나의 분기점에 고착되어 있다는 차이점을 가지고 있을 뿐이다. 엠페도클레스의 내면에서는, 예술과 자연이 극단적인 대립 가운데에서 하나가 되며, 과잉된 활동적인 것이 객관화된다. 또한 상실되었던 주관성은 대상의 심각한 침해로 대체된다. 반면에 객관성의 과잉을 통해서 예술과 자연은 그의 적대자에게서 하나가 된다. 탈자기의 과잉 그리고 사실성의 과잉을 통해서 (그러한 분위기, 격정과 원천성의 교차라는 그러한 혼돈, 미지의 것에 대한 위압적인 그러한 두려움 가운데) 용기 있고 개방적인 마음 가운데 하나가 되는 것이다. 이 마음은 주관적인 것이 여기서 인내, 지속, 확고함, 안전이라는 한층 수동적인 형식을 얻기 때문에 능동적이며 구성적인 힘을 대변해야만 한다. 또한 극단들이 그것들의 지속 가운데 노련함을 통해서건, 외부로부터이건 간에 평온과 유기적인 것의 형상을 취한다면, 주관적으로 활동적인 것은 이제 유기화하는 요인, 요소가 될 수밖에 없다. 그렇게 해서 여기에서도 주관적인 것과 객관적인 것이 그들의 형상을 교환하고, 하나 안에 통합을 이루게 되는 것이다.

제3초고에 대한 계획

에트나.

1.

엠페도클레스.

2.

엠페도클레스, 파우사니아스.

작별

3.

엠페도클레스, 노인

자신의 역사를 말한다.

현자. 나는 신들에게로 가는, 그 사람을 두려워한다.

왜 그대는 나를 낳은 시대에 대해 화를 내는가.
나를 길러준 원소에 대해서도

오 내가 걷게 될 길을 이해하도록 배워라.

엠페도클레스가 떠난다.

파우사니아스. 적대자.[1] 이 후자는 우선
자신의 시도의 첫 계기를 찾기 위해서, 그리고
엠페도클레스와 결별 이후
상황의 미결정 상태로, 엠페도클레스의
우월성에 대한 증오심으로 시민들이
그를 추방하도록 설득하는 지나친 조치를
취할 유혹을 받는다. 이제 시민들이
엠페도클레스를 아쉬워하는 것처럼 보이고
열등한 자로서 자신이 지녔으면 했던
엠페도클레스의 위대한 목표가 자신에게는
결여되어 있고, 자신과 엠페도클레스를
연결시키고 있는 비밀스러운 유대와
근원적이며 보통이 아닌 상황의 느낌,
양쪽의 비극적인 운명에 대한 느낌,[2]
이 모든 것이 그가 사실상 추방을 후회하도록
만든다. 그는 시민들이 엠페도클레스의
추방에 대해서 표명하는 불만의 첫 소리를
듣자 어떤 일도 영원히 변함없어야만 하는 것은 아니다,
라고 하면서
그를 다시 불러들이자고 직접 제안한다.
그는 항상 낮이거나 항상 밤인 것은
아니라고 말한다. 이 오만한 사람이

인간의 운명을 받아들이려고 노력한 이후라면

그는 그렇게 다시 살 수도 있지 않느냐는 것이다. 파우사니아스

노인. 왕.

노인.
성찰적. 이념적.[3]

왕 영웅적으로 성찰적.

전령.

노인.
왕은 자신의 동생에게 간청한다. 기타

왕은 압도되어서 그것을 긍정한다.
그러나 더 이상 조언을 바라지 않으며, 자신과
자기 동생 사이의 중재자를 원치 않는다. 그리고
노인에게 떠나라고 말한다.
이제 가시오, 나는 어떤 중재자도 필요치 않소.
이어서 노인은 떠난다.
왕의 독백. 운명의 아들의 감동.[4]
엠페도클레스와 왕.

엠페도클레스.
이 지역은 나의 지역이다. 등등

광란하는 사람은 그대로 놔두라. 등등
현명한 자 엠페도클레스.
그러나 한 어머니가 우리에게 젖을 먹였다.

왕.
얼마나 오랫동안이었나?

엠페도클레스.
누가 세월을 셀 수 있는가— 그러나

이행
주관적인 것에서 객관적인 것으로.
왕이 떠나려고 할 때, 전령 한 사람이 그를 만난다. 그는
다가오고 있는 시민을 알린다. 충격 가운데 그는 기쁨의 노래[5]를
언급하고 나서 분노로 넘어간다. 그리고
자기가 보내게 될 첫번째 신호에 따라서
무장한 병사들은 몸을 숨기라고 명령한다.
끝에 이르러 누이동생과 파우사니아스의
도착이 그에게 알려진다.

누이동생, 파우사니아스

누이동생. 소박. 이념적

그녀는 엠페도클레스를 찾는다.

파우사니아스

엠페도클레스.

소박. 이념적

누이동생, 왕에게 묻는다.

둘을 화해시키고자 한다.

시민에 대해서 말한다.

엠페도클레스에게 돌아오라고 간청한다.

상처들 망각

엠페도클레스

영웅적으로 이념적.

모든 것은 포기된다.

파우사니아스는 시민의 대표들이 다가오는 것을 본다. 누이동생은
결과를 두려워한다— 애매모호한 대중들, 엠페도클레스와
이들과의 알력, 이들과 다른 오빠의 알력, 이제
두 형제간에 막 시작될 것처럼 보이는 알력을
두려워한다.

엠페도클레스

계속 침착한 채 누이동생을 위로한다. 오늘 저녁은
평화로워야 할 것이라고 말한다. 사랑의 전령인
시원한 바람이 불고 하늘 꼭대기에서부터 다정하게

내려가면서 젊은이 태양[6]은 거기서 자기의
저녁 노래를 부르고 그의 현금(玄琴)은 황금빛 소리로
가득하다!

시민의 대표들

그들은 그들의 참된 형상을 취하고 있는 그를 만난다. 그가
자신 안에 그들이 어떻게 투영되었는지 그 자신이
그들을 보았던 것과 마찬가지이다. 그들은 그의
주변으로 아주 가까이 모여든다. 그의 죽음이 그의
사랑이고, 그가 한때 그러했던 것처럼
그렇게 확고하게 그를 그들 자신과 연결 짓고자 하는
그의 진심이다. 그러나 그들의 정신을 지니고
그들이 그에게 가까이 가면 갈수록, 그는 그들 가운데에서
더욱더 자신을 보며, 그는 이제는 벌써
그의 마음 안에서 지배적으로 되어버린 마음의
방향에 그만큼 더욱더 강화된다.

제3초고의 계속을 위한 스케치

합창. 미래.

제 2 막

제 1 장

파우사니아스. 판테아

제 2 장

스트라토. 종자(從者)들

제 3 장

스트라토 혼자.

합창. ?

제 3 막

엠페도클레스. 파우사니아스. 판테아. 스트라토

만네스.
스트라토의 종자들
아그리겐트 사람들
합창.?

제 4 막

제 1 장

서정적 또는 서사적?   엠페도클레스. 파우사니아스. 판테아.

비가적으로 영웅적   제 2 장
영웅적으로 비가적   엠페도클레스

제 3 장

서정적으로 영웅적   만네스. 엠페도클레스

모든 것을 체험한 사람, 예언자인 만네스는 엠페도클레스의
연설에 그리고 그의 정신에 놀라워하면서, 엠페도클레스는 소명 받은 자,
죽이고 살리며, 그를 통해서 하나의 세계가 해체되며
또 새로워진다고 말한다. 자기 나라의 쇠퇴를
그처럼 죽음처럼 느끼는 사람은 자신의 새로운
생명을 그처럼 예감할 수 있다는 것이다. 이어
사투르누스 축제에서 그는 엠페도클레스의 마지막

의지가 무엇이었는지 그들에게 고지하려고 한다.

제 4 장

영웅적으로 서정적. 엠페도클레스

제 5 막

만네스. 파우사니아스. 판테아. 스트라토

아그리겐트 사람들. 스트라토의 종자들.

몰락하는 조국……

몰락하는 조국, 자연과 인간은 그들이 하나의 특별한 교체 작용 가운데에 있는 한, 하나의 이념화된 특별한 세계, 그리고 사물들의 결합을 형성한다. 또한 그것들이 해체되는 한, 그것들로부터 그리고 남아 있는 세대로부터 또한 다른 사실적 원리들인 자연의 남아 있는 힘들로부터 하나의 새로운 세계, 새롭지만 또한 특별한 교체 작용이 형성되고, 마찬가지로 순수하지만 특별한 세계로부터 앞서 언급한 소멸이 유래한다. 모든 세계의 세계, 그 언제나 존재하는 모든 것 중의 모든 것은 오직 시간 가운데 또는 소멸 혹은 순간 가운데, 또는 보다 더 기원적으로 시간과 세계의 순간과 시초의 형성 가운데 스스로를 표현하기 때문에 언어와 마찬가지로 생동하지만 특별한 전체의 표현, 징표, 서술과 같은 무엇이다. 이 생동하지만 특별한 전체는 다시금 자신의 작용을 통해서 전체에 대한 조망으로 변한다. 다시 말하면 그 전체 가운데에는, 언어 가운데에서처럼 한편으로는 생동하면서 존속하는 것이 거의 또는 전혀 없는 듯이 보이고, 다른 한편으로는 모든 것이 들어 있는 듯이 보인다. 생동하면서 존속해 있는 것 가운데에는 하나의 연관 형태와 소재 형태가 주도적이다. 비록 모든 다른 것들이 그 안에서 예감되기는 하지만, 이행하는 것 안에 모든 연관들의 가능성이 우세하다. 그렇지만 특별한 연관들이 그것으로부터 취해질 수 있으며, 얻어질 수 있다. 그렇게 해서 무한성으로 생각되는 그 특별한 연관들을 통해서 유한한 작용이 생성되는 것이다.

(이러한 의미에서) 조국의 이러한 소멸 또는 이행은 현존하는 세계의 지체들 가운데에서 느껴지며, 그 결과 현존하는 것이 해체되는 바로 그 순간과 그 정도에서 새롭게 등장하는 것, 혈기왕성한 것, 가능한 것이 또한 느껴지는 것이다. 그렇다면 도대체 어떻게 해체가 결합 없이 느껴질 수 있다는 것인가. 만일 현존하는 세계가 그것의 해체 가운데 느껴져야만 하고 또 느껴진다면, 이때 연관들과 힘 가운데 고갈되지 않는 것과 고갈될 수 없는 것은 그 해체를 통해서 한층 더 강하게 느껴질 것이 틀림없다. 또한 이것은 힘을 통해서 느껴지는 연관들의 해체에 관한 사항인 것이 분명하다. 그리고 그 역도 마찬가지이다. 왜냐하면 무(無)로부터는 무가 나오기 마련이기 때문이다. 그리고 이것을 똑바로 받아들이면 부정(否定)으로 변화된 바로 그것을 의미하는 것이나 마찬가지이다. 그리고 그것이 현실로부터 일어나면서도 아직은 어떤 가능한 것이 아닌 한 그것은 작용을 할 수 없을 것이다.

그러나 실제가 해체되면서 실제로 들어설 가능성이 작용하게 되고, 이것은 해체의 지각과 해체된 것에 대한 회상으로 작용한다.

그 때문에 모든 순수하게 비극적인 언어의 철저히 원형적인 것, 지속적으로 창조적인 것이 생겨난다…… 무한한 것으로부터 개별적인 것의 생성, 또한 양측으로부터 개별적으로 영원한 것의 유한하게 무한한 것의 생성, 그것은 파악이 불가능하거나 불운하게 되어버린 것이 아니라, 오히려 파악 불가능한 것의 파악, 해체라는 불운에서부터의 소생이다. 그리고 죽음 자체의 투쟁의 파악이자 소생이다. 이것은 조화로운 것, 파악 가능한 것, 생동하는 것을 통한 파악이며 활성화이다. 이 가운데 마음 깊이 고통을 겪으며 관찰하는 자에게 해체의 첫번째 생경한, 여전히 너무도 알지 못하는 고통이 표현된다. 이 고통 안에 새롭게 생성되는 것, 이념적인 것은 불확실하며 두려움의 대상이다. 이와는 달리 해체 자체, 현존하고 있는 것은 사실적인 무(無)처럼 여겨진다. 그리고 존재와 비존재 사이의 상태에서 자체가 해체되는 것은 필연에 귀속된다.

해체되어야만 했고 또 실제로 해체된 새로운 생명은 이제 실질적으로는 이념적으로 낡은 것이다. 그것의 해체는 필연적인 것이었고 존재와 비존재 사이의 독특한 특성을 지닌다. 존재와 비존재 사이의 상태에서 그러나 가능성은 도처에서 실질적이다. 그리고 실질적으로 이념적이다. 이것이 자유로운 예술의 모방 가운데 하나의 두려우나 신적인 꿈인 것이다. 필연적인 것으로서의 해체는 이념적인 회상이라는 견지에서 볼 때, 새롭게 전개되는 생명의 이념적 대상이 된다. 이것은 해체의 시발점으로부터, 새로운 생명의 기초 위에서 해체된 것에 대한 회상이 추적될 수 있는 지점에 이르기까지의 도정을 되돌아보는 눈길이다. 거기서부터 새로운 것과 지나간 것 사이에 발생하는 틈과 대비의 해명과 통합이, 해체 자체의 회상이 이루어질 수 있다. 이러한 이념적인 해체는 두려움이 없다. 시발점과 종결점이 이미 정해져 있고, 발견되었고, 확보되었기 때문에 이러한 해체는 보다 더 확실하고, 막힘이 없으며, 보다 더 과감하다. 그리고 이러한 해체는 그것을 본래 고유한 것으로, 일종의 재생 행위로 제시해주는 것이다. 이렇게 함으로써 생명은 자신의 모든 지점들을 통과해 나간다. 그리고 전체적인 총계를 얻어내기 위해서 어떤 지점에서도 머물지 않으며, 다음 지점에서 생성되기 위해서 매 지점에서 해체된다. 그리하여 해체가 그 시발점에서 멀어지는 만큼의 정도에서 해체는 더욱 이념적으로 되는 것이다. 이와 반대로는 바로 그 정도에서 생성은 한층 더 실제적으로 된다. 그리하여 마침내는 어느 순간 무한히 진행되는 소멸과 생성의 이러한 지각들로부터 전체적인 삶의 감정이 유래한다. 또한 여기서 유일하게 배제되었던, 처음에 해체되었던 것이 회상 안에 (가장 완벽한 상태에서의 대상의 필연성을 통해서) 드러나는 것이다. 해체된 것, 개별적인 것의 이러한 회상이 해체의 회상을 통해서 무한한 삶의 감정과 결합되고, 이들 사이의 틈이 채워지고 나면, 이러한 결합과 지나간 과거의 개별적인 것과 무한히 현재화된 것의 비교로부터 참되게 새로운 상태, 지나간 것을 뒤따라야 하는 그다음의 발걸음이 드러나는 것이다.

그러니까 해체의 회상 가운데에서 해체는 전적으로 그것의 양쪽 끝이 확고하게 서 있기 때문에, 해체에 합당한 확고하고 억제할 수 없는 과감한 행동이 된다.

그러나 이 이념적인 해체는 사실적 해체와 구분될 수 있다. 그것은 무한하게 현재적인 것으로부터 유한한 과거로의 진행이 일어나고, 그 결과 다음의 세 개 지점에서 모든 것이 보다 더 무한하게 얽히게 된다는 사실을 통해서이다. 즉 (1) 같은 해체와 생성의 모든 지점 안에서, (2) 그것의 해체와 생성 안에 있는 한 지점과 다른 모든 지점 사이에, (3) 그것의 해체와 생성 안에 있는 각 지점과 해체와 생성의 총체적인 느낌 사이에 보다 더 무한하게 얽힌다는 사실을 통해서이다. 한층 더 무한하게 얽힌다는 것, 그것은 모든 것이 한층 더 무한하게 스며들고, 접촉되고, 고통과 기쁨으로, 다툼과 평화로, 움직임과 쉼으로, 형상과 형상 파괴로 연루되어서 지상의 불길이라기보다는 천상의 불길이 작용하는 것과 같은 것을 의미한다.

마지막으로, 다시 한번, 이념적인 해체는 무한히 현재적인 것에서부터 유한히 과거적인 것으로 향하기 때문에, 이념적인 해체는 그것이 보다 더 철저히 규명될 수 있다는 점을 통해서 사실적인 해체와는 구분된다. 이념적인 해체는 두려운 불안 가운데, 서둘러 해체와 생성의 여러 본질적인 지점들을 하나로 모으지는 않는다. 그리고 두려워하면서, 두려워했던 해체뿐 아니라, 생성까지도 방해할 수 있는 비본질적인 것들 사이에서 길을 잃지도 않는다. 방해는 여기서 진정으로 치명적이기 때문이다. 또한 이념적인 해체는 일방적으로 근심스러워하면서 해체와 생성의 한 지점에 극단에 이르기까지 자신을 제약하지도 않는다. 그리고 다시 한번 고유한 죽음에 이르는 동기를 부여받는다. 이념적인 해체는 오히려 그것의 정밀한, 곧바른, 자유로운 길을 걸으며, 해체와 생성의 매 지점을 그것에, 그리고 오로지 그것에만 존재할 수 있는, 그러니까 진실로 개별적인 것에 대한 전망을 지니고 가로지른다. 물론 이 지점으로 전대미문의 것, 분산시키는 것, 그 자체가 그리고 여기에 이르기까지 무의미한 것을 강요하지는 않는다. 그러나 이념적인 해체는 해체와 생성의 다른 지점들과의 모든 연관 안에서 자유롭고도 완벽하게 개개의 지점을 통과한다. 이념적인 해체는 해체와 생성의 능력이 있는 처음 두 개의 지점 사이, 다시 말해서 대립적인 무한히 새로운 것과 유한하게 낡은 것 사이, 사실적으로 총체적인 것과 이념적으로 특수한 것 사이에 있는 모든 것을 통과하는 것이다.

결과적으로 이념적인 해체는 소위 말하는 실질적인 해체와 구분된다. (왜냐하면 이념적인 해체는 유한한 것에서부터 무한한 것으로 간 다음에 거꾸로 무한한 것에서 유한한 것으로 가기 때문이다.) 그렇게 구분되는 것은 해체가 그것의 끝 지점과 처음 지점에 대한 무지 때문에 실질적인 무(無)로 나타나지 않을 수 없다는 사실을 통해서이다. 해체가 이렇게 무로 나타남으로써 모든 현존하는 것은, 그러니까 특수한 것은 모든 것으로 나타난다. 그리고 감각적인 이상주의 또는 향락주의(Epikuräismus)로 나타나는 것이다.[1] 이것은 이러한 관점을 오로지 드라마에 관련해서만 사용했던 호라티우스Horatius가 자신의 「신은 현명하게 미래 시간의 진행을……Prudens futuri temporis exitum……」[2]에서 정확하게 표현한 바 있는 그대로이다. 그러니까 이념적인 해체가 소위 말하는 실질적인 해체와 결국 구분되는 것은 이 실질적인 해체가 실질적인 무(無)처럼 보인다는 사실을 통해서이다. 이념적인 해체는, 그것이 이념적으로 개별적인 것의 무한히 사실적인 것으로의 생성 변형 그리고 무한히 사실적인 것의 개별적으로 이념적인 것으로의 생성 변형이기 때문에, 그것이 현존하는 것에서부터 현존하는 것으로의 이행으로 생각되는 바로 그 정도에서 형상과 조화를 얻게 된다. 그리고 현존하는 것은 그것이 앞의 이행으로부터 생성되는 것으로 또는 그 이행을 향해서 생성하는 것으로 생각되는 바로 그 정도에 따라서 정신을 획득한다. 그리하여 이념적으로 개별적인 것의 해체가 약화(弱化)나 죽음으로서가 아니라 성장으로서의 자극으로 나타나며, 무한히 새로운 것의 해체는 파괴적인 강제로서가 아니라 사랑으로서 그리고 이 두 해체가 함께 하나의 (초월적이며) 창조적인 행위로서 나타나는 것이다. 이 행위의 본질은 이념적으로 개별적인 것과 실질적으로 무한한 것을 결합시키는 것이며, 이 행위의 산물은 이념적으로 개별적인 것과 결합된 실질적으로 무한한 것이다. 이때 무한히 실질적인 것은 개별적으로 이념적인 것의 형상을, 그리고 이 개별적으로 이념적인 것은 무한히 실질적인 것의 생명을 취한다. 그리고 이 둘은 하나의 신화적인 상태에서 결합되는 것이다. 여기에서 무한히 실질적인 것과 유한하게 이념적인 것의 대립과 함께 이행 역시 중지된다. 무한히 실질적인 것이 생명으로부터 얻는 것을 유한하게 이념적인 것은 이러한 휴지(休止)로부터 얻는다. 이러한 상태는 서정적인 무한히 실질적인 것과 혼동될 수 없다. 그만큼 이 상태는 이행 동안의 생성 가운데에서 서사적으로 서술이 가능한 개별적으로 실질적인 것과 혼동될 수 없다. 왜냐하면 이 두 개의 경우에서 이 상태는 한쪽의 정신을, 다른 한쪽의 감각적인 것이자 파악 가능한 것과 결합시키기 때문이다. 이 신화적인 상태는 두 경우에서 비극적이다. 다시 말해서 그 상태는 두 경우에서 무한히 실질적인 것은 유한하게 이념적인 것과 결합시킨다. 두 경우는 오직 정도의 차이를 두고 다를 뿐이다. 왜냐하면 이행 과정에서도 정신과 표지는, 다른 말로 이행의 재료들은 표지와 그리고 이 표지는 정신과 (초월적인 것이 분리되어 있는 것과) 마치 영활케 된 유기체가 유기적인 영혼과 그러하듯, 조화롭게 대칭을 이루는 가운데 일체이기 때문이다.

무한히 새로운 것과 유한하게 낡은 것의 이러한 비극적인 결합으로부터 새롭게 개별적인 것이 전개된다. 이것은 무한히 새로운 것이, 무한히 낡은 것의 형상을 취하고 있는 것의 중재를 통해서 이제 제 자신의 고유한 형상 가운데 개별화되기 때문이다.

새롭게 개별적인 것은, 두번째 관점에서 분리된, 개별적으로 낡은 것이 일반화되기 위해서, 그리고 무한히 삶의 감정 안으로 융해되려고 힘쓰는 바로 그 정도로, 분리되고 또 무한성으로부터 벗어나려고 애쓴다. 개별적으로 새로운 것의 시기(時期)가 끝나는 순간 무한히 새로운 것은 개별적으로 낡은 것에 대해 융해하는 힘, 미지의 힘으로서 관계하며, 마찬가지로 새로운 것은 앞의 시기 동안에 무한히 낡은 것에 대해 미지의 힘으로서 관계했었다. 그리고 이 두 개의 시기는 서로 대칭을 이룬다. 다시 말해서 첫번째 시기는 무한한 것에 대한 개별적인 것의 지배로서, 전체에 대한 개별적인 것의 지배로서, 그리고 두번째 시기는 개별적인 것에 대한 무한한 것의 지배로서 또한 개별적인 것에 대한 전체의 지배로서 두 시기가 대칭을 이루고 있는 것이다. 이 두번째 시기의 종료와 세번째 시기의 시작은 삶의 감정으로서(자아로서), 무한히 새로운 것이 대상으로서(비자아로서) 개별적인 것으로 낡은 것에 대해서 관계하는 순간에 놓여 있다.

—

이러한 대립들, 성격들의 비극적인 결합 이후, 성격들의 이러한 대립이 상호성과 그 역(逆)을 향한 이후. 그 후 양측의 비극적인 결합.

엠페도클레스의 죽음

「제1초고」의 주해

개관

「프랑크푸르트 계획」 제2초고의 표지 쪽과 「제3초고의 계속을 위한 스케치」를 보면 이 드라마는 5막으로 계획되었음이 드러난다. 줄거리가 어떻게 전개될 예정이었는지는 단편으로 남아 있는 제1초고를 통해서는 알 수 없지만 5막으로 계획되었다는 사실로 보아 횔덜린이 고전적인 5막극 형식을 염두에 두었을 가능성은 충분하다.

운율은 단장격 5각의 무운(無韻) 시구를 의도하고 있으나 시행이 짧아지거나 길어지는 가운데 자주 자유 운율로 바뀌고 있다.

등장인물들의 이름 가운데 엠페도클레스의 제자 파우사니아스Pausanias는 디오게네스 라에르티오스(Diogenes Laërtios, 3세기)의 엠페도클레스 전기 서술에 등장하며 판테아Panthea 역시 같은 곳에 등장한다. 그 서술에 따르면 엠페도클레스가 판테아를 치료해주었다는 것인데, 횔덜린도 그런 상황을 그대로 받아들이고 있다. 델리아Delia는 횔덜린이 임의로 선택한 이름이다. 처음에는 첫 부분(1막)에서 레아Rhea라는 이름이 사용되었는데, 그 후 델리아로 등장한다. 편집자에 따라서는 그대로 레아와 델리아를 함께 쓰기도 하지만, 「슈투트가르트 대전집」에서는 델리아로 통일해 쓰고 있다. 이 책의 번역 대본으로 쓴 슈미트Jochen Schmidt 편집의 독일 고전 출판사 판본도 시종 델리아로 통일해 사용하고 있다. 슈미트는 델리아는 아폴로Apollo가 태어난 곳인 델로스 Delos 섬에서 유래된 이름으로 아폴로적인 절제와 금욕의 의미를 내포하고 있어 거인족(Titan)으로부터 유래된 레나와는 대칭을 이룬다고 설명하고 있다.

레아는 거인족만이 체현할 수 있는 엠페도클레스의 타고난 재능의 모성적 측면과 대지에 대한 충실을 대변한다고 할 수 있다. 만일 델리아가 아폴로적인 절제를 내포한다면, 하늘을 향해서 대지를 버리려는 엠페도클레스의 열망과 관련해 등장시킨 이름이 아닌가 짐작해볼 수 있다.

크리티아스Kritias와 헤르모크라테스Hermokrates는 라에르티오스의 전기에는 등장하지 않는다. 그러나 다른 고대 그리스의 저술가들, 예컨대 플라톤에서는 더러 일컬어지고 있다.

횔덜린은 「프랑크푸르트 계획」을 쓴 지 1년도 더 지난, 1789년 하반기에 이 비극의 제1초고를 쓰기 시작했다. 자틀러Dietrich Sattler는 제1초고의 집필 시작을 1798년 12월 11일이라고 못 박고 있으나, 10월 중순이 오히려 더 타당한 것으로 보인다. 여하튼 1799년 4월 18일 횔덜린은 제1초고이자 가장 긴 초고의 집필을 중단하고 이미 제2초고의 대강을 생각하고 있었다. 제1초고에는 「프랑크푸르트 계획」에 등장하는 가정불화에 관한 장면은 하나도 나오지 않는다. 엠페도클레스의 아내와 자녀들은 제1초고에서 모두 자취를 감추고 있다. 대조적으로 정치적 분쟁이 세 개의 초고에서 일관되게 — 물론 점점 줄어들기는 하지만 — 중요한 역할을 하고 있다. 제1초고는 9장으로 된 1막과 8장으로 된 2막으로 구성되어 있다. 1막은 정치적 갈등을 제시하고 있는데 아그리겐트 시를 배경으로 하고 있으며, 엠페도클레스와 신과의 갈등이 더 많이 다루어지는 2막은 에트나 화산을 장소로 삼고 있다. 제1초고의 중심 사건은 1막에서는 엠페도클레스가 이 도시에서 추방되는 것이며, 2막에서는 엠페도클레스가 가장 사랑하고 신뢰하는 파우사니아스를 포함한 자신의 문하생들을 버리고 에트나 화산의 분화구에서 자신의 삶을 마치겠다고 결심하는 것이다.

엠페도클레스는 이 극의 제1초고에서 두 가지 갈등에 말려든다. 첫째, 그는 자신을 향한 사제 헤르모크라테스와 집정관 크리티아스의 질투 어린 그리고 부당한 음모의 희생자이다. 둘째, 그는 자신의 젊은 시절의 신들, 그러니까 하늘과 대지의 신들, 즉 자연의 신들이 자신을 버렸다는 생각에 괴로워한다. 어쩌면 이것이 자신의 과오 때문이라고 생각하기 때문이다. 이 두번째 갈등은 첫번째 갈등을 환기시키는데, 그것은 사제와 집정관이 엠페도클레스가 신성을 모독했다고 주장하기 때문이다. 그들은 엠페도클레스가 자신을 신이라고 선언한 것이 이 도시와 국가의 신을 모욕한 행위라고 비난하는 것이다. 의심할 여지 없이 이 극은 정치적인 차원을 강렬하게 내포하고 있는데, 철학자의 자살과 시민의 회춘 혹은 각성을 연결시키려는 다음과 같은 진술에 투영되어 있다.

> 인간들에게는 스스로가 회춘하려는
> 거대한 욕망이 주어져 있다.
> 인간 스스로가 제때에 선택하는
> 정화의 죽음을 통해서 마치 아킬레우스가
> 스틱스 강에서 그러했듯 민중들은 되살아나는 법이다. (1497~501행)

그러나 민중들은 엠페도클레스가 첫번째로 추방당할 때에는 맹목적으로 헤르모크라테스를 따랐으면서, 그다음에는 엠페도클레스에게 도시로 돌아오라고 간청하는 등 변덕스러운 모습을 보이며 엠페도클레스의 갈등을 해소하는 역할을 거의 하지 못한다. 따라서 첫번째 갈등은 두번째 갈등으로 넘겨진다. 제1초고에서 엠페도클레스의 성격은 그가 자신에 대한 헤르모크라테스의 비난과 스스로에 대한 의심을 얼마만큼 수긍하느냐에 따라 변화를 보이게 된다. 횔덜린이 초고 전체의 난외에 적은 메모들은 시종일관 엠페도클레스에게는 자신의 자살을 필연적으로 긍정적인 행위, 그러니까 징벌이 아니라 사랑의 행위로 만드는 것이 중요하다는 사실을 주장하고 있다. 그의 자살은 이상적인 행위, "하나의 충만한 행위 그리고 궁극적인 행위"여야 한다는 것이다. 이러한 행동을 위태롭게 하는 것은 사제에 대한 그리고 — 제 자신의 의심에 기인하는 — 양심의 가책에 대한 엠페도클레스 자신의 분노이다. 델리아가 엠페도클레스 식의 종말을 두고 비탄하려고 하자, 엠페도클레스는 마치 죄책감과 생명과 대지의 배신감을 삼키기라도 하듯이 분화구로 뛰어들고자 열망하는 것처럼 보인다. 생명의 아버지는 제우스이고 어머니는 대지의 신 데메테르이다. "인간 영혼의 동정 어린 친구이다." 누구든 자신이 무가치하다는 감정으로부터 촉발되어 사라지게 되면 하늘 혹은 대지의 신들과 재결합하는 것인가? 인간은 그러한 물음에 답을 하기 전에 세심한 주의를 기울여야만 한다. 실수를 할 수 있기 때문이다. 이 극의 중심 문제는 엠페도클레스의 신성모독, 또는 신들에 의해 금지된 부정(不正, nefas)이다. 그는 자신이 더 이상 필멸의 존재가 아니라 신이라고 말했던 것이다. 이 문제를 심각하게 여기지 않게 된 것은 엠페도클레스가 예외적인 인물이라는 사실, 그리고 신들이 그에게 넉넉한 선물을 주었다는 이유만으로 신들을 애타게 할 수 있는 사람이라는 사실 때문이다.

초고의 판을 거듭하는 과정에서 여성 등장인물, 델리아와 판테아의 역할은 점점 줄어든다. 이것은 횔덜린이 플롯에서 빼버리기로 결정한 비본질적인 '돌발적 사건들'에 이들이 관련되어 있다는 사실을 말해주는 것은 아니다. 사실 이들의 진술들은 이 극의 가장 훌륭한 시적 표현의 상당 부분을 차지하고 있다. 더욱이나 엠페도클레스의 계획적인 자살에 대한 델리아의 항변은 세 개의 초고 모두에서 결정적이다. 막스 콤머렐Max Kommerell은 제1초고에서 델리아의 진술이 제3초고에서 이집트의 사제 만네스에 의해 그대로 전승되었음을 지적한 바 있다(Max Kommerell, "Hölderlins Empedokles—Dichtungen", In: *Ders, Geist und Buchstabe der Dichtung*, 1962, 336쪽 참조. 이하

막스 콤머렐). 이것이 함축하고 있는 것은 횔덜린이 자신의 가장 중요한 생각 중 일부는 이들 여인들의 입을 통해 발언하고 있다는 사실이다. 이들은 횔덜린의 소설 『휘페리온*Hyperion*』에서의 '디오티마'의 역할을 그대로 이어받고 있으며, 이 극의 제3초고에서의 현자의 인물상을 선취하고 있는 것이다. 이 들 인물들이 위안하고 있는 것은 엠페도클레스의 자살이 깊은 멜랑콜리의 결과일 수도 있다는 사실, 결코 단정적인 결단의 결과가 아닐 것이라는 가능성이다.

이 극의 다른 본질적인 측면이자, 횔덜린이 곤란을 겪게 되는 명백한 이유는 엠페도클레스와 그의 '애제자' 파우사니아스 사이의 관계이다. 우리는 서정시 「엠페도클레스」가 그 시적 '목소리'로 파우사니아스와 같은 어떤 인물을 내포하고 있는 것처럼 보인다는 사실을 회상하게 된다. 사랑 때문에 화산의 분화구로부터 물러섰던 그 시적 자아 말이다. 횔덜린이 1799년 11월 초고를 쓴 송시 「불카누스Vulkan」는 이렇게 끝맺고 있다.

> 또한 다정한 정령 중 하나는
> 기꺼이 축복하며 그와 더불어 항상 깃든다,
> 또한 깨우치려 하지 않는 정령의 힘들
> 모두 분노할 때에도, 사랑을 사랑하는 법이다.
>
> [『횔덜린 시 전집 2』, 장영태 옮김(책세상, 2017), 195쪽. 이하 『횔덜린 시 전집 2』]

비극에서 사랑의 역할은 문젯거리이다. 횔덜린이 한 편지에서 말하고 있는 것처럼, 비극의 기세당당한 어투는 마치 사랑하는 자들은 언제나 다툼을 벌이고 있는 것처럼 들리게 하기 때문이다. 2막에서의 엠페도클레스와 파우사니아스의 경우가 그렇다. 더 심각한 문제는 어떻게 우리가 — 특히 드라마의 용어를 빌려 말하자면, 무대 위에서 — 파우사니아스의 사랑에 대한 엠페도클레스의 거부를 정당화할 수 있는가이다. 파우사니아스 그리고 판테아와의 관계 지속에 대한 엠페도클레스의 거부는 일찍이 지적된 문제, 즉 자신의 죽음, 특히 자살에 대한 전적으로 확정적인 관계의 문제를 증대시킨다. 그러한 확정적인 관계가 사랑의 거부를 용인할 수 있는 것인가? 사랑을 저버림으로써 자연의 신들과 재회하게 되는가? 그렇다고 단정하기 어렵다.

마지막으로, 2막의 마지막 장 — 파우사니아스, 판테아, 델리아가 엠페도클레스가 행방불명된 이유에 대해서 골똘히 생각하는 장면 — 은 우리에게 철학자의 "완전하고도 궁극적인 행위"가 극단적으로 문제라는 느낌, 그리고 사실상 이러한 일이 일어날 수 없으리라는 느낌을 갖게 한다. 우리가 알고 있는 것과 같이, 횔덜린은 이 장면을 무대에 올리는 데 실패한다. 델리아가 파우사니아스에게 던지는 말이 귓전을 울린다. 한 영웅의 죽음은 어떤 영혼을 고무시킬 수도 있다. 그러나 다른 영혼들은 그저 괴로울 뿐이다.

아! 위대한 영혼이여! 그 위대한 분의 죽음이
그대의 영혼은 일으켜 세우시는데, 나의 영혼은 갈기갈기 찢어놓으시네.
도대체 무엇이 남아 있다는 것인가, 나에게 말해주시오. 무엇이 여전히 살아 있다는 것인가? (1996~98행)

1) 7~10행: 라에르티오스에 따르면 엠페도클레스와 이름이 같은 그의 조부(祖父)는 기원전 496년 올림피아 경기 승마 경주에서 승리한 적이 있다고 한다. 횔덜린의 이러한 세대 합성은 이 드라마의 세 개의 초고를 관통하는 특징인 일련의 고의적인 시대착오 중 첫번째 사례이다.

2) 50~59행: 라에르티오스의 『저명한 철학자들의 생애와 생각들*Leben und Meinungen berühmter Philosophen*』의 제8편(이하 『엠페도클레스 전기』로 표기)에서 엠페도클레스가 많은 의사들이 치료를 포기한 판테아라는 아그리겐트의 여인을 치료해주었다는 이야기를 전하고 있다. 그녀가 며칠 동안 맥박이나

호흡이 없었음에도 불구하고 그녀의 복부에서 온기의 원천을 찾아내어 그녀의 생명을 유지시켰다는 것이다.

3) 99행: 원문은 "O Sprecherin!"으로 여기서 슈프레허린Sprecherin은 특별한 의미로 사용되고 있다. 슈미트의 설명에 따르면 슈바벤의 구어에서 슈프레허린은 말하기를 좋아하고 말을 많이 하는 사람을 뜻하며, 대단한 말을 입에 가득 지니고 있는 사람이라는 부수적 의미를 지닌다고 한다.

4) 104행: 파우사니아스Pausanias라는 이름은 라에르티오스의 『엠페도클레스 전기』에 언급되어 있으며 엠페도클레스의 교훈시 단편 「자연에 관하여 Peri physeōs」의 수신자이다.

5) 106행: 하늘의 신 주피터에게는 독수리가 딸려 있다.

6) 121~22행: 상투적인 표현의 전통에서 작품을 통해 여인의 속절없는 아름다움에 긴 시간의 지속성을 부여해주는 사람들은 다름 아닌 시인들이다. 이러한 전통에 대한 증거들은 고대에서부터 현대에 이르기까지 여러 작품에 등장한다. 고대의 핀다로스, 호라티우스, 오비디우스에서부터 근대의 셰익스피어, 괴테에 이르기까지 영속화시키는 문학의 힘을 노래한 시인들은 많다.

횔덜린 또한 자신의 시 「회상Andenken」에서 "머무는 것은 그러나, 시인들이 짓는다"(『횔덜린 시 전집 2』, 272쪽)고 노래한 바 있다.

7) 127~28행: 소포클레스는 특별히 경건한 사람이었고 사회적으로도 인정을 받고 있었으며 자신의 비극 작품들이 상연되었던 극장에서 성공을 거두었다. 그런 측면에서 보자면 그는 횔덜린의 엠페도클레스와는 대칭되는 인물 유형이다. 그렇기 때문에 쾌활함, "걱정할 일 없"는 흡족한 마음(129행), 영리한 절제가 그의 심성에 해당한다.

8) 134행: 제2초고 402행 이후 "나의 성스러운 마음이 / 영원히 사랑하면서 영생하는 자에게로, / 그대에게로 나를 몰아대었네" 및 송시 「눈물Tränen」의 "그러나 사랑은 오로지 천국적인 것에 참회하노라"(『횔덜린 시 전집 2』, 190쪽)와 비교하라.

9) 집정관: 크리티아스에게 부여된 이 직책명은 정치적인 지도자를 뜻한다. 고대 그리스의 도시국가들이 전제정치에서 귀족 통치로 옮겨가는 과정에 통치권이 여러 다양한 관리들에게, 특히 마지막 단계에서는 임기가 정해진 관리들에게 부여되었다. 그중 집정관에게는 행정과 재판의 책임이 부여되었다.

10) 187~89행: 라에르티오스의 『엠페도클레스 전기』는 엠페도클레스가 "나는 그러나 그대들 앞에 불사의 신으로서 거닐고 있다"고 주장했음을 전하고 있다. 뒤의 250행의 "그 자신을 신으로 치켜세웠으니까 말이오"도 같은 맥락이다. 187~89행에 붙인 횔덜린의 난외주는 그리스 사람들의 "그러한 선언을 견디어낼 수 없었"던 "연약한 자유의 감각"이라는 말로써 특히 아테네 시민들에게서 증언되고 있는 개인적이고 예외적 지위에 대한 거부감을 표현하고 있다. 횔덜린이 이 난외주에서 다시 한번 "천재의 오만"이라고 말하고 있는 것은 그가 엠페도클레스의 주장을 근대 주관주의의 문제점이라는 지평에서 바라보고 있음을 알게 해준다. '천재(Genie)'라는 개념은 질풍노도기(Sturm und Drang) 이래로 자율적이며 절대적으로 자리매김될 주체의 총화였으며, 그렇기 때문에 천재를 애도하면서 "신을 닮은" 혹은 "신들과 비슷한"이라는 형용사를 붙여서 표현했다. 괴테는 「독일 건축술에 대해서Von deutscher Baukunst」에서 스트라스부르 대성당의 건축가 에르빈 폰 슈타인바흐Erwin von Steinbach를 "신과 같은 천재"라고 표현했다. 횔덜린에게는, 바로 「엠페도클레스」의 집필 시기에, 피히테의 절대자아를 둘러싼 논쟁이 특별히 중요했다.

여기서 자만 내지 오만(Hybris)의 문제가 제기된다. 엠페도클레스가 말해서는 안 되는 말, 말할 수 없는 것을 말하는 부정(不正, ne-fas)을 저지름으로써 비극의 결정적인 문제를 야기하고 있다.

11) 207행: 엠페도클레스에 대한 신적인 공경에 대해서는 라에르티오스가 전하고 있다. 엠페도클레스가 강물의 흐름을 조정해서 아그리겐트에 가까이 있는 도시 셀리눈트Selinunt 시민을 전염병에서 구해내었고, 시민들은 그 앞에서 무릎을 꿇어 공경심을 표했으며 "마치 신에게 하듯이 그에게 기도를 올

렸다"는 것이다.

12) 212~17행: 탄탈로스Tantalos를 암시한다. 나아가 모든 비극적인 남녀 주인공들을 암시한다. 제우스의 아들이자, 펠롭스와 니오베의 아버지이기도 한 탄탈로스는 횔덜린이 자주 다루었던 신화 속 인물이다. 신들의 사랑을 받았던 탄탈로스는 신들의 식탁에 초대되어 그들의 비밀을 함께 나누었으나, 신들을 배반하고 그 대가로 고통을 당한다. 그는 신의 음료를 훔쳐서 인간들에게 나누어줌으로써, 또는 신들의 비밀을 인간들에게 폭로함으로써, 또는 자기 아들 펠롭스를 삶아서 신들에게 바침으로써 아버지 제우스를 모욕한다. 신의 음료를 훔쳐서 인간들에게 주었다는 배신의 신화는 탄탈로스를 또 하나의 프로메테우스로 만들어준다. 인간에게 이로움을 준 대가로 처벌을 받았다는 점에서이다.

제우스는 탄탈로스를 하계에 내려보내서는 먹을 것과 마실 것에 영원히 손길이 닿지 않는 벌로 고통을 겪게 한다. 횔덜린은 처음에는 신들의 사랑을 받다가 신들을 범하고 결국엔 엄격하게 처벌 받는 이 인물에 대해서 오랫동안 매료되었다. 한때 신들의 애호자였던 탄탈로스가 참으로 그들을 애태우고 있는 것처럼 보인다. 무엇을 위해서 신들은 인간들과 교류해야만 하는가? 왜 신들은 그들의 식탁을, 그들의 식사 때의 대화를, 그들의 비밀을 이 예외적인 인물과 나누어야만 하는가? 그가 사실상 반신(半神)이기 때문에 예외였는가? 만일 탄탈로스가 일찍이 신들의 분노를 초래했다면 처음부터 그에게 예외적이었는지를 알아내기가 어려울 것이다. 플라톤은 『대화록』에서 탄탈로스를 파멸적인 인물이라고 언급하고 있다. 부유함에서 치사함으로의 전복이 투영되어 있는 인물이라는 것이다. 횔덜린은 여러 차례 탄탈로스를 언급한 바 있다. 소설 『휘페리온』에서는 "탄탈로스처럼 신들의 식탁에 동참해 앉는 일보다 반신(半神)의 친구가 되는 일이 더 쉬운 일은 아니라네"[『휘페리온』, 장영태 옮김(을유문화사, 2008), 102~03쪽]라고 휘페리온이 벨라르민에게 쓰고 있으며, 엠페도클레스 자신이 비극 『엠페도클레스의 죽음』 제1초고에서 "불쌍한 탄탈로스/그대는 신성한 곳을 더럽혔으며/파렴치한 소망으로 아름다운 유대를 두 조각 내었도다"라고 외치고 있다. 1801년 12월 4일 뵐렌도르프 Casimir Ulrich Böhlendorff에게 보낸 편지에서 횔덜린은 태생적인 재능이 외래적인 감동과 갖는 관계, 즉 자신의 비극 이론에서 중심을 이루는 그러한 관계를 논하면서 "오 친구여! 세상이 여느 때보다 한층 밝게, 한층 진지하게 내 앞에 전개되고 있네…… 지금 나는 끝에 이르러 여러 가지 일들이, 소화시킬 수 있는 것보다는 더 많은 것을 신들에게서 취했던 옛 탄탈로스에게서 일어났던 것처럼 나에게도 일어나는 것은 아닌지 두려워진다네"라고 쓰고 있다. 감질나게 함, 애태움이라는 주제는 신성한 노래를 부르는 가인으로서의 횔덜린 자신의 정체성과 스스로가 어쩌면 "잘못된 사제"일지도 모른다는 회의와 관계되어 있다. 그렇기 때문에 횔덜린은 시 「마치 축제일에서처럼……Wie wenn am Feiertage……」에서 "나 천상의 것들 바라보고자 다가갔으나/그들 스스로 나를 살아 있는 자들 가운데로,/잘못된 사제를 어둠 속으로 깊숙이 던져버리니/내 들을 수 있는 귀 가진 자들에게 경고의 노래 부르노라"(『횔덜린 시 전집 2』, 46~47쪽, 70~73행)라고 노래한다. 엠페도클레스가 되기를 원하는 모든 시인들의 마음 가운데에는 탄탈로스와 헤르모크라테스 두 그림자가 맴돌기 마련이다.

13) 225~27행: "갈대를 지휘봉 삼아 아시아를 이곳저곳 방랑"했던 "옛 시절의 광신도들"이 누구인지 말하기가 쉽지 않다. 슈미트에 따르면, 라에르티오스는 저서 『저명한 철학자들의 생애와 생각들』의 서문에 이집트 사람들보다 더 "옛날의" 마법자들에 대해서 언급하고 있다. 라에르티오스는 그 저서에서 아리스토텔레스가 "마법사들은" 갈대를 지팡이(지휘봉) 삼아 지니고 있었던 "이집트인들보다도 더 오래된 사람들이다"라고 했으며, "이들을 뒤따라 신들도 형성된 존재들이다"라고 했다고 전하고 있다. 이들은 신들일지라도 이미 존재한다기보다는 앞으로 이루어지는 창조물이라고 주장했다는 것이다. 크나우프Michael Knaupp는 『엠페도클레스의 죽음』 주석에서 이러한 마법

자들은 디오니소스의 광신적인 종자(從者)들과 같다는 견해를 달갑지 않게 여기고 있는데, 너무 조심스럽지 않은가 싶다. 니체는 디오니소스를 이미 존재하는 신으로가 아니라, 앞으로 될 신으로, 뛰어난 의미에서 비극의 신으로 보고자 한다. 휠덜린의 헤르모크라테스는 여기서 유난하게 냉소적인 방식으로 신비적 숭배의 뿌리에 집착하고 있다. 이 자리에서 우리는 휠덜린의 비가(悲歌) 「빵과 포도주Brot und Wein」의 한 구절을 참고해보아야만 한다. 「빵과 포도주」 제9연에는 "그러나 시인들은 성스러운 한밤에 이 나라에서 저 나라로/나아가는 바쿠스의 성스러운 사제 같다고 그대는 말한다"라고 읊고 있다. 이 구절은 헤르모크라테스의 장광설 중의 "광신도"들에 생각이 미치지 않을 수 없게 한다. 모든 경우에 도래하는 옛 고대의 광신도와 아그리겐트의 사제 사이의 대조는 예리하다. 막스 콤머렐은 헤르모크라테스는 "형성되는 것의 적대자이며, 그는 이 형성을 마비시키라고 심판한다"고 비판한다. 콤머렐은 "그는 현존하는 것을 다시금 형성하는 것으로 되돌려보내고자 하는 용기를, 인간들을 신적인 것에 맞세우면서 몰아넣는 예속을 통해서 겁박한다. 그에게 종교는 공포일 뿐, 자유의지는 아니다. 살해를 통해서 그는 엠페도클레스로부터 축복을 받으려고 하는 모든 시도들을 뿌리째 뽑아버리려고 한다"(「휠덜린의 엠페도클레스 문학」, *Geist und Buchstabe der Dichtung*, 333쪽)라고 언급한 뒤 결론적으로 다음과 같이 일반화한다. "사제란 신과 인간 사이에 절대적인 경계를 세우는 자이다. 그는 인간의 감정을 종복의 두려움으로, 신들과의 친밀함을 돌판에 새겨져 있는 경전 안에 가두어버린다. 그리고 자체가 유동적으로 공동체적 삶을 의미심장한 교란으로까지 움직이게 하는 진정한 신화 대신에 신들도 물러서고 마는 사제적 통치라는 잘못된 안정성을 선택하는 것이다"(같은 책, 344쪽).

14) 233행: 앞의 192~94행과 비교.

15) 250~51행: 앞의 188~89행 및 이에 대한 주해 참고.

16) 292행 "오 친밀한 자연이여!": "친밀한"은 원문 "이니히innig"의 역어이

다. "이니히innig"는 대개 "밀접한, 강렬한, 집중된"의 뜻을 갖지만 친밀성을 내포하기도 한다.

또 한편으로, 특히 철학적인 의미에서 "내적인, 안쪽의"를 뜻하기도 하는데, 주관성의 내적인 삶이라는 의미를 뜻할 때 쓰인다. 그러나 이러한 사용은 자칫 오해를 불러일으킬 수 있다. 오히려 횔덜린이 구사하고 있는 "이니히innig"의 명사형인 "이니히카이트Innigkeit"는 망아(忘我), 무아경의 강렬함을 암시한다. 이러한 혼동은 "이니히카이트Innigkeit"를 이른바 "지적 직관(intellektuale Anschauung)"과 관련짓는 데서 발생한 것으로 보인다. 막스 콤머렐의 주장에 따르면, "이니히카이트Innigkeit"는 개념으로도 도달하기 어려운, 주체와 객체의 일치적인 혼융 상태를 의미한다는 것이다. "횔덜린이 말하는 비극은 드러냄의 장르이다. 이러한 정의에 따르자면 이것은 일종의 지적 직관을 포함한다. 개념으로는 도달하기 어려운 그 무엇, 시적 형식 내에서 삶의 신화적 상태에 상응하는 그 무엇을 포함하는 것이다. 다른 말로 하자면, 전체 안에서 개별자의 인지, 개별자 안에서 전체의 인지를 내용으로 한다는 것이다. 여기서 우리는 양극단의 우호적인 상호의존의 살림을 의미하는 횔덜린의 이니히카이트Innigkeit를 듣게 된다"(콤머렐, 앞의 책, 331쪽).

17) 307행: 시 「눈먼 가인Der blinde Sänger」, "그대 어디 있는가, 청춘의 사자여! 아침마다/시간이 되면 나를 깨우던 이, 그대 어디 있는가, 빛이여!/가슴은 깨어나건만, 한밤은 여전히 성스러운 마법으로/나를 붙잡아 매고 부여잡고 있도다" 및 이 시에 대한 해설(『횔덜린 시 전집 2』, 174·563~64쪽) 참조.

18) 313~15행 "자유롭게 태어난 나를 굴욕의 족쇄로 채우는 것인가?": 이 구절은 자연스러운 자율성(311~12행, "제 자신 홀로이자/결코 다른 것이 아닌")이 자연과는 거리가 먼, 속박을 의미하는 자기소외로 전복되고 만 것을 의미한다. 314행 "지옥"은 원문 타르타루스Tartarus의 역어인데, 하계(下界), 저승(Orkus)을 뜻하는 그리스적 표현이다. 혹독한 지옥의 처벌을 전하는 고대 그리스 신화들이 이 구절의 신화적 배경을 이루고 있다. 횔덜린의 문학에

자주 등장하는 것처럼 이 지옥의 표상은 은유적이며, 영혼 없이 일상의 과업에 매몰돼 있는 현재의 부정적 현상을 의미한다. 찬가 「아르히펠라구스Der Archipelagus」, "그러나 슬프도다! 한밤중에, 신성도 없이 우리 인간은/떠돌며 마치 하계에서인 양 살고 있도다. 자신의 충동대로/이들 혼자 단련되어 광란하는 일터에서/각자는 제 소리만 들을 뿐, 거친 자들/쉼 없이 힘찬 팔로 많은 일을 하나 언제나/복수의 여신들처럼, 팔뚝의 노고는 결실을 얻지 못한다"(『횔덜린 시 전집 2』, 85쪽 241~46행) 참조.

19) 329행: 212~15행에 대한 앞의 주 12) 참조.

20) 335~36행: 시 「마치 축제일에서처럼……」의 "우리에게 미소 지으며 밭을 일구었던 자/종복의 모습이지만 더없이 활기찬 자들/뭇 신들의 힘을 우리가 이제 알아본다"(『횔덜린 시 전집 2』, 44쪽 34~35행) 및 이에 대한 신화해설(495~96쪽) 참조. 자연의 부당한 도구화에 대한 횔덜린의 비탄이 드러나는 시 「시인의 사명」의 구절 "모든 신적인 것 너무도 오랫동안 값싸게 이용되었고/모든 천상적인 힘 소모하면서 그 선한 힘/농 삼아 감사함도 없이 교활한 인간들은/헛되이 써버리고 있도다. 또한 그 드높은 자//그들을 위해서 밭을 일굴 때, 한낮의 빛과/천둥을 안다고 여기고 있도다"(『횔덜린 시 전집 2』, 172쪽 45~50행) 참조.

21) 340행 "델피의 왕관": 디오니게스 라에르티오스는 엠페도클레스가 아그리겐트 시민들에게 "나는 머리에/장식 끈과 화려한 화관을 두른 채 만인에게 존경받으며 이곳저곳을 돌아다니네"라고 말했음을 전하고 있다[『소크라테스 이전 철학자들의 단편선집』, 김재홍 외 옮김(아카넷, 2005), 418~19쪽]. "화려한 화관"은 "델피의 화관(ein delphischer Kranz)"의 의역으로 보인다.

22) 408행 "정령의 힘들": 여기서는 자연의 정령을 의미한다. 정령은 이 비극에서는 시종일관 자연의 마법적인 힘을 가리킨다. 횔덜린은 논고 「비극에 대해서Über das Tragische」에서 정령의 힘들 또는 마법적인 에너지를 자연의 "한층 더 비유기적인 것(mehr Aorgisches)"이라고 칭하고 있다.

23) 418~19행: 스토아적·범신론적인 전통에서 천공(天空)은 총체적 자연을 대표한다. 횔덜린도 이러한 전통을 이어받고 있다. 육운각의 찬가 「천공에 부쳐An den Äther」(『횔덜린 시 전집 1』, 344~47쪽)와 이에 대한 옮긴이의 해설(511~12쪽) 참조. 생명을 베푸는 원리로서 천공은 고대 문학에서 이미 "아버지 천공(pater aether)"이라고 불렸다. 비가 「빵과 포도주」의 제65행에서 횔덜린도 "아버지 천공이여!"(『횔덜린 시 전집 2』, 135쪽)라고 부르고 있다. "일치하여 모습을 보이는 올림포스"는 올림포스도 초월적인 영역이 아니라, 내재적으로 "살아 있는 모든 것들"에서 경험할 수 있는 총체 자연임을 말한다. 1588행에 등장하는 "오, 살아 생동하는 올림포스 곁에서"와 엠페도클레스 유언 연설(제1486~587행)에 대한 해설 참조.

24) 439~40행: 87~92행과 유사한 상황. 엠페도클레스의 이런 형태의 정치적 활동에 대해서는 디오게네스 라에르티오스가 보고하고 있다. "(엠페도클레스의 아버지) 메톤의 사망 이후 일종의 전제정치가 발생했다는 것이다. 이때 엠페도클레스가 아그리겐트 시민들에게 동요를 끝내고 시민의 평등권을 존중하라고 설득했다고 전해진다"(8권, 72).

25) 462~63행: 슈미트의 주석에 따르면, 이 구절은 원고철(57쪽), 삭제된 이전의 문구 옆에 기록되어 있다. 그리고 횔덜린은 원고의 오른쪽 가장자리에 이렇게 주석을 달았다. 즉 "그의 죄는 원죄이다. 그렇기 때문에 결코 추상 개념이 아닐 수 없다. 다만 그 원죄는 그 기원에 관해서 생동감 있게 표현되어야만 한다." 이 주석은 엠페도클레스의 삭제된 진술 부분, "내가 그것을 발설하지 말았어야 했나이다, 성스러운 자연이여!/그대 순수한 자들에게 모습을 내보이고/알지 못하는 사이 오만한 자들에게 모습을 내보이는 이여!"에 연관되어 있다.

횔덜린은 이 비극의 제1초고를 통틀어서 엠페도클레스의 죄업, 또는 부정(不正, nefas)을 "그 기원에 걸쳐서 생동감 있게" 그려내고자 애쓰고 있다. 삭제된 엠페도클레스의 진술 부분의 첫머리는 원래 "나는 그것을 발설할 수가 없나이다"라고 되어 있었으나 "내가 그것을 발설하지 말았어야 했나이다"로 바꾸어 썼다. 엠페도클레스는 현재의 소통 불가의 고통이라는 주제에서 그의 말할 수 없는 죄업, 즉 "원죄"라는 지나간 사건으로 옮겨가고 있는 것이다. 그러나 정확하게 엠페도클레스가 그의 고통을, 그의 형언할 수 없는 죄로부터 유래되는 고통을 파우사니아스에게 표현할 수 없는 것처럼, 횔덜린은 그 죄업을 언술할 수 없고, 그것을 써낼 수가 없으며, 따라서 그것을 무대에 올릴 수가 없는 것이다.

26) 파우사니아스의 질문에 대한 엠페도클레스의 대답은 사람들이 엠페도클레스의 '말로 인한 빚(Wortschuld)'에 대해 반복해서 말했다는 사실에 연결된다. 여기에서 논쟁이 발생한다. 앞선 엠페도클레스의 대사(462~81행)는 말(478~79행, "저 홀로/신이었습니다. 그리고 그것을 무례한 오만 가운데 발설했던 것입니다")을 따로 떼어서 볼 수는 없다는 사실, 오히려 "자연의 생명"(476행)과 그 자연 안에서 체험되는 "신들"(477행)에 대한 치명적인 교만의 마지막 결과로 보아야 한다는 사실을 제시해준다. "어휘" 자체로서가 아니라, 오만한 태도의 함축성 있는 표현으로서 — 그렇기 때문에 "무례한 오만"이 언급되었다 — 그것이 중요한 것이다. 엠페도클레스는 자신이 신이라고 "말"만 발설했던 것이 아니라, 스스로를 신으로 느꼈고 그렇게 태도를 취했던 것이다.

27) 625~50행: 592행 이후 계속되는 엠페도클레스에 대한 헤르모크라테스의 저주이다. 본질적인 저주는 엠페도클레스가 법의 보호를 받지 못하게 되는 추방 조치에 있다. 헤르모크라테스는 그를 인간 공동체로부터 추방한다(626~27행). 그리고 공동체의 연대로부터도 축출한다. "우리의 목마름을 적셔주는 샘물에 당신의 몫은 없으며/우리를 경건하게 해주는 불꽃도 당신에게는 돌아가지 않소"(629~30행). 횔덜린은 여기서 고대의 추방 선언, "물과 불로부터 누군가를 제외시킨다(aqua et igni interdicere alicui)"는 표현을 빌려오고 있다. 횔덜린은 여기에다 "대지"(634행)와 "대기"(635행)를 추가한

다. 그렇게 해서 저주를 총체적으로 확대하는 것이다. 엠페도클레스의 4원소를 생각할 때 존재의 "뿌리"를 뽑아버리는 저주이다. 추방당한 자를 그런 자로 취급하지 않는 자도 저주의 대상이 된다는 것(644~48행)도 전통적으로 추방에 해당한다. 사제의 저주는 문화 영역에서 정점을 이룬다. 첫째는 장례의 금지이다(647~48행). 이러한 장례 의식의 금지는 죽은 자의 영혼이 지하세계에서도 평온에 이르지 못한다는 그리스 사람들의 믿음과 연결된다. 두 번째는 "신전"에서 "조국의 신들"을 축출한 것인데, 이것은 넓게 보자면 국가 공동체로부터 제외하는 것을 의미한다. 신들의 숭배는 도시국가의 정체성과 본질적으로 결부되어 있기 때문이다. 횔덜린은 그런 의미에서 "조국의 신들"(649행)을 언급하고 있다.

28) 679~82행: 예수 그리스도와 어린아이들의 관계를 보여주는 「마태복음」 제19장 13~15절, "그때에 사람들이 예수께 어린이들을 데리고 와서, 손을 얹어서 기도하여주시기를 바랐다. 그런데 제자들이 그들을 꾸짖었다. 그러나 예수께서 말씀하셨다. '어린이들이 내게 오는 것을 허락하고, 막지 말아라, 하늘나라는 이런 어린이들의 것이다.' 그리고 그들에게 손을 얹어주시고, 거기에서 떠나셨다"와 「누가복음」 제18장 15~17절을 비교하라.

디오게네스 라에르티오스의 전언에 따르면 엠페도클레스는 "소년들을 시종으로" 데리고 있었다고 했는데(8권, 73), 이와 관련된 것으로 볼 수 있다.

29) 722행 "하피들(Harpyen)": 하피는 여성의 머리 모양을 한 새이다. 짐승의 썩은 고기를 먹는 조류인데 역겨움을 자아내는 존재이다.

30) 731~32행 "복수의 여신의 / 종이 되기에도": 이 말로 엠페도클레스는 분명히 복수의 여신들과 연관되어 있는 복수의 신들을 불러내고 있는 헤르모크라테스의 저주를 암시하고 있다.

31) 792~93행 "바보들로 가득 찬 한 도시가 가라앉는 것이 / 얼마나 더 나은 일인지": 소돔에 대해서 여호와와 아브라함이 나눈 대화를 암시하고 있다. 「창세기」 제18장 22~23절 참조.

32) 808행: 시칠리아에서부터 그리스 모국으로, 다시 말해서 그리스 모국의 특별히 성스러운 장소들로 갈 것을 촉구하고 있다. 엘리스는 그 유명한 제우스 신전이 있는 올림피아가 자리 잡고 있는 펠로폰네소스 지역을 말한다. 델로스는 아폴론의 탄생지로 인정되고 잘 알려진 아폴론 성전이 있는, 에게 해의 섬이다. 델로스의 아테네인들은 기원전 425년에, 올림피아에서 4년마다 열렸던 범(凡)헬레네 경기를 본뜬 4년 주기의 대축제를 거행하기 시작했다. 이 축제와 경기 때에는 온 그리스가 한자리에 모였다. 횔덜린에게 이것은 모두를 포괄하는 조화라는 소망의 상징이었다.

송시 「독일인의 노래Gesang des Deutschen」의 마지막 시연 "어디에 그대의 델로스 있는가, 어디에 우리 모두 / 지극한 축제에 함께할 그대의 올림피아 있는가?"(『횔덜린 시 전집 1』, 434쪽)와 비교하라.

33) 810~11행: 월계나무는 특히 아폴론의 나무로 여겨졌다. 승리의 표징으로서 월계나무는 명성과 명예를 의미했고 따라서 영웅의 숭배를 나타냈다. "침묵하는 우상들"(812행)로 표현되는 "영웅들의 조상들"은 횔덜린이, 경주의 승리자를 위해 올림피아에 세웠던 경주자 모습이 새겨진 기둥들처럼 신화적인 영웅들의 조상(彫像) 기둥들을 생각했음을 드러내준다.

34) 991~92행: 이러한 표상에 대해서는 송시 「시인의 용기Dichtermut」, 두 번째 원고의 18~20행, "우리의 덧없는 시간에, 무상한 것들을 / 마치 어린아이처럼 / 황금빛 요람의 끈에 똑바로 세워 붙들고 있는 그 신"(『횔덜린 시 전집 2』, 167쪽)과 이에 대한 주석(같은 책, 556쪽) 참조.

35) 1144~59행: 엠페도클레스와 파우사니아스가 나누는 이 대화는 횔덜린이 난외주에서 설명하고 있듯이, 이 비극에서 매우 중요하다. 엠페도클레스는 여기서 완전히 긍정적인 인물로 변모한다. 모든 쓰라림, 모든 증오가 이제는 극복되는 듯하다. 그가 신들을 찬미하면서 물이 담긴 조롱박을 들어 올릴 때, 그는 술책이 판치는 세상과의 고별과 자연의 신들과의 재결합을 자축한다.

36) 아케론의 강: 지하 세계에 흐르는 강. 망자가 이 강을 건너면, 이승에

서의 모든 기억을 잊게 된다고 한다. 망각의 강.

37) 1345~52행: 파우사니아스의 이 대사는 제3초고에서 만네스가 엠페도클레스를 향해 하는 말의 전조로서 주목할 만하다. 만네스는 제3초고에서 엠페도클레스가 망상이자 허상(「제3초고」, 323행)이라고 단언하게 된다.

38) 반신(半神): 고대에서 반신은 신들과 인간들 사이의 중간적 위치를 점한다. 때때로 '반신'이라는 표현이 단순히 초인적, 영웅적인 위대한 자를 가리키기도 한다.

39) 사투르누스의 시대: 사투르누스Saturn는 황금시대의 신이다. 이 시대는 평화와 근원적인 만족을 통해("모든 것이 만족스러웠던 그때", 1376행) 인간을 행복하게 해주었다. 이 시대에는 부족함, 강요, 질병이 없었으며 사회적인 대립과 국가의 지배도 없었다.

횔덜린은 작품을 통해서 스스로가 황금시대의 신화로 이끌리는 걸 느꼈다. 특히 그의 소설 『휘페리온』— 예컨대 제1권 제1서 일곱번째 편지(『휘페리온』, 38~63쪽) — 과 송시 「자연과 기술 또는 사투르누스와 유피테르Natur und Kunst oder Saturn und Jupiter」(『횔덜린 시 전집 2』, 154~55쪽)에서 사투르누스는 자연, 생명, 시간과 동일시되고 있다.

40) 누마: 누마Numa Pompilius는 전설에 따르면 로마의 제2대 왕(기원전 715~672)이었다. 플루타르크의 전언에 따르면, 그는 대립으로 분열된 공동체를 평정하고 통일을 이룩하는 등 현명하고 정의롭게 로마를 통치했다고 한다. 이를 위해서 그는 많은 경제적, 사회적 및 종교적 규정들을 정하고 기관들을 설치했다.

41) 1418행 "지금은 더 이상 왕의 시대가 아니다": 이 구절은 횔덜린의 공화주의적 사상의 결정적인 표현이다. 이 표현은 아그리겐트 시민이 엠페도클레스에게 왕이 되어달라고 청한 소망에 대한 비판적인 성명을 넘어서 그의 거창한 "혁명의 호소"(1486~540행)로 이어진다.

디오게네스 라에르티오스는 아리스토텔레스와 크산토스Xanthos의 말을 빌려서 엠페도클레스가 자신에게 제안된 왕의 지위를 거절했다고 보고하고 있다(8권, 63). "아리스토텔레스가 말하기를 그는 자유를 사랑하는 사람으로서, 모든 지배 계층을 부정했으며, 그래서 그에게 제시된 왕위를 내동댕이쳤다고 크산토스가 자신의 저술에서 엠페도클레스에 대해 증언하고 있다. 이렇게 왕위를 거부한 것은 그가 단순한 삶을 선호했기 때문이라는 것이다."

니체는 고등학교 시절 횔덜린의 이 비극을 읽고 이 구절을 자신의 저서 『차라투스트라는 이렇게 말했다』의 제3부 가운데 「낡은 서판과 새로운 서판에 대하여」 제21절에 그대로 언급했다[니체 전집 13, 『차라투스트라는 이렇게 말했다』, 정동호 옮김(책세상, 2000), 341쪽].

42) 1469행 "나의 성스러움": 1483행의 "오늘이 나의 가을날이다. 그리고 열매가 익어 / 저절로 떨어지는구나"라는 구절과 함께 1486행부터 시작되는 엠페도클레스의 혁명적인 호소와 그로 인해 도출되는 결정적인 유언으로서의 미래 전망이 예고되고 있다. 동시에 이것은 횔덜린의 기본적인 직관의 요약이기도 하다.

43) 1486~587행: 이 부분은 1540행에서의 파우사니아스의 외침으로 잠깐 중단된 것을 제외하면, 처음부터 끝까지 엠페도클레스의 유언이 담긴 긴 연설이다. 파우사니아스의 외침 이후에 등장하는 부분들은 단편적이고 분명한 언술 구조도 갖추고 있지 않다. 이 외침 앞의 부분은 이와는 달리 정밀하게 구성되어 있다.

도입 부분(1486~501행)은 횔덜린에게나 그의 당대인들에게 큰 의미를 지니는 회춘(回春, Verjüngung)의 표상과 연결되어 있다. 이들은 프랑스 혁명의 시대를 구세계에서 신세계로의 변혁으로 체험했던 것이다. 이러한 변혁을 위해서 혁명적 내지 진화적인 가능성과 '회춘'의 가능성들도 고려의 대상이 되었다. 혁신적인 재탄생이라는 의미에서의 회춘이라는 표상은 이미 재생(Palingenesie)이라는 그리스적 개념에 포함되어 있었다. 횔덜린은 이 개념을 회춘의 개념과 함께 시의 주제로 시작 노트에 기록하고 있다(『횔덜린 시 전집 2』, 387쪽, 「10 회춘」 「12 재생」).

'재생' 개념은 초기 스토아학파에서 처음으로 사용되었다. 여기서는 소멸하고 다시 생성하는 우주의 영원한 순환 속에서 사물들이 똑같은 모습으로 회귀하는 것에 관심을 기울였다. 주기적 순환은 재생의 본질적인 양상이다. 한편 재생에 대한 다른 학설에서는 동일한 것의 재귀는 언급하지 않고 오히려 소멸의 정화 작용을 언급하고 있다(1500행 "정화의 죽음을 통해서" 참조). 이 소멸이 새로운, 보다 더 나은, 아니 바로 황금의 시대라는 의미의 '재생'에 이르게 되는 것이다. 이런 의미의 '재생' 개념은 『신약성서』 「마태복음」 제19장 28절에서도 확인할 수 있고, 『신약성서』 「디도서」 제3장 5절에서는 세례를 통해서 새로운 세상에 들어선 개인의 재탄생으로서 '재생'이 언급되기도 한다. 이러한 지평에서 경건주의(Pietismus)의 중심을 이루는 재탄생 교리가 세워졌다. 이 재탄생 교리는 세속화된 형식으로 횔덜린에게도 역시 중요했다.

헤르더(Johann Gottfried von Herder, 1744~1803)는 재생 개념을 횔덜린에게 알려준 가장 중요한 인물이다. 또한 헤르더는 재생 개념과 나란히 '회춘'이라는 개념을 사용했다. 횔덜린이 이 용어를 활용하는 데 헤르더의 영향을 얼마나 많이 받았는지는 그가 「엠페도클레스의 죽음」 집필에 전념하고 있을 시기에 계획했던 잡지를 "영원한 청춘의 여신, 이두나Iduna"라고 부를 생각이었다는 사실로 증명된다. 헤르더는 1796년 쉴러가 발행하는 『호렌*Horen*』지에 「영원한 청춘의 여신, 또는 회춘의 사과Iduna, oder der Apfel der Verjüngung」라는 제목의 논문을 게재한 적이 있었던 것이다. 그러나 무엇보다 횔덜린은 헤르더의 논문 「티톤과 오로라Tithon und Aurora」를 읽었다. 횔덜린은 1794년 친구 노이퍼에게 보낸 한 편지에서 이 논문의 한 구절을 인용한 적이 있다. 헤르더는 이 논문에서 회춘의 두 가지 방식을 다룬다. 횔덜린의 편지가 언급하고 있는 개인의 회춘과 엠페도클레스의 유언 연설에서 주요한 역할을 맡고 있는 초개인적·사회적 회춘이 그것이다. "다만 개별적 인물들만이 살아 삶을 연장할 뿐 아니라, 더 많이 그리고 더 오래, 소위 말하는 정치적·도덕적 인물들, 기관들, 법률들, 신분들, 협동체들도 역시 살아남는다. 많은 경우 수백 년 동안을 영혼이 육신을 오래전에 떠나버렸을 때에도 그 육신들이 시야에 보이거나, 혼백으로서 이리저리 스멀거린다. [……] 종교에서 사제의 신분처럼, 다른 기관들에서는 그 기관들과 결부된 신분들이 서로 뒤를 잇고, 각 기관은 자신의 살아 있거나 죽은 기관의 뒤를 잇고 있다. 우리는 그렇게 많은 중간 시대의 기관들, 교단들을 관찰했다. 그것들이 견해의 정령을 따를 줄 모르고 그 정령과 더불어 회춘할 줄 몰랐다면, 그것들은 갯가에 정체되어 머물거나 강물이 그 영혼 없는 것들을 떠밀고 갔던 것이다." 소설 『휘페리온』에서도 횔덜린은 전반적인 회춘에 대한 이러한 요구를 받아들이고 있다. "모든 것은 회춘되어야 하고, 근본으로부터 변화되지 않으면 안 되네"(『휘페리온』, 182쪽)라고 휘페리온은 외치고 있다. 또한 제1권의 끝머리에 고지(告知)의 열정을 가지고 외친다. "그들은 올 것이다. 그대의 인간들이. 자연이여! 회춘한 민중이 그대를 또한 회춘시킬 것이며, 그대는 그 백성의 신부처럼 될 것이다. 정신의 옛 유대는 그대와 더불어 스스로 새로워질 것이다. / 오로지 하나의 아름다움만이 존재하게 될 것이다. 인간성과 자연은 삼라만상을 포괄하는 하나의 신성 안에 결합될 것이다"(같은 책, 147쪽).

엠페도클레스는 유언 연설 두번째 부분(1502~10행)에서 아그리겐트 시민들에게 회춘하라고 외친다. 그리고 동시에 회춘의 결정적인 방법을 들고 있다. 자연(自然)이 그것이다. "오 자연이 그대들을 데려가기 전에 자연에게 그대들을 내주어라!"(1502행) "새로 태어난 자들처럼, 신적인 자연을 향해서 눈을 들어라"(1509~10행). 회춘 자체는 혁명적·급진적이며 동시에 전체적으로 기초가 새로 잡히는 계기이다. 단순히 좁은 의미에서의 정치적인 혁명으로서가 아니라, 포괄적인 '문명의 혁신'으로서 그러하다. 이 문명의 혁신에서는 총체적인 전통은 "잊혀"야만 하고, 국가의 기본 법령과 공동체적 삶의 형식도 제식(祭式)으로 고정된 종교적인 표상들과 마찬가지로 잊혀야만 하는 것이다. "그러니 감행하라! 그대들이 상속받은 것, 그대들이 얻은 것,/조상들의 입이 그대들에게 전하고, 가르친 것,/법칙과 습속, 옛 신들의 이름/그것들을 과감하게 잊으라"(1506~09행).

여기에 세번째 부분(1511~40행)이 이어진다. 이 세번째 부분에서는 회춘과 쇄신이 옛것을 정화하는 소멸을 넘어서 신생의 생명과 함께 새롭게 생성되는 질서의 국면으로 들어선다. 이때 횔덜린은 자연을 알아보고 근원에 가까운 자연스러운 존재의 이미지들을 이제 생성되는 새로운 공동체적 질서를 서술하는 데 그 전주로 울리도록 전개하고 있다(1511~22행). 자연의 경험은 그 경험으로부터 생성되는 새로운 공동체적 질서와 질적으로 동등한 가치를 가진다. 이로써 자연은 새롭게 생성되는 질서의 근원적인 정체성의 심판장이다. 이것은 프랑스 혁명과 이어지는 혁명 시대에서 새로운 공동체적 기본 법규를 자연법칙에 따라 기초하려고 했던 시도들에 상응한다. 조화로서의 자연의 체험(1515~16행, "우주의/생명이, 그 평화의 정신이 그대들을 사로잡고")은 우선 민중들이 그들이 벌이는 "축제"(1537행)에서도 의식하게 되는 조화로운 공동체적인 법규로 이어진다.

상응 관계와 함께 정체성 전략은 세부적인 데까지도 관철된다. 스토아적이고 범신론적인 우주-모델에 따라 만유 연관의 원리에 기초하고 있는 자연적인 조화는 "산과 바다와 구름과 천체,/그 고상한 힘들이, 영웅의 형제들처럼"(1520~21행) 나타나게 한다. 또한 이와 유사하게 인간들은 새롭게 생성되는 공동체 안에서 영웅의 형제들처럼("마치 충실한 디오스쿠렌처럼", 1527행) 유기화된다. 프랑스 대혁명의 다른 이상들, 평등("각자는/모든 다른 이들과 평등한 법이다", 1527~28행)과 가장 최고의 이상인 자유("자유로운 백성", 1537행)가 형제애라는 혁명적 이상과 한패를 이룬다. 이러한 "굴종"(1539행)의 종결에 대한 확인을 통해서 요약되는 자유의 선언은 "오 아버지시여!"(1540행)라는 파우사니아스의 외침을 통해서 그 정점을 찍는다.

불완전하게 남겨진, 이어지는 엠페도클레스의 연설은 횔덜린이 새로움을 정치적·사회적으로만이 아니라 더욱 포괄적으로 정신적·문화적으로, 그리고 자연 종교라는 의미에서 종교적으로도 이해하고 있음을 보여준다. 여기에서도 강조점은 기준을 제공하는 정체성의 기초로서 자연스럽게 생동하는 것에 주어져 있다. 그렇기 때문에 "그리고 생명이, 자신의 근원을 기억하면서/생동하는 아름다움을 찾고"(1570~71행)라고 말하고 있으며, 그렇기 때문에 "오랫동안 아쉬웠던, 생동하는/착한 신들"(1580~81행)이 호출된다. 이 "생동하는" 신들은 옛 종교에서 교리적으로 경직되고, "옛 신들의 이름들을" 잊으라고 하는 혁명적인 요구의 대상인 신들과는 대조를 이룬다.

44) 1499행 "제때에": "제때"(그리스어로는 카이로스Καιρός)는 역사적으로나 삶의 경로에서 필연적인 것을 나타내는 주도적인 표상이다. 1465~66행 "알맞은 때에 우리 자신의 힘으로/작별의 시간을 선택하는 한 가지 일만 남아 있다고 말이다"와 1651~52행 "그렇게 해서 나는 좋은 시간에/내가 새로운 청춘을 향해서 나 자신을 구출하고", 그리고 1726~29행 "이 행복한 자들로 하여금, 그들이 자만심과 경솔한 언동/그리고 수치심 가운데 사라지기 전에 죽도록 버려두시라./자유로운 자들로 하여금 좋은 시간에 사랑하면서/신들에게 희생의 제물이 되도록 버려두시라"와 비교하라.

45) 1500~01행 "마치 아킬레우스가/스틱스 강에서 그러했듯": 고대 그리스 신화에 따르면, 『일리아스』의 영웅인 아킬레우스는 어린아이였을 때 어머니 손에 이끌려 다른 사람들에게는 죽음을 가져다주는 지하 세계의 강 스틱스에 몸을 씻었는데, 이렇게 해서 그는 어떤 공격에도 상처를 입지 않게 되었다고 한다.

46) 1527행 "마치 충실한 디오스쿠렌처럼": 디오스쿠렌Dioskuren은 고대 그리스 신화에 나오는 쌍둥이 신인 카스토르Kastor와 폴리데우케스Polydeuces를 말한다. 카스토르와 폴리데우케스는 형제와 같은 우정의 상징이었다. 신화에 따르면 카스토르와 폴리데우케스는 틴다레오스Tyndareos의 아내인 레다와 백조로 변한 제우스가 통정해 낳은 자식들인데, 누가 틴다로스의 아들이

고 누가 제우스의 아들인지 분명치 않지만 대개 카스토르는 틴다로스의 아들로 죽을 운명의 인간이고, 폴리데우케스는 제우스의 불사의 아들로 전해진다. 이들이 전투에서 쓰러지자, 카스토르는 지하 세계로 내려가야만 했고 폴리데우케스는 올림포스로 받아들여지게 된다. 그러나 폴리데우케스는 자신의 형제이자 친구인 카스토르와 헤어지지 않으려고 제우스에게 죽을 운명의 형제와 함께 머물 수 있도록 해달라고 청원한다. 그리하여 이들 형제는 하루는 올림포스에서 또 다른 하루는 지하 세계에서 보낼 수 있게 된다. 신화에 따르면 이 형제는 영웅적인 전사로서도 유명하다(1526행 "행동과 명성을 나누어라"와 비교).

횔덜린의 문학에서 이 형제는 형제애의 상징일 뿐만 아니라 혁명적인 우정의 상징이기도 하다. 그렇기 때문에 이 형제 모티프가 자유, 평등 그리고 형제애라는 혁명적인 이상이 소환되고 있는 엠페도클레스 연설의 장에 등장한다. 여러 차례에 걸쳐 혁명적인 동포애를 암시하는 튀빙겐 찬가 「인류에 바치는 찬가Hymne an die Menschheit」(『횔덜린 시 전집 1』, 246~50쪽)와 혁명적인 송시 「에뒤아르에게An Eduard」(『횔덜린 시 전집 2』, 156~61쪽)를 참고하라.

47) 1530행 "법은 그대들의 유대를 단단히 묶어줄 것이다": 이미 1506~09행에서 "그러니 감행하라!/[……] /법칙과 습속, [……] /그것들을 과감하게 잊으라, [……]"라고 외친 적이 있다. 이를 통해서 구태의연하고, 정당하지 못한 옛날의 법칙들은 자연으로부터 소외된 질서로 여겨지고 있다. 새로운 법칙들은 생동하는 효력을 가지고 있다. 그것들은 자연스럽고, 정당한 질서에 상응하기 때문이다. "연대"라는 개념은 프랑스 혁명기에는 자유, 평등, 형제애의 태도에 기반을 둔 공동체를 의미한다. 그렇기 때문에 프랑스인들은 바스티유 감옥을 공략한 7월 14일을 처음부터 "연대의 축제"를 열어 기념했다.

48) 1531~37행 "그러면 오 모두를 변화시키는 자연의/정령들이여! [……] /자유로운 백성은 자신들의 축제로 초대하리라": 이 독특한 표상은 "초혼

(招魂, Theoxenia)"이라는 고대의 전통을 배경으로 해서만 이해 가능하다. 인간들이 신들을 어떤 축제에 초대한다는 표상이다. 신화론적인 신성(神性)들은 여기서 특징적으로 세속화된 방식으로 "자연의 신들"(1563행)로 표현되고 있는 "모두를 변화시키는 자연의 정령"으로 대체된다. 찬가 「평화의 축제 Friedensfeier」(『휠덜린 시 전집 2』, 231~40쪽)도 인간과 신들이 함께 벌이는 축제, 그러니까 "초혼"의 표상을 갖추고 있다.

49) 1541~51행 "오 대지여, 우리는 가슴으로부터 당신을 다시 불러봅니다. /[……] /[……] 오 태양의 신이시여!": 프랑스 혁명 시기에 자연과 조화의 숭배에는 대지의 숭배도 해당되었다. 사람들은 휠덜린이 엠페도클레스의 입을 빌려 여기서 말하고 있는 대로 여러 방식을 통해서 열정적으로 현세에서의 치유를 기대하는 가운데 풍성한 열매와 삶의 충만을 찬미했다. 이 구절 가운데에는 자유라는 혁명적인 주제도 동시에 여운을 남기고 있다(1550행 "자유로운 환희"). 자연, 그 원소들 그리고 힘들의 의식적인 숭배를 통해서 사람들은 이제 스스로 "자연스럽게" 변화된 인간들로서 자연과의 화해를 표현하고자 했다. 휠덜린은 1531~32행에서 "변화시키는 자연의 정령들"이라고 말한 것을 자세히 열거한다. "깊은 곳"에서부터는 "대지"와 "샘"의 성장이 솟아나오고, "태양의 신"은 "드높은 곳"에 속한다. 신화적인 표현인 태양의 신은 여기서 단순히 고대에서 빌린 특성이 아니라, 무엇보다도 숭고함을 느끼게 하는 자연에 대한 공경을 의식적으로 나타낸다.

50) 1551~52행 "천국적인 친화 가운데, [……]/인간의 정령 [……] 새롭게 자신을 느낍니다": 앞에 주해된 구절에 대해서 상호적으로 진술되고 있는 구절이다. 거기에서 "변화시키는 자연의 정령"이 인간에게 온 것처럼, 여기에서는 반대로 "인간의 정령"이 "천국적인 친화 가운데" 자신을 느끼고 있다. 태양의 신을 부름으로써 알게 되는 "천국적인 것"은 숭고한 자연이다.

51) 1567~68행: 탄탈로스의 딸 니오베Niobe는 자식을 둘밖에 두지 않은 네토 앞에서 많은 자식을 둔 것을 자랑했다. 이 때문에 아르테미스와 아폴론

은 니오베의 자식들을 몽땅 죽여버렸다. 그녀는 몹시 슬퍼한 나머지 소아시아에서 돌로 변했고, 그 후에도 여전히 눈물을 흘렸다고 한다.

52) 1568~69행 "또한/정신이 그 어떤 전설보다도 더 강하게 자신을 느낄 때": 여기서 "전설"은 생동하는 "정신"이 맞서서 자신을 관철하고 있는, 그 전설의 고정된 표상을 함께하고 있는 경직된 전통을 의미한다. 1863~67행 "도대체/성스러운 생명의 정령이 어디선가 잠들고 멈추어 있어/자네가 그 정령을 붙잡아 매려고 하는가, 그 순수한 것을?/그 항상 기뻐하는 정령은 감옥 안에서/그대를 결코 염려하지 않으며"와 비교하라.

53) 1594행: 천체를 "하늘의 꽃"으로 표현하는, 횔덜린의 문학에서 반복적으로 사용되는 은유는 하늘의 꽃이 지상의 꽃과는 다르게 무상하다는 것에 우선 그 의미를 가지고 있다. 때로는 하늘의 꽃이라는 명칭은 "대지"의 꽃들과 함께 소우주와 대우주의 상응 관계, 그리고 이와 함께 "신들이 깃들어 있는 자연"(1596행)의 포괄적인 전체성을 암시한다.

54) 1599행: 감격적인 자연 체험의 급작스러움, 순간적이며 집중적인 감동을 횔덜린은 비가 「빵과 포도주」에서도 표현하고 있다. "그 재빠른 숙명 어디에? 도처에 모습 보이는 행복으로 가득해/청명한 대기로부터 천둥치며 눈으로 밀려들던 그 숙명 어디에?"(『횔덜린 시 전집 2』, 115쪽 63~64행)

55) 1602~03행 "행복한 사투르누스의 날들/새롭고도 보다 남성다운 날들이 당도하게 되면": 신화에서 사투르누스는 황금시대의 신, 자연적이며 근원적인 충만의 신이다. 미래의 완성은 그러나 의식 이전의, 소박한, 역사 이전의 상태였던 근원적 상태의 단순한 재귀가 아니라, 오히려 의식적인, 인간의 정신과 의지로 결정되는 역사의 열매일 것이다. 그렇기 때문에 미래의 사투르누스적인 세월은 "새롭고도 보다 남성다운 날들"이라고 불린다.

56) 1604~10행 "그때는 흘러간 시간에 감사하고 [……]/[……] 그대들 주위에/자리 잡으리라": 조상들의 "전설"을 잊으라는 엠페도클레스의 혁명의 부르짖음(1507~09행)과 새로운 시대가 떠오르는 순간에 대해서 "정신이 그

어떤 전설보다도 더 강하게 자신을 느낀다"고 언급하는 가운데, "흘러간 시간"과 "조상들의 전설"에 대한 회상은 진정한, "정령"에 의해서 결정된 현재에서 그 정당성이 얻어진다. 그러고 나면 이제 '실증적인 것', 전승된 것에서의 경직 위험은 더 이상 일어나지 않는다. 과거와의 단호한 단절 이후에 역사의 연속성은 다시 생성되고 경험된다. 횔덜린은 시 「아르히펠라구스」와 찬가 「게르마니아Germanien」에서 같은 방식으로 역사적 회상의 정당성을 읊고 있다. "그러면, 축제가 그대를 받아들이리라, 지나간 나날들이여! / 백성은 헬라스를 향해 바라보며, 울며 감사드리며 / 회상 가운데 그 자랑스러운 승리의 날의 흥분도 가라앉게 되리라!"(『횔덜린 시 전집 2』, 87쪽, 「아르히펠라구스」 제275~77행) "또한 부족함 모르는 신들이 기꺼이 / 부족함 없는 축제일에 손님을 반기며 / 옛날을 회상하고 있다"(같은 책, 230쪽, 「게르마니아」 제106~08행)와 비교.

57) 1633행: 슈미트는 호라티우스의 「송시Carmina」(III 29, 41~43)에서 따온 문구라고 지적하고 있다. 횔덜린의 송시 「루소Rousseau」(『횔덜린 시 전집 2』, 41쪽) "그대는 살아냈노라!"와 1790년 11월 8일 자로 친구 노이퍼에게 보낸 편지 가운데 "자네가 나에게 쓴 대로 자네의 나날을 그렇게 살아냈다면, 자네는 저녁에 정중하게 '나는 살아내었다'라고 말할 수 있네"라고 한 것과 1800년 가을 누이동생에게 "[……] 그다음 나는 당연히 가야 할 길을 걷겠지. 그리고 끝에 이르러 틀림없이 '나는 살아내었다!'라고 말하게 될 거야"라고 쓴 것과 비교.

58) 1651~52행 "그렇게 해서 나는 좋은 시간에 / 내가 새로운 청춘을 향해서 나 자신을 구출하고": 앞에서 엠페도클레스의 유언 연설에서 보았던 일방적인 회춘 요구와 연결된다. 1496행 "새로운 청춘을 향해서"와 1497~98행 "인간들에게는 스스로가 회춘하려는 / 거대한 욕망이 주어져 있다"와 비교. 회춘 사상의 역사적 배경과 횔덜린에게 그 사상이 갖는 큰 의미에 대해서는 앞의 주 43)을, "좋은 시간에"에 대해서는 앞의 주 44)를 참고할 것.

59) 1697~99행 “이집트의 해안으로 [……] 그의 형제들에게로”: 제3초고의 329행에 대한 주 127) 참조.

60) 1735행: 소설 『휘페리온』 제2권 제2서에 “어제 나는 저 위쪽 에트나 산에 올랐네. 거기서 위대한 시칠리아인이 머릿속에 떠올랐네. 한때 시간을 헤아리는 것에 싫증이 나고 세계의 정신에 친숙해져 과감한 생명에로의 의욕을 안고서 찬란한 불꽃에 몸을 던진 그 위대한 시칠리아인 말일세”(『휘페리온』, 251쪽)라고 서술되어 있다. 유추해서 엠페도클레스는 「프랑크푸르트 계획」에 따르자면, “자신이 연장의 법칙에 묶이는” 것을 고통스러워한다. 송시 「눈먼 가인」에서 읊고 있는 상황 “이제 나 홀로 앉아 이 시간에서 / 저 시간으로……”(『횔덜린 시 전집 2』, 175쪽 19~20행) 참조.

61) 1749~51행 “당신은 여전히 가장 사랑 받는 사람으로서 / [……] / 친구들 곁에, 저녁이 이를 때까지 머물 것이오”: 「요한복음」에 묘사되고 있는 ‘저녁’ 장면, 즉 그리스도의 고별 장면을 시사한다. 그리고 그리스도가 제자들을 ‘친구들’이라고 하면서(「요한복음」 15장 14절 “너희는 나의 친구이다”) 엠페도클레스처럼 “슬퍼하지” 말라고 요구하는 고별의 말을 시사한다. “내가 너희들에게 그것을 말했기 때문에, 너희들의 마음은 슬픔으로 가득할 것이다”라고 예수는 자신의 고별을 알리고 나서 제자들에게 “지금 너희가 근심에 싸여 있지만, 내가 너희를 볼 때에는, 너희의 마음이 기쁠 것이며, 그 기쁨을 너희에게서 빼앗을 사람이 없을 것이다”(「요한복음」 제16장 22절)라고 말한다. 계속되는 문맥도 그리스도의 고별을 시사하는 내용을 담고 있다. 그리스도가 기쁨 가운데, 이미 변용(變容)을 예감케 하는 음조를 띠면서 고별의 연설을 행하는 것처럼, 엠페도클레스도 스스로 밝게 되비치는 것을 느끼면서 고별의 연설을 행하고 있다. 그리스도가 자신의 고별 연설에서 “정령”을 예고하듯이 엠페도클레스도 — 특별히 세속적으로 — “세계의 / 정신”(1743~44행)을 말하고 있다. ‘세계정신’은 ‘세계의 정령’이라는 용어와 마찬가지로 횔덜린이나 동시대인들에게는 범신론적인 색채를 띠고 있었다.

62) 회춘의 모티프를 통해서도 그렇지만 재탄생의 모티프를 통해서도 엠페도클레스의 개인적인 운명은 보편적인 운명 — 1509~10행 "새로 태어난 자들처럼 / 신적인 자연을 향해서 눈을 들어라" — 과 연관되어 있다.

63) 1764행 "자연의 신들에게 축제를 열어주려고": 엠페도클레스는 이미 자신의 유언 연설에서 "자연의 신들"(1563행)을 부른 적이 있다. 그는 1580~81행에서도 "생동하는 / 착한 신들"이라고 이들을 칭했다. "모두를 변화시키는 자연의 / 정령들"(1531~32행)이 초대되어야 할 '축제'에 대해서는 1531~37행에 언급되었다. 이를 통해서 횔덜린은 시대의 지평에 서 있게 된다. 프랑스 혁명의 시대에는 하나의 집중적인 축제 문화가 있었다. 이 축제들은 무엇보다도 자유와 평등이라는 혁명적 이상의 잔치로, 형제적인 연대의식의 표현으로, 그리고 이성과 자연이라는 새로운 최고 가치의 숭배로 여겨졌다. 집정내각제(Direktorium)의 시대, 그러니까 「엠페도클레스의 죽음」이 집필되던 시기까지도 이어졌던 축제들은 사람들이 하나의 자연스러운 질서의 부활로서 사회의 혁신을 기렸던 공화주의적·시민적 축제들이었다. 자연 숭배에 관련되었던 축제들이 특히 두드러졌다. 동시에 1794년 5월 7일 선포된, 지고한 존재의 실존과 영혼의 불사를 선언했던 법률과 더불어 국민공회(Convention nationale)는 교회의 축일들을 대체할 10일 축제를 계획했다. 매해 열번째 날은 공화국의 어떤 특정한 정치적 또는 도덕적 가치에 바쳐야 한다는 것이었다. 일련의 10일 축제는 최고 존재와 자연의 중앙 축제로 시작되었다. 두 가지 축제의 대상, 즉 "최고의 존재"와 자연은 서로 긴밀하게 결합되었는데, 그것은 사람들이 최고 존재의 숭배를 일종의 자연적 질서의 숭배로 생각했기 때문이다. 「엠페도클레스의 죽음」이 집필되던 그 시기에 집정내각은 공개적이고 공화주의적인 의식을 치르려고 시도했었다. 이러한 공화주의적 숭배 의식의 계획에서 중심이 된 개념은 조화와 자연이다. 자유와 이성에 대한 광범위한 숭배는 동시에 자연의 숭배이기도 하다. 그것은 사람들이 자유가 인간들의 자연적인 권리 가운데 속해 있음을 보았고, 이성을 가장 중요

한 자연적인 능력으로 평가했기 때문이다.

64) 1816행: 천체의 뮤즈로서 우라니아는 우주적 조화를 나타낸다. 송시 「독일인의 노래」, "그대 모든 뮤즈 가운데 마지막이자 처음인/우라니아여, 나의 인사를 받아라!"(『횔덜린 시 전집 1』, 433쪽 50~51행)와 비교.

65) 1859~60행: 이 대사는 비극의 이 부분에서 강렬하게 두드러져 보이는 환희 모티프이다. 엠페도클레스가 말하는 마지막 어휘 또한 독특하게도 "환희"(1912행)이다. 전체 장면이 그리스도의 고별에 따라서 일목요연하듯이(주 61) 참조) 여기서도 그렇다. 후일에, 찬가 「파트모스Patmos」에서 횔덜린은 그리스도와 제자들이 고별하는 순간을 "하여 친구들은/의기에 차 바라보는 그를, 더없이 기꺼운 분을 마지막에 보았다"(『횔덜린 시 전집 2』, 256쪽 89~90행)라고 특징지어 읊었다. 「요한복음」에서는 그리스도의 작별 연설이 "기쁨"의 징표 가운데 행해지고 있다. "내가 너희에게 이러한 말을 한 것은, 내 기쁨이 너희 안에 있게 하고, 또 너희의 기쁨이 넘치게 하려는 것이다"(「요한복음」 제15장 11절) 참조.

66) 1861~70행 "사라진다고? [……]/[……]/그는 계속 편력해야만 한다. 그리고 끝남이 없다": 무한한 "생명의 정령"은 끊임없는 운동을 통해서, 세계 횡단 가운데에서 자신을 실현한다. 모든 생명의 정신적인 토대로서 근원적으로 일치적인 것은 제 자신으로부터 벗어날 수밖에 없다는 사상은 횔덜린이 자신의 논고 「문학 형태의 구분에 대해서Über den Unterschied der Dichtarten」에서 이론적으로 설파했던 사상이다. 만네스는 제3초고에서 엠페도클레스의 죽음을 필연적이라고 설명하는데, 이를 통해서 "성스러운 생명의 정령이 묶인 채 머물지 않게 된다"(「제3초고」, 380행)는 것이다.

횔덜린에게 생명의 원리는 역동성이다. 생명은 외적인 형식들의 변화를 통해서 결정되는 것이며 그것들의 정체(停滯)를 통해서 결정되는 것이 아니다.

앞의 1784~86행 "기쁨은 왔다가 가고 맙니다. 그 기쁨은/필멸의 인간에게는 자기 것이 아니며 정신은/묻지도 않은 채 제 자신의 길을 계속 갑니다"와 비교.

67) 1862~63행 "마치 추위가 붙들어 잡아놓은/강물과 같은 것이지": 송시 「묶인 강Der gefesselte Strom」(『휠덜린 시 전집 2』, 168~69쪽) 참조.

68) 1866행 "감옥 안에서": 영혼의 "감옥"으로서의 육신은 플라톤 이래 전승되어온 표상으로서 횔덜린은 반복해서 이를 받아들이고 있다.

찬가 「운명Das Schicksal」, "폭풍 중 가장 성스러운 폭풍 가운데/나의 감옥의 벽 무너져 내리기를"(『횔덜린 시 전집 1』, 306쪽 81~82행), 「그리스-St에게 Griechenland. An St.」, "신성이 감옥에서 떠날/시간 틀림없이 다가오리라"(같은 책, 297쪽 37~38행), 그리고 「유일자Der Einzige」 첫번째 원고, "그처럼 영웅들의 영혼 갇혀 있다"(『횔덜린 시 전집 2』, 245쪽 103행)와 비교.

69) 1871행: 이에 대해서는 횔덜린이 원고의 좌측 가장자리에 "더 강한 외침!"이라는 괄호 안에 넣은 주해를 달아놓았다.

70) 1872~73행 "내가 들판의 열매를 /[……] 그리고 포도 열매의 힘을 느낄 수 있도록": 그리스도의 고별 만찬을 명료하게 보여주는 이 구절은 전체 장면을 꿰뚫고 있는 맥락을 구성한다. 앞의 주 61) 참조.

71) 1875행: 역사적으로 실존한 엠페도클레스의 문학을 암시하고 있다. 즉 그의 교훈시 「자연에 관하여Peri physeōs」와 「정화 의례들Kathamoi」이라는 제목을 달고 있는 다른 교훈시를 암시한다. 이 두 교훈시의 내용들은 수많은 단편(斷片)들로 전해 내려오고 있는데, 이중 많은 것이 디오게네스 라에르티오스에 의해서 전해지고 있다. 디오게네스 라에르티오스는 엠페도클레스의 활동에 대해서 이렇게 전하고 있다. "사튀로스는 『생애들』에서 엠페도클레스가 의사이면서 아주 탁월한 수사가였다고 말한다. 여하튼, 수사술에 뛰어나고 이 기술을 후대에 전한 사람인 레온티노이의 고르기아스가 그의 제자가 되었다는 것이다"(디오게네스 라에르티오스, 『저명한 철학자들의 생애와 생각들』 VIII, 58), "그의 「자연에 관하여」와 「정화 의례들」은 5천 행에 달하고, 「의술론」은 600행에 달한다. 비극들에 관해서는 앞에서 이야기했다"(같은 책 VIII,

77, 『소크라테스 이전 철학자들의 단편선집』, 대우고전총서 012, 341쪽에서 인용).

72) 1880행: 이미 1871행에 같은 외침이 있었다. 여기서는 마지막 독백의 첫머리에 강조되어 다시 외친다. "해방자"는 제우스의 별칭이다. 횔덜린은 송시 「눈먼 가인」에서도 "그 해방자가 살해하며 새 생명을 주는 소리"(『횔덜린 시 전집 2』, 175쪽 30행)라고 읊고 있다.

73) 1903행 "전율하는 갈망이여!": 죽음을 향한 동경을 나타내는 같은 표현을 횔덜린은 송시 「엠페도클레스」에서도 쓴 적이 있다. "그리고 그대 전율케 하는 열망 가운데/에트나의 불 속으로 자신을 던진다"(『횔덜린 시 전집 2』, 48쪽 3~4행). 죽음의 충동에 대해서는 송시 「백성의 목소리Stimme des Volks」, 첫번째 원고와 「유일자」, 두번째 원고에서도 "백성들의 죽음에의 욕망"(『횔덜린 시 전집 2』, 248쪽 56행)이라고 읊고 있다. "죽음에의 욕망"이라는 표현은 뒤의 2006~08행, "가장 선한 자들도/죽음의 신들 편으로 발을 들여놓게 됩니다./그분들도 거기로 가버리는 것이지요, 즐거워하면서"와 매우 가깝게 접근해 있다.

74) 1905행 "두려움의 술잔": 에트나 화산의 분화구를 암시한다. 분화구를 나타내는 그리스어 크라테르Κρατήρ는 본래 물과 포도주를 혼합하는 데 쓰는 마개 없는 그릇을 가리킨다. 송시 「엠페도클레스」에는 "끓어오르는 잔"이라는 표현이 등장한다(『횔덜린 시 전집 2』, 48쪽 8행).

75) 1906행: 역사적 인물 엠페도클레스의 저술 『자연에 관하여』를 암시한다. 동시에 이 구절은 엠페도클레스라는 인물상에 대한 횔덜린의 과감한 동일화를 인식하게 해준다.

76) 1910행 "이리스": 무지개. 그리스 신화에서 이리스는 신들의 여성 전령으로서 무지개를 타고 땅 위로 내려온다고 한다.

77) 1912행 "나의 환희": 주 65) 참조. 여기에는 단순히 「요한복음」의 그리스도 고별 연설에서 가져온 환희 모티프가 투영되어 있다고 할 수는 없

다. 본질적인 것은 내면적인 유쾌함 가운데에서의 죽음에 대한 스토아적인 이상적 표상이다. 제2초고에서 델리아는 "그는 그것을 아름답게 받아들였습니다"(683행)라고 "아름다운 죽음"에 대해 말하고 있다. 조화롭게 체험되는 총체적 자연으로 사라지는 "환희"는 아름다운 죽음에 해당한다. 송시 「시인의 용기」, "정신을 어느 곳에서도 궁핍케 하지 않으면, 그때 사라져 가리 / 그처럼, 삶의 진지함 가운데 / 우리들의 환희 죽어가리, 그러나 아름다운 죽음을!"(『횔덜린 시 전집 2』, 167쪽 26~28행) 참조.

78) 1921행: 횔덜린의 산문 초고 가운데 하나인 「아킬레우스에 대해서 1Über Ackill 1」에는 이렇게 기술되어 있다. "그대가 아킬레우스에 대해서 말했다는 사실이 나를 기쁘게 한다네. 아킬레우스는 영웅들 가운데에서도 내가 애호하는 영웅이지. 그렇게 강하고 또 부드러운 영웅이니까. 영웅 세계의 가장 성공적인 그리고 가장 덧없는 꽃, 호메로스에 따르면 '그처럼 짧은 시간을 위해서 태어난' 그런 꽃이지."

79) 1982행 "당당하게 만족해하시는 분": 스스로 만족함(그리스어로 아우타르케이아αὐτάρκεια)은 그리스인들에게는 최고의 선 가운데 하나이다. 그것은 내면적인 독자성, 정신적인 독립성과 자유를 의미한다. 또한 참된 현자의 덕목은 신성(神性)에 깃들어 있다고 여겨진다. 횔덜린은 이러한 의미에서의 만족의 개념을 시 작품에서 그리고 소설 『휘페리온』에서, 특히 디오티마를 향해서, 자주 사용하고 있다.

80) 1998행: 종국적으로 델리아에게 집중되어 있는 주제의 정점이다. 이 주제는 엠페도클레스와 파우사니아스의 대화에서 이미 중요한 위치를 차지하고 있다. 파우사니아스가 "모든 것이 사라져야 한단 말씀입니까?"(1861행)라고 묻자 엠페도클레스는 대답한다. "사라진다고? 그러나 / 그것은 머물러 있다는 것, 마치 추위가 붙들어 잡아놓은 / 강물과 같은 것이지"(1861~63행).

81) 2008행 "거기로 가버리는 것이지요, 즐거워하면서": 주 73) 참조.

「제2초고」의 주해

개관

역시 단편으로 남겨진 제2초고에서 횔덜린은 종결 부분을 상당히 확장했다. 이 종결 부분에서는 판테아, 델리아 그리고 파우사니아스가 엠페도클레스의 죽음이 정당한지, 정당하다면 그것이 얼마만큼 정당한지에 대해서 격론을 벌인다. 횔덜린은 자기가 세운 주인공 엠페도클레스의 극단적인 은둔을 문제가 있는 것으로 표현하고 델리아를 통해서 대변되는 회의적이고 대립적인 시각에 명백하게 더 많은 비중을 부여한다. 델리아가 보기에 엠페도클레스는 자신의 사례를 통해서 인간으로부터 그 현존재의 기반을 빼앗아버리고 있다. 이러한 의혹을 판테아와 파우사니아스의 대응을 통해서 반박하려는 횔덜린의 의도가 드러난 것으로 보인다. 판테아는 델리아의 비판을 반대편으로 되돌리고, 그 죽음에 초개인적인 의미를 인정함으로써 엠페도클레스의 죽음을 미화한다.

"그리고 그가 당신의 증인이 되기를, 그대 죽음을 모르는 이여!
그 용감한 이는 미소를 머금은 채
자신의 진주를 그것이 떠나온 바다로 던집니다.
그렇게 일은 일어날 수밖에 없습니다.
그렇게 정신은 그것을 원하고
또한 익어가고 있는 시간도 그것을 원하고 있습니다.
왜냐하면 한 번쯤은
우리 눈먼 자들 기적을 필요로 할는지 모르기 때문입니다."(726~33행)

이 두번째 초고에서도 에트나에서의 투신은, 엠페도클레스 자신이 그 투신에서 자신의 개인적인 행복 추구의 성취를 보고 있기는 하지만, 시대 전환의 상징으로 의미되고 있다. 제1초고의 사상적인 구조, 개별 운명과 총체 운명의 문제성 있는 분화를 지니고 있는 기본 개념은 여전히 유효하다. 다만 두 가지 관점에서 횔덜린은 제1초고를 넘어서고 있다. 우선 그는 엠페도클레스의 주관적인 위기를 첨예화하고 사제의 인물상을 새롭게 구상한다. 사제는 이제 헤르모크라테스라는 이름을 달고 중심 인물로 더 가까이 접근한다. 그렇지만 두 사람이 시대사적인 상황을 통찰한 끝에 내린 결과에는 차이가 있다. 헤르모크라테스는 현존하는 것을 제1초고에서보다 더 심오한 근거에서 보존하려고 한다. 그는 절대적인 것과의 직접적인 접촉은 파괴적으로 작용한다는 사실을 알고 있다. 그렇기 때문에 그는 의식적으로 신적인 것에서 인간을 떼어놓고 맹목(盲目)의 상태로 묶어둔다. "그렇기 때문에 우리는 사람들의/눈을 띠로 묶어 가리는 것입니다. 그들 중/어느 누구도 너무 강력하게 빛에서 양분을 취하지 않도록 말입니다"(11~13행).

엠페도클레스를 통해서 이러한 금치산의 체계는 동요하게 된다. 사제의 눈에는 그의 행동은 "모든 것을 되돌리면서"(180행) 그로부터 촉발되는 작용은 마치 "파멸의 불길"(170행)처럼 황폐화한다. 제2초고에서 프로메테우스와 견주어지는 엠페도클레스는 자신의 언어를 수단으로 해서 유한성과 무한성의 상태를 결합시킬 수 있다고 믿고 있기 때문이다. "나를 통해서만 힘과/영혼을 교류하면서/필멸의 존재와/불멸의 존재는 하나가 된다./왜냐하면 내가 침묵하는 자들에게 말을 주었기 때문이다"(117~21행).

벌써 3막에서 등장과 함께 외치는 독백은 엠페도클레스가 자신의 주장으로 인해 좌초를 면할 수 없으리라는 것을 명백히 해준다. 왜냐하면 그가 자신의 언어를 가지고 — 제1초고에서보다 한층 명백하게, 그 언어가 그의 오만한 의식의 도구이다 — 자연을 멋대로 다루는 가운데, 그를 이제까지 지탱해주었던 자연적인 삶의 연관으로부터 스스로 소외되기 때문이다. 그는 신을 "자신으로부터 지껼여서 내쫓"(218행)아버리고, 깊고 깊은 실존적인 고독에 빠져버린다. 제1초고에서와 마찬가지로 그는 스스로가 결국에는 지극히 냉엄하게 자신의 때 이른 자기 신격화를 드러낸다. "내가 전파하지 않는다면, 신들과 / 그들의 정신은 또 무엇이겠는가?"(512~13행)

82) 1행: 이 대사는 앞서 무대 지시문에서의 "아그리겐트 사람들의 합창"이 제3초고에서처럼 연극술의 하나로 이해되는 것이 아니라, 군중의 소란을 뜻한다는 사실을 의미한다.

83) 18~29행 "[……] 하늘의 연인들이라고 부르는 / [……] / 어떤 것도 견디어낼 수 없었고": '하늘의 연인들'이라는 말로 그리스 신화의 여러 인물들을 가리키고 있는데, 그들이 가지고 있는 특출함 때문에 오만으로 잘못 유도된 인물들을 가리킨다(24행 "오만한 자들"). "불사의 신이 가까이" 있었기 때문에 그들은 더 이상 인간적인 것과 신적인 것의 거리에 주목하지 않았던 것이다. 그러나 오만의 한 예는 이어지는 대사에 나오는, 프로메테우스가 불을 훔친 행위이다.

84) 38~39행 "그가 하늘로부터 / 생명의 불꽃을 훔쳐서": 프로메테우스가 불을 훔친 일에 대한 이러한 암시의 더 넓은 문맥은 바로 앞의 주해 참조.

1799년 6월 4일 노이퍼에게 보낸 편지에서 횔덜린은 아이실로스Aischylos의 『결박된 프로메테우스』에 대해 특별한 관심을 표명하고 있다.

85) 44~45행: 여기서 횔덜린이 회고하고 있는 내용의 설화는 핀다로스가 「올림피아 송시」의 VIII에서 노래한 적이 있다.

86) 51행 "떠돌이 별": 행성(行星)을 일컫는 옛 표현. 횔덜린의 시에서 행성은 방향 상실의 은유이기도 하다.

87) 97행 "아고라": 시장, 광장, 동시에 민중들의 집합 장소.

88) 130~31행 "천국의 너무도 행복한, / 버릇없이 자란 자식들": 앞의 주 83) 참조.

89) 132행: 438~39행, 엠페도클레스 자신의 말, "그대의 날개 달린 멜로디

살랑대었고 나는 /그대의 오랜 화음에 귀 기울였지 않았던가? 위대한 자연이여"와 비교.

90) 172행: 전통적으로 신성의 이름은 부르지 않는 것이 당연한 것으로 여겨진다. 그렇게 해야 신성에 대한 두려움이 무너지지 않는다는 것이다. 그리하여 유대인들은 신의 이름을 입으로 말하거나 글로 쓰는 것을 두려워했다.

『구약성서』「출애굽기」 20장 7절과 「신명기」 5장 11절, "너희는 주 너희 하나님의 이름을 함부로 부르지 못한다. 주는 자기의 이름을 함부로 부르는 자를 죄 없다고 하지 않는다." 또는 찬가 「게르마니아」의 "이제 그대 그것을 삼중으로 고쳐 쓰라./그러나 말해지지 않은 채, 그대가 발견한 채로/순진무구한 자 그대로 남아 있게 하라"(『횔덜린 시 전집 2』, 229쪽 94~96행) 참조.

91) 275~361행 엠페도클레스의 독백: 제1초고의 279~342행 엠페도클레스의 첫 등장 독백과 비교하라. 제1초고의 독백이 부분적으로는 불완전하게 남겨져 있는데 반해서 여기서는 온전하게 갖추어져 있다. 제1초고에서와는 달리 여기서는 고독이라는 주제에 집중되어 있다. 이때 고독은 인간들 사이에서의 고독한 삶만이 아니라 엠페도클레스가 한때 삼라만상과 조화를 이룬 행복한 상태에서 느꼈던 위대한 삶의 연관으로부터의 단절을 의미한다. 제1 및 제2초고에 "나는 정말 홀로인가?"(제1초고 304행, 제2초고 301행)라는 물음이 제기된다. 그러나 제2초고는 고독의 주제를 계속해서 전개한다. 이어지는 진술 부분의 첫 마디와 마지막 마디의 강조된 반복을 통해서 고독의 표현은 정점에 이른다. "그런데 다시금 고독해진다, 슬프도다! 다시 고독해지는가?"(338행), "슬프도다! 외롭구나! 외롭도다! 고독하도다!"(339행), "그렇게 역시 고독하지 않으면 안 되는가요?"(361행) 나중에 엠페도클레스는 이 주제를 요약된 언술로 표현한다. "홀로 존재한다는 것/그리고 신들 없이 산다는 것, 그것이 죽음이라네"(478~79행). 고독의 주제에 대해서는 440행과 446행도 참조하라.

92) 321행: 제1초고에서는 탄탈로스가 이름으로 불렸는데(329행), 여기서

는 그의 운명이 암시됨으로써(323~25행) 간접적으로 지적되고 있다.

93) 354~57행 "그대는/[……] /새로운 주피터를/길러내셨습니다": 사투르누스(그리스 식으로는 크로노스Kronos)는 그의 아들 유피테르(그리스 식으로는 제우스)에 의해서 극복되었다. 사투르누스는 황금시대의 신이면서 자연적 조화의 신이기 때문에 이 극복은 하나의 심각한 상실을 의미하기도 한다. 송시 「자연과 기술 또는 사투르누스와 유피테르」(『횔덜린 시 전집 2』, 154~55쪽) 참조.

94) 374행 "하늘의 사랑하는 이들": 앞의 주 83) 참조.

95) 397행 "엔디미온": 고대 그리스 신화에 따르면 엔디미온은 아름다운 목동으로 제우스가 그의 청원을 받아들여 영원한 잠과 청춘을 내려주었다. 그에 반한 달의 여신 셀레네(Selene, 라틴 식으로는 루나Luna)가 매일 밤 라트모스Latmos 산에 있는 동굴로 그를 찾아오곤 했다. 시 「내가 한 소년이었을 때……Da ich ein Knabe war……」, "또한 엔디미온처럼/나 그대의 연인이었네, 성스러운 루나여!"(『횔덜린 시 전집 2』, 400쪽 13~15행) 참조.

96) 399~400행 "생명의/영원히 젊은 정신, 위대한 수호의 정령": 뒤에 이어지는 대사에 나타나는 우주적인 힘과 원소들을 의미한다. 즉 빛("아름다운 태양", 401행), 대지(411행), 천공(425행)이 그것이다. 1799년 6월 4일 동생에게 보낸 편지에서 횔덜린은 엠페도클레스의 이 독백과 같은 대사를 인용하면서 "태양" "대지" "천공"을 강조하고 있는데, 이 대상 내용을 명료하게 체계화하기 위해서인 것으로 보인다. 동일한 체계화가 제1초고의 상응하는 엠페도클레스의 진술(364~404행)에도 적용될 수 있을 것이다. 이 부분을 훗날 개작된 제2초고와 문맥 안에서 비교해보면 많은 변화에도 불구하고 변함없이 남아 있는 원소들을 인식할 수 있다.

97) 402~04행 "나의 성스러운 마음이/[……]/그대에게로 나를 몰아대었네": 밑바탕에는 천국적인 사랑에 대한 플라톤과 신플라톤 사상이 깔려 있다.

98) 443행 "현전하는 올림포스에서": 제1초고의 주 23) 참조.

99) 452~54행: 헤르모크라테스도 똑같은 의미로 "천국의 너무도 행복한,/ 버릇없이 자란 자식들"(130~31행)이라고 말하고 있다.

100) 490행: 총체적 조화와 함께하고 있는 황금시대에 대해서.

101) 500행: 횔덜린은 1799년 6월 4일 동생에게 보낸 편지에, 생동하는 것은 "인간의 손에 의한 작품이 아니다"라고 쓴 적이 있다. 왜냐하면 "인간의 기예와 활동은 이미 그렇게 많이 행해왔고 또 행할 수도 있지만 생동하는 것을 생성시킬 수는 없으며, 그 기예와 활동이 변화시키고 가공하는 근원 소재를 스스로 창조해낼 수 없기" 때문이다.

102) 530~44행: 엠페도클레스의 이 대사 부분은 앞선 대화와는 명백히 대조를 이룬다. 제1초고에서는 내용상 상응하는 구절을 찾을 수 없는 이 대사에서 횔덜린은 인간적 활동의 이상적인 모델을 제시하고 있다. 인간은 자연 가운데 잠재력으로 숨어 있는 것을 그 '정신'의 감각적인 표출을 도와줌으로써 활성화시킨다. 인간의 활동은 자연의 지배를 목적으로 삼지 않으며, 정반대로 자연에 대한 봉사인 것이다. 이런 의미에서 횔덜린은 1799년 6월 4일 동생에게 보낸 편지에서 "사랑하는 아우야, 예술과 교양 충동이 그 모든 변형들과 곁가지들을 포함해서 인간들이 자연에게 증명해 보이는 하나의 참된 봉사라는 역설(逆說)을 내가 너에게 제시했다는 것을 너는 알고 있지"라고 썼다.

인간이 모든 주관적인 자율 지향으로부터 자유로울 때에야 비로소 그의 '언어'가 인간과 자연의 조화 있는 교환 관계를 강화할 수 있는 것이다.

여기서는 대사가 중단되고 말았지만, 육필 원고를 보면 횔덜린이 이 이상에 대비하여 인간적인 결함의 위험을 제시하려고 했음을 알 수 있다. 육필 원고에는 반론을 제기하기 위한 "그렇지만(doch)"이 두 번이나 기록되어 있기 때문이다.

103) 553~54행 "그대의 가장 사랑스러운 것들 [……]/더욱 덧없는 것": 제1초고의 주 77) 참조.

104) 572~73행 "그에게 아버지 천공이/팔을 펼치는데도": 스토아적·범신

론적인 전통에서의 천공(天空)에 대해서는 찬가 「천공에 부쳐」(『횔덜린 시 전집 1』, 344~47쪽)에 대한 주해(같은 책, 511~12쪽) 참조. 찬가 「천공에 부쳐」에서는 천공, 즉 세계의 정령과 인간 영혼의 친화에 대한 전승된 이론이 중요하다. 이 내면적인 친화 관계는 개인의 영혼이 "신적인" 천공의 영역에 동화되기를, 그러니까 개별화를 벗어나서 총체 안으로 귀환하기를 원하는 동경을 유발한다. 이것이 엠페도클레스의 가장 심오한 동경인 것이다.

105) 597~99행 "[……] 저주 없이는/[……] /명예와 함께 걷도록 작정되어 있는 그분 말이오": 엠페도클레스의 행동에 대한 정당성의 문제가 아직 제기되지 않은 제1초고의 1950~51행 "그 진지한 편력자님을 그 어두움으로 향한 길목에서/다시 한번 뵈려고 여기에 올라왔군요!"에 대한 의미 있는 확장. 제3초고에서 비로소 정당성의 문제가 객관적인, 역사적인 차원을 갖추게 된다. 제3초고에서 만네스는 엠페도클레스를 향해서 떠보는 듯 말한다. "말하자면/당신의 검은 죄업을 오로지 한 존재만이 고상하게 만들어줄 것이오"(「제3초고」, 358~59행).

106) 614행 "그의 죽음에 대해서": 문맥으로 볼 때 "그의 죽음의 결심에 대해서"가 옳은 표현이겠다.

107) 635행: 「제1초고」의 주 79) 참조.

108) 653행: 찬가 「회상」의 "사랑은 또한 부지런히 눈길을 부여잡는다./머무는 것은 그러나 시인들이 짓는다"(『횔덜린 시 전집 2』, 272쪽 58~ 59행)와 비교. 판테아는 이와는 달리 생명에, 그리고 현존하는 것에 고착되어 있는 사람들을 심판한다. "근심이 속이면서 그들의 눈을 묶어놓고"(721행).

109) 670~71행 "엠페도클레스여, [……]/너무도 흔쾌히 당신은 스스로를 희생시키고 있습니다": 여기서 더 이상 깊이 들어가지 않은 이 사고는 제3초고에서 만네스를 통한 엠페도클레스의 시험으로 변한다. "[……] 그렇지만/당신답지 않게 생각 없이 나를 버리고 하계로 가면 안 됩니다./나는 당신이 깊이 생각해야 할 한마디 말을 가지고 있소, 취한 친구여!"(제3초고,

355~57행)

시「백성의 목소리」첫번째 원고, "왜냐하면 자신을 잊고 신들의 소망을 충족하고자/넘치게 예비하여 필멸하는 것 너무도 즐겨/붙잡고 한때, 뜬 눈으로/자신의 길을 걷다가//그 짧기 이를 데 없는 행로 우주로 되돌아가듯"(『휠덜린 시 전집 2』, 178쪽 9~13행)과 비교.

110) 683행: 송시「시인의 용기」두번째 원고, "정신을 어느 곳에서도 궁핍케 하지 않으면, 그때 사라져 가리/그처럼, 삶의 진지함 가운데/우리들의 환희 죽어가리, 그러나 아름다운 죽음을!"(『휠덜린 시 전집 2』, 167쪽 26~28행)과 비교.「시인의 용기」에서처럼 일몰과 "아름다운" 죽음이 동일한 문맥으로 "그렇게 성대하게/천체는 가라앉으며"(714~15행)라고 파우사니아스는 말하고 있다.

소설『휘페리온』에서 노타라는 디오티마의 "아름다운 죽음"(『휘페리온』, 247쪽)을 말하며 휘페리온 자신도 "나의 디오티마는 아름다운 죽음을 맞았다네"(같은 책, 249쪽)라고 말하고 있다. 스토아 철학에서는 "아름다운 죽음", 내면적인 쾌활함 가운데에서의 죽음은 모든 것을 천부적인 것으로 생각하는 스토아적 태도의 궁극적인 목표이다.

111) 689~90행 "[……] 고통은/그의 비상을 재촉하고 있을 뿐": 이로써 자신의 시대에서 겪은 엠페도클레스의 부정적인 사회 경험의 의미가 이 말과 정확하게 일치를 이루게 된다. 다시 말해서 이 경험들은 그가 — 본질적으로는 개인적인 이유로 제기된 — 죽음을 결심한 결정적인 동기는 아니지만, 결단을 내리도록 그를 채근했다는 말이다.

112) 705~706행: 에트나 분화구에서의 죽음은 외티나 산정(山頂)에서 헤라클레스가 불에 타 죽은 걸 생각나게 한다. 그러나 이러한 유사성은 단지 외면적일 뿐이다. 휠덜린이 "몇몇 영웅들"을 말하고 있다는 점을 고려할 때, 그리고 무엇보다도 엠페도클레스의 특별한 동기를 고려할 때 보편적으로는 '영웅적인 분노'를 생각하게 한다. 휠덜린은 이 '영웅적 분노'를 많은 시들에서

한계 탈출의 욕망으로 그리고 있다. 송시 「눈물」의 "분노하는 영웅들"(『횔덜린 시 전집 2』, 190쪽 11행)과 이에 대한 주해(같은 책, 574쪽) 그리고 후기 찬가 「므네모시네Mnemosyne」, "그리고 언제나/하나의 동경은 무제약을 향한다"(같은 책, 227쪽 13행)와 비교.

「제2초고: 첫 부분의 정서본」의 주해

개관

부제(副題)와 등장인물 제시가 새롭다. 텍스트는 정서되지 않은 원고의 것과 대부분 일치한다. 정서되지 않은 제2초고의 불완전했던 몇몇 구절을 이 정서본이 보완하고 있다. 정서되지 않은 제2초고의 128행 이후 결여된 문장은 이 정서본 125~34행으로 완결되어 있다.

「제3초고」의 주해

개관

제2초고가 중단되고 나서 횔덜린은 곧바로 이 비극의 작업에 다시 착수한 것은 아니다. 그사이에 「엠페도클레스에 대한 기초」라는 제목을 부치려고 계획하고 쓴 「비극적인 것에 관하여」로 그는 우선 문학 이론적인 기반을 세운다. 그는 희생이라는 이념에서 출발해서 하나의 비극 이론을 전개하며 개인의 운명과 시대의 운명을 결합시키려 한다. 제3초고는 이러한 비극의 개념을 문학적으로 작품화한 것이다.

논고 「비극적인 것에 관하여」에 상응해서 제3초고의 줄거리는 역사적인 전환기의 상황, 즉 "예술"과 "자연"의 불화에 집중한다. 이 상황은 우선 세계 종말로 체험될 뿐 아직은 옛것이 새로운 것으로 이행되는 상황으로 체험되지는 않는다. 종말에 대한 표상은 일종의 혼란스러운 격동, 모든 것을 파괴하는 "거친 인간의 물결"(413행)이다. 혁명적인 불안의 세례를 받고 엠페도클레스는 이러한 세계 종말의 "아들"로서 혼란의 한가운데에 서 있다. 왜냐하면 "한 나라가 소멸해야 할 때, 정신은/마침내 그의 백조의 노래, 마지막 생명을/울리게 할 한 사람을 선택하기 때문"(440~42행)이다.

육필로 된 「비극적인 것에 관하여」 초고에서 바로 이어져 기록된 「제3초고에 대한 계획」에서부터 횔덜린이 자신의 주인공을 다시금 익숙한 관계들의 긴장 상태로 편입시키려 한 사실을 알 수 있다. 「프랑크푸르트 계획」에서처럼 여인이나 아이들이 아니라 엠페도클레스의 형제와 누이를 등장시킨 것이다. 이와 동시에 횔덜린은 적대적인, 따라서 앞 제1초고에서의 크리티아스, 제2초고의 메카데스의 역할을 맡게 되는 인물로 왕이 된 형을 구상했고 누이인 판테아에게는 적대적인 위치에 놓인 사람들 사이의 중재자 역할을 부여하려고 했다. 그러나 이러한 줄거리는 「제3초고에 대한 계획」에 다만 개략적으로 나타났을 뿐, 실행에 이르지는 못했다. 세 개의 첫 장면을 쓰고 나서 횔덜린이 작업을 중단해버렸기 때문이다.

이 제3초고는 장황한 서막 형식의 연설로 막을 여는 에우리피데스의 모범을 따라 주인공의 긴 독백으로 시작된다. 제1초고에서 전체 한 막을 채우고 있는 사건, 다시 말해서 엠페도클레스와 시민의 불화 그리고 이어지는 추방은 이미 지나간 일이 되어 있고 여기서는 다만 몇 행으로 요약되어 있을 뿐이다. 엠페도클레스는 자신을 둘러싼 에트나 화산을 마주하면서 행복하게 조화를 이룬 자신의 근원적인 실존으로 되돌아가는 듯이 보인다. 그렇지만 그의 환희는 죽음을 결단한 심정에서 나온다. "그리고 저는 기꺼이 죽고자 합니다. 그것은 저의 권리입니다"(57행). 주관적인 죽음을 바라는 소망은 거의

「프랑크푸르트 계획」의 극단성을 띠고 다시금 나타난다. 그 죽음의 정당성과 의미 문제를 에워싸고 이어지는 두 개의 장면이 전개된다. 제자 파우사니아스와의 대화와 특별히 만네스와의 논쟁이 그것이다.

이 단편의 핵심을 이루고 있는 긴 논쟁에서 "예언자"인 만네스는 제1초고에서 엠페도클레스가 맡았던 기능을 떠맡는다. 즉 그는 역사의 상위에 놓여 있는 법칙성을 고지하고 시대적 위기의 극복 가능성을 제시한다. 「엠페도클레스의 기초」에서의 "적대자" 개념에서 벗어나는 가운데 만네스는 "자연"과 "예술"의 적대적인 권력 다툼을 인내하는 것이 아니라, 오히려 한 개인의 사랑이라는 행동을 통해 둘을 화해시키는 데 해결책이 놓여 있다고 생각한다. 이러한 "새로운 구원자"(372행) — 그리스도 상의 차용을 간과할 수 없다 — 는 유한한 그리고 또 무한한 영역에 참여함으로써 인간과 신들 사이를 중재할 수 있다. 엠페도클레스의 죽음은 필연적이다. 이를 통해서 유한한 영역과 무한한 영역의 결합이 개별자에게 한정되는 것이 아니라, 이미 「엠페도클레스의 기초」에서 요구되었던 것처럼 보편화될 수 있다. "당신이 그 사람입니까? 바로 그 사람입니까? 당신이 그런 사람입니까?"(388행), 만네스는 엠페도클레스에게 다그치면서 말한다. 그는 엠페도클레스의 극단적인 한계 탈출의 열망을 "새로운 구원자"라는 자기의 이상형과 조화를 이루게 할 수 없다.

횔덜린은, 자신의 희생적인 죽음을 정당화하고 찬미하는 엠페도클레스를 문제 삼는 인물로 만네스를 등장시켰다. 「제3초고에 대한 계획」은 만네스가 결국 엠페도클레스를 자신의 "새로운 구원자"로 인식했으리라는 점을 분명히 하고 있다. "모든 것을 체험한 사람, 예언자인 만네스는 엠페도클레스의 / 연설에 그리고 그의 정신에 놀라워하면서 엠페도클레스가 소명받은 자, / 죽이고 살리며, 그를 통해서 하나의 세계가 해체되며 / 또 새로워진다고 말한다. 자기 나라의 쇠퇴를 / 그처럼 죽음처럼 느끼는 사람은 자신의 새로운 / 생명을 그처럼 예감할 수 있다는 것이다"(「제3초고의 계속을 위한 스케치」 제4막, 제3장).

엠페도클레스의 개인적인 운명을 통해서 시대 전환의 불가피성이 명료해진다. 제3초고에서의 엠페도클레스는 줄거리를 이끄는 자보다는 상위의 역사 법칙의 도구로 나타나는 것이다.

당연히 줄거리 요소들은 최소한으로 제약된다. 이 비극의 모든 초고 가운데에서 이 세번째 초고가 가장 결정적으로 "모든 우발적인 것의 부정(否定)"(1799년 7월 3일, 노이퍼에게 보낸 편지)을 증언하고 있다. 횔덜린은 또한 역사적·신화적인 영웅상들에 대한 연관을 강조하고 있다. 이를 통해서 엠페도클레스라는 인물상은 그 의미와 정당성을 더 강하게 띠게 된다. 그리스도상에 대한 연관과 나란히 소포클레스의 『코로노스의 오이디푸스』에 등장하는 오이디푸스 상과의 유사성이 가장 눈에 띈다. 합창의 도입 역시 고대 비극과의 유사성을 보여주고 있다.

제3초고에서도 옛것이 새로운 것으로 이행하는 데 개인의 작용이 여전히 빼놓을 수 없는 요소로 나타난다. 설령 횔덜린이 앞에 전개된 역사의 과정을 변함없이 주장하더라도 말이다. "모든 것은 되돌아오는 법이네. / 그리고 일어나야 할 일은 이미 이루어졌다네"(319행 이하). 논고 「몰락하는 조국……」에서야 비로소 횔덜린은 자신의 숙명론적인 역사관을 종결짓는다. 그는 인간들에게 모든 행동의 가능성을 박탈하고 법칙적인 사건의 기능 요소로서 그것을 보여준다. 이러한 사건의 "표현"을 통해서 문학이 수행하고 있는 중재는 따라서 현실의 정신적인 극복만을 지향할 뿐, 더 이상 현실의 실제적인 개혁을 지향하지는 않게 된다. 따라서 사회 혁신에 대한 비극의 요구는 효력을 갖지 못한다.

113) 12행 "불의 잔(Feuerkelch)": 그리스 사람들은 자신이 마실 포도주를 물과 섞을 때 쓰는 항아리를 크라테르Κρατήρ라 불렀다. 그것이 나중에는 화

산의 분출구, 즉 분화구를 뜻하게 되었는데, "불의 잔"은 더 전화(轉化)된 표현이다.

114) 24행 "하늘의 날개(Fittige des Himmels)": 여기서는 새를 의미한다. 유사한 은유가 송시 「눈먼 가인」에도 나온다. "그리고 숲을 에워싸고 천국의 날개들 / 떠도는 것을 보았도다, 내 젊은 시절에"(『횔덜린 시 전집 2』, 175쪽 17~18행)와 비교.

115) 51~55행 "그대 마법적이며 / 두려워할 불꽃이여! [……] / [……] / 그대 결박된 정신을 더 이상 숨기지 않습니다": 횔덜린이 일찍이 잘 알고 있었던 스토아의 자연철학에서 불은 모든 존재를 생동케 하는 원리이다. 또한 "생동하는 것의 영혼"과 그것의 "정신"이다. 현존재의 생동케 하는 원리로서 현존하는 것 안에 숨겨져 있고 묶여 있는 불은 몰락의 시간에는 그 묶인 상태에서 벗어난다는 것이 스토아학파의 이론이었다. 그렇기 때문에 엠페도클레스는 죽음으로 향하는 지금 "두려워할 불꽃"을 부르고 말한다. "그대는 저에게, 그대 결박된 정신을 더 이상 숨기지 않습니다"(55행). 생동케 하면서도 결박되어 있으나 몰락에서는 파괴적으로 결박을 벗어던진 불꽃이라는 유사한 표상을 거의 같은 시기에 쓴 송시 「독일인의 노래」에서도 읽을 수 있다. "그대를 생동케 한 불꽃들 서둘러 / 떨어져 나가 천공 안에 모습을 드러냈단 말인가?"(『횔덜린 시 전집 1』, 432~33쪽 35~36행).

116) 63행 "신이 부르고 있다": 횔덜린이 엠페도클레스라는 소재를 얻게 된 기본 자료인 디오게네스 라에르티오스의 저서에 따르면 한 종복이 엠페도클레스가 사라지고 나서, 자신이 "한밤중에 엠페도클레스를 부르는 힘찬 목소리를 들었다"고 한다. 장엄한 등장의 독백과 관련해서 볼 때 신의 이 부름은 총체 자연이 엠페도클레스에게 선고하는 소환의 신화화이다. 바로 직전 엠페도클레스는 "두루 인내하는 자연이여! 그대가 그리했듯이, 그대는 또한 / 저를 붙잡았습니다. 그대는 저를 차지하고 있습니다. 그리고 그대와 저 사이에 / 옛사랑이 다시 어렴풋이 가물거리고 있습니다. / 그대는 소리쳐 부르고

있습니다. 그대는 저를 가까이, 더 가까이 끌어당깁니다"(41~44행)라고 말하고 있다.

117) 87행: 이 말로써 인상적인 변주를 통해서 주도 동기의 변조가 시작된다. 이 주도 동기는 전체 장면을 관통하고 "머무름"의 개념과 같은 밀접한 연관 개념들을 포괄하고 있다. 95~96행 "여기 / 위에서 우리는 편안히 살고 있구나!", 234행 "그대로 있게!", 244행 "나의 머무름은 몇 해까지도 되지 않을 것이다"와 비교.

118) 93~95행 "[……] 천공은 / [……] / 비밀스러운 갈망을 달래줍니다": 이른바 4원소, 물("바다" "강"), 대지("산" "숲"), 불(빛), 대기("천공") 가운데에서 천공은 특별한 의미를 지닌다. 왜냐하면 천공은 고대 이래로 그리고 횔덜린에게도 역시 범신론적으로 이해된 총체 자연, 삼라만상과 세계 영혼의 암호이기 때문이다. 이 암호는 모든 개별적인 생명을 강하게 매혹하며 개별 영혼 안에 세계의 영혼으로 넘어가고자 하는 갈망을 불러일으키면서 동시에 달래주기도 한다. 시 「천공에 부쳐」(『횔덜린 시 전집 1』, 344~47쪽) 및 이 시에 대한 해설(같은 책, 511~12쪽) 참조.

119) 189행 "오 내 위에 떠도는 멜로디!": 우주의 조화를 암시한다. 시 「아르히펠라구스」, "[……] 위쪽에서는 형제들의 멜로디 / 그들의 밤의 노래가 그대의 사랑스러운 가슴 안에 울린다"(『횔덜린 시 전집 2』, 72~73쪽 33~34행) 및 이에 대한 주해(같은 책, 513쪽) 참조.

120) 225~27행 "신적인 헤라클레스에 걸고 맹세합니다! [……] / [……] / 화해하면서 그 거인들을 찾으시려고": 고대로부터 가장 강력한 영웅을 부르는 것은 지원군을 얻고자 하는 표현 방식이다. 횔덜린은 여기서 그러한 공식을 핵심적으로 사용하고 있다. 파우사니아스가 바로 앞선 구절에서 자신이 "강하다"고 확인했기 때문이다. 거인들이 승리 이후에 신들에 의해 하계로 내던져진 것은 고대에서는 반신의 구원자상, 무엇보다도 헤라클레스와 디오니소스, 유추적으로는 그리스도를 나타내는 분명한 모티프로 기능한다. 엠페도클

레스는 그러니까 이러한 구원자상을 부여받고 있는 것이다.

121) 243행 "나는 내가 아니구나": 『구약성서』의 그 잘 알려진 구절의 의미 있는 변형이다. 모세가 여호와 하느님께 묻는다. "제가 이스라엘 자손에게 가서 '너희 조상의 하느님께서 나를 너희에게 보내셨다' 하고 말하면, 그들이 저에게 '그의 이름이 무엇이냐?'고 물을 터인데, 제가 그들에게 무엇이라고 대답해야 합니까?"(「출애굽기」 제3장 13절) 이에 대해서 여호와 하느님이 모세에게 답한다. "나는 곧 나이니라"(14장).

122) 300~20행 "이제 용기를 내어 건게나, [……]/[……] /그리고 일어나야 할 일은 이미 이루어졌다네": 파우사니아스를 향한 이러한 요구는 세 가지 차원으로 구분된다. 즉 행동의 차원에서 직접적인 삶의 경험으로부터의 상승은 철학적·이론적인 인식의 단계를 거쳐 역사의 법칙을 포괄하는 앎이라는 지혜에 이른다. 행동의 차원에서는 "로마인들의 땅, 풍성한 행동의 나라"(303행)와, 그 "영웅의 도시들"(306행)과 함께 있다. 이론적인 인식의 국면에서는 그리스에 속한 남부 이탈리아에 있는 도시 타란트(306행)가 있다. 이곳은 피타고라스의 제자들이 그 중심지로 삼았던 곳이며, 기원전 388년경 플라톤이 머물기도 했다. 역사의 법칙을 파악하고 있는 지혜의 차원에서는 "이집트에 있는/형제들"(314~15행)이 있다.

123) 306~08행 "그리고 그대, 타란트여!/[……]/[……] 나의 플라톤과 함께 갔었지": 이것은 일종의 연대 오기(誤記)이다. 엠페도클레스는 플라톤이 태어나고(기원전 427년) 곧바로 세상을 떠났다. 이러한 연대 착오는 엠페도클레스도 플라톤과 마찬가지로 피타고라스파와 관계를 맺고 있었다는 라에르티오스의 보고에 기인한 것으로 보인다. 두 사람은 피타고라스의 비밀 학설을 허락도 없이 퍼뜨린 것으로 드러나자 피타고라스학파의 학습에 참여할 수 없었다고 라에르티오스는 전하고 있다.

124) 319~20행 "모든 것은 되돌아오는 법이네./그리고 일어나야 할 일은 이미 이루어졌다네": 이러한 순환적인 역사상은 숙명론적으로(318행 "운명의

책") 그리고 동시에 우주론적으로(316~17행 "거기서 그대는 우라니아의 진지한 현금 연주와/그 가락의 변화무쌍함을 듣게 될 것이네") 근거되어 있다. 모든 개별성을 지양하는 역사관은 횔덜린의 다른 논고「몰락하는 조국……」에 전개되는 역사적 규칙성을 이미 예고하고 있다. 이 논고에 따르면 모든 사건은 모두를 지배하는 역사적 필연성을 따르고 있기 때문에 개별적인 행동을 위한 어떤 공간도 남겨두지 않는다는 것이다.

125) 이집트인 만네스의 등장: 만네스라는 이름의 기원은 마니교의 그노시스파를 세운 페르시아의 마니(Mani, 기원전 3세기)로 거슬러 올라간다. "이집트에 있는/형제들"(314~15행)이 거론되면 그 등장이 예고되고 있다.

앞에서는 경험과 인식이라는 단계를 거치고 나서야 비로소 파우사니아스가 접근 가능하게 된 역사의 규칙성에 대한 최고의, 전적으로 유효한 법칙성에 대한 앎이 언급되었다면, 이집트인 만네스와 엠페도클레스의 대결은 처음부터 극단적인 요구와 주장의 지평으로 급격하게 접어든다. 다시 말해서 개별적인 행동으로서 그의 행동은 그것이 역사의 상위에 위치하는 법칙성에 일치하는 한에서만 정당한 것으로 나타난다. 그렇게 해서 개인의 성격은 지워지고 만다.

126) 323행 "망상":「비극적인 것에 관하여」에도 같은 표현이 등장한다.「비극적인 것에 관하여」 주 7) 참조.

127) 328행 "내가 먼 나일 강가에서": 횔덜린이 엠페도클레스에 대해 알게 된 원천 자료의 하나인 함베르거Georg Christoph Hamberger의 『세계사의 시작에서 1500년에 이르기까지 가장 저명한 저술가들의 믿을 만한 보고들 *Zuverlässige Nachrichten von den vornehmsten Schriftstellern vom Anfang der Welt bis 1500*』(1. Teil, 1756)에서는 엠페도클레스에 대해 "철학자, 시인, 역사가, 의사 및 신학자였으며, 그의 학문은 이집트의 사제들에게서 배운 것이었다"고 서술하고 있다. 앞의 주 13)의 내용도 이와 관련된다.

128) 63행과 이에 대한 주 116) 참조.

129) 341행 "나에게는 당연히 일어날 일이 일어났던 것이오": 앞의 319~20행 및 이에 대한 주 124) 참조.

130) 여기서 비로소 처음으로 「비극적인 것에 관하여」에서 제기되었던 중심적인 희생 사상이 드러난다.

131) 358~88행 "말하자면/[……]/[……] 당신이 그런 사람입니까?": 만네스의 이 진술은 다음에 이어지는 엠페도클레스의 긴 답변과 함께 제3초고의 핵심을 이룬다. 이 두 개의 대사는 엠페도클레스의 결정적인 자기 검증을 대화체로 극화한 것으로 이해할 수 있다. 이 극화를 통해서 그는 제 자신의 의구심에 맞서 싸우고 자기 행동의 정당성을 쟁취하려고 애쓴다. 이 진술들의 자세한 표상들은 「비극적인 것에 관하여」에서 전개된 이론을 문학적으로 옮겨놓은 것이다. 우선 역사적 상황의 표현이 그렇다. 「비극적인 것에 관하여」는 시대 상황을 "강력한 극단"(229쪽)으로 특징짓고 있다. 말하자면 더 이상 예술과 자연을 조화롭게 결합하는 것이 아니라, 서로 어긋나는 "예술과 자연의 대립"(231쪽)으로 특징짓고 있는 것이다. 이 대립은 예컨대 한편으로는 아그리겐트 시민들이 "초정치적"이며 "계산하고", 다른 한편으로는 "무정부 상태의 무제약"(232쪽)이 지배하는 사태에서 드러난다. 극단적인 대립에서의 이러한 붕괴 사태를 만네스의 진술 안에 "그를 에워싸고 세계는 끓고 있소"(364행), "그 근원에서부터 자극을 받고 일어나는 것이지요"(366행), "험한 다툼"(371행)과 같은 어법을 통해 표현한다. 또한 "위"와 "아래"(370행/371행)의 대비와 신화화하는 표상에서도 표현된다. "시간의 주인은 자기의 지배를 걱정하면서/왕좌에 앉아서 성난 얼굴로 분노를 넘어 내려다보고 있소./그의 낮이 꺼져버리면 그의 번개가 번쩍입니다"(367~69행). "시간의 주인"은 예술의 원리를 신화화한 주피터이다. 한편 "아래"부터의 무정부적인 반항(비유기적으로 극단적인 해방에서 드러나는 자연의 원리)이 "위"로부터의 "지배"에 대항한다.

두번째로 「비극적인 것에 관하여」에서처럼 대립들이 "거친 불화"로 극단화되는 가운데, 이 대립들은 중재와 중재자를 불가피하게 한다. 「비극적인 것에 관하여」에서 — 엠페도클레스로 모습을 취하는 가운데 — 이러한 중재자는 몰락하는 세계 안의 대립들을 완벽하게 자신 안에 통합하고 조화시키는 한 인간이다. "그의 내면에서는 예의 대립들이 아주 내면적으로 결합되어서 그 대립들이 하나가 되고, 그 대립들이 각기의 원천적인 구분의 형식을 벗어버리고 이 형식을 전복시"키는(227쪽) 한 인간. 이러한 생각을 만네스의 진술 안에 시적 표현으로 담아내고 있다. "그러나 그 한 존재는, 그러니까 새로운 구원자는 / 하늘의 빛살을 태연하게 붙들어 잡고 사랑하면서 / 필멸의 것을 자신의 가슴에 안아줍니다. / 그리고 그의 내면에서 세계의 다툼은 부드러워집니다. / 그는 인간과 신들을 화해시키고 / [……]"(372~76행)

셋째, 「비극적인 것에 관하여」에서와 마찬가지로 자신의 내면에서 대립들을 화해시키는 중재자는 죽음으로 들어가지 않으면 안 된다. 그렇게 함으로써 보편성이 개별성 안에서 소실되지 않게 된다. 「비극적인 것에 관하여」는 개인의 죽음을 필요불가피하다고 선언한다. "그것은 평소 보편적인 것이 개인을 통해서 상실되기도 하기 때문이다. 그리고 [……] 한 세계의 생명이 개별성 안에서 소멸될지도 모른다"(230쪽). 이에 상응해서 만네스의 진술은 끝무렵에 이렇게 울린다. "성스러운 생명의 정령이 묶인 채 머물지 않게 됩니다. / 유일한 이, 그를 잊은 채 / 그는 옆으로 비켜섭니다. 자신이 자신의 시대의 우상이라 할지라도. / 그리고 그 자신이, 순수한 손길을 통해서 / 순수한 자에게 필연적인 일이 일어나도록 / 자신에게는 지나쳐 보이는 자신의 행복을 깨부수는 것입니다"(380~85행).

132) 397~478행 "내가 소년이었을 때 [……] / [……] / 신적인 법칙에 따라서 / 자유로운 죽음 가운데에서 다른 의무에서 저를 풀려나게 하신 것을!": 이 장대한 진술을 통해서 엠페도클레스는 「비극적인 것에 관하여」에 서술된 이론적인 원칙에 따라서 자신의 삶의 과정을 다섯 개의 단계로 전개한다. 이를 통해서 죽음에 이르고자 하는 자신의 결단에 대한 정당성을 이끌어내려고 하

는 것이다. 그는 우선 무의식적인 젊은 시절에 대해서 말한다(397~404행). 이어서 두번째 국면으로서 시작(詩作)의 시점을 언급한다(405~11행). 이 시기는 무의식적인 소년기 이후, 그가 "자연의 신들을 이름으로" 부르고 "말"과 "영상"을 발견해내는 의식의 단계이기도 하다. 이러한 시적인 단계는 「비극적인 것에 관하여」에서의 확인에 상응한다. "모든 측면을 볼 때, 그는 시인으로 태어난 것처럼 보인다"(229쪽). 이어서 본래의 문제 상황에 대한 본질적인 세번째 국면이 따른다. 이 국면에서 엠페도클레스는 시대의 곤경에 의해서 도전 받는다. 시대의 곤경은 「비극적인 것에 관하여」에서 전개된 범주들에 따라서 정확하게 기술되고 있다. 몰락하는 시대의 "강력한 극단들", 치유할 수 없이 양극화되는 시대의 "대립들"이 언급되는 것이다. 이제 엠페도클레스는 이에 유추되는 "방황"(414행), "봉기"(417행)에 대해서 말한다. 그리고 시대의 극단적인 몰락 가운데 사라지고 있는 옛 결합들, 그러니까 보다 보편적인 문화적 공동체 형성에 기반하는 결속들을 언급한다. "자신의 집"(419행)은 "귀찮아져서 버리고 떠났던 사원"(420행)처럼 파괴되고, 기본적인 인간관계들(421~23행)도 파괴된다. "형제들이 뿔뿔이 달아나고, 가장 사랑하는 사람들도/지나쳐 서둘러 가며, 애비가/자식을 몰라보고 [……]" 시대의 붕괴 사태는 심지어 공통된 언어와 법적 질서에도 미친다. "인간들의 말을 더 이상/알아들을 수 없으며, 인간의 법들도 이해할 수 없게 되었을 때"(423~24행) 엠페도클레스가 이러한 서술을 "그때 뜻이 전율하면서 나를 움켜잡았습니다./그것은 나의 백성들로부터 떠나가는 신이었습니다!"라고 마치는 가운데, 그는 민중의 "신"으로서 모든 것을 결합하고 화해시키는 통일의 정신을 불러내고 있는 것이다. 그 정신이 사라지게 되면, 모든 것은 분리와 대립으로 몰락하고 만다. 네번째 단계에서 엠페도클레스는 자신의 시대의 대립들을 화해시키고자 시도한다. 만네스의 대사 가운데 상응하는 구절이 정점을 이룬다. "그는 인간과 신들을 화해시키고"(376행). 이제 엠페도클레스는 그가 자기 민중과 헤어지고 있는 신을 "달래기 위해서"(429행), 다시 말해서 다시 한번 민중의 삶과 그 신을 결합시키려고 했다고 말한다. 혼돈스러운 해체의 상황 가운데 모든 결속들이 중지되는 가운데, 그래도 이제 다시 한번 비록 짧은 시간 동안이지만, 이러한 결속들, 즉 조화롭게 충만된 현존재를 복구하는 데 성공한다. "우리들은 자유롭고 단단한 유대를 맺었고"(435행). 그렇지만 「비극적인 것에 관하여」에서 "화해", 즉 대립들의 조화로운 결합은 결국 개인을 통해서만 완전하게 실현된다는 문제가 생기는 것처럼, 문학적인 전환에서도 역시 마찬가지이다. 따라서 「비극적인 것에 관하여」는 이렇게 제기한다. "운명이, 그러니까 예술과 자연의 대립들이 강하면 강할수록, 그 대립들 안에는 점점 더 개별화되며 확고한 지점, 일종의 발판을 얻어내고자 하는 경향이 그만큼 더 커졌었다. 그러한 시대는 모든 개체들을 그렇게 오랫동안 사로잡으며, 이 개체들의 알려지지 않은 욕구와 그들의 숨겨진 경향이 가시적으로 그리고 손에 닿을 듯이 표현되는 가운데 누군가를 발견할 때까지 해결점을 찾아내도록 촉구한다. 이 특별한 일자(一者)로부터 비로소 발견된 해결이 보편적인 것으로 이행될 수밖에 없다.//그렇게 해서 엠페도클레스의 내면에서 그의 시대는 개별화된다. 그리고 그의 시대가 그의 내면에서 개별화되면 될수록, 그의 내면에서 수수께끼가 더욱 훌륭하게, 더욱 사실적으로 그리고 더욱 가시적으로 풀리는 듯이 보이면 보일수록, 그만큼 그의 몰락이 더욱 필연적이게 된다"(231~32쪽). 이러한 개별자에게로의 집중과 환원은 "한 나라가 소멸해야 할 때, 정신은/마침내 그의 백조의 노래, 마지막 생명을/울리게 할 한 사람을 선택하기 때문입니다"(440~41행)라는 구절에 잘 표현되어 있다. 보다 특수한 방식으로 이 집중과 환원은 엠페도클레스라는 인물에 대한 민중의 비난을 통해서 표현된다. 이를 통해서 여전히 그가 개별자로서, 관심의 대상인 것처럼 보이는 것이다. 엠페도클레스는 이러한 사실을 이렇게 표현하고 있다. "그러나 때때로, 백성들의 감사하는 마음이 나에게 화관을 얹어주고,/나에게 점점 더 가까이, 나에게만/백성들의 영혼이 다가왔을 때[……]"(437~39행) "그렇게 일이 일어났던 것입니다"(444행)라는 말로 시작되는 다섯번째 국면은 몰락이다. 여기에서는, 「비극적인 것에 관하여」가 그 근거를 이론적으로 제시했고 이에 만네스가 380~81행에서 요구한 바처럼 엠페도클레스는 "개별자"로서 존재하기를 포기할 수밖에 없다. 왜냐하면 그렇지 않고서는 보편적인 것이 이 개별자에게 소멸될지도 모르기 때문이다. 만네스의 진술과 달리 엠페도클레스의 진술은 더 이상 이러한 근거를 언급하지 않는다. 엠페도클레스의 진술은 여전히 필연적인 결과로서의 죽음만을 표현하고 있을 뿐이다. 뇌우의 신 주피터가 행하고 있는 — 만네스의 대사에서처럼 주피터는 "시간의 주인"(367행)이다 — "뇌우"(456행)는 하늘과 땅의 통합, 따라서 대립들의 우주적인 화해의 신호이다. 이러한 "시간의 주인"에 대해서, 그러니까 위에서부터 예비된 뇌우에는 아래에서 일어나고 있는 뇌우로서 "대지의 심장"(464행)에서부터 솟아나오는 화산의 폭발이 응답한다. 이 화산의 폭발 가운데 "예전의 일체감을 생각하면서 어두운 표정의 어머니가/천공을 향해서 자신의 불꽃의 팔을 뻗치고"(465~66행). 우주적 화해의 징표로서 하늘과 땅의 일체화가 일어나는 이러한 상호 역류를 엠페도클레스의 도입부 독백은 이미 지적한 바 있었다. "또한 지하의 뇌우가 이제 축제 때처럼 깨어나/가까운 인척인 천둥을 치는 자의 구름 자리로/환희를 향해 치솟아 오를 때마다"(14~16행).

133) 497행 "새 세상": 이러한 표현은 엠페도클레스 비극의 문제성을 역사철학적으로 심오화한 논고 「몰락하는 조국……」의 첫 문단에도 등장한다.

「프랑크푸르트 계획」의 주해

개관

이 비극의 첫번째 기초에 해당하는 이 「프랑크푸르트 계획」은 실제 집필

된 세 개의 작품 초고들과는 달리 사회정치적 차원을 전혀 포함하고 있지 않다.「프랑크푸르트 계획」의 뿌리는 오히려 횔덜린이 프랑크푸르트에서 가정교사 시절에 겪었던 경제적 의존과 사회적 소외의 체험에 있다. 고통스러운 현실을 극복하고자 하는 바람이 이 비극 계획의 성격을 이루고 있는 것이다. 그러나 작가가 현실에서 겪는 고통은 인간 실존의 한계성 자체에 대한 고통으로 확장된다. 그리하여 엠페도클레스에게 자살은 유한성의 족쇄에서 풀려나는 내면적인 필연성이자 유일한 가능성으로 변한다.「프랑크푸르트 계획」에서 밑그림으로 그려진 줄거리는 직접적으로 에트나 화산 분화구 안으로의 투신을 향하고 있다. 이 줄거리는 자체의 비중을 지니고 있지 않으며, 오히려 죽음의 결단을 확인하고 그것을 예찬하는 데 집중하고 있다. 결국, 이 계획이 예정하는 대로라면, 엠페도클레스를 추종하는 사람들은 "고통을 짊어지고, 위대한 인간의 죽음을 찬미하기 위해서" 에트나에 집결하게 된다.

디오게네스 라에르티오스가 전하는 에트나 분화구에 투신한 엠페도클레스의 전설에 횔덜린이 크게 매료됐던 것이 분명하다. 이러한 사실은「프랑크푸르트 계획」만이 아니라, 횔덜린이 자신의 소설『휘페리온』제2권에서 좌절을 겪는 주인공이 고대의 철학자이자 시인인 엠페도클레스를 회상하는 장면을 통해서 이 비극의 주제를 암시하는 데에서도 증명된다.

"어제 나는 저 위쪽 에트나 산에 올랐네. 거기서 위대한 시칠리아인이 머릿속에 떠올랐네. 한때 시간을 헤아리는 것에 싫증이 나고 세계의 정신에 친숙해져 과감한 생명욕을 안고서 찬란한 불꽃에 몸을 던진 위대한 시칠리아인 말일세. 그 냉정한 시인은 불에 몸을 덥힐 수밖에 없었노라고 어떤 조롱하는 자가 그의 어법을 모방해 말했었네"(『휘페리온』, 251~52쪽). 삶과 죽음에 대한 똑같은 가치 전도가「프랑크푸르트 계획」의 골자를 이루고 있다. 다시 말해서 탈개인화를 통해서 엠페도클레스가 살아 있는 자연과의 결합을 불러올 수 있다는 것이다. 그의 죽음은 그에게는 참된 삶에 이르는 길이 되는 것이다.

「비극적인 것에 관하여」의 주해

개관

두번째 초고가 중단되고 나서 횔덜린은 「비극적인 것에 관하여」라는 논고를 통해 자기 문학의 이론적 토대를 확인하고 그것으로부터 비극의 전망을 얻으려고 했다. 바이스너Beißner가 펴낸 『슈투트가르트판 대전집』에 「엠페도클레스에 대한 기초」라는 제목으로 수록된 이 논고 초고는 중간 제목을 통해서 분명하게 구획된 세 개 부분으로 이루어져 있다. 첫 부분은 제목을 달고 있지 않지만, 둘째 부분은 「일반적인 기초」, 셋째 부분은 「엠페도클레스에 대한 기초」라는 중간 제목을 달고 있다. 서두는 비극적 송시를 다루고 있고, 둘째와 셋째 부분은 비극과 비극의 이론적인 토대를 다루고 있다. 바이스너의 편집에서 「엠페도클레스에 대한 기초」라고 한 전체 논고의 표제는 사실 중간 제목의 하나를 선택적으로 적용한 것이어서 이 논고 전체의 내용에는 다 미치지 못하기 때문에 슈미트는 「비극적인 것에 관하여」라는 포괄적인 제목을 달았다. 이렇게 해서 세 개의 모든 논고의 바탕에 깔려 있는 상위의 관심사를 인식 가능하게 된다.

횔덜린은 비극적 송시에 그 목적인 "순수한 것"의 표현인 규칙적·문학적 수행이라는 몫을 돌리고 있다. 비극적 송시는 최고의 조화에서 최고의 대칭으로 이행해야만 하는데, 그것은 이 두 개의 감성적인 기본 체험들이 서로 투사되었을 때 비로소 대립적인 것의 중재로부터 '이상적인 것'이 생성될 수 있기 때문이다.

「일반적인 기초」는 비극, 즉 "비극적·연극적 문학"과 "비극적 송시"를 구분한다. 비극의 작가는 제 자신의 경험으로부터 거리를 취해야만 하는데, 그것은 경험들을 극적인 줄거리로 표현해야 하기 때문이다. 이에 따라서 횔덜린은 외적인 이야기("가시적인 소재")와 시인이 전달하고자 힘쓰는 감각("기초에 놓여 있는 소재")을 분리한다. 그는 주관적인 것과 객관적인 것이라는 이 대립을 비극을 위한 구성적 요소라고 선언한다. 비극은 이를 통해서 시인의 감각들이 직접적으로 표현되고 따라서 횔덜린이 그 효과도 허무하다고 한 비극적 송시와 명백히 구분된다.

「엠페도클레스에 대한 기초」는 이 논고(論考)에서 가장 긴 부분으로 일반적인 원리의 설명에서부터 특수한 것, 특별한 관계들과 개별적인 인물들의 서술로 이어진다. 논쟁의 구조는 "자연(自然)"과 "예술"의 중심적인 대립(횔덜린은 "비유기적인 것"과 "유기적인 것"이라는 개념을 사용하기도 한다)으로 특징지을 수 있다. '예술'은 형상적인 것이자 실증적인 것이다. 반면에 '자연'은 비형상적인 것, 무한한 것이다. 횔덜린의 관심은 그가 "예술"과 "자연"의 분리로 기술하고 있는 현재의 상황에 집중된다. 이러한 현재의 문제에 대한 해결을 제시하기 위해서 그는 자신의 사유 안으로 예술 영역을 건설적으로 도입한다. "예술은 자연의 만개한 꽃이며, 자연의 완성이다." 이렇게 해서 퇴행적인 '자연으로의 복귀'는 배제된다. 당대의 동료들과 함께 횔덜린은 문학의 역사적 기능을 "자연"과 "예술"의 대립 해소로 규정한다. 「엠페도클레스에 대한 기초」는 조화의 상실 상태를 어떻게 심미적으로 "표현할" 수 있을 것인가라는 문제를 맴돌고 있으며 — "표현"은 다시 한번 중심적인 개념이 된다 — 그렇게 해서 어떻게 현실로 연결될 수 있느냐의 문제를 맴돌고 있는 것이다. 이것은 적대적인 힘들을 규칙적으로 계산된 상호 관계 안에서 표상하는 과정의 형식을 통해서만 가능한 것으로 보인다. 횔덜린은 세 개 국면으로 표현의 순서를 구성한다. 이와 동시에 그는 "자연"과 "예술"의 그때마다의 관련을 인간학적인 주도 개념인 "다툼"(대립, 분리)과 "화해"(조화로운 결합, 통일)로 바꾸어 쓰고 있다.

"다툼", 대립이라는 당초의 상태에 이어서 둘째 국면으로서 다른 극단으로의 변혁이 뒤따른다. 자연과 예술은 이제 서로에게 철저하게 침투하여 각기의 고유성을 교환하고 자기의 고유한 특성에서 벗어난다. 결합의 순간에 자연과 예술, 그러니까 비유기적인 것과 유기적인 것은 그때마다 상대방에게서 자신을 재발견하고 각기의 동질성을 되찾는다. 이들의 화해는 결국 "망상"으로 드러난다. 통일성은 그 결과 해소되고 만다. 그렇지만 횔덜린은 바로 이러한 해소를 개별적인, 제약된 그리고 무상한 순간의 넘어서기로 이해한다. 이 통일성은 보다 더 보편적이고 보다 더 포괄적인 방식의 통합으로 이어진다는 것이다. 다시 말해서 이 셋째 국면에서 대립은 균형을 이룬다. 이 균형은 질적으로 원초적인 결합과는 구분된다. 왜냐하면 이 균형은 대립을 변증법적으로 중재하기 때문에 결국 "자연은 더욱 유기적"이 되고 "인간은 더욱 비유기적"이 된다.

이어지는 논쟁에서 횔덜린은 이제까지 추상에 머물고 있는 서술 방식을 비극의 중심 인물로 옮긴다. 엠페도클레스의 형상을 통해서 시대의 붕괴를 초래하는 — 이러한 붕괴 상황은 "운명"으로서 반복적으로 등장한다 — 대립이 단지 가시적이 될 뿐만 아니라, 그를 통해서 극복되기도 해야 한다. 그를 통해서, 그러니까 "자연"을 자신 안으로 받아들이고 자연을 의식하려고 시도하는 바로 그를 통해서 시대의 적대 관계들은 통합에 이르지 않으면 안 된다. 이로써 통합은 보편화되고 "가상적인 통합"이 된다. 엠페도클레스를 통해서 단순히 개별적으로 성취된 대립들의 조화 형성이 역사적·보편적인 현실성으로 중재될 수 있기 때문에, 개인으로서의 엠페도클레스는 소멸할 수밖에 없다. 이로써 "엠페도클레스는 시대의 희생물이 되어야만 했다. 그가 성장하면서 지녔던 운명의 문제들은 그의 내면에서 표면적으로 해소되어야 했고, 이러한 해소는 그 정도가 어떻든 모든 비극적인 인물들에게서 표면적이며 일시적인 해소로 나타나야 한다"(231쪽). 주인공, 위대한 개인의 비극적인 몰락이 이러한 개요 안에서는 본래 도래하는 보편성, 전체성으로의 이행을 가능하게 한다. 역사적인 상황은 희생을 요구한다. 대립으로 인한 극단적인 분열의 시대에는 "노래", 그러니까 문학은 조화 형성의 수단으로 더 이상 작용할 수 없으며, 다른 한편 "행동"은 그 본질대로, 전체적인 조화를 실현시킬 수 있기에는 너무 일방적으로 개입하기 때문이다.

줄거리와 주인공은 "자연"과 "예술"의 통합이라는 추상적인 이념을 구체적인 가시성으로 옮겨놓아야만 한다. 그러나 극적인 인물이 되기 위해서 엠페도클레스는 "단순히 보편적인 관계들을 통해서만이 아니라 [……] 특수한 관계들을 통해서, 가장 특수한 동기와 과제를 통해서 운명을 해소하지 않으면 안 된다"(235~36쪽). 그리하여 횔덜린은 결국 어떻게 자신의 이론적인 생각을 하나의 견고하고 극적인 줄거리로 옮길 수 있느냐라는 문제에 몰두하게 된다.

그 때문에 횔덜린은 논고의 마지막 부분 안에 자신의 주인공에게 극적인 대립자를 구상한다. 이 "적대자"는 엠페도클레스와 마찬가지로 시대의 산물이다. 그 역시 자연과 예술의 적대적 관계를 자신의 내면에 지니고 있다. 그러나 엠페도클레스가 이러한 대립을 화해시키려고 시도하는 반면에, 이 적대자는 이 대립을 영웅적인 힘으로 "억제"시키려고 한다. 다시 말해서 자신의 의식을 수단으로 해서 그 대립을 분리된 채 유지시키려고 한다. 그가 엠페도클레스의 "적대자"인 것은 바로 이 때문이다.

1) 비극적 송시는 최고의 불꽃으로 시작한다: 횔덜린은 전통적인 송시 이론에 접합하고 있다. 그의 설명은 규모가 작고 아나크레온적인 송시와는 반대로 축제적이고 고양된 음조와 감정의 열정적인 고양으로 특징지어지는 차원 높은 송시에 연관되어 있다. "최고의 불꽃"은 바로 이 차원 높은 송시의 우수성을 의미한다.

2) 내면적 집중성(Innigkeit): 이 개념은 우선 독일 신비주의자들의 설교에서 맞닥뜨리게 된다. 이때 이 개념은 경건한 마음을 의미할 수 있다. 내면적인(innige), 다시 말해 경건한 사람은 외부 세계를 등진 사람을 의미하기도 한다. 경건주의와 괴테 시대에서 이 개념의 수용은 내향성(Inwendigkeit)과 외향성(Auswendigkeit)이라는 두 반대어를 통해서 시작되었다. 브릴J. Brill의

주장에 따르면 기독교도는 "외향적인" 기독교를 통해서가 아니라 오로지 "내향적인" 기독교를 통해서만 축복을 받을 수 있다는 것이다. "내향적인 것"은 "외향적인 것"의 상위에 위치해야만 하고, 영원한 것이 시간적인 것의 상위에, 초감각적인 것이 감각적인 것의 상위에, 그리고 심성의 정신이 육신의 상위에 놓여야 한다고 주장하는 것이다. 라이프니츠G. W. Leibniz는 이러한 사상을 변용해 "참된 신비적 신학"으로 수용했다. 이러한 규정들의 전제 아래에서 '내면적 집중성(Innigkeit)'은 경건주의에서 외형으로의 분산에 대한 반대와, 신의 감득의 조건을 나타내게 된다. "내면적인 자는 빛을 얻을 것이요, 흩어지는 자는 그렇지 못할 것이다." 은총의 힘과 신의 현명함은 "오로지 조용한 내면적인 심성들에서만 계시된다." 그리하여 "신은 우리에게 내면적이다"라는 경구가 널리 알려지게 된다. 온 생명은 '내면적 집중성(Innigkeit)'으로 고양되어야만 한다.

이어서 '내면적 집중성(Innigkeit)'의 개념은 종교적인 연관으로부터 훨씬 벗어나서 "세속화"된다. 이제는 참된 예술가의 특성을 나타내게 된 것이다. 레싱G. E. Lessing이 디드로Diderot를 번역하면서 "친밀한(intim)"이라는 단어를 "내면적, 친밀한, 진지한(innig)"으로 옮긴 것이다. 예술가는 "규칙을 통해서가 아니라 전혀 다른 무엇, 훨씬 간접적이고, 훨씬 내면적이며, 한층 어둡고도 확실한 그 무엇을 통해서 이끌려지며 빛을 낸다." 괴테는 "분산된 삶"을 살고 있는 "세속인"과 무엇인가 "완전한 것을 만들어내려고 할 때" '내면적 집중성(Innigkeit)'에 머물러 있어야만 하는 "예술가"를 구분한다. 쇼펜하우어는 예술의 특징으로 "내면적인 것, 진지함과 참됨"을 지적한다. (낭만주의자들에게) 문학(Dichtung)의 언어 안으로 "내면적으로(innig)" 들어선 것이다. 횔덜린의 시구 "모든 것은 내면적이다"(구상, 단편, 메모들 중 22 「형상과 정신」, 『횔덜린 시 전집 2』, 393쪽)를 하이데거는 "모든 것은 상처를 입을 수 없는 것의 온전한 현전 안에 집결되어, 이 다칠 수 없는 것의 내부에 들어 있기 때문에, 존재한다. [……] 모든 것은, 총체적 현전의 내면적 집중성으로부터 드러나 보이는 가운데 존재하는 것이다"라고 해석하고 있다(「엠페도클레스의 죽음」 제1초고, 주 16)을 함께 참조하라).

헤겔에게 '내면적 집중성'은 실체성, 본질성의 주관적 형식이며 "스스로에 깃들어 있는 자유정신, 주관성의 절대적 고유 의미"이다. 그의 미학에서는 전래되는 종교적 및 예술적 의미들이 결합되어 있다.

이러한 여러 층위의 의미를 가지고 있는 이 용어를 한국어로 옮기는 일은 쉽지 않다. 내향성, 지적 직관, 종교적인 엄숙성, 진지성을 어떻게 하나의 단어로 옮길 수 있겠는가. 이 난관을 우선 우주적인 진리의 깨달음을 향하는 내면의 진지한 노력과 지향의 의미로서 "내면적 집중성"으로 옮겨보았다.

3) 부정(不正, nefas): 횔덜린이 소포클레스의 비극 「오이디푸스 왕」에 붙인 「오이디푸스에 대한 주석Anmerkungen zum Oedipus」에 이 단어가 사용되었다. 거기에 횔덜린은 "모든 것을 알고 있으면서 오이디푸스의 정신은 부정을 실제로" 발설하고 있다고 썼다. 로마인들 간에는 신적인 금지 사항/계명을 범하는 것을 의미하는 "부정"이라는 개념은 횔덜린에 의해서는 한층 포괄적인 의미로 사용되고 있다. 횔덜린은 이 부정이라는 개념을 가지고 모든 한계를 넘어섬을 의미한다. 말하자면 무한성으로의 접근을 의미하는 것이다.

4) 자연과 예술: 자연과 예술의 대립은 이 글 전체를 규정하고 있다. 슈미트는 이 대립을 일련의 반대 항목들로 아래와 같이 도식화해 보여준다.

자연	예술
비유기적	유기적
보편적으로	특별하게(개별적으로)
보편성	개별성
객체	주체
수동적	능동적
무의식적	의식적
말없이	언어
비유적이지 않은	비유적인, 조형적인

“시칠리아의 울창한 자연”	아그리겐트 시민의 예술정신
무정부적인 자유로움	초정치적인 부정적인 심사숙고의
압도적인 자연	자유정신다운 과감성
고의적이지 않은	의지
이해할 수 없는	정신(사유, 정리, 구분, 파악)

이에 대해서는 송시 「자연과 기술 또는 사투르누스와 유피테르」(『횔덜린 시 전집 2』, 154~55쪽) 및 이에 대한 주해(547~48쪽) 참조.

5) 보다 더 비유기적인(aorgischer): 논쟁에서 중심적이고 체계적인 의미를 지니는 비유기적이라는 이 용어는 횔덜린이 스스로 만들어낸 것으로 보인다. 횔덜린은 비활성적이며 또한 활성적인(비유기적인 그리고 유기적인) 자연의 대칭이 아니라 한편으로는 무형태적인 것, 무의식적인 것 그리고 다른 한편으로는 형상체와 의식의 대립을 겨냥하고 있다. 어떤 유기화, 구조화의 원리에 종속되어 있지 않은 무형식적인 자연은 “비유기적”이다. 이와는 반대로 “유기적인 것”은 형상화된 것, 개별적인 것, 의식된 것을 말한다. 능동적으로 전환해서 말하자면, 형태화하는 힘과 충동이다. 사변적인 카테고리들은 ‘비유기적’이면서 ‘유기적’이다. 삶 가운데에서 한쪽은 다른 한쪽 없이 생각할 수 없다(그렇기 때문에 횔덜린은 형용사를 홀로 비교급으로 사용한다. ‘보다 더 비유기적인’ 자연과 같은 방식으로 말이다).

6) 자연의 잘 갖추어진 형상(Wohlgestalt der Natur): 이것은 유기적인 비유기적 상태이다. 다시 말하자면 여기에서는 대립들이 무너진다.

7) 망상(Trugbild): 제3초고의 322~23행 이하 “지나가라! 사라지라! 곧 조용해지고 날이 / 밝아오도록, 망상이여!” 참조.

8) 미리 [……] 감각적인 결합: 횔덜린은 그가 엠페도클레스라는 인물을 통해서 제기하고 있는 결합을 “때 이르다”고 표현하고 있는데, 그것은 그 결합이 엠페도클레스가 지니고 있는 문제의 해결을 시간상 선취하고 있기 때문이다.

9) 자유로운 정신의 소유자들의 과감성: 18세기에는 일반적으로 계몽주의자들이 "자유로운 정신의 소유자들"로 불렸다. 횔덜린은 이 어휘를 자연을 이성적으로 지배할 수 있다고 생각하는 사람들에 대해서 명백히 폄하적인 의미로 사용하고 있다.

「제3초고에 대한 계획」의 주해

개관

횔덜린의 육필원고철(제3초고 자체가 들어 있는 슈투트가르트 2절판 원고철Stuttgarter Foliobuch은 아니다)에 「제3초고에 대한 계획」은 논고 「비극적인 것에 관하여」에 곧바로 이어져 있다. 횔덜린은 극의 제3초고의 첫번째 세 개 장면에 대해서는 이 계획을 그대로 따르지만 그다음에는 이 계획에서 완전히 벗어나고 있다. 우리는 우선 에트나 화산이 전체 극의 배경이 되는 것을 알아차리게 된다. 아그리겐트는 이미 지나왔다. 제1 및 제2초고에서 아그리겐트에서 일어난 모든 일은 제3초고에서는 단순히 보고만 되고 있을 뿐이다. 계획에 따르면 이 극은 엠페도클레스가 혼자 등장하는 장면으로 열리도록 되어 있다. 분명히 여기서 독백이 요구되는 것이다. 두번째 장면에서 파우사니아스가 엠페도클레스에 가담한다. 이 장면의 정점에서 그들은 갈라지게 된다. 세번째 장면에서는 "노인(der Greis)"의 도착이 알려진다. 만네스Manes라는 이름은 이 계획에는 나타나지 않는다. 그러나 이 사람은 횔덜린이 마음에 담고 있는 노인(계획상 '현자'와 동일한 인물로 보임)이다.

「제3초고에 대한 계획」에서 가장 중요한 혁신은 엠페도클레스가 이제 "적대자"와 대결해야만 한다는 점이다. 「비극적인 것에 관하여」에서도 언급했던 적이 있는 바로 그 적대자이다. 분명히, 엠페도클레스의 적대자는 극적인 갈등에서 크리티아스/메카데스 또는 헤르모크라테스보다는 더욱 주목할 상대일 것으로 보인다. 사실, 적대자는 엠페도클레스에 비해서 "열등"하다. 그리고 처음에는 우위의 사람을 추방하고자 하는 자신의 욕망에 굴복한다. 그러나 이 계획에서 그는 곧바로 자신의 행동을 후회하고 엠페도클레스의 귀환을 촉구하면서 재빨리 대중을 따르게 된다. 앞서의 초고에서 적대자는 아그리겐트의 집정관이었다. 그는 이제 "영웅적으로 성찰적"인 성격으로 규정되어 있다. 그의 지성은 실천적인 행동과 "명백한 구분"에 전념한다. 그의 한계가 무엇이든지 간에 그는 엠페도클레스에게 영향을 미친다. 이 「제3초고에 대한 계획」 끝 부분에 엠페도클레스는 "영웅적으로 이념적"이라고 서술되어 있다. 다시 말해서 최선의 서사적 그리고 명상적 또는 성찰적 성품의 결합체로 규정되어 있는 것이다.

효과적으로, 이 적대자는 이제 엠페도클레스의 형(兄)이라고 언급된다. "형제지간"은 "비밀스러운 인연"이며 "독특한 상황"이다. 횔덜린이 일찍이 이 극을 위해서 마음에 그려두었던 이 가족 간의 불화는 여기서는 형제 사이의 분쟁으로 계획되어 있다(우리는 예컨대 아르고스와 테베스, 티에스테스와 아트레우스 같은 그리스 비극에서의 형제들을 상기해볼 수도 있다). 나아가 판테아가 엠페도클레스의 누이동생이자 적대자의 누이동생이라고 언급된다. 이들의 근친성은 그러니까 판테아와 엠페도클레스가 "소박·이념적"이라는 사실로 설명된다. 다시 말하면 이 두 사람은 다 같이 정치의 세계에보다는 철학과 문학의 세계에 더 가깝다는 것이다. 이 극의 이후 장면들 — 이 장면들이 직접 집필되지는 않았지만 — 은 세 명의 가족 사이의 불화에 집중되어 있다. 기본적으로는 판테아와 집정관 사이의 다툼, 그리고 막 엠페도클레스가 가담하기 시작하는 다툼에 집중되는 것이다. 이 계획의 마지막 서술에서 횔덜린은 엠페도클레스의 "사람들"에게 접근하는 것과 그들로부터 거리를 두는 것을 재차 언급한다. "사람들"은 마지막에 이르러 분화구에서 자신의 생을 마감하려는 엠페도클레스의 욕망을 그저 강화시킬 수밖에 없다. 가족들 간의 결정적인 다툼과 아그리겐트 군중의 관계는 불분명하다.

그런데 계획이 "노인"을 극에서 사라지게 하고, 두 형제와 누이동생이 "중재자" 없이 서로 직접 대립토록 한다는 점에 유의한다면, 이 극의 제3초고 자체는 그를 한 혈육 이상의 무엇으로 제시하려고 하는 것 같다. 엠페도클레스의 제2의 자아 또는 다른 나에 더 가까운 그 무엇으로, 또는 훨씬 나이가 많은 노령의 형으로서 말이다.

1) 적대자(Gegner):「비극적인 것에 관하여」의 마지막 문단 "그의 적대자는 이것을 이용하고, 추방을 야기한다. 그의 적대자는 태생적인 재능에서는 엠페도클레스만큼 위대한 자로서 시대의 문제를 다른 방법으로, 한층 부정적인 방식으로 해소하려고 시도한다"(237~38쪽) 참조.

2) 양쪽의 비극적인 운명에 대한 느낌:「비극적인 것에 관하여」의 마지막 문단 앞의 주 1) 인용에 이은 서술, 즉 "활동", 다시 말해서 정치적인 행위의 문제성을 포함하고 있는 마지막 문단의 결구까지의 서술 참조.

3) 성찰적. 이념적: 이 용어는 이어지는 "영웅적으로 성찰적"이라든지 "소박. 이념적" "영웅적으로 이념적"이라는 용어들과 함께 횔덜린이 이 시기쯤에서 「음조의 교차Wochsel der Töne」에 대한 고찰을 통해서 제기한 용어들이다 [「음조의 교차」 이론에 대해서는 장영태의 『횔덜린』(문학과지성사, 1987), 267쪽 이하 「V. 창작의 논리」, 특히 319쪽 이하 「음조의 교차와 반전」 참조]. 「제3초고의 계속을 위한 스케치」에도 비슷한 노트가 들어 있는데 거기에서는 문학적 장르 이론과 결부되어 있다.

여기서 "이념적(idealisch)"이라는 용어가 어쩌면 내용을 파악하기 가장 어려운 용어일 것 같다. 이 용어는 도덕적 혹은 미학적인 의미에서의 "이상"을 뜻하는 것은 아니며, 드라마에서의 이데아, 즉 관념, 생각, 이념을 의미한다. 그러니까 드라마의 중심이 되는 갈등과 적합한 주제라는 의미에서의 관념을 뜻한다. 등장인물의 대사나 줄거리의 구성에서 드러나게 되는 비극의 로고스logos 측면이라고 볼 수 있다.「음조의 교차」의 첫 부분은 이렇게 시작하면서 "소박한" "영웅적" "이념적"이라는 용어의 의미를 암시한다.

"소박한 첫 음조가 반대가 되면서 이념적인 대단원이 영웅적으로 결말을 맺는 것은 아닌가? 영웅적인 첫 음조가 반대가 되면서 소박한 대단원이 이념적으로 결말을 맺는 것은 아닌가? 이념적인 첫 음조가 반대가 되면서 영웅적인 대단원이 소박한 것으로 결말을 맺는 것은 아닌가?"

앞의 첫 문구를「엠페도클레스의 죽음」제1초고에 적용해보는 것은 일리가 있어 보인다. 판테아의 대사를 특징지을 수 있는, 첫번째 제기되는 음조는 소박하다. 그런데 끝에 이르러 마지막 행동은 영웅적인 분위기 가운데 표출되었다고 말해야 할 것이다.「제3초고에 대한 계획」은 그러니까 이와 밀접하게 관련된다. 즉 그 대단원은 이념적이라는 뜻이다.

「음조의 교체」에서는 비극적 문학은 다음과 같은 범주를 통해서 논의되고 있다.

① 관념적인 것: 아리스토텔레스가『시학』에서 강조하고 있는 비극에서의 디아노이아dianoia, 즉 인식 능력[Erkenntnisfähigkeit, Aristoteles, *Poetik*, 6, 이상섭,『아리스토텔레스의「시학」연구』(문학과지성사, 2002), 40쪽 참조. 이상섭은 디아노이아를 사고력이라고 번역함], 특히 플롯과 언어 표현에서의 인식 능력, 사고력과 대등한 의미를 가진다. 아리스토텔레스나 횔덜린에게 비극은 무엇보다도 관념에 의해 이끌려진다.

② 영웅적인 것: 평균적인 시민보다는 어느 정도는 "더 선량하고", 그들의 삶보다는 얼마만큼은 더 규모가 큰 사람들의 행동과 행위라는 의미.

③ 소박한 것: 의심의 여지없이 쉴러Schiller의 의미에서이다. 즉 "감상적" 문학에서의 집중적인 감정의 표현과는 대칭되는 명료하고 솔직한 서술과 묘사를 가리킨다.

4) 운명의 아들의 감동: 엠페도클레스의 감동.「비극적인 것에 관하여」에

서 “그렇게 해서 엠페도클레스는 그의 하늘과 시대, 그의 조국의 아들이며, 세계가 그의 눈앞에 모습을 나타내 보였던 자연과 예술의 강렬한 대립의 아들이다”(227쪽)라고 말하고 있다. 또한 “그렇게 해서 엠페도클레스는 시대의 희생물이 되어야만 했다. 그가 성장하면서 지녔던 운명의 문제들은 그의 내면에서 표면적으로 해소되어야 했고, 이러한 해소는 그 정도가 어떻든 모든 비극적인 인물들에게서 표면적이며 일시적인 해소로 나타나야 한다”(231쪽).

그리고 마지막으로 “운명이, 그러니까 예술과 자연의 대립들이 강하면 강할수록, 그 대립들 안에는 점점 더 개별화되며 확고한 지점, 일종의 발판을 얻어내고자 하는 경향이 그만큼 커졌었다. [……] 그렇게 해서 엠페도클레스의 내면에서 그의 시대는 개별화된다”(231쪽)고 서술하고 있다.

5) 기쁨의 노래(Glückseligkeitsgesang): 이 독특한 개념은 그리스어 마카리스모스μακαρτσμός, 즉 “행복에 대한 찬양”에서 유래한다. 기술적 용어로서 아리스토텔레스가 『수사학』에서 이 개념을 사용했다. 처음에는 단순히 찬미하는 진술이라고 했던 것이 그리스 사람들 간에는 특정한 형식에 결합된, 문학적 진술 유형으로 발전되었다. 누군가가 자신에게 주어진 행운 때문에 찬양을 받게 되는 것이다. 이때 이 행운은 세속적인 재물 또는 명예나 명성과 같은 가치이다. 『구약성서』에서도 부분적으로는 그러하다. 그러나 성서에서 특정한 행복에 대한 찬미는 특히 내면성이나 종교성의 지평에 위치한다. 즉 『구약성서』에서 하느님의 백성이나, 경건한 사람들 등은 찬미의 대상이다. 『신약성서』에는 ‘복에 대한 찬양’이 많이 들어 있다. 이 찬양들은 주로 하느님의 나라에 함께하는 것에서부터 인간에게 일어나는 내면적인 기쁨에까지 연관되어 있다. 구원의 소식을 듣고 다가오는 신의 나라에 희망을 걸어도 되는 그러한 사람들과 연관되어 있는 것이다. 가장 인상적인 복에 대한 찬양은 산상 설교의 첫 도입부(「마태복음」 제5장 3~16절)에 담겨 있다. 횔덜린이 쓰고 있는 기쁨의 노래가 보여주는 대로 ‘행복에 대한 찬양’은 성서의 의미로 이해

된다.

6) 젊은이 태양(Sonnenjüngling): 송시 「일몰Sonnenuntergang」, "황금빛 음향으로 가득 채워 매혹의 청년/태양의 신, 그의 저녁 노래//천국의 칠현금에 실어 타는 것을 내 귀담아듣는 찰나인 탓이다"(『횔덜린 시 전집 1』, 391쪽 3~5행)와 「태양의 신에게Dem Sonnengott」(같은 책, 390쪽 3~5행) 등과 비교.

「제3초고의 계속을 위한 스케치」의 주해

개관

「엠페도클레스의 죽음」의 제3초고의 계속을 위한 스케치는 「슈투트가르트 2절판 원고철」 제3초고의 "새 세상" 합창에 바로 뒤이어 기록되어 있다. 이 스케치는 이미 제3초고에 전개된 제1막을 고려하지 않고 제2막부터의 진전을 개괄하고 있다. 이 스케치에는 아그리겐트의 집정관이자 엠페도클레스의 형인 스트라토Strato가 새로 등장한다. 횔덜린은 아래와 같이 등장인물을 기록하고 있다.

엠페도클레스
파우사니아스, 엠페도클레스의 친구
만네스, 이집트 사람
스트라토, 아그리겐트의 왕, 엠페도클레스의 형
판테아, 엠페도클레스의 누이동생
종자들
아그리겐트 사람들의 합창단

스트라토는 「비극적인 것에 관하여」 중 「엠페도클레스에 대한 기초」에서 언급된 "반대자"를 대변한다. 「제3초고에 대한 계획」에 따르면 "왕"은 논쟁의 역할을 담당하기로 되어 있다. 그러나 「제3초고의 계속을 위한 스케치」에는 이집트의 사제인 만네스가 비극에서 한층 더 중요한 역할을 담당하도록 되어 있다는 몇몇 증거가 들어 있다. 우리는 제3초고에서 "노인"이 어떻게 엠페도클레스의 정체성에 도전하고 있는지 보았다. 「제3초고의 계속을 위한 스케치」의 제4막 3장에서는 스트라토가 아니라, 똑같은 노인 만네스가 "엠페도클레스의 연설에 몹시 놀라워하고" 엠페도클레스의 소명을 확인한다. 마지막 장에서 엠페도클레스의 궁극적인 의지를 선언하고 있는 인물도 다시 만네스이다. 그렇다면, 횔덜린이 엠페도클레스의 정체성에 대한 만네스의 도전에 엠페도클레스로 하여금 반응하도록 의도했다는 것은 의심의 여지가 없다. 그리고 이 응수는 만네스와 모두를 설득시킨 결과였다. "엠페도클레스에 대칭하고 있는 그의 위치에서 엠페도클레스와 대등한 인물, 이 극의 마지막 국면에서 엠페도클레스와 관련한 언급이 전적으로 유효한 인물로서 만네스의 창안은 엠페도클레스의 본질과 그의 죽음을 하나의 순수한 필연으로 만들어준다. 만네스는 엠페도클레스가 무조건 유한한 존재의 바탕 위에 있다는 사실을 알고 있다. 그는 시간의 집단적인 흐름으로부터 엠페도클레스의 감각을 끌어내고 있다"(막스 콤머렐).

마지막으로 횔덜린이 이 극의 2막과 3막에 합창을 덧붙이려고 의도했음이 드러난다. 이것은 그가 모델로서 고전적인 비극에 더 많은 관심을 기울였던 사실을 반영한다. 소포클레스는 그에게는 언제나 최고의 중요성을 지니고 있었다. 그는 몇 년간 핀다로스의 송시와 소포클레스의 비극 「오이디푸스 왕」과 「안티고네」의 번역에 자신의 마지막 창조적 역량을 바쳤다. 소포클레스 비극에 부친 아주 특별한 그의 노트와 더불어 이 번역들은 「엠페도클레스의 죽음」이 지향하고 있는 작품들이다.

「몰락하는 조국……」의 주해

개관

논고「몰락하는 조국……」은 본래 제목 없이 쓴 짧은 글이다. 몇몇 횔덜린 전집 편집자들은, 예컨대 헬링라트Norbert v. Hellingrath와 함께 횔덜린 전집 편집에 참여했던 피게노트Ludwig v. Pigenot는 이 글에「소멸 가운데에서의 생성Werden im Vergehen」이라는 제목을 처음 부여했고, 자틀러Dietrich Sattler와 슈미트Jochen Schmidt는 이 글의 서두를 따라서 그 제목을「몰락하는 조국……」이라 했다. 바이스너Friedrich Beißner는『슈투트가르트판 횔덜린 대전집』에 피게노트의 제안대로「소멸 가운데에서의 생성」으로 제목을 달아 수록했다.「몰락하는 조국……」은 슈투트가르트 2절판(Stuttgarter Foliobuch)이라고 칭하는 육필 원고철의 마지막 공간에, 비극의 제3초고의 종결부 "새 세상"에 잇대어 쓰여 있다. 이 글이「제3초고의 계속을 위한 스케치」보다 앞서 쓴 것이냐, 아니면 그 직후에 쓴 것이냐에 대해서는 논란이 있기는 하지만, 이 글이「제3초고의 계속을 위한 스케치」의 서두에 등장하는 "미래"와 연관되어 있다는 사실에는 이견이 없다. 이 글이 낡은 것의 잔재로부터 그 형상을 취하는 새로운 세계에 관한 것이기 때문이다. 바이스너의『슈투트가르트판 횔덜린 대전집』은 물론 자틀러가 편집한『프랑크푸르트판 횔덜린 전집』도 이 논고를 비극「엠페도클레스의 죽음」과 연관된 글로 보지 않고 다른 에세이들과 함께 별도「논고들Aufsätze」에 포함시켜 편집하고 있으나, 이 논고를 어디까지나 비극「엠페도클레스의 죽음」의 한 구성 요소로 보아야 할 근거는 거기에 있다.

이미「비극적인 것에 관하여」에서 횔덜린은 드라마의 사건 진행을 결정적이며 보편적·역사적인 지평에 위치시킨 바 있다. 위대한 개별자, 엠페도클레스조차 자신의 시대적 운명이 그의 내면에 개별화되고, 다른 한편으로는 개인으로서 그 자신의 죽음을 통해서 역사 안에서 하나의 역할을 수행하는 한에서만 그 역사적 지평과 의미 있는 관계를 지니게 된다. 논고 「몰락하는 조국……」은 한층 더 추상적이고 더 보편적인 역사철학적 고찰로 넘어가고 있다. 그 고찰 가운데 개별자 엠페도클레스는 더 이상 표면에 등장하지 않는다. 다만 범주로서 "개별적인 것"("특수한 것")이 언급되며, 끝에 이르러 실마리가 될 "인물들"이 언급되고 있을 뿐이다. 그리고 이 글의 서술 구조는 이행(移行)이라는 중심적인 사상(조국의 소멸 또는 이행)으로, 과거로부터 미래로의 이행이라는 사상으로 규정되어 있다.

현재는 이러한 이행의 결정적인 단계이다. 현재는 그 안에 낡은 것, 과거적인 것이 해체되고 새로운 것, 미래적인 것이 생성되기 때문에 이행의 시기인 것이다. 이와 함께 이행의 단계는 해체의 장이기 때문에 본질적으로 탈개성화의 범주로 규정된다. 이와는 달리 과거와 미래는 개성의 범주에 해당한다. 이러한 관계에서 과거와 미래는 원칙적으로 서로 유사하다. 이행은 소멸하고 있는 낡은 개성("형상")이 생성되는 새로운 개성으로의 이행이다. 이 이행이 개성적인 것, 규정적인 것, 특수한 것이 더 이상, 그리고 아직 존재하지 않는 "순간"으로 생각되는 한, 순수한 부정[否定, "실질적인 무(無)"]이다. 이 순간에는 더 이상 아무것도 "실질적"이지 않으나, 모든 것이 "가능"하기 때문에 이론적으로는 "모든 세계의 세계" "모든 것 안에서의 모든 것"이 포함되어 있다. 그러나 실제 체험에서는 그 이행은 부정으로 체험된다. 아무것도 더 이상, 또는 아직 존재하지 않는 완전한 방향 상실 내지는 정처 없음의 순간으로 체험되기 때문이다. 따라서 이행은 죽음과 같은 것, 고통, "두려움"의 순간으로 지각되기도 한다.

이 논고의 본래 서술 목적은 이러한 "순간"의 체험에 드러나는 위험을 극복할 가능성을 찾는 일이다. 총체적·역사적 방향 설정의 지평과 "두려움 없이" 머무는 것을 용인하는 의식 상태에 도달하는 것 말이다. 이러한 일은 "이념적 해체"에서 일어난다. "실질적인 해체"와는 달리, 다시 말해서 해체의 구체적인, 개별적으로 현재에 드러나는 순간에서 쇠진해진 그리고 직접적으로 위협적인 경험과는 달리, "이념적 해체"는 이미 "새로운 생명"으로 형상화된 미래에 대한 전망으로부터 발생하기 때문이다. 이러한 전망으로부터 회고적으로 — "회상"을 통해서, 또는 횔덜린도 말하고 있는 것처럼 "재생산의 행위"를 통해서 — 이미 과거 안에 담겨 있는 "실질적 해체"의 요소를 상위에 위치한, "회상"을 통해 파악할 수 있는 역사적인 총체적 진행으로 편입시키는 것이 가능해진다. 회상된 해체는 "이념적 해체"이다. 다시 말하면 의식을 통해서 포괄적인 역사적 지평으로 편입된, 그리하여 의미 있게 극복하는 표상 내용이 되는 것이다. 이렇게 보자면 본래의 관심은 치유를 목적으로 하는 역사철학이라고 해도 지나치지 않는다. 다만 어려움은 역사 진행을 전체적으로 파악하는 의식의 획득이 가능하리라는 전제에 담겨 있다. 그러나 이러한 난점은 — 언급되지 않은 채이기는 하지만 — 역사의 순환 구조에 대한 수용을 통해서 선험적으로 제거된 것처럼 보인다. 역사가 3단계 — 즉 개별적인 형상(과거)-개별적 형상의 해체(현재)-개별적인 형상(미래) — 로 생각될 수 있다면, 개별성과 실증성이라는 관점 아래에서 모든 미래는 과거에 그대로 상응하기 때문이다. 이러한 체계적인 연관에는 횔덜린이 이 시기 이후 시인의 역할을 역사적인 미래에 대한 적극적인 참여와 이에 대한 문학적인 능력에서 구하고 있는 사실과 일치한다.

순환적인 역사관, 다시 말해서 원칙적인 관점에서 동일한 것의 재귀라는 전제와 함께 이 논고는 비극의 제3초고에서 전개되고 있는 역사상과 일치를 이룬다. 제3초고에서 엠페도클레스는 애제자 파우사니아스를 향해서 자신의 유언과 다름없는 연설을 이렇게 마치고 있다. "가게나! 아무것도 두려워 말게! 모든 것은 되돌아오는 법이네 / 그리고 일어나야 할 일은 이미 이루어졌다네"(제319~20행). 이러한 역사관은 이제 이 논고에서 역사철학적인 토대와 그 기능 규정을 포함하게 된다.

그러나 횔덜린은 그가 중심적인 암호로 제기하는 "이념적 해체"라는 역사철학적인 의식의 성취에 만족하지 않는다. 그는 "이념적 해체"라는 표상이 어떻게 "표현"에 이르게 되는가를 중요하게 생각한다. 비극은 "이념적 해체"를 극적으로 제시하기 때문에, 바로 비극이 이러한 "표현"이다. 낡은 것의 몰락, 해체의 순간, 새로운 것의 생성이 연속적인 과정으로 이루어지면서 무한한 중재의 지평 안에 이것을 위치시키고, 역사적인 총체로서 인식시키는 사건 진행의 어법을 통해 그러한 "표현"은 성립된다. 논고 「몰락하는 조국……」의 서두에서 이미 "표현"의 목적이 언급되고 있거니와, 논고 「비극적인 것에 관하여」도 역시 "표현"을 언급하고 있다. 뒤이어 그의 비극 이론이 엿보이는 「오이디푸스에 대한 주석」과 「안티고네에 대한 주석」에서도 "표현"에 대한 관점이 큰 의미를 차지하고 있다.

이 "표현"에는 역사철학적으로 정의된 개념을 문학 장르론의 용어, 즉 표현 형식들과 결부시키려는 시도도 해당된다. "서사적으로 표현 가능한 개별적으로 이념적인 것"에 대한 언급이 있는데, 이러한 언급이 성립되는 것은 과거와 미래에 확실하고 구체적으로 현존하고 있다는 시각에서 볼 때 개별적인 것은 서사적인 것과 결합되기 때문이라는 것이다. 서사시는 사실 전통적으로 서사적인 "묘사"에 적합한 구체적인 현상과 상황에 결부되어 있다. 마찬가지로 "서정적" 또는 "비극적"이라는 개념도 역사철학적인 지평으로 기능할 수 있다. 따라서 이들 개념 모두는 이 논고에서 시학적 장르를 의미하는 것이 아니라, 비극 내에서 형식적인 표현 성향을 의미한다고 할 수 있다. 이 표현 성향은 사건 진행의 다양한 국면에서 그것들의 지배적인 성향을 통해서 전체 지평에서의 역사적 비중을 보여주는 것이다.

이 논고의 보다 내밀한 의미는 횔덜린이 역사 진행을 비극적인 해체에서 바라보면서도 매 순간 현재에 살고 있는 우리에게 두려움 없이 미래를 바라보라는 위안을 던지고 있다는 데 있다. 새로운 세상에 대한 희망과 같은 위안은 추상적인 관념에서 나온 것이 아니다. 횔덜린은, 열렬한 자코뱅파 동조자로서 파리에 머물다가 뒤늦게 환멸을 겪고 귀국한 에벨Johann Gottfried Ebel에게 보낸 편지(1797년 1월 10일 자)에서 이렇게 그를 위로하고 있다. "일반적인 일이지만, 나는 모든 끓어오름과 해체는 필연코 소멸이 아니면 새로운 유기화로 이어지게 된다는 사실에서 위안을 얻고 있소. 그러나 소멸이라는 것은 존재하지 않소. 그러니까 이 세계의 청춘은 우리의 분해로부터 다시금 되돌아오는 것이 틀림없다는 말이오."

논고 「몰락하는 조국……」을 통해서 횔덜린은 앞서의 다른 논고 「비극적인 것에 관하여」로부터 출발한 여정을 마무리하고 있다. 즉 비극은 예외적으로 재능을 타고난 남녀 주인공이 그들의 내면적인 진정성을 받아들일 수 없거나 이를 견디어낼 수 없는 세계와 겪는 갈등을 내포한다는 것이다. 특히 논고 「몰락하는 조국……」에서 횔덜린은 단호하게 비극에 대한 철학적·역사적 이해의 방향으로 옮겨가고 있다.

1) 이상주의는 여기서는 "특수한 것"의 최고 가치로의 고양(高揚)을 의미한다. 그 "특수한 것"은 "모든 것"으로 나타나기 때문이다. 그리고 이 "특수한 것"을 넘어서는 어떤 전망도 존재하지 않는다. 왜냐하면 그것만이 "감각적으로" 인지되기 때문이다. 무엇보다도 순간으로, 감각적으로 경험 가능한 현재로의 총체적인 한정이 중요한 것은 시간이라는 범주 아래에 있는 이 논고의 전체 지평에서뿐만 아니라, 이어지는 호라티우스의 인용구에서도 드러난다. 첨언된 "향락주의"는 "감각적으로" 현재적인 것에 온통 집중하는, 에피쿠로스가 주창한 삶의 태도, 그리고 에피쿠로스파의 한 사람인 호라티우스가 "현재를 즐겨라(carpe diem)"라는 모토로 요약하고 있는 삶의 태도를 암시한다.

2) 호라티우스의 『노래집』 III 29, 29행 이하, "prudens futuri temporis exitum/caliginosa nocte premit deus,/ridetque si mortalis ultra/fas trepidat"(신은 현명하게 미래의 시간의 진행을/어두운 밤으로 가려놓네/그리고 죽을 운명의 인간이 정도를 넘어 두려워할 때면/미소를 짓는다네)에서 인용하고 있음.

횔덜린의 엠페도클레스,
죽음과 혁명의 비극

「엠페도클레스의 죽음」의 소재와 작품의 생성 — 「프랑크푸르트 계획」

시인 횔덜린은 자신의 문학 이론에서 "서사적인 것"에 대해서도 집중적으로 성찰한 바 있다. 그러나 그는 장편 서사시를 쓴 적은 없다. 다만 기법상 매우 복합적이고 실험적인 소설 『휘페리온*Hyperion*』을 남겼다. 『휘페리온』은 당대 독자층의 기대를 충족시킨 작품이라기보다 당대의 철학적 경향을 서정적 문체로 옮겨놓은 서한체 소설이다. 총 350부가 인쇄되었는데 대부분이 수년이 지나도록 팔리지 않았다. 초기 낭만주의 작가 슐레겔Friedrich Schlegel이 완벽한 소설은 "현대적, 철학적, 윤리적, 시적, 정치적, 사회적이며, 자유롭고, 보편적이어야만 한다"고 했지만, 이에 해당하는 완벽한 소설인 『휘페리온』은 너무 일찍 태어났던 것이다. 횔덜린 자신도 노고를 다 바친, 7년 이상의 집필 과정을 거친 『휘페리온』이 출간되고 나서는 더 이상 소설이나 산문 형식의 단편을 쓸 계획을 세우지 않았다.

그러나 소설 『휘페리온』의 집필을 끝내고 나서 시학적 고찰의 중심에 들어선 "비극적인 것"에 대해서는 그 관심의 정도가 매우 달랐다. 이미 1794년부터 시인은 "그리스 드라마의 이상을 따라서 소크라테스의 죽음에 대한 비극을 쓰려고"(1794년 10월 10일 노이퍼에게 쓴 편지 중에서) 계획했다. 이 계획은 실현되지 않았다. 그 대신 횔덜린은 1797년 여름, 그러니까 소설 『휘페리온』 제1권이 출판되고 제2권을 집필하는 사이 시칠리아 출신의 소크라테스 이전 철학자 엠페도클레스에게 바치는 5막의 비극 집필을 위해 소위 「프랑크푸르트 계획」을 세운다. "나는 그 소재가 나를 매혹시키는 한 편의 비극에 대해 아주 자세한 계획을 세웠다"(1797년 8월, 의붓동생 카알에게 쓴 편지 중에서). 멘델스존(Moses Mendelssohn, 1729~1786)이 당대에 많이 읽힌 대화록 『파에톤 또는 영혼의 불멸성에 관하여』를 통해서 새롭게 부각시킨 소크라테스와는 달리, 아그리겐트Agrigent의 엠페도클레스(Empedokles, 기원전 495~435)는 당시 문학적으로는 거의 형상화된 적이 없는 고대 그리스의 인물이었다. 그의 주저인 두 편의 교훈시 「자연에 관하여Peri physeōs」와 「정화(淨化) 의례들Katharmoi」은 단편적으로만 전해진다. 그러나 엠페도클레스가 에트나 화산에 몸을 던져 최후를 마쳤다는 전설은 큰 관심을 불러일으켰다. 고대 그리스 후기의 저술가 디오게네스 라에르티오스(Diogenes Laërtios, 3세기경)는 이에 대해 자신의 저서 『저명한 철학자들의 생애와 생각들』 제8권에서 기술한 바 있으며, 호라티우스(Horatius, 1세기)는 자신의 저서 『시학*Ars Poetica*』의 말미에서 "불사의 신으로 취급되기를 바라는 열망"이 엠페도클레스를 에트나 화산에서의 자살로 몰아갔다면서 엠페도클레스의 오만을 조롱한 바 있다. 이와는 달리 루크레

티우스(Lukretius, 1세기)는 교훈시 『대자연*Dererum natura*』의 첫번째 노래에서 엠페도클레스의 신적 출생과 신적 영감을 아무런 의심 없이 드러냈다.

횔덜린은 1798년 크리스마스이브에 친구 징클레어에게 보낸 편지에서 "나는 요 며칠 동안 자네가 준 디오게네스 라에르티오스의 책을 찬찬히 읽었다네. 나는 이 책에서도 내가 이미 여러 번 만났던 일, 말하자면 인간의 사상과 체계가 스쳐 지나가고 있는 것과 변화가 더욱 비극적으로 나의 주목을 끈다는 것을 알게 되었다네"라고 피력하였다. 횔덜린은 라에르티오스의 책에서 자신의 비극에서 결합과 강조를 통해 나름대로 방향을 달리한 견해를 펼쳐 보일 수 있는 구성요소들을 이끌어내었다. 예컨대 엠페도클레스는 시인이자 철학자이며, 수사가이자 정치가 그리고 기적을 불러오는 자라는 것, 또 엠페도클레스는 비밀을 폭로함으로써 사제로서 그리고 철학자로서 사회적인 기대를 배반했다는 사실, 아그리겐트 시민들로 하여금 정치에서 평등을 요구하도록 설득했다는 사실, 그리고 오만으로 편향되어 있었으며 신적인 존경을 추구했고 또 그것을 얻기도 했다는 사실을 라에르티오스의 저서에서 간파했던 것이다. 엠페도클레스는 사랑과 불화의 힘에 의해서 영속적으로 결합하고 또 분리되는 4개 원소가 있다고 가르쳤다. "그것들의 계속적인 변화는 결코 끝나지 않는다"고 엠페도클레스는 말했다. 이것은 횔덜린이 문학을 성찰할 때 매우 공감해 마지않았던 교훈이다. 엠페도클레스가 왜 에트나의 분화구에 몸을 던졌는지에 대해서 라에르티오스는 오직 하나의 의견을 제시했을 뿐이다. 즉 엠페도클레스가 자신이 "하나의 신이 되었다는 기록을 확인해놓기 위해서"라는 것이다. 횔덜린은 그러나 다른 가능성들에 유의했다.

횔덜린의 엠페도클레스 상은 「엠페도클레스의 죽음」에 대한 최초의 개요인 「프랑크푸르트 계획」에 명료하게 그려져 있다. 「프랑크푸르트 계획」에 따르면 이 극은 5막의 비극으로 계획되어 있었다. 이 비극을 쓰려고 여러 번 시도하는 동안 횔덜린은 이렇게 계획된 기본 틀을 벗어나지 않았다. 「프랑크푸르트 계획」에 그는 5막 모두의 내용을 약술하고 몇몇 장면을 스케치했다. 줄거리를 요약하면 이렇다. 가정불화에 이어 동료 시민들로부터 공격을 당한 엠페도클레스는 에트나 화산 정상으로 향한다. 먼저 제자가 찾아오고 뒤이어 가족이 찾아와서 집으로 돌아오라고 그를 설득한다. 엠페도클레스는 아그리겐트로 돌아오지만 다시 모욕을 당하고 추방당한다. 에트나 화산으로 돌아온 그는 죽을 채비를 한다. 횔덜린은 "엠페도클레스는 자신의 죽음을 준비한다. 자신의 결심에 대한 우연한 동기들은 이제 그에게서 완전히 지워진다. 그는 그 결심을 자신의 가장 깊은 내면에서 결과되는 하나의 필연으로 생각한다"(「프랑크푸르트 계획」, 217쪽)고 적고 있다. 엠페도클레스는 분화구에 몸을 던진다. 그러나 실제로는 이 같은 줄거리는 대부분 포기할 수밖에 없었다. 다만 엠페도클레스의 마지막 결단의 정신적인 밑바탕은 이 극에 그대로 남겨졌다. 또한 횔덜린이 「프랑크푸르트 계획」의 서두를 열고 있는 엠페도클레스의 불만에 대한 긴 성격 규정도 그대로 유지되었다.

"엠페도클레스. 그는 자신의 기질과 철학 때문에 벌써 오래전에 문명을 혐오하게끔 숙명 지어졌고, 모든 결정된 일들을 경멸하고, 이런 저런 대상을 향한 모든 관심들을 경멸하도록 운명 지어져 있다. 모든 일방적인 존재의 불구대천의 적대자. 그리고 특별한 관계라는 단순한 이유로 실제 아름다운 관계조차 불만스럽게 여기고, 안절부절못하고, 고통스러워한다. 오로지 살아 있는 모든 것들과의 위대한 화음 가운데에서만 자신이 완전히 충만되었음을 느끼는데, 언제나 모든 곳에 편재하는 가슴으로, 마치 신처럼 내면적이며 자유롭게 그리고 신처럼 넓게 펼쳐 그것들 안에 살고 사랑할 수 없기 때문에, 자신의 마음과 자신의 사유가 현전하는 것을 붙들자마자, 자신이 연장(延長)의 법칙에 묶이기 때문에 불만스럽고, 안절부절못하고, 고통스러워한다." (「프랑크푸르트 계획」, 213쪽)

사실 이 비극을 집필하면서 횔덜린이 겪은 어려움의 핵심은 바로 이 지점에 있다. 즉 주인공의 성격 규정을 어떻게 하느냐에 달려 있는 것이다. 엠페도클레스는 모든 특수성에 반감을 가졌다. 단순히 그것이 특별하다는 이유로 말이다. 엄밀하게 말하자면 그가 행복을 느낄 수 있는 인간 세계의 환경은 존재하지 않았다. 인간적인 삶 자체가 특수하기 때문이다. 각 개인으로서 인간은 전체가 아니며, 이 전체로부터는 분리되어 있는 것이 사실이다. 인간이 살고 있는 문화는 특수성을 강조한다. 각 문화는 특성과 일방성으로 인해서 특수한 것이다. 엠페도클레스는 그것에 특별히 분개했다. 그러나 사실 그의 거부는 모두 개별화를 향해 있다. 따라서 그의 문제는 존재론적일망정 사회적인 것은 아니다. 그의 사고방식에 따르면 그는 어느 누구의 어떤 개입 없이도 자살을 행할 이유를 가지고 있다고 할 수 있다.

엠페도클레스의 곤경이 어떻게 하나의 극을 구성해낼 것인가. 어떤 일이 일어나더라도 다만 우발적일 수 있다는 의미에서 그 곤경은 하나의 구실이다. 그가 아내와 불화를 겪고 있다는 첫번째 구실은 터무니없이 진부하다. 그러나 무슨 일이 일어나더라도 그것은 실제의 이유가 아니다. 실제의 이유일 수도 없거니와 실제의 이유로 받아들일 필요도 없다. 횔덜린이 가정불화 같은 진부한 이유를 제기한다면, 그는 우스꽝스러운 불일치를 창안하고 있는 것이다. 또 만일 횔덜린이 아그리겐트에서 추방당하는 것 같은 의미심장해 보이는 이유를 제기한다면, 그는 엠페도클레스가 자신의 의지를 관철할 때 외부로부터 어떤 이유도 필요로 하지 않는다는 기본적인 사실 관계를 애매하게 만들어버릴 모험을 행하는 것이다. 이 극의 진행은 기껏해야 그 발단의 단계에서 이미 알려진 것을 입증할 수 있을 것이다. 말하자면 엠페도클레스는 이미 그 자신의 이유를 가지고 있으며, 어떤 이유도 부여받을 필요를 느끼지 않고 있다는 사실을 증명할 수 있을 것이다. 그러나 절정(絶頂)에 대한 어떤 동기도 필요치 않는 극이란 극으로서는 필연적으로 실패하기 마련이다.

「프랑크푸르트 계획」에 따르면 제4막에서 엠페도클레스의 적수들은 그의 동상을 넘어뜨리고 그를 도시에서 추방한다. 횔덜린은 이렇게 기술하고 있다. "이제 자살을 통해서 무한한 자연과 일체를 이루고자 하는, 오래전부터 그의 내면에서 가물거렸던 결심이 굳어진다"(「프랑크푸르트 계획」, 217쪽). 그 이유는 우발적이다. 그리고 그것은 에트나에서 작동하지 않는다.

이 극의 첫번째 개요에는 그의 죽음이 일종의 속죄로 보이게 하는 엠페도클레스의 어떤 죄업에 대한 암시는 없다. 그뿐만 아니라 그의 죽음이 그 자신 이외에 어느 누구를 위한 것이라는 암시도 없다. 세 개의 초고를 통해서 횔덜린은 그의 주인공의 행동에 대해 타당한 동기를 부여하려고 애썼다. 그는 단순한 외적인 이유들을 배제함으로써 극 자체를 모두 잃어버리는 위험에 봉착했다. 그는 오로지 단 하나의 매혹적인 행동, 즉 자살만이 있는 세계에 발을 들여놓은 것이다.

이 비극 말고도 횔덜린이 엠페도클레스에 관심을 가졌음을 알려줄 두 개의 다른 기록이 있다. 하나는 「프랑크푸르트 계획」과 같은 해에 쓴 시 「엠페도클레스」의 초고다. 이 초고에서 엠페도클레스의 행위는 「프랑크푸르트 계획」에서와 마찬가지로 묘사되어 있다.

> "불길 속에서 그대는 생명을 찾고 있네,
> 그대의 마음이 명령하며 뛰고 있고
> 그대는 이를 따르네. 그리하여 그대는
> 바닥없는 에트나에 몸을 던지네."
>
> (「엠페도클레스」, 제1~4행)

이 시가 끝머리에 회한 같은 것을 조금 드러내기는 하지만, 엠페도클레스 자신은 "용감하고 또 선하다"고 마무리 짓고 있다. 그리고 시인은 사랑이 아니라면 — "감미로운 사랑이 나를 붙잡지만 않는다면" — 기꺼이 그를 따르리라고 노래한다. 2년 후 완성한 이 시의 최종본도 이러한 태도에 그대로 머물러 있다. 다만 엠페도클레스를 "시인"으로 부르고 있는 것이 다를 뿐이다.

두번째 기록은 소설 『휘페리온』 제2권 마지막 부분에서 언급된 내용이다. 디오티마가 죽고 나서 휘페리온은 시칠리아에서 노타라에게 다음과 같이 쓴다.

"어제 나는 저 위쪽 에트나 산에 올랐네. 거기서 위대한 시칠리아인이 머릿속에 떠올랐네. 한때 시간을 헤아리는 것에 싫증이 나고 세계의 정신에 친숙해져 과감한 생명욕을 안고서 찬란한 불꽃에 몸을 던진 그 위대한 시칠리아인 말일세. 그 냉정한 시인은 불에 몸을 덥힐 수밖에 없었노라고 어떤 조롱하는 자가 그의 어법을 모방해 말했었네.

오 얼마나 그런 조롱이 나에게 던져졌으면 했는지!"

[『휘페리온』, 장영태 옮김(을유문화사, 2008), 251~52쪽]

이 대목을 언제 썼는지는 정확하지 않다. 제2권은 1799년 10월에 발간되었는데 출판사는 이보다 앞서 원고를 받았을 것이다. 이 대목에서 횔덜린이 엠페도클레스에 대해 갖는 인상은 「프랑크푸르트 계획」에서와 다르지 않다. 즉 자살은 "시간 헤아리기", 인간적 삶의 기계적인 작동, "연속의 법칙"에서 벗어나기 위해 자연의 총체성과 합일하라는 과감한 명령이다. 여기에는 어떤 사회적 이유가 없다. 휘페리온은 분명히 그 자신의 고통 속에서, 엠페도클레스의 행위에 매혹을 느꼈을 것이다. 휘페리온은 절망 속에서 자살의 유혹을 느낀다. 그러나 이 역시 살아 있는 모든 것과 일체가 되고자 하는 그의 욕망 때문이다. 자살은 단순한 소멸로서, 그리고 최후의 성취로서 그를 유혹한다. 이런 의미에서 휘페리온은 역시 엠페도클레스를 닮았다고 할 수 있다.

「제1초고」와 「제2초고」

두 개의 막으로 된 이 비극의 제1초고는 「프랑크푸르트 계획」에서 상당히 벗어난다. 그사이의 18개월 또는 그 이상의 시간 차이가 의미 있음을 말해준다. 관점과 강조점의 많은 부분에 중요한 변동이 있었기 때문이다. 완성된 장면들에서는 엠페도클레스의 아내와 가족에 대한 언급은 하나도 없다. 그는 아그리겐트를 떠나게 되는데, 그 이유는 추방당했기 때문이다. 그렇게 횔덜린은 첫 초고에서 「프랑크푸르트 계획」에서 세웠던 첫 세 개의 막을 버리고 제4막부터 시작한다. 그리고 그전의 소재와 엠페도클레스에 대한 인식에 두 가지 중요한 사항을 추가한다. 엠페도클레스의 죄업과 선지자와 사회개혁자로서의 역할이 그것이다.

극이 시작하면서 이미 엠페도클레스는 특권을 누리던 신분을 잃게 된 것을 괴로워한다. 은총을 받던 신분을 상실한 것이다. 극작술의 측면에서 보자면 하나의 좋은 방향 전환이다. 극의 행동이 분명한 목적을 가지고 있다는 것을 의미하기 때문이다. 「프랑크푸르트 계획」에 기술되어 있는 절대 존재론적인 고통 — 엠페도클레스의 모든 개별성에 대한 거부 — 이라는 일반적인 고통에 하나의 특별한 이유가 제시된 것이다. 엠페도클레스는 신들의 호의를 입고 있었다. 이제 자신의 과오 때문에 그 호의를 잃고 말았다. 그의 자살이 이 같은 상실을 회복하는 방법이 될 예정이다. 물론 줄거리는 여전히 개인적이다. 그것은 그의 개인적 운명이기 때문이다. 외부로부터의 모든 관여는, 심지어 추방까지도 본질적으로는 관계가 없다. 추방은 그가 겪는 소외의 원인이 아니다. 다만 사건이 끝난 후 이 소외의 한 연관으로 드러날 뿐이다.

은총을 받는 지위를 상실했으나 다시 회복할 수 있다는 희망을 안고 사는 삶, 이는 횔덜린의 작품 속에서 형식을 달리하며 나타나는 특별한 주제이다. 특히 이 비극에서는 상실을 통해서 은총을 받는 상황과 그 은총의 실현을 절실하게 환기시키고 있다.

제1초고에서 엠페도클레스는 개인적인 오만(Hybris)으로 인해서 파멸하는 것처럼 보인다. 그는 신적인 자연과의 내면적인 공동체로부터 내쫓기고 신의 상실이라는 고통으로 내몰린다. 그는 죽음을 통해서 자연과 다시 결합하려고 한다. 실제로 엠페도클레스는 사제 헤르모크라테스에 의해서 제기되고 시민들도 동의한 아그리겐트에서의 추방을 신의 심판으로 받아들인다.

> "슬픕니다! 그대 신들이시여, 저는 추방되었나이다!
> 그대들 천상에 계신 분들이시여, 그대들이 저에게 행하신 바를
> 사제가, 소명도 받지 않은 자가, 영혼도 없이 따라 행한 것입니까?
> 그대들은 저를 외롭게 버려두고 있습니다. 그대들을 얕보았던 저를 말입니다. 그대들 사랑하는 이들이여!
> 그리고 그가 저를 고향에서부터 밖으로 내동댕이치고 있습니다.
> 저주가 메아리치고 있습니다. 이 저주를 제 자신이
> 오합지졸들의 입에서부터 가련하게도 나에게 되돌렸던 것입니까?"
>
> (「제1초고」, 928~34행)

우선 그는 스스로를 질책하면서 자신을 신격화한 오만에 대한 속죄로서 죽음을 계획하고 있는 듯하다. 제자 파우사니아스 앞에서 그

는 비탄한다.

> "제가 그것을 발설하지 말았어야 했나이다, 성스러운 자연이여!
> 모든 거친 감각에서 달아나는 순결한 이여!
> 저는 그대를 업신여겼고 저만을 홀로
> 주인으로 세웠습니다, 저는 오만한
> 미개인이었습니다! 저는 그대들을 그대들의 단순함으로만 생각했었습니다,
> 그대들 순수하고도 언제나 청년 같은 힘들이여!
> 그대들 저를 환희로 기르고, 기쁨으로 먹였습니다.
> 또한 그대들 언제나 변함없이 저에게로 돌아오기 때문에
> 그대들 착한 이들이여, 저는 그대들의 영혼을 공경하지 않았습니다!
> 저는 그 사실을 알았습니다, 그것을 충분히 깨쳤기 때문에.
> 자연의 생명, 그것이 저에게 여전히, 그 옛날처럼
> 성스럽다는 것을. 그러나 신들은 저에게 마침내
> 복종할 만하게 되었고, 저 홀로
> 신이었습니다. 그리고 그것을 무례한 오만 가운데 발설했던 것입니다—
> 오 나를 믿어달라, 내가 태어나지 않았더라면
> 얼마나 좋았을까!" (「제1초고」, 466~81행)

여기서 마지막 외침 "내가 태어나지 않았더라면/얼마나 좋았을까!"는 소설 『휘페리온』 제2권의 권두어로 제시된 소포클레스의 언명, "태어나지 않는 것—그것이 가장 바람직한 일이다!/그러나 길이

빛의 세상으로 이어졌다면 가능한 한 가장 빨리 그 길로 되돌아가라./그것이 태어난 이후 최선이다"(『휘페리온』, 149쪽)를 회상케 한다. 엠페도클레스는 죽음을 향한 동경에 굴복한다. 자기 스스로를 치켜세운 "한마디 말 때문에" 그렇게 절망하느냐는 제자의 물음에 대해서 그는 이렇게 대답한다.

"한마디 말 때문이냐고? 그렇다네. 그리고
신들은 그들이 나를 사랑했던 것처럼 나를
파멸시키고 싶어 한다네." (「제1초고」, 483~85행)

이 답변에서는 엠페도클레스가 죽음을 선택한 것이 속죄를 의미하는 것으로 들리지 않는다. 오히려 그러한 해석은 엠페도클레스에 의해서가 아니라, 파우사니아스에 의해서 피력된다.

"정말 그렇습니다.
경이로운 분이시여! 다른 누구도
그처럼 친밀하게 영원한 세계와
그 세계의 정령과 힘들을 사랑하고 바라다보지 않았습니다. 결코,
선생님처럼 말입니다. 그리고 그 때문에 선생님만이
과감한 말을 했던 것이며, 그 때문에 선생님은 또한
그렇게 절실히 느끼셨던 것입니다, 그리하여 선생님께서 한마디 당당한 말씀으로
모든 신들의 가슴으로부터 자신을 떼어내셨고
사랑하는 가운데 그들에게 선생님을 희생시키고 있는 것입니다,

오 엠페도클레스여! —" (「제1초고」, 486~95행)

엠페도클레스의 죽음을 향한 동경은 가장 깊은 고뇌의 표현일지언정 자기 처벌에 대한 갈망은 아니다. 그러한 갈망은 복수를 통해서 화해에 이르고자 하는 신적 세계의 이념을 전제한다. 엠페도클레스는 마치 신들과 같이 식탁에 앉았던 탄탈로스처럼, 한때 신적인 생명을 자신의 내면에서 그리고 자신의 밖에서 느꼈으나 이제는 자연으로부터 소외되고 더 이상 그러한 신적 생명을 친숙하게 여길 수 없기 때문에 죽고자 할 뿐이다.

엠페도클레스는 말한다.

"내 안에

내 안에, 너희들 생명의 샘물
세계의 심연으로부터 솟아났고
목마른 자들 나에게로 왔었도다. 그러나 이제
나는 메말라버렸다. 사람들은 결코
나를 반가워하지 않는다.
[……]
나는 사랑받았도다, 그대들 신들로부터
[……]

오 환상이구나!

지나갔도다!

그리고 그대는 홀로, 숨기지 말라! 그대는
그것을 스스로 범했도다, 불쌍한 탄탈로스
그대는 신성한 곳을 더럽혔으며
파렴치한 소망으로 아름다운 유대를 두 조각 내었도다.
가련한 이여! 세상의 정령들이
사랑에 가득 차 그대 안에서 자신을 잊었을 때, 그대는
그대 자신만을 생각했고, 보잘것없는 바보인 그대는, 그대에게로
착한 이들이 팔려와, 그 천국적인 자들이
마치 어리석은 종처럼 그대를 받든다고 생각했도다!"

(「제1초고」, 299~304 · 321 · 326~36행)

여기서 엠페도클레스가 비탄하는 것은 자신의 인간적 실존 외에 다른 것이 아니다. 그는 "중심을 벗어난 궤도"로 교양 충동을 따랐고 자연과의 불화를 거쳐서 이제 비탄 가운데 소외의 단계에서 옛 상태를 되돌아보고 있다. 횔덜린은 나중에 첨가된 한 논고의 난외주에 "그의 죄는 원죄"라고 기록한 바 있다.

전체 드라마의 관점에서 볼 때, 엠페도클레스의 그럴듯한 신성모독의 죄악은 존재하지 않는다. 말을 통한 자신의 신격화라는 죄업은, 더 엄밀하게 말해서 사상을 통한 죄업은 도덕적인 과오가 아니며, "우리 내면에 있는 신(Gott in uns)"이 절대화되는 역사적으로 필연적인 인식 단계와 상황의 표현일 뿐이다. 엠페도클레스는 객관적으로 자연에 어떤 죄악을 범한 것이 아니다. 따라서 그의 죽음은 어떤 속죄의 죽음일 수가 없는 것이다. 그는 자연과의 화해 이후에 비로소 죽는다. 이를 통해서 이 드라마는 프로메테우스적인 인간 본성을 복원시

키고 있다. 엠페도클레스는 말한다.

> "인간은 침착하게 행동해야만 하네.
> 깊이 생각하고, 자신의 주변에
> 생명을 펼치면서 그것을 북돋고 쾌활하게 해야 한다네.
> 왜냐하면 높은 의미로 가득 채워지고
> 침묵하는 힘으로 가득하여
> 위대한 자연은
> 예감하는 인간을 품에 안아
> 그가 세계를 형성하게 하고
> 그가 자연의 정신을 불러일으키게 하며,
> 가슴 안에 염려와 희망을 지니게 만들기 때문이지.
> 깊이 뿌리를 내리면서
> 강렬한 동경이 그에게 솟구쳐 오르지.
> 그는 많은 것을 할 수 있고 그의 말은
> 찬란하며, 그의 손 아래에서
> 세계는 변한다네." (「제2초고」, 530~44행)

여기서 중단된 엠페도클레스의 이 진술은 제2초고에만 등장하는데, 제1초고에도 포함되어 있었거나 포함할 예정이었는지는 확실하지 않다. 이 텍스트만을 놓고 판단하자면 제2초고에서는 사상적으로 새로운 계획이 대두되었던 것은 아니고 제1초고에 이미 사상적으로 구상되었던 것의 정밀화가 중요했던 것으로 보인다. 제2초고에서는 표제 인물의 실질적이며 주관적인 죽음의 동기도 제1초고에서보다 더 예리하게 부각되어 있다.

> “하늘의 아들들에게도
> 그들이 넘치게 행복할 때에는
> 각자의 저주가 주어지는 법이다.” (「제2초고」, 452~54행)

여기서 「프랑크푸르트 계획」의 기본 사상을 읽어낼 수 있다. 엠페도클레스의 비극성은 완성을 향한 그의 과잉된 노력에 있다는 사실이다. 이 과잉은 불완전한 삶 안으로 순응해 들어가지 못하는 무능력에서 폭로된다. 소설 『휘페리온』에서도 우리는 똑같은 모티프를 만난다. 디오티마가 휘페리온을 향해 말한다.

> “당신에게 제가 모든 것이 될 수는 없었던 것입니다. [……] 제가 한 세상의 기쁨을 잔에 담아서 당신에게 건넬 수 있었을까요?
>
> 당신은 그것을 원합니다. 당신은 그것을 필요로 합니다. 당신은 달리 어찌할 수가 없습니다. 당신의 동시대인들의 끝없는 무기력이 당신의 생명을 앗아가버렸습니다.
>
> 당신처럼 온 영혼이 한번 상처를 받은 사람은 하나하나의 기쁨에 더 이상 안주하지 않으며, 당신처럼 허무를 느껴본 사람은 지고한 정신 가운데서만이 쾌활해지며, 당신처럼 죽음을 체험한 사람은 신들 가운데서만 소생하는 법입니다.” (『휘페리온』, 212쪽)

휘페리온은 “자신의 불행으로 발을 내딛는다.” 그리고 죽음의 유혹에 맞선다. 엠페도클레스는 한층 더 위대한 사람으로서 자신이 격렬하게 느끼는 자신의 고뇌로 인해서 파멸한다. 제1초고의 제2막에 붙이고 있는 극작술적인 노트에서 횔덜린은 이렇게 쓰고 있다. "여기서 그가 겪는 고통과 비방이 그가 다시 되돌아가는 것을 불가능하게 만들었고, 신들에게로 가야겠다는 그의 결심이 그저 자의적이라기보다는 불가피한 것으로 내비치도록 묘사되어야만 한다"(「제1초고」, 79쪽의 원주). 엠페도클레스에게 다른 선택의 여지는 없다. 사상과 감정에서 진실로 위대한 자는, 한번 신적인 삶을 경험한 자는, 무한함을 그리워하도록 비극적으로 심판을 받는 법이다. 이것이 그의 몫으로 주어진 저주인 것이다.

위대한 자들의 고통 역시 교양 충동의 간계이다. 소외 상태에 대한 인간의 고통은 인간을 이러한 상태로부터 벗어나 더 나은 미래로 내몰아간다. 위대한 자가 스스로 선택하는 죽음은 우상숭배와 전제적인 폭력을 저지하고 살아 있는 자들에게 그들이 역사적 실현을 위해 함께 힘써야 할 완성의 표상을 남긴다.

아그리겐트의 세번째 시민이 말한다.

"슬픕니다! 우리들이
옛사람들처럼 사투르누스의 시대에 살고 있다면 얼마나 좋겠습니까.
우리들 가운데 평화롭게 드높은 분 살아 계시고
각자가 자신의 집에서 기쁨을 만끽하며
모든 것이 만족스러웠던 그때 말씀이오.
[……]
그리고 우리의 자손들은, 그들이 성장했을 때,
신들이 우리에게 보내신 그 사람을 우리가

죽였다고 말하게 될 것입니다."

(「제1초고」, 1372~81행)

아그리겐트의 이 시민은 추방된 엠페도클레스를 다시 데려오려고 이렇게 말하고 있다. 그러나 이로써 그는 엠페도클레스에게 사형을 언도하고 있는 것이다. 「비극적인 것에 관하여」(「엠페도클레스에 대한 기초」)에서 엠페도클레스는 이 말을 통해 자신의 아그리겐트 사람들을 "인식하게" 되었다고 언급하고 있다. 그들은 엠페도클레스를 통해서 사투르누스의 황금시대를 되찾고 이로써 자신들은 정치적 행동으로부터 해방되리라는 망상을 품는다. 그렇지만 엠페도클레스는, 그와 함께 횔덜린은 사회적 관계의 근본적인 변혁을 통해서만 새로운 자유의 나라가 실현될 수 있으리라고 굳게 믿고 있다.

그는 왕위를 내주겠다는 제안을 단호히 거부한다.

"지금은 더 이상 왕의 시대가 아니다." (「제1초고」, 1418행)

"아직도 왕을 원하고 있다는 것을 부끄럽게 생각하라. 그대들은
너무도 낡았다. [……]
그대들 스스로가 자신을 돕지 않으면
그대들은 도움을 받을 수 없다." (「제1초고」, 1430~33행)

정치적 혁명에 대한 촉구는 엠페도클레스의 유언이다. 아그리겐트 시민들을 향한 엠페도클레스의 위대한 요구를 통해서 횔덜린은 소설 『휘페리온』에서 토로했던 대로, "황금시대"의 재귀로서 은유되는

사회적인 상태가 등장하려면, "모든 것이 근본으로부터 달라지지" 않으면 안 된다는 견해를 반복하고 있는 것이다.

> "인간들에게는 스스로가 회춘하려는
> 거대한 욕망이 주어져 있다.
> 인간 스스로가 제때에 선택하는
> 정화의 죽음을 통해서 마치 아킬레우스가
> 스틱스 강에서 그러했듯 민중들은 되살아나는 법이다.
> 오 자연이 그대들을 데려가기 전에 자연에게 그대들을 내주어라!—
> [……]
> 그러니 감행하라! 그대들이 상속받은 것, 그대들이 얻은 것,
> 조상들의 입이 그대들에게 전하고 가르친 것,
> 법칙과 습속, 옛 신들의 이름
> 그것들을 과감하게 잊으라, 그리고 새로 태어난 자들처럼,
> 신적인 자연을 향해서 눈을 들어라."
>
> (「제1초고」, 1497~510행)

낡은 종교적, 사회적 및 정치적인 질서와 제도는 총체적으로 제거되지 않으면 안 된다. 그렇게 해야만 새로운, 보다 나은 사회 질서가 생겨날 수 있다. "회춘"은 혁신과 다르지 않으며, 그것은 낡은 것의 해체에서만이 가능한 것이다. 엠페도클레스는 새로운 질서에서의 시민의 자유만을 요구하고 있지 않다. 그는 소유에서의 평등이라는 기본적인 사상 위에 경제적인 혁신 또한 요구한다.

"그러면

서로 그대들 다시 손을 내밀고, 말을 건네며 재산을 나누어라,

오 그러면 그대들 사랑하는 친구들이여— 행동과 명성을 나누어라.

마치 충실한 디오스쿠렌처럼. 각자는

모든 다른 이들과 평등한 법이다— 마치 날씬한 기둥 위에서인 양,

올바른 질서 위에 새로운 생명은 쉬며

법은 그대들의 유대를 단단히 묶어줄 것이다."

(「제1초고」, 1524~30행)

시민들을 향한 엠페도클레스의 이 같은 요구에는 횔덜린 자신의 체험에서 우러나오는 뼈저린 외침이 숨겨져 있다. 평등은 신적 자연에 뿌리를 두고 있는 법칙임에도 불구하고 횔덜린이 살던 18세기 독일 사회는 태생적 신분이나 직업상의 신분 차별로 보편적인 평등의 원칙은 찾아볼 수 없었다. 1798년 봄 횔덜린은 프랑크푸르트에서 가정교사로 일하면서 누이동생에게 이렇게 쓰고 있다.

"너의 행복은 진정한 행복이다. 너는 그렇게 많은 부유한 사람들, 그렇게 많은 고상한 사람들 또 그렇게 많은 귀족들이 있지 않은 환경 가운데 살고 있으니까 말이야. 그리고 황금빛 중용이 깃들어 있는 공동체 안에서만이 행복과 평화와 진심과 순수한 생각을 발견할 수 있는 것이다. 내 생각에는 그렇단다. 여기는, 예를 들면, 극소수의 순수한 사람을 제외하면 순전히 무시무시하다고 할 만큼 풍자적인 인물들을 보게 된다. 대부분의 사람들에게 그들의 재산이 영향을 미치지. [……] 그들은 몰상식하고, 현기증을 일으키게 하고, 거칠고 오만하기

때문이란다."(1798년 4월 15일경 누이동생에게 쓴 편지 중에서)

프랑스 혁명의 평등(l'Égalitê)의 외침은 1789년 「인권과 시민권 선언Déclaration des droits de l'homme et du citoyen」을 통해 법적으로 정립되었다. 이 선언은 모든 시민의 평등권과 함께 사회적인 차등은 오로지 공동의 이익에 근거해야만 한다고 덧붙이고 있다. 엠페도클레스의 평등의 요구는 프랑스 혁명의 이상을 독일의 현실과 대비하여 성찰하려는 횔덜린의 의지와 결부되어 있다.* 여기서 표명되고 있는 급진적인 평등의 요구는 횔덜린을 "사회주의를 향하는 길목에 서 있는 [……] 신자코뱅파"(베르토)로 보이게도 한다. 물론 정치적인 선언에 횔덜린을 모두 연관시켜 바라보는 것은 문제가 없지 않다. 그러나 프랑스 혁명에 대한 횔덜린의 공감은 이 비극에서 분명히 드러난다. 베르토에 따르면 1797년 5월 세인의 주목을 끈 재판 끝에 사형을 언도받고 교수형에 처해졌던, "평등한 공화국"이라는 혁명적 이념을 전개한 바뵈프Gracchus Babeuf에게도 횔덜린은 공감을 표했다. 횔덜린은 자신의 작품 「엠페도클레스의 죽음」을 일종의 축제극으로, 기대했던 슈바벤공화국에 대한 전망 아래 썼을 것이라고 베르토는 추측한다.

횔덜린은 첫 홈부르크 체재 기간 동안 공적 공간에서 활동하려고 노력했다. 그의 비극 「엠페도클레스의 죽음」을 자신이 발간하려고 했던 잡지 『이두나*Iduna*』를 통해서 발표할 생각이었다. 만일 이 비극이 축제극으로 계획된 것이었다면 그것은 성취를 경축하기 위해서가 아니라 지배 관계의 단순한 역전을 넘어서는 혁명적인 실행을 촉구하

---

* Hermann Uhrig, *Hölderlins "Empedokles" und die Französische Revolution* (Nordhausen, 2016), 124쪽 이하 참조.

기 위해서였을 것이다.

> “나는 지금까지의 모든 것을 낯 뜨겁게 만들어줄 사상들과 표상 방식들의 미래에 있을 혁명을 믿고 있소.”
>
> (1797년 1월 10일, 에벨에게 쓴 편지 중에서)

횔덜린에게 이 미래적인 혁명은 사회 공동체에서 삶을 실제적으로 새롭게 형성하기 위한 단순한 예비적 단계가 아니라, 그것의 필수적인 요소이다. “왜냐하면 조국적인 회귀는 모든 표상 형태들과 형식들의 전도(顚倒)이기 때문이다”(「안티고네에 대한 주석」 중에서).

혁명의 요구와 함께 엠페도클레스의 자발적인 죽음은 초개인적·역사적 의미를 얻게 된다. 그 죽음은 예시적인 행위로서 한편으로는 쇄신을 향한 신호탄이고, 다른 한편으로는 그 쇄신의 조건이다. 그 죽음은 아그리겐트 시민들의 눈앞에, 모든 죽음 안에는 새로운 생성이, 그리고 모든 생성 가운데에는 옛것의 소멸이 들어 있다는 사실을 보여줌으로써 등대의 역할을 한다. 이러한 암시로 전래되는 제2초고의 마지막은 막을 내린다. 엠페도클레스를 존경하고 있는 판테아가 말한다.

> “오 성스러운 우주여!
>
> 살아 있는 것이여! 친밀한 것이여! 그대에게 감사를.
>
> 그리고 그가 당신의 증인이 되기를, 그대 죽음을 모르는 이여!
>
> 그 용감한 이는 미소를 머금은 채
>
> 자신의 진주를 그것이 떠나온 바다로 던집니다.

그렇게 일은 일어날 수밖에 없습니다.
그렇게 정신은 그것을 원하고
또한 익어가고 있는 시간도 그것을 원하고 있습니다.
왜냐하면 한 번쯤은
우리 눈먼 자들 기적을 필요로 할는지 모르기 때문입니다."

(「제2초고」, 724~33행)

엠페도클레스는 자신을 희생함으로써 집단적으로 생성되는 이상적인 삶의 징표가 되며, 인간들이 개인을 둘러싼 우상숭배로 인해서 역사적인 숙명을 놓치지 않도록 지켜내고자 한다. 현세의 진부함에 대한 권태로움은 그리하여 교양 충동의 계략으로 나타난다. 엠페도클레스는 말한다.

"신적 자연은 자주 인간을 통해서
신적으로 현현하는 법이다. 그리하여
많이 추구하는 족속은 그 자신을 다시 알아보는 것이다.
그렇지만 자연이 그 가슴을 자신의 환희로
가득 채워 넣은 필멸의 인간은 자연을 예고했다.
오 자연은 그다음에 그 그릇을 깨버리는 것이다.
다른 용도로 그 그릇이 쓰이지 않도록 하기 위해서
그리고 신적인 것이 인간의 작품이 되도록 하기 위해서 말이다.
이 행복한 자들로 하여금, 그들이 자만심과 경솔한 언동
그리고 수치심 가운데 사라지기 전에 죽도록 버려두시라.
자유로운 자들로 하여금 좋은 시간에 사랑하면서

신들에게 희생의 제물이 되도록 버려두시라."

(「제1초고」, 1718~29행)

엠페도클레스는 여기서 자신의 죽음을 통해서 어떤 실질적인 희생을 치르고 있는 것이 결코 아니다. 그러나 이 죽음은 일상적인 현존재의 짐으로부터의 해방이다. 그는 "늙지 않"으려 하거나 "나날을 헤아리지 않으"려고 한다. 그리고 "근심과 병에도 굽히지 않으"려고 한다(「제1초고」, 1734~36행). 피안을 향하는 그의 욕망과 현세적인 삶에 대한 경멸은 "황금시대"의 실제적인 복귀라는 그의 역사적인 약속을 위험에 빠뜨린다. 죽음 안에 그처럼 거대한 행운이 기다리고 있다면, 무엇 때문에 시간과 노력을 역사의 개선에 투여하겠는가? 모든 사회적인 유토피아는 엠페도클레스 같은 사람의 과도한 행운의 약속 앞에서 활기를 잃고 말 것이 분명하지 않은가? 결국 언약으로서의 행복의 약속과 그 약속의 실행을 취소하는 것 또는 주인공을 통한 제약 사이의 마찰이 이 비극 제3초고의 집필 동기가 되었을 것으로 보인다. 본래의 계획에 반하는 횔덜린의 심사숙고는 델리아, 그러니까 세속적이며 변화를 꺼려하는 그녀의 진술로 제기된다.

"오 어찌하여 그대는
당신의 영웅이 죽도록 버려두십니까.
그것이 그렇게 간단한 일입니까? 자연이여."

(「제2초고」, 667~69행)

그녀는 엠페도클레스의 죽음의 욕망을 못마땅하게 여긴다.

"엠페도클레스여, 너무도 거리낌 없이,
너무도 흔쾌히 당신은 스스로를 희생시키고 있습니다."

(「제2초고」, 670~71행)

강한 자들을 "허약한 자"로 만들고 자신들의 고통으로 파멸하게 만드는 — "당신께서 겪는 고통을/종복 누구도 겪지 않습니다"(「제2초고」, 675~76행) — 자연의 생명 법칙들은 계속 살아남아 있는 자들을 부당하게 취급한다. 이들은 고통을 견디기에는 너무도 허약하고, 불행에 맞서기에는 무능력하며, 죽기에는 그만한 가치가 없기 때문에 실존한다. 델리아가 말한다.

"아! 그리고 가장 뛰어난 사람들,
그들도 뿌리를 뽑아내는 죽음의 신들 곁으로 다가섭니다.
그들 역시 기쁨을 안고 시들어가는 것입니다.
그리고 우리로 하여금 인간들 곁에 머무는 것을
치욕으로 여기게 만듭니다!" (「제2초고」, 661~65행)

횔덜린의 엠페도클레스는 프랑스 혁명가에 가깝다. 그러나 이러한 측면은 이 극이 가지고 있는 모순된 시각을 더욱 드러내줄 뿐이다. 이 극은 분명 두 개의 노선을 가지고 있다. 개인적인 노선과 사회적·종교적 노선이 그것이다. 이 두 노선은 이 극에서 서로 융해되지 않는다. 단지 이 텍스트 안에 두 개의 가능성으로 공존하고 있다. 그리고 이 두 노선은 확연하게 구분된다. 한편으로 엠페도클레스는 민중들 사이에서 높은 지위를 부여받았으며 급진적인 의견을 제시하는 것을 통해 사회적·종교적 혁신자로 나타난다. 그러나 다른 한편 그는 제 자신의 실존적인 위기의 길을 추적한다. 그리고 그의 마지막 행위, 그의 자살은 제1초고에서 그 자신 말고는 어느 누구에게도 특별한 의미가 없다. 이 자살은 이 무대에서 민중과 시대를 위한 대속의 희생으로 이해될 수 없는 일이다. 우리가 말할 수 있는 최선의 해석은 시민들에게 각자가 스스로 돕기를 촉구하는 그의 유언이 그가 떠났다는 사실보다 더 효과적일 것이라는 점이다. 그런데도 불구하고 그는 스스로의 생명을 버릴 필요가 있는 것인가? 그 대신 그는 아그리겐트 시민들이 염려하는 것처럼 그리스나 이집트로 떠날 수도 있을 것이다. 우리는 엠페도클레스의 자살은 오로지 그 자신의 사건일 뿐이라고 결론지을 수밖에 없다. 만일 이 자살이 의미를 갖는다면 민중들이 더 선하게 살 수 있도록 만들었을 것이라는 정도이다. 하지만 이는 덤으로 얻어진 것일 뿐이다.

나아가 우리는 엠페도클레스가 제1초고에서 아그리겐트의 시민들을 얼마나 염려하고 있는지 묻게 된다. 그는 시민들에게 사랑보다는 경멸을 표하고 있기 때문이다. 그들이 자신들의 사제를 통해서 그를 추방하고 저주할 때 그는 저주로 온전히 되갚고 있다. 횔덜린은 원고 여백에 "저주는 안 된다!"(「제1초고」, 746행에 대한 원주)고 기록하고 있지만, 저주는 제1초고를 통틀어 엠페도클레스의 성격과 일관되게 결부되어 있다. 그는 여러 차례에 걸쳐서 군중을 경멸한다. 시민들이 산기슭에서 그에게 탄원할 때, 그는 자신의 개인적인 일에 참견하려고 한다고 그들을 몹시 꾸짖는다. 그리고 휘페리온이 독일인들을 향해서 행한 질책의 연설을 상기시키는 가운데 그들의 신의 상실과 도시에서의 광란의 실존에 대해서 그들을 책망한다.

> “자 보시라! 경건한 평화의 사자(使者)가
> 나에게 커다란 행운을 전하고 있구나. 나날이
> 소름끼치는 춤판을 함께 바라다보도록 나는 저주받았었다.
> 거기 당신들은 서로 드잡이하고 조롱하며, 거기 쉬지도 않고,
> 그리고 방황하고 두려워하며, 마치 장례를 치르지 못한 혼백처럼
> 당신들은 뒤엉켜 달리고 있지. 곤궁 가운데 있는
> 가련한 혼돈, 당신들은 신을 버린 사람들,
> 그리고 가까이 두고 있는 그대들의 가소로운
> 거지놀이의 기술, 그것이 당신들의 주변에서는 영예로운 일이지.”
>
> (「제1초고」, 1281~89행)

엠페도클레스의 가장 강렬한 성향은 미개한 시대에 살고 있는 극소수의 깨어 있는 사람들에 대한 사랑과 궁극적으로는 대단히 사적인 천국의 회복을 향한 애착이다.

엠페도클레스가 자신의 불경스러운 오만 때문에 신적인 총애를 잃게 되자, 헤르모크라테스는 그를 공격할 충분한 구실을 얻게 된다. 엠페도클레스에게서 덕망이 사라져버리고, 카리스마도 그에게서 떠나버리자, 헤르모크라테스는 어렵지 않게 시민들로 하여금 그에게 맞서도록 돌려 세운다. 그는 추방되고 저주를 당한다. 본질적으로 이것은 그의 내적인 고통이 아니다. 그러나 아그리겐트로부터의 추방은 그의 은총으로부터의 탈락과 외적인 연관을 맺게 된다. 외적인 추방과 내면적인 추방 사이의 연관은 다음과 같은 엠페도클레스의 언

명에서 분명해진다.

> "슬픕니다! 그대 신들이시여, 저는 추방되었나이다!
> 그대들 천상에 계신 분들이시여, 그대들이 저에게 행하신 바를
> 사제가, 소명도 받지 않은 자가, 영혼도 없이 따라 행한 것입니까?
> 그대들은 저를 외롭게 버려두고 있습니다. 그대들을 얕보았던 저를 말입니다. 그대들 사랑하는 이들이여!
> 그리고 그가 저를 고향에서부터 밖으로 내동댕이치고 있습니다."
> (「제1초고」, 928~32행)

아직 이 연관은 그저 은유적일 뿐이다. 내면적인 추방은 외적인 추방이 일어나기 이전에 일어났다. 그리고 내면적인 추방은 외적인 추방을 필요로 한 것도 아니었다. 엠페도클레스 자신은 바리세파 헤르모크라테스가 그의 내면적인 위기에 대해서 어떤 이해에 이를 수 있으리라는 것을 경멸하면서 부정하고 있다.

어쩌면 횔덜린은 엠페도클레스와 그의 죽음에 대한 그러한 엇갈리는 견해들을 불만스럽게 생각했을 것이다. 바로 그러한 이유로 극을 다시 시작했을 것이다. 도시로부터의 추방이 두 가지 관심, 즉 개인적인 관심과 사회적인 관심을 동시에 불러일으킨다는 점은 사실이다. 그러나 그것은 외관상으로일 뿐 본질에서는 그렇지 않다. 횔덜린의 난점은 이것이었다. 즉 그는 엠페도클레스의 자살이 필연적이라는 것을 보여주기를 원했다. 그리고 그가 생각했던 과정을 "모든 우발적인 것의 거부"(1799년 7월 3일 노이퍼에게 쓴 편지 중에서)의 하나로 성취할 수 있기를 바랐다. 그 행위에 대한 단순히 우발적인

구실을 모두 걷어버리고 말이다. 엠페도클레스와 파우사니아스가 에트나에 도착했을 때의 장면에서 횔덜린은 원고 가장자리에 주를 달고 있다.

> "여기서 그가 겪는 고통과 비방이 그가 다시 되돌아가는 것을 불가능하게 만들었고, 신들에게로 가야겠다는 그의 결심이 그저 자의적이라기보다는 불가피한 것으로 내비치도록 묘사되어야만 한다."
>
> (「제1초고」, 제2막에 대한 원주, 79쪽)

이 언급은 동기부여의 문제점을 드러내고 있다. 그러나 이 문제는 풀리지 않았다. 분명히 횔덜린은 개인적인 관심과 사회적·종교적인 관심의 더욱 긴밀한 연관을 원했다. 그러나 앞의 난외주가 보여주고 있는 대로 추방 자체가 자살을 강요했으리라는 걸 용납하는 것은 심각한 모순이었을 것이다. 횔덜린이 비극적인 필연성을 엠페도클레스 자신의 내면에 위치시키려고 열망하면 할수록, 자살에 조금 더 광범위한 의미를 부여하기가 그만큼 더 어려워졌다. 그 점에 바로 극적인 문제가 자리하고 있는 것이다.

「비극적인 것에 관하여」(「엠페도클레스에 대한 기초」)와 제3초고

횔덜린은 이 극을 다시 쓸 수 있는 방도를 찾기 위해서 논고 「비극적인 것에 관하여」(판본에 따라서는 「엠페도클레스에 대한 기초」로 표제되어 수록되어 있음)를 썼다. 이 논고는 횔덜린이 홈부르크 시절에 쓴 다른 논고들, 예컨대 「시정신의 수행 방식에 관하여」나 「몰락하는 조국……」(판본에 따라서는 「소멸 가운데에서의 생성」)과 같은 계열의 글이다. 그중 이 「비극적인 것에 관하여」가 가장 나중에 쓰인 것으로 보인다.

이 논고는 「시정신의 수행 방식에 관하여」에서 사용된 것과 아주 유사한 용어들을 가지고 상실과 더 높은 차원에서의 회복 과정 그리고 전체성의 조건을 우선 서술하고 있다. 그리고 이어서 엠페도클레스의 운명을 통해서 이러한 과정과 조건의 특별한 예를 제시한다. 그 난해하고 자세한 내용을 여기서 다 밝힐 수는 없다. 잃어버리게 되는 이상적인 상태는 예술과 자연이 조화로운 대칭을 이루면서 공존하는 상태이다. 이 상태는 다만 느낄 수 있을 뿐이며, 지각에는 명백하게 와 닿지 않는다. 따라서 이 상태를 "인식 가능"하게(224쪽) 만들려고 시도하는 순간 이 상태는 소실되고 만다. 두 원리, 예술과 자연은 우선 제 자신을 극단으로까지 주장하고 나서, 각기가 그 반대편으로 접근하여 착각을 일으키는(왜냐하면 오로지 순간적이기 때문에) 화해의 상태로 되돌아간다. 횔덜린이 "망상"(226쪽)이라고 부르는 이 상태가 해체될 때에만, 초월적인 차원에서의 잃어버린 이상적인 상태의 참된 회복이 가능하다.

그러한 과정이 횔덜린이 엠페도클레스의 시대와 그 공간에서, 그리고 특별히 또 비극적으로 엠페도클레스의 내면에서 작동하고 있다고 믿었던 과정이었다. 제3초고에서 형성되는 상당한 진전을 위해서 엠페도클레스의 운명이 시대의 운명에 견고하게 결부되었다. 그의 내면에 시대의 결정적인 갈등이 개별화되고 비극적으로 야기되었다.

"그렇게 해서 엠페도클레스는 그의 하늘과 시대, 그의 조국의 아들이며, 세계가 그의 눈앞에 모습을 나타내 보였던 자연과 예술의 강렬한 대립의 아들이다." (227쪽)

그는 자신의 시대의 긴장을 체현하고 있으며 그 자신이 순간적인 그리고 망상으로 보이는 안정의 구현이다. 이 외양상의 결합은 해체되고 말 것이다. 그리고 그는 개별자로서, 하나의 그릇으로서 파멸되고 말 것이다.

"그의 운명은, 더욱 무엇인가로 되기 위해서 해체될 수밖에 없는 순간적인 결합 가운데에서, 그의 성격 가운데 자신을 드러낸다." (229쪽)

엠페도클레스는 시인이 되는 숙명을 안고 태어났다. 그는 물론 그 자신 안에 예술과 자연의 상반된 요구를 조화롭게 조절하려고 한다. 다른 시대 같으면 그가 자신의 사명을 평화롭게 수행하는 것이 용납되었을 것이다. 그러나 "그의 시대의 운명, 그가 그 가운데 자란 그 강력한 극단은 노래를 촉구하지 않았다"(229~30쪽)고 횔덜린은 말하고 있다. 그뿐만 아니라 행동조차도 요구하지 않는다. 시대가 요구하는 것은 희생이다.

"시대들은 전체적 인간이 실제적이고 가시적이 될 때 그의 시대의 운명이 해소되는 것처럼 보이는 일종의 희생을 요구했다." (230쪽)

새로운 시대에 참된 결합이 이루어지는 것은 대표적인 인물로서 엠페도클레스의 소멸을 통해서이다.

물론 횔덜린이 자신의 논고를 통해서 설파했던 것은 엠페도클레스의 죽음과 그의 시대 사이의 연관의 제시이다. 실제로 이러한 연관을 설득력 있게 전개할 수 있었는가는 또 다른 문제이다. 이러한 새로운 개념은 극에서 충분히 완결되지 못한 것이다.

제3초고는 엠페도클레스가 이미 추방되고 난 상태에서 시작한다. 그는 에트나 화산에서 잠을 깬다. 그리고 독백을 통해서 그간의 행동을 요약하고 있다. 그는 「엠페도클레스에 대한 기초」에서 횔덜린이 동등한 대립자의 지위를 부여한 아그리겐트의 통치자이자 그의 형제인 스트라토에 의해서 추방당했다. 이 추방이 엠페도클레스를 환상에서 일깨운다. 그는 시민들과의 일체성, 그들에 대한 그의 사랑이 진실이 아니었음을 알게 된다.

> "나는 젊은 시절부터 많은 죄악을 저질렀다.
> 사람들을 사람답게 사랑한 적이 없었고
> 물이거나 불이 다만 맹목적으로 이바지하듯, 그들을 섬겼을 뿐이다.
> 그렇기 때문에 그들도 인간적으로 나를
> 대하지 않았으며, 그렇기 때문에 그들은
> 면전에 대고 나를 능욕했다." (「제3초고」, 35~40행)

이제 그는 죽음을 갈망한다. 이것은 인간들과의 유대로부터, 인간적인 삶의 모든 형식으로부터 완전히 벗어나, 자연의 궁극적인 형식없음 안으로, 그 심연 안으로 들어서기 위해서이다. 이 염원은 그 자체가 수정될 필요가 있다. 그리하여 이 극의 끝에 이르러 그가 자신의 행위를 언급할 때, 아그리겐트 시민들과의 만남과 화해에 의해서 마음 가운데 그 행위가 수정되고 있다. 제1초고의 제2막 5장에 해당되는 장면에서(「제3초고」, 제1막 제2장) 엠페도클레스는 자신이 신뢰하는 제자 파우사니아스로부터, 처음에는 퉁명스럽게 그러고 나서는 연민의 정을 가지고 떨어져 나온다. 왜 그가 죽지 않으면 안 되는지를 설명하고 있지만, 거기에는 그 행위가 어떤 과오에 대한 속죄의 하나인지 아무런 암시도 없으며, 그 행위가 신들에게로 그가 더 가까이 갈 수도 있는, 잃어버린 행복의 상태로 그를 복귀시킬 것이라는 암시도 없다. 이 장면에서 그는 자신의 시대가 자신의 죽음을 요구한다고 확언하지도 않는다. 그는 에트나의 분화구에서 죽을 운명이라는 것 이외에 다른 말을 하지 않는다. 파우사니아스가 듣기에 괴롭긴 하지만 그는 자신이 독립성을 잃어서는 안 된다는 것, 우리는 우리가 사랑하는 것에 영원히 머물 수는 없노라고 주장한다. 제3초고에서 여기까지는 엠페도클레스의 자살이 개인적인 속죄 또는 회복으로 생각되는 것이 중지되고 아직은 희생으로 생각되는 단계에도 이르지 못한다. 그러나 제3장에 이르러 횔덜린은 마지막으로 자신의 주인공을 이 새로운 조명 아래 세우고 있다.

횔덜린은 에트나에서 엠페도클레스를 이집트 사람 만네스와 만나게 한다. 만네스의 역할은 엠페도클레스의 동기를 묻는 일이다. 실제로 처음에는 그의 자살이 광범위하게 문화적·종교적 의미를 지닐 수 있다고 감히 추정하면서 오만과 신성모독이라고 그를 비난하는 역할을 맡고 있다. 엠페도클레스는 만네스를 설득한다. 「제3초고의 계속을 위한 스케치」에서 횔덜린은 기록하고 있다.

"모든 것을 체험한 사람, 예언자인 만네스는 엠페도클레스의
연설에 그리고 그의 정신에 놀라워하면서, 엠페도클레스는 소명 받은 자,
죽이고 살리며, 그를 통해서 하나의 세계가 해체되며
또 새로워진다고 말한다. 자기 나라의 쇠퇴를
그처럼 죽음처럼 느끼는 사람은 자신의 새로운
생명을 그처럼 예감할 수 있다는 것이다." (246쪽)

이것이 횔덜린이 마지막 장면에서 엠페도클레스와 그의 죽음에 부여한 내용이다. 그는 5막극의 대략을 스케치하고 몇몇 특기 사항을 기록해놓았지만, 실제는 단 세 개의 장면만 썼을 뿐이다. 이 미완의 제3초고에 엠페도클레스의 개인적인 죄업에 대해서 기록된 것은 아무것도 없다. 해명을 제공하고 있는 논고도 마찬가지이다. 그 대신, 엠페도클레스는 한 시대를 마감하고 새로운 시대를 시작하게 되는 통로로서의 그리스도, 횔덜린의 그리스도와 같은 인물이 된다.

횔덜린과 동시대인들은 천년기(千年期)설에 의한 구원의 희망과 두려움을 강하게 느끼고 있었다. 그리고 세기의 전환이 이 제3초고에서 엠페도클레스에 대한 맥락을 형성해주었다. 베르토는 횔덜린이 이 작품을 새로운 슈바벤 민주주의의 막을 열기 위해서 쓰고자 했다는 것과 그러한 정치적인 희망이 무너지자 자신의 길을 잃거나 포기했다고 믿고 있다. 베르토는 아마도 너무 멀리 나아간 것 같다. 그러나 적어도 우리는 세기가 끝나면서 혁신에 대한 강렬한 갈망이 횔덜린으로 하여금 이 작품 쓰기를 재촉했을 것이라고 말할 수 있다. 이

극의 많은 구절들은, 특히 제2초고의 구절들은 시의 구절들과 마찬가지로 유난히 절박하게 움직인다. 이 극이 주는 교훈은 죽은 형식들은 벗어던진다는 것이다. 엠페도클레스를 몰아가고 있는 것은 "실증적이 되는 것에 대한 두려움"(237쪽, 원주)이다. 정확하게 당시의 시학적 논고들은 유동성에 대한 선호와 고착에 대한 공포로 채워져 있었다.

제2초고에서 극의 배후에는 하나의 개괄적인 설계가 있다. 그리고 이 설계의 문화적 내지 종교적인 범주는 매우 야심적이다. 그럼에도 불구하고 이 계획에는 하나의 개인적인 중심이 담겨 있는 것처럼 보인다. 휠덜린이 항상 자살을 깊이 생각했었다는 증거는 없지만, 그의 삶이 폐허를 향해서 기울어지고 있었을 때, 엠페도클레스의 전설에 오랫동안 열중했다는 사실은 분화구가, 그 심연이 그의 마음을 끌어당기고 있었던 것은 아닌가 생각하게 한다. 그는 논고 「비극적인 것에 관하여」에서 비극적인 시가 살아 움직이고 진실하려면, 시인 자신의 경험에서부터 우러나지 않으면 안 된다고 주장하고 있다. 시인이 시를 쓸 때, 그는 이 경험을 자신으로부터 멀리 밀고 나아가서 합당한 상관물에 투입하고자 한다. 그러나 완성된 비극은 여전히 그 근원에 모순을 일으켜서는 안 된다. 죽음에 대한 엠페도클레스의 소망 가운데의 한 요소는 처음에는 아주 간단하게도 절망, 수치심, 불명예를 겪고 난 후의 굴욕감 같은 것이다. 휠덜린은 자신의 주제에 대한 사유의 흔들림 가운데 순전히 개인적인 그 동기를 계속 멀리 밀쳐냈다. 그리고 마침내는 어쩌면 그 같은 개인적 동기를 놓아버리고 말았는지 모른다.

휠덜린이 행한 엠페도클레스 시대에 대한 분석에서 우리를 슬프게 하는 것이 있다. 그 시대가 문학도 행동도 필요로 하지 않았으며, 다만 희생을 요구했다는 사실이다.

> "그의 시대의 운명, 그가 그 가운데 자란 강력한 극단은 노래를 촉구하지 않았다. [……] 그의 시대의 운명은 직접적으로 작용하고 도움을 주는 확실한 행동을 역시 요구하지 않았다. [……] 시대들은 전체적 인간이 실제적이고 가시적이 될 때 그의 시대의 운명이 해소되는 것처럼 보이는 일종의 희생을 요구했다."(229~30쪽)

휠덜린은 이미 "우리는 시인이 살 수 있는 기후에 살고 있지 않다"(1798년 2월 12일 의붓동생에게 쓴 편지 중에서)고 자신의 고통을 피력한 바 있다. 휠덜린은 엠페도클레스를 한 형제로, 그의 시 「시인의 용기」에서 칭송해 마지않았던, 그러나 파멸하고 만 자들의 하나로 생각했던 것이 틀림없다. 세계사는 예컨대 휠덜린이 존경해 마지않았던 — "그는 참으로 훌륭한 인물이시다"(1789년 말 노이퍼에게 쓴 편지 중에서) — , 1796년 라인 강에 투신 자살한 슈토이틀린과 같은 지성인들이나 천재적이고 영웅적인 사상가들이 가지는 역사적 과정의 의미를 해석하려고 힘을 쏟지 않는다면 그 성공적인 목표에 이를 수 없다. 미완의 세 초고를 통해서 휠덜린은 엠페도클레스의 죽음과 같은 소멸은 유혹만큼 필연은 아닐 수 있다는 가능성을 제기하고 있다. 분화구는 무서운 매력을 발휘한다. 이 극 여기저기에 고조된 죽음에의 소망이 등장한다. 이 소망에 대해서 델리아는 아주 적절하게 마주 서고 있는 것이다.

비극 「엠페도클레스의 죽음」의 집필을 중지하고 나서, 아니 집필을 끝내고 나서 쓴 것으로 보이는 단편적인 논고 「몰락하는 조국……」—피게노트의 편집에서는 「소멸 가운데에서의 생성」—에서는 역사와 문학의 관계가 중요한 관심사이다. 여기서 횔덜린은 『학문론』에 피력되어 있는 피히테의 사상, 즉 "현실에서 교체의 특징적인 형식은 [……] 소멸을 통한 생성"이라는 것, 그러나 이때에도 "실체는 [……] 교체에 이르지 않는다"는 주장을 수용하고 있다. 이것은 제1초고를 통해서 전해지는 엠페도클레스와 아그리겐트 시민이 나누는 대화의 기본 모티프이다. 이 변함없는, 변화시킬 수 없는 실체는 여기서 생명이다. 제2초고에서 말하고 있는 대로 "고통을 먹고" 사는, 그리고 "죽음의 술잔도 행복하게 느끼며" 마시는(「제2초고」, 697~99행) 생명이 바로 그 변함없는 실체이다. 자연과 인간의 역사는, 그것들이 쇄신과 계속되는 발전을 위해서 죽음을 필요로 하는 한, 하나의 비극적 법칙 아래에 서 있다.

횔덜린은 이 논고에서 현존하는 생명 형식들의 해체는 생동하는 전체의 재생산이라는 자신의 견해를 반복해서 언급한다. 그는 역사를 그 변혁들 가운데에서 총체적인 역사적 사건의 의미를 숨기고 있는 절대적인 것을 체험하게 되는 과정으로, 즉 이념적인 목적(Telos)에 이르는 과정으로 이해한다. 그것은 "모든 세계의 세계, 그 언제나 존재하는 모든 것 중의 모든 것은 오직 시간 가운데 또는 소멸 혹은 순간 가운데, 또는 보다 더 기원적으로 시간과 세계의 순간과 시초의 형성 가운데 스스로를 표현하기 때문"(248쪽)이다. 이념적인 목적의 달성을 위해서 역사는 예술을 — 횔덜린은 이때 예술의 최고 형식으로서 비극을 생각하고 있다 — 필요로 한다. 그리고 그 반대로 예술은 실질적인 역사를 통한 자극을 필요로 한다. 그러니까 예술과 정치는 일종의 상호 의존 관계에 있는 것이다.

변혁의 단계에서 횔덜린이 자신도 포함시키고 있는 새로운 것의 힘들은 행동뿐만 아니라 느낌과 성찰의 주체가 된다. "부정(否定)으로 변화된" 낡은 것은 작용의 가능성과 함께 일어난 일에 대한 해석의 가능성도 잃는다. "그러나 실제가 해체되면서 실제로 들어설 가능성이 작용하게 되고, 이것은 해체의 지각과 해체된 것에 대한 회상으로 작용한다"(249쪽). 새로운 힘들만이 혁명의 완전한 비극적 의미를 파악할 수 있는 위치에 있다. 그 힘들이 죽음 가운데 새로운 생명을 감지하기 때문이다. 사멸해가는 힘들은 다만 보편적인 죽음과 소멸만을 볼 때, 새로운 것은 한 시기가 침몰하고, 그것이 회상의 대상으로, 다시 말해서 이념적으로 되며 다른 시기가 떠오르는 것을 포착한다.

비극은 새로운 것, 생성되고 있는 것의 편에 서 있다. "그 때문에 모든 순수하게 비극적인 언어의 철저히 원형적인 것, 지속적으로 창조적인 것이 생겨난다…… 무한한 것으로부터 개별적인 것의 생성, 또한 양측으로부터 개별적으로 영원한 것의 유한하게 무한한 것의 생성, 그것은 파악이 불가능하거나 불운하게 되어버린 것이 아니라, 오히려 파악 불가능한 것의 파악, 해체라는 불운에서부터의 소생이다. 그리고 죽음 자체의 투쟁의 파악이자 소생이다. 이것은 조화로운 것, 파악 가능한 것, 생동하는 것을 통한 파악이며 활성화이다"(249~50쪽). 영원한 것 안에서 — 그러니까 "무한한 것"에서부터 — 하나의 새로운 상태가, 개별적인 것이나 무한한 것의 산물, 즉 무엇인가 개별적인 것, 횔덜린에 의해서 "유한하게 무한한 것" 또는 "개별적으로 영원한 것"이라고 불리는 새로운 상태의 형성 과정들이 바로 역사적이며 문학적인 드라마인 것이다.

비극은 생명의 관점에서 모든 혁명이 초래하는 강제적인 부정의 기능을 포착하는 가운데, 그것을 정화하고 이와 함께 정치적 작용을 실현한다. "존재와 비존재 사이의 상태에서 그러나 가능성은 도처에서 실질적이다. 그리고 실질적으로 이념적이다. 이것이 자유로운 예술의 모방 가운데 하나의 두려우나 신적인 꿈인 것이다"(250쪽). 두려운 것 그리고 염려스러운 것의 문학적인 형상을 통해서 사건의 역사적인, "신적인" 의미가 공공연해져야 한다. 처음에는 무질서만이 보이고 저주하던 지점에 이제는 구조가 보인다. 즉 새로운 것이 오고, 낡은 것은 간다. 그리고 회상 가운데 이념이 온다. 이것들에 대한 해석을 통해서 비극은 두려움에서 풀려난 역사관의 주도자가 된다. 횔덜린이 "이념적인 해체"라고 부르는 두려움에서 벗어난 역사관은 역사적 과정이 완성될 수 있는 조건이기도 하다.

> "필연적인 것으로서의 해체는 이념적인 회상이라는 견지에서 볼 때, 새롭게 전개되는 생명의 이념적 대상이 된다. 이것은 해체의 시발점으로부터, 새로운 생명의 기초 위에서 해체된 것에 대한 회상이 추적될 수 있는 지점에 이르기까지의 도정을 되돌아보는 눈길이다. 거기서부터 새로운 것과 지나간 것 사이에 발생하는 틈과 대비의 해명과 통합이, 해체 자체의 회상이 이루어질 수 있다. 이러한 이념적인 해체는 두려움이 없다. 시발점과 종결점이 이미 정해져 있고, 발견되었

고, 확보되었기 때문에 이러한 해체는 보다 더 확실하고, 막힘이 없으며, 보다 더 과감하다." (250쪽)

역사의 해석은 해석자에게 "전체적인 삶의 감정"(251쪽)을 마련해준다. 이런 가운데 세계 안에는 "기계적인 운행" 이상의 것이 존재한다는 의식이 이해 가능해진다. 해석자에게 역사의 의미가 현현(顯現)된다. 그리고 그는 이제 의식적으로 새로운 역사적 상태를 유도할 수 있다. 성찰을 시작하기 위해서 첫번째의 실질적인 해체가 필요했던 것처럼, 실제 역사를 그것의 이념적인 목표에 부단히 접근시키기 위해서 성찰 과정은 필요하다. 비극적인 역사의식이 형성되기 전에는 혁명은 그저 "하나의 실질적인 무(無)"로 나타났었고, 현존하는 상태는 영원한 것으로 나타났었다. 전체에 대한 비극적 의식은 몰락을 일종의 창조적이고 생산적인 활동으로 보이게 한다.

"이 행위의 본질은 이념적으로 개별적인 것과 실질적으로 무한한 것을 결합시키는 것이며, 이 행위의 산물은 이념적으로 개별적인 것과 결합된 실질적으로 무한한 것이다. 이때 무한히 실질적인 것은 개별적으로 이념적인 것의 형상을, 그리고 이 개별적으로 이념적인 것은 무한히 실질적인 것의 생명을 취한다. 그리고 이 둘은 하나의 신화적인 상태에서 결합되는 것이다. 여기에서 무한히 실질적인 것과 유한하게 이념적인 것의 대립과 함께 이행 역시 중지된다. 무한히 실질적인 것이 생명으로부터 얻는 것을 유한하게 이념적인 것은 이러한 휴지(休止)로부터 얻는다." (254쪽)

휠덜린의 현재에서 "이념적·개별적인 것"은 사투르누스 시대이며, "무한히 실질적인 것"은 끝나지 않는, "무한한" 지금이다. 이 끝나지 않는 지금은 이념의 형식을 취할 것이고, 사투르누스 시대는 현재의 생명을 취한다. "무한히 새로운 것과 유한하게 낡은 것의 이러한 비극적인 결합으로부터 새롭게 개별적인 것이 전개된다"(254쪽). 오늘의 관점에서 역사의 성공적인 완성으로 나타나 보이는 "신화적 상태"가 전개되는 것이다. 이 신화적인 상태가 객관적인지 여부에 대해서는, 본래 역사이론적인 성찰에서 혁명적인 순간의 함축적인 의미를 밝히는 것을 중요한 논점으로 삼고 있는 이 논고는 대답 없이 여지를 남기고 있다. 이 논고는 다만 "비극적인 결합"의 "신화적인 상태"에서 구체적인 해체 과정이 휴지에 이른다는 사실만 언급하고 있을 뿐이다. 말하자면 진행 중인 역사의 종말에 대해서는 여기서 따로 언급이 없다. 현재의 관점에서 "신화적 상태"는 의심의 여지 없이 어떤 완결과 종료를 표현한다. 그렇지만 휠덜린은 오늘 우리가 완벽하다고 생각하고 있는 것이 실현된 어떤 상태에서 새로운 유토피아적인 지평이 열린다는 점을 부인하지는 않는다.

요약하자면, 휠덜린에게 실제적인 역사가 사실적인 경악과 실제적인 파멸의 역사인 한, 그것은 비극적이다. 「안티고네에 대한 주석」에서 휠덜린은 "영원히 인간 적대적인 자연의 운행"에 대해서 언급하고 있다. 인류의 역사적인 진행 과정은 숙명적으로 개별적인 것의 몰락을 요구한다. 휠덜린은 "신화적 상태"의 새로운 종합 역시 비극적이라고 한다. 왜냐하면 이 종합은 앞선 삶의 형식의 몰락을 야기하기 때문이다. 그러나 이러한 파괴가 모든 것의 종말은 아니다. 이러한 파괴는 새로운 것과 보다 나은 것의 시작이기도 하기 때문이다. 비극적인 시인의 과제는 인간들에게 이러한 사실을 알리고, 이들로부터 역사의 변혁 앞에서의 두려움을 거두어내는 일이다. 비극은 시대의 공포를 파악하고 그것을 생명의 필연적인 조건으로 해석한다. 비극은 이러한 정화 효과를 통해서 새로운 시대를 이끌 생명력을 강화하는 것이다.

비극 「엠페도클레스의 죽음」은 단편적인 논고들과 함께 횔덜린의 작품들 가운데 가장 다루기 어려운 작품으로 알려져 있다. 이 비극은 작가의 여러 측면에서의 좌절의 기록물인가? 이 작품의 수용사나 연구사는 그런 측면을 자주 시사한다. 그러나 비르켄하우어Theresia Birkenhauer는 최근 『횔덜린 편람*Hölderlin Handbuch*』의 「엠페도클레스의 죽음」 항목 서술에서 이 작품을 연구의 벽장에서 끄집어내어 이 비극의 특별한 가치를 찾아내고 있다. 이 드라마가 서정적인 후기 작품으로 가는 도중에 있는 "의고전주의적 중간 교량"이 아니라는 것이다. 오히려 쓰존디가 횔덜린의 서정시에 대한 평가에서 "의고전주의의 극복"을 말했다면* 그러한 극복이 바로 이 비극 작업에서도 일어나고 있다는 것이다. 다시 말하면 우리는 「엠페도클레스의 죽음」을 소포클레스나 셰익스피어, 쉴러나 괴테의 드라마에서 취할 수 있는 표준에 따라서 판단해서는 안 되리라는 것, 오히려 횔덜린이 그의 시학적 텍스트에서 "비극적인 것"으로 파악하고 노고에 가득 찬 집필 과정을 통해서 도달하고 있는 것에 비추어 그 드라마를 평가해야 한다는 주장이다.

* Peter Szondi, *Hölderlin-Studien*(Frankfurt/M., 1970), 95쪽 이하.

「엠페도클레스의 죽음」은 낡은 기준에 따르면 미완의 작품이다. 그러나 창조의 무한한 잠재력 앞에서 이른바 완성된 작품은 미완성 작품과 우연한 경우를 제외하고는 구별할 수 없는 것으로 남는다.* 그러나 미완이 사실이라고 주장한다면 이 비극 「엠페도클레스의 죽음」은 적어도 하나의 토르소Torso라고 할 수 있다. "그의 몸뚱이가 커다란 촛대처럼 여전히 불타오르고 있는" 릴케의 「고대 아폴로의 토르소」처럼 말이다. 또한 철학이 문학이 되고 문학이 철학이 되는 분화 이전의 문학의 생태를 복원하려는 횔덜린의 시도는, 서정적 소설인 『휘페리온』으로 "전인미답의 땅"에 첫발을 디딘 것과 같은 새로운 형식의 소설을 낳았듯이, 「엠페도클레스의 죽음」은 명백한 인물 구성 대신에 자기 성찰적인 언술을 우선시키는 "포스트드라마의 때 이른 선구자"**이기도 하다.

* 조르조 아감벤, 『불과 글—우리의 글쓰기가 가야 할 길』, 유병언 옮김(책세상, 2014), 148쪽.

** Dieter Burdorf, *Friedrich Hölderlin*(München, 2011), 91쪽.

작가 연보

1770 3월 20일 횔덜린Johann Christian Friedrich Hölderlin, 라우펜Lauffen에서 하인리히 횔덜린(Heinrich Friedrich Hölderlin, 1736~1772, 수도원 관리인)과 요한나 크리스티안나(Johanna Christiana, 1748~1828, 처녀명 헤인Heyn) 사이의 첫아들로 태어남.

1772 7월 5일 36세의 부친 뇌일혈로 사망.
8월 15일 여동생 하인리케Heinrike 출생.

1774 10월 10일 모친 뉘르팅겐Nürtingen의 시장 고크Johann Christoph Gock와 재혼.

1776 학교에 다니기 시작함.
10월 29일 의붓동생 카를Karl Christoph Friedrich Gock 태어남.

1779 의붓아버지 사망.

1780 피아노 교습. 9월 중순 1차 국가시험 치름.

1782 뉘르팅겐 부목사인 쾨스틀린Nathanael Köstlin에게 개인 교습 받음.

1783 셸링(Wilhelm Joseph Schelling, 1775~1854)과의 첫 만남. 그는 당시 친척인 쾨스틀린의 집에 2년간 머물렀음. 뷔르템부르크의 신교 수도원 학교에 입학할 자격을 주는 4차 국가시험을 치름.

1784 10월 20일 뉘르팅겐 근처의 덴켄도르프Denkendorf 초급 수도원 학교에 장학생으로 입학함. 이 장학금 수여로 목회자 이외 어떤 다른 직업에도 종사하지 않는다는 의무를 안게 됨.
모친 1824년에 이르기까지 "프리츠(횔덜린)가 순종하지 않을 때는 공제하게 될 그에 대한 지출명세서" 작성하기 시작함. 횔덜린은 평생 지원금에 의존함. 마지막 부분만 전해지는 첫 작품 「사은의 시 Dankgedicht」를 씀.

1786 마울브론Maulbronn의 상급 수도원 학교에 진학.

수도원 관리인의 딸인 루이제 나스트Louise Nast에게 애정을 느끼게 됨.

1787 종교적 직무 수행에 처음으로 의구심을 내보임.

1788 6월 마차를 타고 브루흐잘Bruchsal, 하이델베르크, 슈파이어Speyer로 여행함.

10월 초 덴켄도르프와 마울브론에서 쓴 시들을 이른바 "마르바흐 사절판 노트(Marbacher Quartheft)"에 정서함. 이 안에는 1787년 쓴 「나의 의도Mein Vorsatz」가 포함되어 있음.

루이제 나스트와 약혼함.

10월 21일 튀빙겐 신학교에 입학. 슈투트가르트 출신의 장학생 가운데 헤겔(Georg Wilhelm Friedrich Hegel, 1770~1831)도 들어 있었음.

겨울 노이퍼(Ludwig Neuffer, 1767~1846)와 우정 관계를 맺고 문학 동아리를 만듦. 이들은 1791년에 이미 목사로 봉직하기 시작함.

1789 3월 루이제 나스트와의 약혼 파기.

4월 출판인인 슈바르트(Christian Friedrich Daniel Schubart, 1739~1791)와 슈토이틀린(Gotthold Friedrich Stäudlin, 1758~1793)과 교유.

7월 14일 바스티유 감옥에서 폭동 일어남.

여름 시각장애인 둘롱Dulon에게 플루트 교습 받음.

11월 카를 오이겐Karl Eugen 대공으로부터 신학교에 대한 더욱 엄한 감시 감독 시작됨. 튀빙겐 시민의 모자를 쳐 떨어뜨려 학생 감옥에 투옥되는 처벌 받음. 얼마 후 모친에게 재차 신학 공부 면제를 하소연함.

송시 「비탄하는 자의 지혜Die Weisheit des Traurers」 초고 씀.

1790 9월 석사 자격 시험 치름. 10월 셸링이 신학교에 입학함.

횔덜린, 헤겔, 셸링 학습 동아리 맺고 우정을 나눔.

대학 사무국장의 딸인 르브레Elise Lebret에게 애정을 느낌. 이 애정 관계는 신학교 재학 내내 지속됨.

1791 친구 힐러Hiller, 메밍어Memminger와 함께 라인 폭포에서 취리히에 이르기까지의 스위스 여행. 여행 중 4월 19일 취리히의 라바터 Lavater 방문함. 피어발트슈테트 호(湖), 뤼트리슈부어 지역의 여러 곳을 방문함.

9월 스토이틀린의 『1792년 시연감』에 초기의 튀빙겐 찬가들 실림.

10월 10일 1777~87년에 걸쳐 호엔아스페르크에 투옥되어 있었던 슈바르트 사망함.

1792 4월 프랑스공화국에 대항하는 연합 전쟁 발발. 이 전쟁은 1801년 2월까지 계속됨.

5월 서간체 소설 『휘페리온*Hyperion*』 집필 계획 세움. 같은 시기 6각운의 초고 「봄에 바침An den Frühling」을 씀.

9월 스토이틀린이 발행한 『1793년 사화집*Poetische Blumenlese fürs Jahr 1793*』에 횔덜린의 시 일곱 편 실림, 대표작 「인류에 바치는 찬가 Hymne an die Menschheit」 포함됨.

1793 9월 헤겔이 가정교사로 베른으로 감. 횔덜린과 셸링 작별함. 홈부르크 출신의 법학도이자 단호한 민주주의자인 징클레어(Isaak von Sinclair, 1775~1815)와 사귐.

10월 쉴러Schiller가 샤를로테 폰 칼프Charlotte von Kalb 가의 가정교사로 횔덜린을 추천함.

12월 6일 슈투트가르트 종무국의 목사 자격 시험에 합격함.

12월 10일경 튀빙겐을 떠나서 28일 발테스하우젠에 도착, 칼프 가의 가정교사로 부임함.

1794 칸트 철학을 공부하면서 소설 『휘페리온』 집필을 시작함.

11월 제자 프리츠Fritz von Kalb를 데리고 예나로 여행함. 쉴러가 간행한 『노이에 탈리아*Neue Thalia*』에 「휘페리온 단편Fragment von Hyperion」 실림. 쉴러를 자주 방문함. 그곳에서 괴테를 처음 만남.

12월 바이마르로 거처를 옮김. 헤르더 방문.

1795 1월 가정교사로서의 교육 시도 좌초되고 고용 관계 해지됨.

예나에 특별히 얽매이지 않은 상태로 머무름. 피히테Fichte의 강의를 듣고 2차 교류함.

3월 쉴러의 추천으로 출판사 코타Cotta가 『휘페리온』 출판을 맡기로 함. 징클레어와 재회함.

5월 말 징클레어가 개입된 학생 소요가 일어남.

뷔르템베르크로의 갑작스러운 출발.

6월 하이델베르크에서 에벨(Johann Gottfried Ebel, 1764~1830)을 만났으며, 에벨이 프랑크푸르트의 은행가인 야콥 공타르Jakob Gontard 가의 가정교사 자리를 소개함. 그의 부인 주제테 공타르(Susette Gontard-Borckenstein, 1769~1802)는 『휘페리온』에서 이상적인 연인인 멜리테의 특성을 그대로 지니고 있어 횔덜린의 주목을 끌게 됨.

9월 시들과 번역물을 쉴러에게 보냄. 그 가운데는 「자연에 부쳐An die Natur」가 포함되어 있었음. 쉴러는 횔덜린이 함께 보낸 서신에 답하지 않음.

연말까지 뉘르팅겐에 머물면서 『휘페리온』 집필 계속. 이 소설의 콜라주 기법 때문에 고전적인 서사 형식을 포기함.

마겐나우는 당시 횔덜린의 상태에 대해서 "자기 동년배들과의 모든 감정에 대해서 무감각해졌다, 살아 있었지만, 죽은 듯이 지냈다!"고 씀.

1796 1월 공타르 가에 가정교사로 입주함.

봄, 다시금 서정시를 쓰기 시작함. 「디오티마Diotima」 제1초고, 「헤라클레스에게An Herkules」, 육각운의 시 「떡갈나무Die Eichbäume」 들을 썼으며, 쉴러의 논문 「심미적 습속의 도덕적 효용에 대해서」에 답하는 「현명한 조언자에게An die Klugen Rutgeber」를 씀.

6월 육각운 단편인 「안락Die Muße」을 씀.

7월 주제테 공타르, 세 딸의 가정교사인 마리 레처, 휠덜린 그리고 그의 제자 앙리가 전쟁의 혼란을 피해서 카셀로 피난함.

8월 쉴러가 휠덜린이 봄에 쓴 세 편의 시를 받고서도 『크세니엔 연감*Xenienalmanach*』에 한 편도 실어주지 않음.

작가 하인제(Wilhelm Heinse, 1749~1803)와 함께 드리부르크로 계속 여행함. 서간체 소설의 형태를 취한 『휘페리온』 제1권 집필 계속.

9월 프랑스 공화파 군대의 퇴각, 스토이틀린 라인 강에 투신 자살.

10월 카셀에 두번째로 머물다가 프랑크푸르트로 돌아감. 가을 송가 단편 「오 조국을 위한 전투……O Schlacht fürs Vaterland……」를 씀.

1797 1월 헤겔, 휠덜린이 소개한 프랑크푸르트의 가정교사 자리 받아들임.

4월 소설 『휘페리온』 제1권 출판됨.

8월 22일 프랑크푸르트를 방문해 괴테를 예방함. 괴테는 "규모가 작은 시를 쓰고 모든 사람들에게 인간적으로 흥미를 끌 수 있는 소재를 택하라"고 조언함. 괴테의 조언에 따라 간결하고도 날카로운 에피그램 형식의 송시들을 써, 1798년, 1799년 인쇄에 부침.

9월 의붓동생 카를에게 "나는 그 소재가 나를 매혹시킨 한 편의 비극에 대해 아주 자세한 계획을 세웠다"라고 전한 대로, 비극 「엠페도클레스의 죽음」에 대한 「프랑크푸르트 계획Frankfurter Plan」을 씀.

1798 봄, 송시 「하이델베르크Hidelberg」 초고를 씀. 6월 노이퍼가 열두 편의 에피그램 형식의 송시, 8월에는 네 편의 짧은 시편들을 받아서 거의 모두 『여성을 위한 소책자*Taschenbuch fur Frauenzimmer*』에 실어

줌. 쉴러 역시 다섯 편의 송시를 받아 그중에서 두 편의 짧은 시를 그의 『시연감』에 끼워 넣어줌. 「소크라테스와 알키비아데스Sokrates und Alcibiades」와 「우리의 위대한 시인들에게An unsre großen Dichter」(후일 「시인의 사명Dichterbeauf」으로 확장됨)가 그것임.

9월 말 공타르 가에서 소동이 있고 나서 횔덜린은 프랑크푸르트를 떠나 홈부르크의 징클레어 가까이에 거처를 정함. 홈부르크에 머무르는 동안 주제테 공타르와의 짧은 밀회, 서신 교환이 계속됨. 가을 『휘페리온』 제2권의 인쇄 회부용 원고 완성됨. 이 가운데는 「휘페리온의 운명의 노래Hyperions Schiksalslied」가 들어 있음.

10월 「엠페도클레스의 죽음Der Tod des Empedokles」 제1초고 집필 시작함.

11월 말 라슈타트Rastatt 회의에 징클레어와 동행해 그의 많은 공화주의 동료들을 만남.

12월 중순 라에르티오스Diogenes Laërtios의 엠페도클레스에 대한 글 읽음.

1799 3월 노이퍼의 소책자에 실린 시들에 대한 슐레겔A. W. Schlegel의 찬사가 담긴 독후감 발표됨.

4월 「엠페도클레스의 죽음」 제1초고 집필을 중단함.

4~6월 「엠페도클레스의 죽음」 제2초고 집필을 시작함.

6월 노이퍼에게 독자적인 문학 잡지 발간을 제안함. 이 제안을 받은 슈투트가르트 출판업자는 괴테와 쉴러의 동참을 조건으로 제시함. 계획했던 잡지 『이두나*Iduna*』의 발간 무산됨.

7월 초순에 「엠페도클레스의 죽음」 제2초고 첫 145행을 정서(正書)함. 발간 예정 잡지에 대한 보답이자 시험적인 작품으로 노이퍼와 출판업자 슈타인코프Steinkopf가 『여성을 위한 소책자』에 실릴 「결혼일을 앞둔 에밀리Emilie vor ihrem Brauttag」라는 목가를 받았고, 이어서 다섯 편의 다른 시 작품을 받음. 이 가운데에는 에피그램 형식의 송시「민중의 목소리Stimme des Volks」「일몰Sonnenuntergang」, 목가적인 시「결혼일을 앞둔 에밀리」에 대한 대칭을 이루는 작품인 혁명 송시「전투Die Schlacht」도 포함됨. 노이퍼는 이「전투」를 첫 시연을 빼버리고 잘못 이해될 수도 있는 제목인「조국을 위한 죽음Der Tod fürs Vaterland」으로 인쇄함.

늦여름 잡지 발간 계획이 차츰 좌초하는 것에 환멸을 느낌. 송시「아침에Des Morgens」와「저녁의 환상Abendphantasie」 씀.

초가을「나의 재산Mein Eigentum」, 가을 2행시 형태의 성찰시「고백Πϱος Εαυτον」을 씀.

10~11월 비극「엠페도클레스의 죽음」과 관련하여 에세이를 통해서 비극에 대한 이론적인 근거 제시함.

쉴러와 가까운 곳에서 일자리를 찾으려고 희망했으나 실현되지 못함. 송시 단편「작별Abschied」 씀. 기타 여러 편의 송시들의 초고를 씀. '그대가 아니면 누구에게Wem sonst als Dir'라는 헌사와 함께 이제 막 출간된 소설『휘페리온』 제2권을 주제테 공타르에게 건넴.

11월 28일 홈부르크의 아우구스테 공주가 자신의 23회 생일을 맞아 그녀에게 바친 횔덜린의 송시 받음.

12월「불카누스Vulkan」에 대한 첫번째 초고를 쓴 후「엠페도클레스의 죽음」 제3초고를 씀. 역시 미완으로 끝남. 마지막「제3초고의 계속을 위한 스케치Entovurf zur Fortsetzung der dritten Fassung」를 씀. 이후 비극「엠페도클레스의 죽음」에 대한 작업 기록 없음.

1800 시학적인 논고들을 씀.

증오에 찬 이해할 수 없는 비판에 대한 반응으로 송시 초고「소크라테스의 시대에Zu Sokrates Zeiten」를 씀. 모친의 지출 장부에 따르면 뉘르팅겐 방문. 당시 프랑크푸르트 봄 상품 전시회를 방문했던 슈투트가르트 출신의 상인 란다우어Christian Landauer가 왕복 여행에 동반했던 것으로 보임. 송시 「격려Ermunterung」 초고, 시 「아르히펠라구스Der Archipelagus」 초고 씀.

5월 8일 주제테 공타르와의 첫번째 작별. 송시 단편 「날마다 나는 기쁘게 길을 가고……Wohl geh' ich täglich……」 씀. 생활비가 고갈됨. 건강을 잃고, 징클레어와의 우정이 무너짐. 그러나 이제 피할 길 없게 된, 오랫동안 약속했던 귀향을 한 달간 연기시킴. 앞에 쓴 여러 시 작품들을 정리하고 에피그램 형식의 송시를 확장함. 이러한 작업은 여름까지 지속됨.

6월 송시 초고 「사라져 가라, 아름다운 태양이여……Geh unter, schöne Sonne……」를 통해 볼 때, 주제테 공타르와의 마지막 대화. 뉘르팅겐으로 귀향.

6월 20일 개인교습자로 슈투트가르트의 란다우어 가로 입주함. 그러나 보수는 생활비에도 미치지 못함. 찬가 초고 「마치 축제일에서처럼……Wie wenn am Feiertage……」 씀.

초가을, 「비가Elegie」(나중에 「디오티마에 대한 메논의 비탄Menons Klagen um Diotima」으로 개작됨), 송시 「격려」, 육각운의 시 「아르히펠라구스」 완성.

가을, 일단의 송시 초고 및 개작. 「조상의 초상Das Ahnenbild」 「자연과 기술Natur und Kunst」을 포함하여 「에두아르에게An Eduard」로 제목이 바뀐 화해를 구하는 시 「동맹의 충실Bundestreue」을 징클레어에게 보냄.

1801 1월 15일 스위스의 하우프트빌에 있는 곤첸바흐Anton von Gonzenbach 가에 가정교사로 들어감.

2월 9일 르네빌 평화협정. 스위스로 출발하기 전에 시작했던 핀다르 번역 중단, 시학적 규칙에 따라서 구성된 자유 운율의 찬가 초고들

작성. 마지막 송가 초고인 「알프스 아래에서 노래함Unter den Alpen gesungen」 씀.

4월 곤첸바흐 가에서 해고 통보 받음, 횔덜린의 뜻에 따랐을 가능성이 높음. 4월 중순 슈투트가르트를 거쳐 뉘르팅겐으로 돌아옴. 이후 비가 「귀향Heimkunft」 「빵과 포도주Brot und Wein」 그리고 비가 단편 「시골로의 산책Der Gang aufs Land」의 초고를 씀.

6월 예나에서 그리스 문학을 강의할 수 있도록 해달라고 쉴러에게 도움을 요청했으나, 답을 받지 못함.

8월 코타 출판사 1802년 부활절에 그의 시를 출간하기 위한 계약 맺음.

9월 마지막 비가 「슈투트가르트Stuttgart」를 씀. 이후 「시인의 사명」 「백성의 목소리Stimme des Volks」 확장 및 완성. 찬가 「편력Die Wanderung」 「평화의 축제Friedensfeier」와 「라인 강Der Rhein」 완성. 계획된 시집 출간을 위해 작품 정서.

12월 12일 남프랑스 보르도를 향해 출발. 떠나기 직전 슈투트가르트의 친구 란다우어의 32회 생일을 맞아 「란다우어에게An Landauer」를 씀.

1802 1월 28일 어려운 여정 끝에 보르도의 함부르크 영사 마이어Meyer의 집에 도착. 소포클레스의 비극 「오이디푸스」 번역, 보르도로 출발하기 전에 대단원까지 작업함.

5월 초 주제테 공타르에게 고별 편지를 받음. 카를 고크가 전하는 바에 따르면, 그녀는 이 편지를 통해서 "그에게 자신이 중한 병에 걸렸다는 소식을 전하면서 자신의 가까운 죽음에 대한 예감과 함께 그와의 영원한 작별을 예고했다."

5월 10일 자로 발행된 여권을 가지고 파리를 거쳐 독일로 돌아옴.

6월 7일 켈Kehl에서 라인 강을 건넘.

6월 22일 주제테 공타르 세상을 떠남.

6월 말 정신이 혼란스러운 모습으로 기진맥진하여 슈투트가르트에 도착, 뉘르팅겐으로 귀향함. 모친이 여행 가방을 열어 주제테 공타르의 편지를 발견함. 그가 "광란하면서 모친의 집에 기거하는 사람들을 모두 문으로 쫓아낸" 뒤, 가족에 의해서 정신착란자로 취급됨.

9월 말 징클레어의 초대로 레겐스부르크Regensburg로 여행함. 헷센-홈부르크의 방백 프리드리히 만남.

10월 말 뉘르팅겐으로 돌아옴. 코타 출판사의 계간지 『플로라*Flora*』에 횔덜린의 세 개 형식에 걸친 시 네 편이 실림. 비가 「귀향」, 찬가 「편력」, 서로 모순되는 송시 「시인의 사명」과 「백성의 목소리」가 그것이었음. 소위 홈부르크 2절판(Homburger Foliobuch) 구성. 비가의 3부작 「귀향」「빵과 포도주」「슈투트가르트」 정서 후에 찬가 「유일자Der Einzige」「파트모스Patmos」와 「거인족Die Titanen」의 초고 씀. 이중 「파트모스」만 완성됨.

1803 1월 30일 방백의 55회 생일을 맞아 징클레어가 횔덜린의 시 「파트모스」 헌정. 여름에 이르기까지 소포클레스의 비극 「안티고네」 번역 작업. 홈부르크 2절판에 실린 다른 찬가를 구상.

3월 15일 시인 클롭슈토크 사망.

6월 초 무르하르트Murrhardt로 셸링 방문. 셸링은 헤겔에게 보낸 편지에서 횔덜린의 "완전한 정신 이상"에 대해 씀. "그의 말은 정신착란을 덜 내보였지만", 그의 형편없는 차림은 "역겨움을 자아낼 정도"라고 말함.

6월 22일 빌헬름 하인제 사망.

9월 프랑크푸르트의 빌만스Friedrich Wilmans가 소포클레스의 번역 출판을 수락함. 12월 초까지 횔덜린은 이 비극 번역을 퇴고하고, 「오이디푸스에 대한 주석Anmerkungen zu Ödipus」과 「안티고네에 대한 주석Anmerkungen zur Antigone」 탈고함.

12월 말 빌만스가 간행하는 『1805년 시연감*Taschenbuch für das Jahr 1805. Die Liebe und Freundschaft*』에 실릴 여섯 편의 송가와 세 편의 찬가 보충 시편을 정리함. 이 시들을 그는 출판업자에게 「밤의 노래들」이라고 명명함. 「케이론Chiron」 「눈물Tränen」 「희망에 부쳐An die Hoffnung」 「불카누스」 「수줍음Blödigkeit」 「가뉘메트Ganymed」 「반평생Die Hälfte des Lebens」 「삶의 연륜Lebensalter」 「하르트의 골짜기Der Winkel von Hahrdt」가 그것임. 동시에 "몇몇 큰 규모의 서정시 작품"을 예고했는데, 「평화의 축제Friedensfeier」를 의미한 것으로 보임.

1804 1월 말 빌만스 「밤의 노래들」 인쇄에 부침.

4월 『소포클레스의 비극들*Trauerspiele des Sophokles*』 출판됨. 혹평 받음.

6월 징클레어가 횔덜린을 홈부르크에 데려감. 슈투트가르트와 뷔르츠부르크를 거쳐 감. 슈투트가르트에서 모반을 꾀하는 대화를 나눔. 이 대화에는 횔덜린 이외에 복권 사기꾼 블랑켄슈타인Blankenstein도 참여함.

징클레어의 제안에 따라 매년 200굴덴의 추가 급여가 횔덜린에게 지불됨. 방백은 횔덜린을 궁정 사서로 임명함. 연말까지 찬가를 계속 씀. 이중에는 「회상Andenken」 「이스터 강Der Ister」의 초고도 들어 있음.

12월 나폴레옹이 황제에 오르고 징클레어 파리로 감.

1805 1월 블랑켄슈타인이 징클레어를 혁명적인 모반의 우두머리로 밀고함. 이 모반의 첫번째 목표는 뷔르템베르크의 선제후를 살해하는 것이라고 함. "나는 자코뱅파가 되고 싶지 않다. 신왕 만세"는 횔덜린의 공모를 증언해주는 외침이었음.

2월 26일 선제후가 보낸 사람들에 의해서 징클레어 뷔르템베르크로 압송됨. 횔덜린은 홈부르크 방백의 변호와 의사의 진단서로 체포를 면함.

5월 9일 쉴러 사망.

7월 10일 징클레어 구속에서 풀려남. 곧이어 정치적인 사명을 받고 베를린으로 감.

빌만스의 『1805년 시연감』에 실렸던 「밤의 노래들」에 대한 부정적인 비평이 5월경 『예나 문학신문*Jenaische Allgemeine Literatur-Zeitung*』에 실림. 횔덜린은 여름에 아홉 편의 「핀다르-단편들Pindar-Fragmente」을 써서 이에 반응함.

11월 말 징클레어와 함께 투옥되었던 젝켄도르프Leo von Seckendorf가 수정된 찬가, 비가들을 받아, 『1807년 및 1808년 시연감』에 실어 출판함.

1806 송가, 비가 및 찬가의 개작, 수정, 확장.

8월 6일 신성 로마 제국의 종언.

9월 11일 헷센-홈부르크가 대공국 헷센-다름슈타트의 통치로 넘어감. 방백비 카트린네가 횔덜린의 강제적인 압송을 알림. "불쌍한 횔덜린이 오늘 아침에 이송되었다(Le pauvre Holterling a été transporté ce matin)"고 씀.

9월 15일 아우텐리트 병원에 입원.

10월 21일 케르너Justinus Kerner가 관리한 환자 기록부에 '산책'이라는 마지막 기록 작성됨.

1807 5월 3일 횔덜린보다 2세 연하인 목수 침머Ernst Zimmer가 횔덜린을 돌보기로 함. 횔덜린은 죽을 때까지 네카 강변의 반구형 옥탑방에서 기거함.

이해 하반기 빌헬름 바이플링거(Wilhelm Waiblinger, 1804~1830)의 소설 『파에톤*Phaëton*』에 실려 전래되고 있는 「사랑스러운 푸르름 안에……In lieblicher Bläue……」를 쓴 것으로 추측됨.

1808 송시 「먼 곳으로부터……Wenn aus der Ferne……」 씀.

1810 횔덜린 연감의 발행을 생각함. 여기에 실릴 텍스트로 「산책Der Spaziergang」 「즐거운 삶Das fröhliche Leben」, 그리고 「만족Die Zufriedenheit」도 고려되었던 것으로 보임.

1812 침머가 횔덜린의 심각한 병세에 대해 횔덜린의 모친에게 편지를 씀. 그 병세로부터 다시금 치유된 것 같다는 내용과 함께 횔덜린이 쓴 "인생의 행로는……(Die Linien des Lebens……)"이라는 구절이 들어간 시 「침머에게An Zimmern」를 첨부함.

1815 4월 29일 1806년부터 이름을 본명의 철자를 다르게 배열시킨 크리잘린Chrisalin이라는 가명 아래 시와 드라마를 출판하기도 했던 징클레어가 빈에서 사망함.

1820 징클레어의 친구인 프러시아의 장교 디스트Diest가 코타 출판사에 소설 『휘페리온』의 재판과 횔덜린 시의 출판을 제안함. 홈부르크의 공주 마리안네와 아우구스테가 이를 지원함.

1822 7월 3일 빌헬름 바이플링거의 첫번째 방문. "횔덜린은 오른손으로 출입구에 놓여 있는 상자를 짚고 왼손은 바지 호주머니에 넣고 있었다. 땀이 밴 셔츠가 그의 몸에 걸쳐 있었고 혼이 깃든 눈으로 나를 그렇게 동정해야 할 괴로움을 겪는 사람처럼 바라다보았다. 나의 골수와 사지에 한기가 스치고 지나갔다." 그는 이 방문에 이어서 소설 『파에톤』을 씀. 횔덜린의 운명을 그대로 본뜨고 있는 이 소설은 끝머리에 횔덜린이 쓴 것으로 추측되는 한 편의 시 원고 「사랑스러운 푸르름 안에……」를 담고 있다.

1826 베를린에서 시작된 시집이 코타에서 출판됨. 발행자는 슈바프Schwab와 울란트Uhland.
10월 바이플링거 로마로 감.

1828 2월 17일 뉘르팅겐에서 모친 사망. 횔덜린이 튀빙겐에서 그녀에게

보낸 60통의 편지 중 마지막 편지는 "저를 돌보아주십시오, 시간은 문자 그대로 정확하고 마음도 따뜻합니다. 당신의 공손한 아들 프리드리히 횔덜린 올림"이라고 끝맺고 있다.

1830 1월 30일 바이플링거 25세의 나이로 로마에서 사망. 이듬해 그의 글 「프리드리히 횔덜린의 삶. 문학과 정신착란」 발표됨.

1837 사망하기 6년 전부터 횔덜린은 여러 가지 뜻 모를 이름을 사용함. 부오나로티Buonarotti라고 서명하기도 하고, 나중에는 스카르다넬리Scardanelli라고도 서명함.

1838 11월 18일 에른스트 침머 사망함. 그의 부인인 엘리자베트와 그녀의 1813년생 막내딸 로테Lotte가 횔덜린의 간호를 떠맡음.

1841 1월 14일 슈바프Christoph Theodor Schwab의 첫 방문. 그는 횔덜린의 신뢰를 얻고 1846년 두 권으로 된 횔덜린 작품집을 출판함. 그는 첫 방문 얼마 후 횔덜린에게서 시 「보다 높은 인간성Höhere Menschheit」과 「확신Überzeugung」을 받음.

1843 6월 7일 횔덜린 세상을 떠남. 사망 며칠 전 두 편의 시 「봄Der Frühling」과 「전망Die Aussicht」을 씀.